AF638093

DUMONT

Joan Castleman hat ihrem Mann alles geopfert – sogar ihr Talent. Sie führt ein Leben in zweiter Reihe, ein Leben als Mutter und Muse. Sie ist die Frau des berühmten Schriftstellers Joe Castleman. Einst war er ihr Dozent für Kreatives Schreiben und sie seine begabteste Studentin. Ihm zuliebe hat sie ihre Karriere aufgegeben. Nun, Jahre später, steht Joe vor der Krönung der seinen: Ihm soll der renommierte Helsinki-Preis verliehen werden. Für Joan ist das der Anlass, während des langen Fluges zur Preisverleihung ihre Ehe zu rekapitulieren. Sie nimmt den Leser mit an den Anfang der Beziehung ins Amerika der Fünfzigerjahre und führt ihn in die literarischen Zirkel der Achtzigerjahre. Vor allem aber hinterfragt sie ihre Rolle als Ehefrau, in der sie Joe hassen gelernt hat – nicht nur seiner zahlreichen Seitensprünge wegen. Die eigentliche Demütigung ist ganz anderer Natur …

Mit hintergründigem Witz entwickelt Meg Wolitzer die Psychologie einer zerrütteten Ehe mit einem meisterhaften Gespür für die Abgründe, die in ganz alltäglichen zwischenmenschlichen Beziehungen liegen.

Meg Wolitzer, geboren 1959, veröffentlichte 1982 den ersten von bisher elf Romanen, darunter mehrere New-York-Times-Bestseller. Drei ihrer Romane wurden verfilmt. Sie ist verheiratet, hat zwei Söhne und lebt in New York City. Bei DuMont erschienen der Spiegel-Bestseller ›Die Interessanten‹ (2014) und ›Die Stellung‹ (2015).

Meg Wolitzer

DIE EHEFRAU

Roman

Aus dem Englischen
von Stephan Kleiner

DUMONT

Von Meg Wolitzer sind bei DuMont außerdem erschienen:

Die Interessanten
Die Stellung
Das weibliche Prinzip
Die Zehnjahrespause
Das ist dein Leben

FSC
www.fsc.org
MIX
Papier aus verantwortungsvollen Quellen
FSC® C083411

Vierte Auflage 2021
DuMont Buchverlag, Köln

Die amerikanische Originalausgabe erschien 2003 unter dem Titel ›The Wife‹ bei Scribner/Simon & Schuster Inc., New York.

Übersetzung: Stephan Kleiner
Umschlaggestaltung: Lübbeke Naumann Thoben, Köln
Umschlagabbildung: © Stefanie Naumann
Satz: Angelika Kudella, Köln
Gesetzt aus der Stempel Garamond
Druck und Verarbeitung: CPI books GmbH, Leck
Gedruckt auf säurefreiem und chlorfrei gebleichtem Papier
Printed in Germany
ISBN 978-3-8321-6432-4

www.dumont-buchverlag.de

Für Ilene Young

Eins

In dem Augenblick, in dem ich beschloss, ihn zu verlassen, in dem Augenblick, in dem ich dachte: *Es reicht,* befanden wir uns zehntausend Meter über dem Meer; wir rasten vorwärts und erweckten doch äußerlich den Anschein von Ruhe und Gelassenheit. *Genau wie unsere Ehe,* hätte ich sagen können, aber warum in diesem Moment alles zerstören? Wir sonnten uns im Glanz der ersten Klasse, einen flüchtigen Augenblick lang aller Ängste und Sorgen enthoben; es gab keine Turbulenzen, der Himmel strahlte, und irgendwo zwischen den anderen Fluggästen saß möglicherweise sogar ein Flugsicherheitsbegleiter in dröger Reisendenkostümierung, stocherte vielleicht in einer kleinen Schale voll fettiger Nüsse herum oder war der zombieesken Prosa der Bordmagazine zum Opfer gefallen. Die Getränke waren schon vor dem Start serviert worden, und ehrlich gesagt waren wir beide ziemlich betrunken, saßen da, die Münder halb offen, die Köpfe zurückgelehnt. Frauen in Uniform gingen mit Körben in den Händen die Gänge auf und ab wie eine Flotte sexualisierter Rotkäppchen.

»Ein paar Kekse, Mr Castleman?«, fragte ihn eine Brünette und beugte sich mit einer Gebäckzange zu ihm hinunter, und während ihre Brüste sich nach vorn schoben und wieder zurückzogen, konnte ich sehen, wie sich in ihm der uralte Mechanismus der Erregung surrend in Bewegung setzte wie ein elektrischer Bleistiftspitzer; ein Anblick, der sich mir in all den Jahrzehnten tausendfach geboten hatte. »*Mrs* Castleman?«, fragte die Frau auch mich, aber ich lehnte ab. Ich wollte ihre Kekse nicht, ich wollte gar nichts von ihr.

Wir waren auf dem Weg zum Ende unserer Ehe, bewegten uns auf den Punkt zu, an dem ich endlich den Stecker ziehen und mich von dem Ehemann trennen dürfte, mit dem ich Jahr für Jahr zusammengelebt hatte. Wir waren auf dem Weg nach Helsinki, Finnland, ein Ort, an den man nie denkt, es sei denn, man hört gerade Sibelius, liegt auf den heißen, feuchten Brettern einer Sauna oder isst eine Portion Rentier. Die Kekse waren verteilt, die Getränke eingeschenkt, und überall um mich herum waren Bildschirme in Position gebracht worden. In diesem Moment verschwendete hier niemand einen Gedanken an den Tod, so wie wir es zuvor getan hatten, als eine ganze Flugzeugladung voll Menschen – Economy, Business und die paar Auserwählten der ersten Klasse – inmitten des traumatischen Grollens und Kerosingestanks und des fernen, kreischenden Geschreis der in den Motoren gefangenen Furien ihre Gedanken zu einem einzigen vereinigt hatte, um die Maschine in die Luft zu zwingen wie das Publikum eines Illusionisten, das per Willenskraft einen Löffel zu biegen versucht.

Und natürlich bog sich der Löffel jedes einzelne Mal, stets neigte sich sein Kopf hinab wie die schwere Blüte einer Tulpe. Und wenn sich auch nicht jedes einzelne Flugzeug in die Luft erhob – unseres tat es an diesem Abend. Mütter verteilten Malbücher und kleine Tütchen mit Knabbereien, in denen sich krümeliger Bodensatz gebildet hatte; Geschäftsmänner klappten Laptops auf und warteten darauf, dass die flackernden Bildschirme zur Ruhe kamen. Der getarnte Flugsicherheitsbegleiter, wenn er denn an Bord war, aß, streckte sich und legte sich seine Pistole unter einem kleinen, rechteckigen Stück statisch aufgeladener Kunstfaserdecke zurecht, und unser Flieger erhob sich in den Himmel, bis er in der gewünschten Höhe hing, und ich fasste endlich den festen Entschluss, meinen Mann zu verlassen. Endgültig. Mit absoluter Sicherheit. Einhundertprozentig. Unsere drei Kinder waren fort, fort, fort, alle aus dem Haus, und es gab nichts, das meine Meinung ändern, mich kneifen lassen würde.

Er sah plötzlich zu mir herüber, betrachtete mein Gesicht und sagte: »Ist irgendwas? Du siehst ein bisschen ... ich weiß nicht, wie, aus.«

»Nein, es ist nichts«, erwiderte ich. »Jedenfalls nichts, worüber man jetzt reden müsste.« Das reichte ihm als Antwort; während er sich wieder seinem Teller mit Keksen zuwandte, blähte ein kurzes Aufstoßen seine Wangen wie die eines Frosches. Es war nicht einfach, diesen Mann aus der Ruhe zu bringen; er hatte alles, was er sich nur wünschen konnte.

Er war Joseph Castleman, einer jener Männer, denen die Welt gehört. Sie kennen diese Sorte Mann: diese wandelnden Werbebanner für sich selbst, diese schlafwandelnden Riesen, die durch die Welt ziehen und dabei andere Männer, Frauen, Möbelstücke, Dörfer aus dem Weg räumen. Warum sollte sie irgendetwas kümmern? Es gehört alles ihnen, die Meere und die Gebirge, die bebenden Vulkane, die sich anmutig dahinschlängelnden Flüsse. Diese Sorte Mann kommt in unterschiedlichen Darreichungsformen daher: Joe war die Schriftstellerversion, ein klein gewachsener, überdrehter Romancier mit Hängebauch, der so gut wie nie schlief, der Weichkäse, Whiskey und Wein liebte und mit allen dreien die Pillen hinunterbeförderte, die seine Blutlipide daran hinderten zu gerinnen wie über Nacht in der Pfanne gelassene Fettreste, der der unterhaltsamste Mensch war, den ich kannte, der nie gelernt hatte, wie man für sich selbst oder andere sorgt, und der seinen Stil und seine Umgangsformen größtenteils Dylan Thomas entliehen hatte.

Da saß er nun also neben mir auf dem Finnair-Flug 702, und jedes Mal wenn die Brünette mit irgendetwas zu ihm kam, nahm er es an, völlig egal, ob es sich um Kekse, geröstete Erdnüsse, ein Paar schwammartiger Einwegpantoffeln oder einen dampfenden, eng wie eine Thora zusammengerollten Waschlappen handelte. Hätte diese verführerische Keksfrau sich obenrum freigemacht und ihm eine ihrer Brüste angeboten, die Brustwarze mit der Autorität einer Stillberaterin in seinen Mund geschoben, er hätte sie ohne das geringste Zögern angenommen.

Man kann davon ausgehen, dass die Männer, denen die Welt gehört, sexuell hyperaktiv sind – nur nicht unbedingt mit ihren Ehefrauen. Früher, in den Sechzigern, waren Joe und ich ständig in irgendwelche Betten gehüpft, hatten manchmal sogar während der lauen Phase einer Cocktailparty irgendjemandes Schlafzimmertür verbarrikadiert, um einen Berg aus Mänteln zu erklimmen. Draußen wurde gegen die Tür gehämmert, die Leute wollten ihre Mäntel wiederhaben, und wir lachten, ermahnten uns gegenseitig, leise zu sein, und versuchten, unsere Reißverschlüsse zu schließen und alle losen Zipfel unserer Kleidung irgendwie unterzubringen, bevor wir sie hereinließen.

So etwas hatten wir lange nicht mehr getan, aber wenn Sie uns in diesem Flugzeug auf dem Weg nach Finnland gesehen hätten, hätten Sie uns für ein zufriedenes Paar gehalten, hätten geglaubt, dass wir uns nachts noch immer gegenseitig an unseren schwabbeligen Körperteilen berührten.

»Sag mal, willst du noch ein Kissen dazu?«, fragte er mich.

»Nein, ich hasse diese Puppenkissen«, sagte ich. »Ach, und vergiss nicht, deine Beine zu strecken, wie es Dr. Krentz gesagt hat.«

Sie hätten uns gesehen – Joan und Joe Castleman, wohnhaft in Weathermill, New York, momentan Platz 3A und 3B – und ganz genau gewusst, *warum* wir nach Finnland reisten. Sie hätten uns vielleicht sogar beneidet – ihn um die Kraft, die in seinem massigen, mit leichten Gebrauchsspuren versehenen Körper luftdicht eingeschlossen war, und mich darum, dass ich rund um die Uhr Zugang dazu hatte, so als wäre ein berühmter und brillanter Schriftstellerehemann eine Art Gemischtwarenladen für seine Frau, in dem sie sich jederzeit eine große Dose verblüffenden Intellekt, Schlagfertigkeit und Aufregung holen konnte.

Die Leute hielten uns in aller Regel für ein »gutes« Paar, und das mochte auch irgendwann einmal so gewesen sein, vor langer,

langer Zeit, damals, als in Lascaux die ersten Höhlenmalereien an die Wände gekritzelt wurden, als die Welt noch nicht erschlossen und kartografiert und alles noch voller Hoffnung war. Doch schon bald hatten wir die Pracht und die Eigenliebe aller jungen Paare hinter uns gelassen und waren in jenen von Algen durchzogenen Sumpf aufgebrochen, den man taktvoll als die »zweite Lebenshälfte« bezeichnet. Auch wenn ich heute vierundsechzig und für Männer größtenteils so unsichtbar wie ein paar herumwirbelnde Staubflocken bin, war ich doch einmal eine schlanke, vollbusige Blondine, deren Schüchternheit Joe anzog wie ein hypnotisiertes Huhn.

Ich bilde mir nichts darauf ein; Joe wurde *immer schon* von Frauen angezogen, allen Arten von Frauen, von dem Moment an, als er im Jahr 1930 die Welt durch den Windkanal der Geburtsorgane seiner Mutter betreten hatte. Lorna Castleman, die Schwiegermutter, die ich niemals kennenlernte, war übergewichtig, auf eine sentimentale, dichterische Weise empfindsam und so besitzergreifend, dass sie ihren Sohn mit einer Exklusivität liebte, die sonst den romantisch Liebenden vorbehalten ist. (Andere aus der Gruppe der Männer, denen die Welt gehört, wiederum wurden ihre ganze Kindheit über *ignoriert* und standen mittags ohne Pausenbrot auf trostlosen Schulhöfen herum.)

Nicht nur Lorna liebte ihn, sondern auch ihre beiden Schwestern, mit denen sie sich die Wohnung in Brooklyn teilte, in der auch noch Joes Großmutter Mims lebte, eine Frau von der Größe einer Fußbank, deren Errungenschaften sich darauf zu beschränken schienen, dass sie eine »sensationelle Rinderbrust« zubereiten konnte. Martin, sein Vater, ein ununterbrochen seufzender, lebensuntauglicher Mann, erlag in seinem Schuhladen einem Herzinfarkt, starb mit einem Paar Sattelschuhe in der Hand, als Joe sieben Jahre alt war, und ließ ihn als Gefangenen in dieser seltsamen weiblichen Zivilisation zurück.

Charakteristisch war die Art und Weise, wie sie ihm mitteilten, dass sein Vater gestorben war. Als Joe von der Schule nach Hause kam, fand er die Wohnungstür geöffnet vor und ging hinein. Es war sonst niemand dort, was ungewöhnlich war für eine Wohnung, in der sich immer irgendeine Frau geschäftig wie ein Heinzelmännchen irgendeiner Tätigkeit annahm. Joe setzte sich an den Küchentisch und aß ein Stück Biskuitkuchen, auf die verträumte, betäubte Art, die Kindern manchmal eigen ist, ein Sternbild aus Krümeln auf Lippen und Kinn.

Bald wurde die Wohnungstür wieder aufgestoßen, und die Frauen drängten herein. Joe hörte, wie jemand weinte, wie sich jemand emphatisch schnäuzte, und dann erschienen sie in der Küche, scharten sich um den Tisch. Ihre Gesichter waren entflammt, die Augen blutunterlaufen, die sorgfältig errichteten Frisuren zerstört. Etwas Bedeutendes war passiert, das wusste er, und ein Gefühl von Drama durchlief ihn; im ersten Moment fühlte es sich beinahe angenehm an, doch das würde sich bald ändern.

Lorna Castleman kniete sich neben den Stuhl ihres Sohnes, so als wollte sie ihm einen Antrag machen. »Ach, mein tapferer kleiner Junge«, flüsterte sie heiser und stippte ihm mit dem Finger Krümel von den Lippen, »jetzt sind nur noch wir da.«

Und es waren wirklich nur noch sie da, die Frauen und der Junge. Er war inmitten dieser weiblichen Welt ganz und gar auf sich allein gestellt. Tante Lois war eine Hypochonderin, die ihre Tage im Beisein eines medizinischen Nachschlagewerks fristete und sich in den sinnlichen Namen der unterschiedlichen Krankheiten erging. Tante Viv war mannstoll und frivol; wann immer sie sich umdrehte, gab ein geöffneter Reißverschluss den Blick auf einen weißen Rückenstreifen frei. Im Zentrum des Geschehens befand sich stets die winzige, uralte Oma Mims, die das Kommando über die Küche innehatte und ein Fleischthermometer so triumphierend aus einem Braten zu ziehen vermochte, als wäre es das Schwert Excalibur.

Joe konnte nicht viel mehr tun, als die Wohnung zu durchstreifen wie ein Überlebender eines Flugzeug- oder Zugunglücks, an das er sich selbst nicht mehr erinnern konnte, und nach anderen Überlebenden mit Amnesie zu suchen. Aber es gab keine; da war nur er, der geliebte Junge, der irgendwann einmal groß werden und sich in einen dieser Verräter, dieser in Aftershave gebadeten Ratten verwandeln würde. Lorna fühlte sich vom frühen Tod ihres Mannes hintergangen, der sich ohne jede Vorwarnung vollzogen hatte. Tante Lois fühlte sich von ihrer eigenen Gefühllosigkeit hintergangen, von der Tatsache, dass sie niemals etwas für einen Mann empfunden hatte, abgesehen von Clark Gable, den sie aus der Ferne bewunderte, Clark Gable mit seinen breiten Schultern und den abstehenden Ohren, die wie gemacht zu sein schienen, um sich beim Sex daran festzuhalten. Tante Viv fühlte sich von Legionen von Männern hintergangen – schläfrigen, verführerischen, spielerischen Männern, die sie zu jeder Tages- und Nachtzeit anriefen oder ihr Briefe aus Übersee schickten, wo sie stationiert waren.

Die Frauen um Joe herum wurden nicht müde zu beteuern, dass sie eine *Stinkwut* auf Männer hätten, aber sie beteuerten ebenso sehr, dass er von dieser Wut ausgenommen sei. Ihn liebten sie. Man konnte ihn ohnehin noch nicht als Mann bezeichnen, diesen aufgeweckten kleinen Jungen, dessen Genitalien an Marzipanfrüchte erinnerten, der so dunkle, mädchenhafte Locken hatte und für sein Alter so gut lesen konnte, aber nicht mehr gut schlafen, seit sein Vater gestorben war. Abends wälzte er sich immer eine Zeit lang im Bett herum und versuchte an etwas Schönes wie Baseball oder die bunten, einladenden Seiten von Comicheften zu denken, doch am Ende stellte er sich immer vor, wie Martin, sein Vater, im Himmel auf einer Wolke stand und traurig eine Hand ausstreckte, ein Paar Sattelschuhe darin, die noch in ihren Karton gebettet waren.

Irgendwann gegen Mitternacht gab Joe dann seiner Schlaflosigkeit nach, stand auf und ging in das finstere Wohnzimmer, um, allein auf dem Flickenteppich sitzend, eine Runde mit seinen

Astragalen zu spielen. Tagsüber saß er auf demselben Läufer, zu Füßen der Frauen, die ihre Pumps von den Füßen kickten. Während er ihren sich überlagernden Klageliedern lauschte, wurde ihm bewusst, dass er auf eine unausgesprochene Weise der Herr im Haus war und es immer sein würde.

Als Joe schließlich das Nest verließ, stellte er fest, dass er erstens enorm erleichtert und zweitens mit allem Wissen ausgestattet war, das er brauchte. Er wusste nun einige Dinge über Frauen: Er war mit ihren Seufzern vertraut, mit ihrer Unterwäsche, ihren monatlichen Miseren, ihrer ewigen Suche nach Schokolade, ihren spitzen Bemerkungen und spitzen pinken Lockenwicklern, dem Zeitstrahl ihrer Körper, von denen er jedes kleinste unerfreuliche Detail gesehen hatte. All das würde auf ihn warten, wenn er sich eines Tages in eine Frau verlieben sollte. Er würde mit ansehen müssen, wie sie sich mit der Zeit verändern und in sich zusammenfallen würde; er wäre machtlos dagegen. Sicher, zu Anfang mochte sie begehrenswert sein, aber eines Tages wäre sie nichts weiter als eine Rinderbrustverteilstelle. Also beschloss er zu *vergessen*, was er wusste, so zu tun, als wäre das Wissen nie in seinen perfekten kleinen Schädel eingedrungen, und er ließ dieses rein weibliche Tanzensemble hinter sich und bestieg den knarrenden Bahnwagen, der Menschen aus ihren unbedeutenderen Stadtteilen heraus- und in das aufregende Chaos des einzigen Stadtteils hineinfegt, der wirklich von Bedeutung ist: Staten Island.

Kleiner Scherz.

Manhattan, 1948. Joe entsteigt dem Dunst der U-Bahn und durchschreitet die Tore der Columbia University, wo er auf weitere intelligente, beseelte Jungen trifft. Er schreibt sich für das Hauptfach Englisch ein, wird Redaktionsmitglied der universitätseigenen Literaturzeitschrift und veröffentlicht unmittelbar darauf eine Kurzgeschichte über eine alte Frau, die auf ihr Leben in einem russischen Dorf zurückblickt (wurmstichige Kartoffeln, abgefrorene Zehen usw. usf.). Die Geschichte ist unfreiwillig komisch und ziemlich schlecht geschrieben, wie die Kritiker später feststellen werden, die sich durch ganze Kisten seiner frühen Schriften wühlen. Einige von ihnen werden jedoch unterstreichen, dass die *Überschwänglichkeit* von Joe Castlemans Prosa bereits darin angelegt ist. Er ist ganz zittrig vor Aufregung, er liebt sein neues Leben, genießt das fiebrige Vergnügen, das es ihm bereitet, mit seinen College-Freunden ins Ling Palace in Chinatown zu gehen und seine ersten Garnelen in Sojasoße zu essen – seine ersten Garnelen überhaupt zu essen, denn nichts, was in einem Panzer lebt, ist je zwischen Joe Castlemans Lippen gelangt.

Denselben Lippen werden bald auch zum ersten Mal Lippen und Zunge eines weiblichen Wesens dargereicht, und als er kurze Zeit später seiner Jungfräulichkeit enthoben wird, geschieht das mit der Präzision einer zahnärztlichen Extraktion. Die Entfernende ist ein stets etwas mitleidheischendes, aber energisches Mädchen namens Bonnie Lamp, das am Barnard College studiert, wo es, Joe und seinen Freunden zufolge, ein Leistungsstipendium in Nymphomanie erworben hat. Joe ist fasziniert von der rehäugigen Bonnie Lamp, von dem erstaunlichen Geschlechtsakt und damit auch von sich selbst. Und warum sollte er es auch nicht sein, wo es doch alle anderen sind.

Während er mit Bonnie schläft, in sie eindringt und langsam wieder zurückweicht, beeindrucken ihn die rhythmischen kleinen Klickgeräusche, die ihre ineinander verschränkten Körperteile von sich geben, wie die Absätze einer Sekretärin, die in der Ferne über Linoleum geht. Er ist auch fasziniert von den Geräuschen, die Bonnie Lamp in anderen Situationen macht. Ihr Miauen im Schlaf erinnert ihn an eine Katze, und er betrachtet sie mit einer merkwürdigen Mischung aus Zärtlichkeit und Herablassung, während er sich vorstellt, dass sie von einem Wollknäuel oder einer Schale Milch träumt.

Ein Wollknäuel, eine Schale Milch und Du, o Du, denkt er, verliebt in Worte, verliebt in Frauen. Ihre weichen Körper faszinieren ihn – all die Wölbungen und schwungvollen Bögen. Sein eigener Körper fasziniert ihn nicht weniger, und wenn sein Mitbewohner nicht da ist, nimmt Joe den Spiegel von dem Nagel an der Wand und betrachtete sich lange darin: seine Brust mit dem achtlos darübergestreuten dunklen Haar, den Torso, den Penis, überraschend groß für eine so klein gewachsene, drahtige Person.

Er stellt sich seine lang zurückliegende Beschneidung vor, sieht sich in den Armen eines seltsamen, bärtigen Mannes zappeln, sieht, wie ihm ein dicker, in koscheren Wein getunkter kleiner Finger in den Mund gesteckt wird, wie er wild daran saugt, nach weiterer nicht existenter Flüssigkeit sucht, nur eine von Wirbeln überzogene Oberfläche findet, ohne ein verstecktes kleines Loch, aus dem Milch strömen könnte. In seiner Vorstellung ist er benebelt von dem süßen Wein, der sich um seine Kehle legt und die stolz dreinblickenden Gesichter um ihn herum miteinander verschmelzen lässt. Seine acht Tage alten Augen schließen sich, öffnen sich und schließen sich wieder, und achtzehn Jahre später erwacht er als erwachsener Mann.

Die Erde dreht sich weiter für Joe Castleman, und er bleibt zum Graduiertenkolleg an der Columbia University, und während dieser Zeit verändert sich etwas um ihn herum. Es ist nicht nur der Wechsel der Jahreszeiten, es sind auch nicht die immer neu entstehenden Gebäude, die unter den Gitterlinien ihrer Gerüste aufblühen. Und es sind auch nicht die kleinen sozialistischen Versammlungen, an denen Joe teilnimmt, obwohl es ihm widerstrebt, jemand zu sein, der *mitmacht,* obwohl er es hasst, Teil einer Gruppe zu sein, und sei es zugunsten einer Sache, an die er glaubt, wie er an diese glaubt, während er mit ernstem Gesicht im Schneidersitz auf irgendeinem muffigen Teppich hockt und einfach nur zuhört, nur das Gesagte in sich aufnimmt, ohne selbst etwas dazu beizusteuern. Es ist auch nicht nur der sich beschleunigende Trommelrhythmus, mit dem die Bohème der frühen Fünfziger Joe in enge, spärlich beleuchtete Bongoschuppen lockt, wo eine augenblickliche und lebenslange Liebe zum Grasrauchen in ihm erwacht. Es liegt vielmehr daran, dass die Welt sich ihm öffnet, dass sie ihm wirklich offensteht und er in sie hineingeht, mit den Händen leicht über die glatten Rippen ihrer Höhlenwände streicht und ein trockenes Bad in ihrem silbernen Licht nimmt.

Es hat in unserer Ehe Momente gegeben, in denen Joe sich seiner Macht nicht bewusst zu sein schien, und es waren seine besten Momente. Mit den mittleren Jahren wurde er feist und kleidete sich nachlässig, trottete in einem beigen Fischerpullover durch die Gegend, der seinen Bauch nie kaschierte, ihn nur beim Gehen duldsam wiegte und frei schwingen ließ, wenn er Wohnzimmer, Restaurants oder Hörsäle betrat oder in Schuylers Gemischtwarenladen in unserer Heimatstadt Weathermill, New York, auftauchte, um seinen Vorrat an Hostess Sno-Balls aufzufrischen, jenen pinken, in Kokossplitter getunkten, durch und durch künstlichen Marshmallow-Kuppeln, denen er unerklärlicherweise verfallen war.

Stellen wir uns vor, wie Joe Castleman an einem Samstagnachmittag bei Schuyler eine zellophanierte Packung seiner Lieblingssüßigkeit kauft und gütig den arthritischen Ladenhund tätschelt.

»Tag, Joe«, sagt Schuyler, ein dürrer alter Mann mit einem delftblauen, triefenden Auge. »Was macht die Kunst?«

»Ach, ich gebe alles, Schuyler«, antwortet Joe mit einem tiefen Seufzer. »Und das ist nicht besonders viel.«

Joe konnte immer gut an sich zweifeln. Die gesamten Fünfziger, Sechziger, Siebziger, Achtziger und die erste Hälfte der Neunziger hindurch gab er sich als verletzlicher, leidender Künstler, ganz gleich, ob er gerade betrunken oder nüchtern, gut oder schlecht rezensiert, geschmäht oder geliebt war. Aber was genau war die Quelle seines Leidens? Anders als bei seinem alten Freund, dem angesehenen Romancier Lev Bresner, einem Holocaust-Überlebenden und gewissenhaften Chronisten der eigenen

Kindheit als Insasse eines Konzentrationslagers, war für Joes Unglück niemand Bestimmtes verantwortlich. Lev, mit den glänzenden, tiefgründigen Augen, hätte statt des Nobelpreises für Literatur den für Traurigkeit bekommen sollen. (Auch wenn ich immer Bewunderung für Lev Bresner empfunden habe, halte ich seine Romane doch für etwas überschätzt. Aber das laut auszusprechen, zum Beispiel bei einem Abendessen mit Freunden, wäre in etwa so, als würde man aufstehen und verkünden: »Ich lutsche gern an kleinen Jungs.«) Es ist nicht seine literarische Stimme, sondern Levs Thema, das einen zurückzucken und zittern und sich vor der jeweils nächsten Seite fürchten lässt.

Levs Pein ist echt; vor langer Zeit, als Joe und ich noch regelmäßig Gäste empfingen, blieben er und seine Frau Tosha häufig übers Wochenende, und dann legte er sich oft mit einem Eisbeutel auf unser Wohnzimmersofa, und ich sagte den Kindern, sie sollten still sein, und sie zerrten ihr lärmendes Spielzeug aus dem Zimmer, die Puppe mit ihren schnatternden Liebeserklärungen und den kleinen hölzernen Spaniel, der klackernd über den Boden rollte, wenn man ihn an einer Schnur hinter sich her zog.

»Lev braucht Ruhe«, sagte ich zu ihnen. »Geht nach oben, Mädels. Los, du auch, David.« Die Kinder blieben dann noch einen Augenblick lang am Fuß der Treppe stehen, reglos, gebannt. *»Wird's bald?«*, trieb ich sie an, und schließlich setzten sie sich widerstrebend in Bewegung.

»Dahnkeh, Joan«, sagte Lev mit schwerer Stimme. »Ich bin erschöpft.«

Er sagte es, und es wurde ihm *gestattet*. Man hätte Lev Bresner alles gestattet.

Joe dagegen konnte niemals behaupten, erschöpft zu sein. Wovon hätte er erschöpft sein sollen? Im Gegensatz zu Lev hatte ihm das Leben die traumatische Erfahrung des Holocaust erspart; er war ihm mühelos entgangen, indem er einfach nur ein bezaubernder kleiner Junge gewesen war, der in Brooklyn mit seiner

Mutter und seinen Tanten Karten spielte, während Hitler im Stechschritt über einen anderen Kontinent hinwegmarschierte. Während des Koreakriegs hatte Joe sich dann bei der Grundausbildung versehentlich mit einem Karabiner in den Knöchel geschossen, woraufhin er im Lazarett zehn Tage lang von Krankenschwestern umsorgt wurde und die Haut von Tapiokapudding kratzte, bevor man ihn wieder nach Hause schickte.

Nein, dem Krieg konnte er nicht die Schuld an seinem Elend geben – also gab er sie seiner Mutter, der Frau, die ich nie getroffen habe, die Joe mir aber im Laufe der Jahre bis ins Detail beschrieben hat.

Eine Sache, die ich über Lorna Castleman weiß, ist, dass sie im Gegensatz zu ihren beiden Schwestern und ihrer Mutter dick war. Wenn du sehr jung bist, kann dir eine dicke Mutter ein Gefühl von Sicherheit geben, dich womöglich sogar stolz machen. Du entflammst geradezu vor Stolz bei dem Gedanken, dass deine Mutter die größte, umfangreichste ist, die du kennst; auf die Freundinnen deiner Mutter, diese kläglichen Hungerhaken, die kaum einer Umarmung standhalten, schaust du voll Hochmut und Widerwillen hinab.

Später überträgst du dieses Gefühl Joe zufolge auf deinen Vater. Dein Vater sollte nach Möglichkeit groß und unerschütterlich sein, ein breitschultriges Wunder von einem Mann, der dich in sein Büro oder sein Geschäft mitnimmt oder wo auch immer er seine grauen, männlichen Tage verbringt, wo er dich in die Luft hebt und die Frauen, die auch dort arbeiten, um dich herum scharwenzeln und dir fusselige Bonbons zustecken, wahrscheinlich von der Sorte, die keiner mag: *Ananas*. Dein Vater sollte ein Kraftwerk sein; über den schimmernden, sich rasch vergrößernden Fleck auf seinem Schädel und die grunzenden Geräusche, die er von sich gibt, während er seine tägliche Portion gebratener Leber verzehrt, kannst du hinwegsehen. Er redet vielleicht nicht viel und zieht sich oft zurück, aber er ist noch immer stark wie ein

Ackergaul, und wenn sein Urinstrahl das Porzellan trifft, dann lässt er das Wasser darin erzittern, und es klingt wie ein Bach, der sich wundersamerweise durch alle Straßen Brooklyns schlängelt.

Dafür *graut* es dir inzwischen vor deiner dicken Mutter, dieser Frau, die sich mit Leichtigkeit innerhalb von zehn Minuten durch einen ganzen Schokoladenkuchen futtern kann, wie sie in Ebinger's Bakery in den grünen Kartons mit den kleinen Sichtfenstern stehen – die dick darauf gespachtelte Glasur, das poröse, pechschwarze Innere –, ohne Gewissensbisse zu haben. Du fühlst dich abgestoßen von der Mutter, mit der du immer durchs Viertel spaziert bist; sie war stets geschminkt und parfümiert, eher stattlich als dick: ein wandelndes Sofa.

Du hast sie geliebt wie verrückt, wolltest sie heiraten, fragtest dich, ob das ginge, ob es theoretisch möglich wäre, dass du eines Tages neben ihr stündest und einen Ring an ihren Finger zu stecken versuchtest, ob du ihrer würdig wärst. Lorna, deine Mutter in ihren kunterbunten Blumenkleidern, die sie in Flatbush in einem Geschäft namens La Beauté House of Discount Fashions kaufte, sie bedeutete dir alles.

Aber jetzt ist das Leben anders. Plötzlich wünschst du, deine Mutter wäre klein und zierlich. Haut und Knochen. Schmal. Kleidergröße XS. Zerbrechlich, aber schön. Wieso kann sie nicht ein bisschen mehr wie Manny Gumperts Mutter aussehen, eine elegante Frau mit einem Körper, so klein und verdichtet wie der eines Kolibris. Wieso kann sie nicht einfach *verschwinden*?

Aber das tat sie nicht, nicht für lange, lange Zeit. Nachdem der arme Martin Castleman in seinem Schuhladen tot umgefallen war, auf seinem niedrigen Plastikstühlchen zusammengesackt war, das Bein eines Mädchens zwischen die seinen geklemmt, einen Karton mit Sattelschuhen in der Hand, war Joe jahrelang mit seiner Mutter und den anderen Frauen allein. Sie blieb ein Teil seines Lebens, bis Joe vollständig erwachsen war und Carol, seine erste Frau, heiratete; erst dann, erst als sie durch Joes und Carols

Hochzeitsfeier kreiselte, verschwand Lorna. Es war ein Herzinfarkt aus heiterem Himmel, genauso wie der ihres Mannes, der Joe zur Waisen machte und im Bewusstsein der defekten Pumpe zurückließ, die er von ihnen beiden geerbt hatte. Der Tod seiner Mutter sei eine sehr verstörende Erfahrung gewesen, sagte Joe, wenn auch weniger traumatisch als der seines Vaters.

Aber an dieser Stelle muss ich gestehen: Als er mir die Geschichte erzählte, war mein erster, schrecklicher Gedanke: *Gutes Material.*

Ich stellte mir seine korpulente Mutter vor, in bester Laune, vor Aufregung gerötet, die Tanten mit ihren eleganten Kostümen und kleinen Handtäschchen, die Kellner, die mit ihren Tabletts voll Regenbogensorbet in geeisten Silberbechern die Runde machten; ich konnte sogar die an- und abschwellende Klezmer-Musik hören, zu der Joe und Carol, seine Braut, tanzten.

»Eins verstehe ich nicht«, sagte ich einmal zu ihm, irgendwann zu Beginn unserer eigenen Ehe. »Wieso hast du Carol überhaupt geheiratet?«

»Das hat man damals eben so gemacht«, gab er zur Antwort.

Das Problem war nur – oder zumindest beschloss Joe später, dass dies das Problem gewesen war –, dass Carol verrückt war. Richtig irrenhausmäßig verrückt, eine Bekloppte wie aus dem Bilderbuch. Über die erste Frau eines Mannes können Sie das getrost sagen, und alle Männer im Raum werden eifrig dazu nicken; sie wissen ganz genau, was gemeint ist. Erste Frauen sind immer Verrückte – die Art Verrückte, die ausrastet und wild mit den Augen rollt. Sie krümmen sich, sie stöhnen, sie explodieren von einem Moment auf den anderen, fallen in sich zusammen, lösen sich vor deinen Augen auf. Wahrscheinlich, sagte Joe, sei Carol bereits irre gewesen zu dem Zeitpunkt, als er ihr morgens um zwei in einem gottverlassenen Nachtcafé das erste Mal über den Weg gelaufen sei, einem dieser hopperesken Orte, an denen jeder, der über dem frisch gewienerten Tresen hängt, so aussieht, als würde er dir seine ganze tragische Lebensgeschichte erzählen, wenn du den Fehler begehst, ihm zuzuhören.

Doch Joe hatte es Carol nicht gleich angemerkt. Er hatte die Grundausbildung und die Verletzung, die er sich versehentlich selbst beigebracht hatte, gerade hinter sich gelassen, war allein und offen, und als er sie in jener Nacht zum ersten Mal sah, erlag er der seltsamen Anziehungskraft dieser kindlich wirkenden Frau mit dem braunen, zu einem sauberen Pony geschnittenen Haar und den Beinen, die nicht einmal bis zum Boden reichten. In ihren kleinen Puppenhänden hielt sie ein dickes Buch: Simone Weils gesammelte Schriften. Genauer gesagt, waren es die *Écrits* von Simone Weil, in der französischen Originalfassung. Er war augenblicklich beeindruckt und beschwor das einzige bisschen obskures Wissen herauf, das er über Simone Weil besaß – vielleicht war es nicht mehr als eine anekdotische Legende, aber der Kommilitone, der es ihm erzählt hatte, hatte geschworen, dass es stimme.

»Wussten Sie«, sagte er zu dem Mädchen namens Carol Welchak, das zufällig auf dem Barhocker neben ihm saß, »dass Simone Weil sich vor Obst fürchtete?«

Sie sah ihn skeptisch an. »Vor Obst. Natürlich.«

»Doch, doch, ist wirklich wahr«, beharrte Joe. »Ich schwöre es bei Gott. Simone Weil hatte Angst vor Obst. Man könnte sie als fructophob bezeichnen.«

Sie fingen beide an zu lachen, und das Mädchen nahm einen Orangenschnitz in die Hand, der unbeachtet neben den Pfannkuchen auf seinem Teller gelegen hatte. »Komm, Simone, *ma chérie*«, sagte sie mit französischem Akzent. »Komm und probier die leckere Orange!«

Joe war bezaubert. Was für ein Fundstück! Offenbar war die Welt voll von Mädchen wie ihr, die alle in kleinen Töpfchen vor sich hin schmorten und nur darauf warteten, von Männern entdeckt zu werden, die vorbeikamen, den Deckel hoben und tief einatmeten.

»Also, was machen Sie hier ganz allein, mitten in der Nacht?«, fragte er sie. Zu seiner anderen Seite kratzte sich ein Hafenarbeiter den mit Ausschlag überzogenen Hals; Joe schreckte zurück und versuchte, näher an das Mädchen heranzurutschen, was aber natürlich nicht ging, weil sein Hocker am Linoleumboden festgeschraubt war.

»Ich flüchte vor meiner Mitbewohnerin«, sagte Carol. »Sie spielt Harfe und übt die ganze Nacht lang. Manchmal wache ich auf, bevor es hell wird, und dann denke ich eine Minute lang, dass ich gestorben bin und die Engel am Fußende von meinem Bett herumschwirren und musizieren.«

»Das muss eine große Befriedigung sein«, sagte Joe. »Zu glauben, dass es wirklich einen Himmel gibt und dass man hereingelassen wurde.«

»Ach, glauben Sie mir«, sagte Carol, »die Befriedigung, ins Sarah Lawrence hineinzukommen, war bedeutend größer.«

»Ah, ein Sarah-Lawrence-Mädchen«, sagte er erfreut und entschied im selben Moment, dass sie als Kunsthochschulstudentin eine sehr kreative Person sein musste, deren Hände ständig mit Acrylfarbe aus dem Kunstseminar und Ambrosia von irgendeinem mitternächtlichen Wintersonnenwendritual befleckt waren. Er stellte sie sich außerdem als eine jener mongolischen Sexualakrobatinnen vor, von denen er gelesen hatte – Saltos schlagend, die sie wundersamerweise genau auf seinem Penis landen lassen würden: *ka-tsching!*

»Na ja, ich war eins«, sagte sie. »Ich bin mit dem Studium fertig. Also, sagen Sie mir, wer Sie auch sein mögen«, fuhr sie fort, »was machen *Sie* hier, mitten in der Nacht?«

Es war klar ersichtlich, dass sie es nicht begriff, noch nicht wusste, dass Männer wie Joe – dreiste Männer, die in den freien Vers ihrer eigenen Stimme und den verschmierten Glanz ihres eigenen Spiegelbildes auf ihren Schuhen verliebt waren – mitten in der Nacht gottverlassene Nachtcafés aufsuchten, ganz einfach, weil sie es konnten. Und New York war zu diesem Zeitpunkt, 1953, ein spektakulärer Ort, um als junger Mann nachts darin umherzustreifen. Die Stadt bestand aus Leuchtschrift und Brückenlichtern und Dämpfen, die in Schachbrettmustern durch die Lüftungsgitter aus der U-Bahn auf die Straße drangen. An jeder Straßenlaterne schienen sich hingebungsvoll küssende Paare strategisch platziert worden zu sein.

»Was ich hier mache?«, antwortete Joe. »Ich leide unter Schlaflosigkeit. Weil ich nachts nicht schlafen kann, stehe ich auf und gehe spazieren. Was ich mache, ist so zu tun, als wäre die ganze Stadt meine Wohnung. Da drüben ist das Badezimmer« – er zeigte aus dem Fenster – »und dort hinten steht der Kleiderschrank, in dem meine Jacketts hängen.«

»Dann muss das hier wohl die Küche sein«, sagte Carol. »Und Sie sind gerade hereingekommen, um sich eine Tasse Kaffee zu holen.«

»Ganz genau«, sagte er und lächelte sie an. »Schauen wir doch mal, ob ich noch etwas im Kühlschrank habe.«

Sie schaukelten auf ihren Hockern rastlos hin und her, ein kleiner Paarungstanz. Dann ließen sie die Rechnung kommen, bezahlten und nahmen sich beide eine Handvoll der mit Puderzucker bestäubten kissenförmigen Pfefferminzbonbons, wie sie aus irgendeinem Grund in einem geflochtenen Strohkörbchen neben jeder Kasse in jedem Nachtcafé der Welt liegen, so als hätten sich alle Nachtcafébesitzer versammelt und gemeinsam einen Beschluss gefasst. Und dann hielt er ihr die Tür auf, und sie gingen gemeinsam in die Nacht hinaus. Mit Joe an ihrer Seite, der ebenso wie sie ein Mintkissen lutschte, um seinen Mund für den Kuss frischzumachen, der früher oder später kommen würde, vermochte Carol die spätnächtliche Wildheit der Stadt auf eine Weise zu genießen, wie es ihr allein nie gelungen war. Welch eine beglückende Erfahrung, sich entspannen zu können, sich nicht sorgen zu müssen, Teil von etwas so Riesigem, Lebendigem zu sein. Die Nacht war kalt, und die Spitzen der Gebäude sahen aus wie frisch angespitzt. Er hielt ihre kleine weiße Hand und führte sie durch die verlassenen Straßen wie durch sein Zuhause, denn er war einer jener Männer, und es gehörte alles ihm.

»Wir landen jetzt bald«, sagte die brünette Stewardess in beinahe entschuldigendem Ton, während sie den Mittelgang unseres Flugzeugs entlangschlenderte. Nach mittlerweile neun Stunden Flug hatte sich das saubere, mit Erwartungen aufgeladene Vergnügen, das es zu Beginn gewesen war, in die unleidliche, unruhige Schmuddeligkeit verwandelt, die sich einstellte, wenn man sich zu lange auf zu kleinem Raum aufhielt. Die ehemals so aseptische Luft beherbergte jetzt eine Million Fürze, Mais-Chips und feuchte Waschlappen. Die Kleider waren zerknittert, die Sitze oder zusammengeknüllten Jacken, auf denen die Leute geschlafen hatten, hatten Falten auf ihren Wangen hinterlassen. Und selbst die brünette Stewardess, die eingangs so verführerisch auf Joe gewirkt hatte, sah inzwischen wie eine müde Hure aus, die auf den Feierabend wartet. Sie hatte keine Kekse mehr anzubieten; ihr Korb war leer. Stattdessen kehrte sie auf ihren Platz im hinteren Bereich des Fliegers zurück, und ich sah zu, wie sie sich anschnallte und Atemspray in ihren Mund sprühte.

Wir waren wieder allein. Viele Reihen hinter uns saß, durch einen Vorhang von uns getrennt, Joes Lektorin, Sylvie Blacker, zusammen mit zwei jungen Pressedamen und Joes Agent, Irwin Clay. Joe hatte zu keinem der vier eine besondere Beziehung. Sie waren alle noch frisch; Hal, sein langjähriger Lektor, war gestorben, und sein früherer Agent hatte sich zur Ruhe gesetzt, und Joe war zu anderen Leuten weitergereicht worden, die den Verlag teilweise ebenfalls schon verlassen hatten, und diese Leute hier waren nicht etwa vor Ort, weil sie Joe in irgendeiner Weise nahestanden, sondern weil es sich für sie so gehörte und um durch ihre Anwesenheit einen Teil des Ruhms für sich in

Anspruch zu nehmen. Joes Freunde und die restliche Familie waren zu Hause geblieben; er hatte ihnen gesagt, sie müssten nicht mit nach Finnland kommen, es gebe schlicht keinen Grund dafür, er sei bald zurück und werde ihnen dann alles erzählen, und natürlich mussten sie auf ihn hören. Das Flugzeug begann sich durch eine geflochtene Wolkendecke zu senken und brachte Joe, mich und alle anderen in seinem Inneren dem ausklingenden Herbst in einer kleinen, hübschen, unbekannten skandinavischen Stadt näher.

»Alles gut?«, fragte ich Joe, der während der stillen Antiklimax eines Sinkflugs immer etwas ängstlich wurde, wenn es so schien, als setzten die Motoren aus, und das Flugzeug dahintrudelte wie der Balsaholzflieger eines Kindes.

Er nickte und sagte: »Ja, danke, Joan, es geht mir gut.«

Ich hatte ihm die Frage nicht aus echter Sorge gestellt; es war eher eine Art ehelicher Reflex gewesen. Überall auf der Welt fragten Männer und Frauen einander routinemäßig und einigermaßen sinnlos: *Alles gut?* Es ist Teil der Abmachung; man macht das eben so, denn es impliziert, dass man sich um den anderen sorgt, dass man aufmerksam ist, auch wenn man in Wahrheit von einer tiefen, unerbittlichen Langeweile ergriffen ist. Joe wirkte in der Tat ruhig, wie ich feststellte, wofür allerdings der mangelnde Schlaf wohl zumindest teilweise verantwortlich war. Ich hätte nicht mehr sagen können, wann er zuletzt eine Nacht durchgeschlafen hatte. Er litt an Schlaflosigkeit, seit ich ihn kannte, aber dieser Zustand erreichte jedes Jahr einen krisenhaften Höhepunkt, kurz bevor in Helsinki der neue Preisträger verkündet wurde.

Jedes Jahr aufs Neue hört man die Geschichten von den Preisträgern, die den Telefonanruf für einen Scherz halten. Es gibt legendäre Erzählungen über Schriftsteller, die vom Läuten des Telefons geweckt werden und den Mann mit dem Akzent am anderen Ende beschimpfen, zu ihm sagen: »Wissen Sie, wie spät es ist?« Dann erst, nachdem sie an die Oberfläche des Bewusstseins gestiegen sind, dämmert ihnen, worum es bei dem Anruf geht, dass es kein Scherz ist und dass ihr Leben nie mehr dasselbe sein wird.

Natürlich ging es hier nicht um den Nobelpreis; diese Sache war ein paar Klassen niedriger, ein trotziges Stiefkind, das seinen Ruf im Laufe der Zeit durch die schiere Höhe seiner Preisgelder (das diesjährige entsprach 525 000 Dollar) stetig verbessert hatte. Es war nicht der Nobel, und Finnland war nicht Schweden. Aber es war trotzdem eine außerordentliche Ehre und ein schöner Nervenkitzel. Es hob einen empor – vielleicht nicht in Stockholmer Höhen, aber doch ein Stück weit.

Romanciers, Verfasser von Kurzgeschichten, Dichter – alle hofften sie verzweifelt darauf zu gewinnen. Sobald ein Preis ins Leben gerufen wird, gibt es irgendwo auf der Welt auch einen, der ihn unbedingt haben will. Erwachsene Männer gehen in ihren Häusern auf und ab und zerbrechen sich den Kopf darüber, wie sie etwas gewinnen können, und kleine Kinder hyperventilieren beim Gedanken, mit vergoldeten Pokalen ausgezeichnet zu werden, weil sie so schön schreiben oder schwimmen können – oder einfach, weil sie so gute Stimmung verbreiten. Vielleicht vergeben auch andere Gattungen Auszeichnungen: bester teilnehmender Plattwurm; hilfreichste Krähe.

Mehrere seiner Freunde hatten Joe seit Monaten wegen des Helsinki-Preises in den Ohren gelegen. »Dieses Jahr kriegst du ihn«, sagte sein Freund Harry Jacklin. »Du wirst alt, Joe. Wahrscheinlich fängst du bald an, Hochwasserhosen zu tragen. Sie können es sich nicht leisten, dich zu übergehen. Sie würden ganz schön dumm dastehen.«

»Du meinst wohl, *ich* würde dumm dastehen«, sagte Joe.

»Nein, *sie*«, insistierte Harry, dessen Gebiet die Lyrik war, was mit ziemlicher Sicherheit bedeutete, dass er sein Lebtag unbekannt und abgebrannt sein würde, was ihn jedoch nicht daran hinderte, mit allem und jedem um die Wette zu eifern; er war ein übler Spötter, so wie alle Dichter, die Joe kannte. So war es immer: Je kleiner der Kuchen, desto stärker der Drang, ein größeres Stück davon abzubekommen.

»Ich werde ihn nicht bekommen«, sagte Joe zu Harry. »Du erzählst mir seit drei Jahren, dass ich ihn bekomme. Du bist wie der Junge, der so lange ›Feuer!‹ ruft, bis ihm keiner mehr glaubt.«

»Es hat ein bisschen gedauert«, sagte Harry, »aber jetzt habe ich ihre Strategie durchschaut. Weißt du, die haben da in Helsinki gesessen, rohen Fisch gefuttert und einfach abgewartet. Ihr Plan war, dass sie ihn dir geben, wenn du dieses Jahr noch am Leben bist. Du bist politisch korrekt, und darauf kommt es heutzutage an, jedenfalls, wenn es nach denen in Helsinki geht. Du hast diesen besonderen Faktor, dieses besondere Gespür für Frauen. Du weigerst dich, das andere Geschlecht zum Objekt zu degradieren, so heißt es doch immer über dich, oder? Du entwirfst eine weibliche Figur und steckst sie in eine Ehe hinein, in eine Familie, in ein Doppelbett in der Vorstadtsiedlung und hast trotzdem nicht das Bedürfnis, ihre ... ich weiß auch nicht, ihre *Schamhaare* in poetischen Worten zu beschreiben: ›ein Heiligenschein aus gebrannter Siena‹ oder so, wie es der Rest deiner Bande machen würde.«

»Ich habe keine ›Bande‹«, sagte Joe.

»Du weißt, was ich meine«, fuhr Harry fort. »Du mischst so eine Art *Feminismus* in deine Sachen, wenn man es so nennen kann – obwohl das Wort mich immer an mit Kettensägen bewaffnete Kampflesben denken lässt. Du bist ein Original, Joe! Ein großer Schriftsteller, der nicht nur aus einem Schwanz besteht. Du bist zur Hälfte Schwanz und zur Hälfte Muschi.«

»Ha!«, sagte Joe. »Das ist aber nett von dir. Und so poetisch ausgedrückt.« Mehrere seiner Freunde schlossen sich der Argumentation des Dichters an; sie erklärten, dass es in jenem Jahr weltweit nur wenige offensichtliche Kandidaten für den Helsinki-Preis gebe. In Amerika war es ein Jahr des literarischen

Sterbens gewesen, einer nach dem anderen waren sie dahingeschieden, Männer, die Joe gekannt hatte, seit sie sich in den Fünfzigern bei sozialistischen Zusammenkünften begegnet waren. Ein Jahrzehnt später hatten sie sich zu nächtelangen Marathonlesungen getroffen, mit dem Ziel, gegen den Vietnamkrieg zu demonstrieren und alles Leben aus dem Publikum zu saugen. Und dann hatten sie sich in den Achtzigern wiedergesehen, nachdem sie sich alle naiverweise bereit erklärt hatten, für Werbeanzeigen einer furchterregend teuren Armbanduhr zu posieren, die von einer traditionsreichen, eleganten deutschen Firma mit einer unappetitlichen nationalsozialistischen Vergangenheit gefertigt wurde. Und schließlich hatten sie begonnen, zu den Beerdigungen ihrer Gruppenmitglieder zusammenzukommen. Beim Begräbnis des Dramatikers Don Lofting hatte Joe festgestellt, dass jeder einzelne der Schriftsteller noch sein Exemplar der deutschen Armbanduhren trug, das sie hatten behalten dürfen.

Harry Jacklin hatte recht damit, dass nur noch wenige von Joes Altersgenossen am Leben waren, die den Preis verdient hätten, nur wenige Schriftsteller, deren Gesamtwerk so massiv und kraftvoll war wie das seine. Lev Bresners Helsinki-Moment war schon vor sieben Jahren gekommen; es war absolut keine Überraschung gewesen, man hatte seit Langem damit gerechnet, und dennoch hatte Joe sich, als er davon erfuhr, für mehrere Tage in ein Bett in einem abgedunkelten Zimmer zurückgezogen, wo er sich hauptsächlich von Barbituraten und Scotch ernährt hatte. Drei Jahre später hatte Lev dann völlig überraschend auch noch den Nobelpreis gewonnen, und bis zum heutigen Tage fiel es Joe schwer, darüber zu sprechen.

Der Nobelpreis war weit außerhalb von Joes Reichweite, das wussten wir beide, und irgendwie war es uns beiden gelungen, es zu akzeptieren. Auch wenn er in Europa populär war, war sein Werk doch nicht in der Weise um die Welt gegangen, wie es für den Gewinn des Preises notwendig gewesen wäre. Er war amerikanisch und introspektiv und neigte dazu, um seinen eigenen Nabel zu kreisen. Wie Harry bemerkt hatte, war er politisch korrekt, ohne dabei in irgendeiner Weise politisch zu sein. Für den Helsinki-Preis hatte es gerade so gereicht, denn die Kritiker hatten stets Joes Vision der zeitgenössischen amerikanischen Ehe bewundert, in der er die weibliche Gefühlswelt nicht weniger als die männliche auszuloten schien, aber erstaunlicherweise ohne Gift zu verspritzen und ohne Schuldzuweisungen. Und seine Bücher hatten bereits in einem frühen Stadium seiner Karriere den Sprung nach Europa geschafft, wo er als noch wichtiger erachtet wurde als in den Vereinigten Staaten. Joes schriftstellerisches Werk ließ sich der alten Nachkriegsschule zuordnen, die sich vorrangig mit der Ehe auseinandersetzte – mit Ehemännern und -frauen, die in winzigen Apartments oder kistenartigen, zugigen Kolonialgebäuden in Vorortstraßen mit Namen wie Bethany Court oder Yellow Swallow Drive wohnten. Die Männer waren tiefsinnig, aber verbittert, die Frauen traurig und lieblich, die Kinder unzufrieden und bockig. Die Familien, durch und durch amerikanisch, zerbröckelten in unterschiedliche Interessengruppen. Joe bediente sich bei seinem eigenen Leben, verwendete zunächst Details aus Kindheit und frühem Erwachsenenalter und dann aus seinen beiden Ehen.

Seine Romane waren in Dutzende von Sprachen übersetzt worden, die Lizenzausgaben drängten sich im Bücherregal seines Arbeitszimmers aneinander. Da war sein erster Roman, *Die Walnuss*, dieses schmale Bändchen aus deutlich unschuldigeren Zeiten, das von einem verheirateten Professor und seiner besten Studentin handelt, die sich ineinander verlieben, was zu Ereignissen führt, aufgrund derer der Professor überstürzt Frau und Kind verlässt und mit der Studentin nach New York durchbrennt, wo er sie schließlich heiratet. Dieses Buch ist nichts anderes als eine Autobiografie – die Geschichte von uns beiden und Joes erster Frau Carol.

Daneben standen im Regal die fremdsprachigen Ausgaben – *La Noix, La Noce, La Nuez, Valnut* … Dann war da noch sein mit dem Pulitzer-Preis ausgezeichnetes Buch *Überstunden,* das übersetzt die Titel *Heures Supplémentaires, Horas Adicionales* und *Overtid* trug. Der Pulitzer war eine Genugtuung gewesen, eine belebende Euphoriedusche, aber das lag so viele Jahre zurück, dass selbst diese tiefe Befriedigung längst vergessen war.

Auf dem Autorenfoto, das die Rückseite von *Überstunden* ziert, hat Joe noch die dicht herabhängenden Haare, denen ich heute manchmal zu meiner eigenen Überraschung nachtrauere. Jetzt sind sie schon seit Langem schütter und grau, aber damals fielen sie ihm immer ins Gesicht, sodass ich sie zur Seite schieben musste, um seine Augen sehen zu können. In unseren ersten Jahren war er attraktiv und schlank wie ein Windhund, sein Bauch hart und konkav. Seine Erektionen waren endlos, in der Schwebe gehalten durch die unsichtbare Hand einer Frau (nicht notwendigerweise meine eigene), eine Muse, die in sein glühendes Ohr flüsterte: *Du bist brillant*. Seit dem Pulitzer sind Jahrzehnte vergangen; natürlich gab es noch andere amerikanische Preise, Preise, die Joe in die faden Speisesäle von New Yorker Hotels führten, wo er Hühnerbrust aß, seine Beute beanspruchte und eine Rede hielt, während ich mit den anderen Ehefrauen und dem einen oder anderen Ehemann schweigend dasaß und zuschaute. Aber jetzt war es Zeit für einen weiteren Preis, einen großen. Er brauchte den Treibstoff, den er daraus gewinnen würde, das üppige, nahrhafte Vergnügen und das begleitende Delirium.

An dem Abend bevor der Anruf aus Helsinki kommen sollte – *wenn* er denn käme –, ging ich früh zu Bett. Joe wanderte natürlich noch im Haus umher. Es ist ein altes Haus – Baujahr 1790 –, weiß gestrichen und gut instand gehalten, mit einer niedrigen, moosbesetzten Steinmauer davor. Es gibt viele Zimmer darin, durch die ein schlafloser Mann geistern kann. Wäre ich ein besserer Mensch, dann wäre ich natürlich mit ihm aufgeblieben, so wie in all den Jahren zuvor. Aber ich war müde und hungerte nach Schlaf, so wie ich früher nach dem Gefühl unserer sich aneinanderpressenden Körper gehungert hatte. Und außerdem wollte ich die ganze Prozedur nicht schon wieder mitmachen. Ich hörte ihn unten rascheln wie einen Hamster, hörte, wie er in der Küche Schubladen öffnete und Gegenstände herausnahm, dann ein Geräusch wie von einem Käsehobel und einem Löffel, die gegeneinandergeschlagen wurden, ein mitleiderregend offensichtlicher Versuch, mich aufzuwecken.

Ich wusste, wie er tickte; ich wusste alles über ihn, so wie Ehefrauen es eben tun. Tatsächlich kannte ich sogar sein Inneres, weil ich mit in der Praxis gewesen war, als Dr. Ruffner die Bilder von Joes Darmspiegelung präsentierte. Wir saßen da und schauten zu, wie das Licht durch seine ganz privaten Rohrleitungen reiste, und von da an waren wir wirklich lebenslang aneinandergeschmiedet. Wenn du dem Darm deines Mannes bei der Arbeit zugesehen hast, wenn du gesehen hast, wie sich der Strahlenkranz seines Schließmuskels schüchtern zusammenzieht, wenn du dem gemächlichen Fluss des Kontrastmittels durch einen endlosen menschlichen Schlauch gefolgt bist, dann weißt du, dass ihr zusammengehört.

Jahre später hatte ich dann, im Beisein eines kleinen, eleganten, brahmanischen Kardiologen namens Dr. Vikram, die Möglichkeit, ein Sonogramm von Joes Herz zu sehen, jener nicht einwandfrei funktionierenden, übereifrigen Faust, deren Mitralklappe sich nachlässig, fast wie betrunken schloss.

Und heute Abend durchschaute ich ihn wieder, konnte dabei zusehen, wie sein Geist Ideen, Ahnungen hervorbrachte.

»Diesmal könnte ich tatsächlich gewonnen haben«, hatte Joe beim Abendessen zu mir gesagt. Ich weiß noch, dass wir Stubenküken aßen, deren winzige Knochen sich hinterher auf den Tellern türmten. »Harry glaubt daran. Und Louise auch.«

»Ach, die glauben es doch immer«, sagte ich.

»Hältst du es denn für *völlig* unmöglich, Joan?«, fragte er.

»Ich weiß es nicht.«

»Gib mir eine Prozentzahl.«

»Ich soll dir eine Prozentzahl für die Wahrscheinlichkeit geben, dass du den Helsinki-Preis gewinnst?« Joe nickte. In diesem Moment fiel mein Blick auf einen Milchkarton, der auf dem Tisch stand, also sagte ich: »Eins Komma fünf Prozent.«

»Du glaubst, meine Gewinnchancen stehen bei *eins Komma fünf Prozent?*«, fragte er trübsinnig.

»Ja.«

»Ach, scheiß drauf«, sagte er, und ich zuckte mit den Schultern und sagte, dass es mir leidtue und ich ins Bett ginge.

Da lag ich also und war mir der außerordentlichen Macht bewusst, die mir dieser Moment der Verweigerung verlieh, wohl wissend, dass ich hätte zu ihm gehen und ihm bei seiner Nachtwache Gesellschaft leisten sollen. Doch stattdessen lag ich einfach nur hellwach im Bett, und es verging eine sehr lange Zeit, bis ich schließlich seine Schritte auf der schmalen alten Treppe hörte. Wenn ich nicht zu ihm käme, dann würde er eben zu mir kommen. Ehefrauen sollen Trost spenden, sie sollen damit um sich werfen wie mit Reis auf einer Hochzeit. Ich hatte das für ihn und jedes unserer drei Kinder in herausragender Weise getan, und meistens hatte es mir sogar Freude bereitet.

Ich war immer mit Joe aufgeblieben, wenn er sich quälte, hatte mich ans Bett der Kinder gesetzt, wenn sie Albträume hatten, selbst als unsere Tochter Alice einmal Mescalin genommen und einen schlechten Trip hatte, bei dem alle ihre alten Kuscheltiere zum Leben erwachten und sie verspotteten. Sie hatte eine solche Angst in jener Nacht, und sie klammerte sich an mich wie ein Beuteltier oder wie ein viel jüngeres Kind und sagte immer wieder: »Mama, Mama, hilf mir, *bitte* hilf mir!«

Ihr Wehgeschrei war fast nicht zu ertragen, aber wie alle Mütter hielt ich mit klopfendem Herzen und unbewegter Miene durch und ergoss einen endlosen Strom mütterlicher Nichtigkeiten über sie, bis die Wirkung der Droge irgendwann nachließ und sie einschlafen konnte.

Und ich tat es wieder und wieder, auch als unser Sohn David Wutausbrüche hatte, die im Laufe der Jahre in regelmäßigen Abständen wiederkehrten. In der Schule, wo sie uns gesagt hatten, dass er brillant sei, aber »seelische Probleme« habe, verprügelte er andere Kinder. In seinen Zwanzigern und Dreißigern gab es Kneipenschlägereien und Straßenkämpfe, und einmal schlug er mehrfach mit einem schweren Brotlaib auf seine Freundin, eine Heroinabhängige auf Entzug, ein. Er ist unser Sorgenkind: ein hoch aufgeschossener Mann Ende dreißig, der abwechselnd teilnahmslos und wütend ist, ein gut aussehender Kerl, der nachts in einer New Yorker Kanzlei Schreibarbeiten erledigt und keine weiteren Ambitionen, keine Hoffnungen auf Glück oder Ruhm unterhält. Aber er ist eines meiner Kinder: Joe und ich haben ihn gezeugt. Also versuchte ich ihm, wenn er in reuigen Augenblicken zu mir kam, die Wertlosigkeit auszureden, die er für sich selbst in Anspruch nahm, nicht mit harten Fakten, sondern nur mit meiner ruhigen, effektiven Erscheinung, ausgestattet mit einem Nachthemd und dem Mitgefühl, das sich auf ganz natürliche Weise einstellt, wenn man das eigene Kind leiden sieht.

Ich war immer für sie da, sowohl für David als auch für seine Schwestern Susannah und Alice, und ich war gut darin, für sie da zu sein. Ich sprach sanft zu ihnen, und wenn es notwendig war, strich ich ihnen über das Haar und brachte ihnen Wassergläser ans Bett.

Jetzt, spätnachts im Haus, wollte der unruhig wartende Joe, dass ich *ihm* über das Haar strich, es aus seinen Augen strich, wie ich es früher getan hatte. Er erreichte den Treppenabsatz, betrat das Schlafzimmer, legte sich ins Bett und schloss die Arme um mich, während ich so tat, als schliefe ich. Ich spürte instinktiv, dass er eigentlich nicht wollte, dass die Berührung in Sex überging, aber dass es ihm zugleich an Alternativen mangelte. Sex war immer eine vernünftige Idee gewesen, eine, die uns beiden gleich gut gefiel, die Mäntel auf irgendjemandes Bett, die sich auf den Boden ergossen, ein Mund an einer Brust, ein Mund an einem Penis. Hinterher sprachen wir manchmal über die Lächerlichkeit all dieser versachlichten pornografischen Bilder, über ihre primitive Qualität, die Art, wie sie uns alle gleichmachten, unsere ganze Spezies flach klopften zu einem einzigen Pfannkuchen aus Gelüsten und Flüssigkeiten und gleichförmigen Trieben, die auf vorhersehbare Weise abgebaut wurden.

Triebe. Wir hatten sie beide, Joe und ich, und normalerweise schämten wir uns ihrer nicht, auch wenn er vor langer Zeit einmal zu mir gesagt hatte: »Mit diesen Schenkeln könntest du ein Krokodil umbringen«, so fest hatte ich ihn umschlungen. Hinterher war es mir peinlich gewesen. Frauen wollen nicht, dass die wolframstahlhafte Stärke ihres sexuellen Verlangens offen angesprochen wird; sie soll diskret gehandhabt werden wie Blähungen. Meine Lust war lange Zeit so stark wie seine gewesen, bis ich plötzlich, irgendwann in meinen Vierzigern, feststellte, dass sie es nicht mehr war, dass sie mich verlassen und mein Glück, meine Zufriedenheit, meine sexuelle Einsatzbereitschaft und das Gefühl, Joe Castlemans andere Hälfte zu sein, mitgenommen hatte.

Doch in dieser Nacht voller Erwartungen schien Joe, obwohl wir einander seit Ewigkeiten – war es ein Jahr gewesen? – nicht angerührt hatten, plötzlich auf einen geheimen Vorrat an Verlangen und Nostalgie in seinem Inneren gestoßen zu sein, und er schob eine Hand auf meine Brust, und ich fühlte, wie sich die Brustwarze gehorsam zu einem Knoten verdichtete.

»Mach das nicht«, sagte ich, nicht länger die Schlafende spielend.

»Was denn?« Er wusste es genau.

»Mich benutzen, nur weil du nicht schlafen kannst.«

»Ich *benutze* dich nicht, Joan«, sagte er, aber er ließ die Hand herabsinken. »Bist du aber empfindlich. Ich wollte dich lediglich berühren.«

»Du hast nur nach einer Beschäftigung gesucht«, sagte ich und setzte mich auf. »Du bist dabei, durchzudrehen, und weißt nicht, wohin mit dir.«

»Gut, kann sein, dass es so ist, aber ich verstehe nicht, warum es dir nicht so geht«, sagte er. »Heute Nacht wird sich zeigen, ob die Welt mich vergessen hat.«

»Du weißt genau, dass sie es nicht tut«, sagte ich. »Es gibt so viele Beweise dafür; wie viele brauchst du denn noch? Die ganze Welt gehört dir, Joe. Du stehst immer noch ganz oben. Du bist immer noch bedeutend.«

Aber er schüttelte den Kopf. »Von wegen«, sagte er. »So fühlt es sich überhaupt nicht an.«

Ich sah ihn an und merkte, dass ich immer noch Zuneigung für ihn in mir fand. Dies war so ein Moment, mitten in der Nacht wurde eine Kernprobe aus meinem Inneren entnommen. Ich konnte unglaublich wütend auf ihn sein, konnte ihn verabscheuen und über hinterhältige psychologische Maßnahmen nachdenken, um ihn zu geißeln, ich konnte ins Bett gehen und ihn einsam durch unser großes altes Haus irren lassen, und doch war ich hier, entgegen besserem Wissen.

»Weißt du, dass du ein ganz erbarmungswürdiger Mensch bist?«, sagte ich.

»Ich nehme an, du meinst ›erbarmungswürdig‹ im besten Sinn«, sagte Joe mit einem leichten Lächeln.

»O ja«, versicherte ich ihm. »Absolut.«

Joe hatte den Kopf auf meine Schulter gelegt, und wir richteten uns für den Rest der Nacht ein. Wenn die Sonne am Morgen aufginge und wir noch immer so dalägen, ohne dass das Telefon geklingelt hätte, dann wüsste er, dass ein weiteres Jahr vorbeigegangen wäre, ohne dass er den Helsinki-Preis gewonnen hätte, und dass er es wohl niemals täte. Und dennoch wäre irgendwie alles in Ordnung, denn er hätte eine Ehefrau, und das ist etwas, das jeder braucht.

Joe hatte mir einmal gesagt, ihm täten Frauen leid, weil sie nur Ehemänner abbekämen. Ehemänner versuchten zu helfen, indem sie Antworten gaben, logisch dachten, ihre Kraft auf sture Weise punktuell und oberflächlich einsetzten wie eine Heißklebepistole. Oder sie versuchten es gar nicht erst, weil sie ganz woanders waren, allein durch die Welt zogen. Aber Ehefrauen, ach Ehefrauen – sie konnten, wenn sie nicht gerade bitter oder melancholisch waren oder die Kugeln auf dem Rechenschieber ihrer Enttäuschung zählten, auf grazile, leichthändige Weise für einen sorgen.

Morgens um zwanzig nach fünf wurde mein tiefer Schlaf nur gelegentlich durch das körpereigene Arsenal an Stallgeräuschen wie Schnarchen und Seufzen unterbrochen, das Menschen in meinem Alter üblicherweise von sich zu geben beginnen. Aber Joe lag hellwach neben mir, als das Telefon klingelte.

Wenn er später Freunden die Geschichte erzählte, überarbeitete er die Ereignisse der Nacht, schrieb sich selbst die Rolle des unschuldig Schlafenden zu, den das Telefonklingeln hochschrecken ließ. In seiner idealisierten Fassung klingelte es, er setzte sich desorientiert im Bett auf (»Wa…? Was?«), streckte die Hand nach dem Telefon aus und stieß dabei ein Glas Wasser um. Als er schließlich in den Hörer sprach, habe seine Stimme angeblich breiig und schlaftrunken geklungen. Und ich an seiner Seite soll erschrocken nach Luft geschnappt und die Arme um ihn geschlungen haben, als ich die Nachricht erfuhr (»Joe, ach Joe, du hast so hart dafür gearbeitet …«), woraufhin wir beide zu weinen angefangen hätten.

Er musste es auf diese Weise erzählen, um nicht übereifrig und gierig zu wirken, nicht wie jemand, der sich sicher gewesen war, dass der Anruf aus Finnland diesmal ganz bestimmt kommen würde.

Die Wahrheit war, dass Joe mit einer schnellen, sicheren Bewegung nach dem Hörer griff, ohne irgendetwas umzuwerfen. Seine Stimme war fest, als er sich meldete. In der Verbindung schwangen ein leichtes Rauschen und die Andeutung mit, dass beide Stimmen in einem Zeitverzögerungstunnel gefangen waren.

Ein Mann mit fremdländischem Akzent sprach in einem demütigen und zugleich herzlichen Tonfall. Er fragte nach Mr Castleman, »Mr *Yoseph* Castleman«, präzisierte er, und dann überbrachte er ihm die Nachricht. Joe spürte, wie sich seine Brust mit einem schmerzhaften Stolz blähte, der eine verstörende, entfernte Verwandtschaft zu einem Herzinfarkt erahnen ließ; er presste seine Handfläche auf sein Herz, um es zum Schweigen zu bringen.

»Darf Joan, meine Frau, auf dem anderen Apparat mithören?«, fragte Joe Teuvo Halonen, den amtierenden Präsidenten der Finnischen Literaturakademie. »Ich finde, sie sollte dabei sein.«

»Selbstverständlich«, sagte der Finne.

Ich saß inzwischen aufrecht im Bett und starrte Joe mit wildem Blick an, mein eigenes Herz schlug mir bis zum Hals, biochemische Botenstoffe strömten aus allen Kanälen auf mich ein, und ich trippelte in meinem Nachthemd den Korridor entlang, um in Susannahs altem Jugendzimmer ans Telefon zu gehen.

»Hallo«, sagte ich in den Hörer des pinken Prinzessinnentelefons meiner Tochter. »Hier ist Joan Castleman.« Ich setzte mich auf das Bett unter dem Bücherregal mit den alten, makellosen Ausgaben ihrer Nancy-Drew- und Trixie-Belden-Romane.

»Hallo, *Yoan* – Mrs Castleman, wollte ich sagen. Wie ich höre, möchten Sie an dieser Unterhaltung teilnehmen«, sagte Mr Halonen. »Nun, die Wahl für den diesjährigen Preis ist auf Ihren Gatten gefallen.«

Ich holte Luft. »Wow!«, sagte ich. »Oh. O mein Gott!«

»Er ist ein wundervoller Schriftsteller«, fuhr Halonen ruhig fort, »der dieser Auszeichnung würdig ist. Wir fühlen uns geehrt, diesen werten Gentleman küren zu dürfen, dessen Werke über die Jahre hinweg stets von herzzerreißender Schönheit und großer Bedeutsamkeit gewesen sind. Seine Karriere hat eine große Entwicklung durchlaufen; er hat an Format gewonnen, was wir mit großer Freude beobachtet haben. Er ist mit jedem Buch reifer geworden. Ich muss sagen, dass mein persönlicher Favorit *Pantomime* ist, da mich Louis und Margaret Strickler aus dem Buch so an mich und meine Frau Pippa erinnern. Sie sind so fehlbar! So menschlich! Sie müssen sich darauf gefasst machen, Mrs Castleman«, setzte er hinzu, »dass Sie sich in wenigen Stunden die Presse mit Händen und Füßen werden vom Leib halten müssen.«

»Ich bin doch kein Filmstar, Mr Halonen«, sagte Joe an dem anderen Apparat. »Ich bin ein literarischer Autor, und das gilt in den USA nicht mehr viel. Die Leute haben heutzutage andere Sorgen.«

»Aber der Helsinki-Preis ist bedeutsam«, sagte Halonen. »Wir wissen natürlich, dass es nicht der Nobel ist«, fügte er obligatorisch mit einem verlegenen, aufschlussreichen Lachen hinzu, »aber das Interesse ist nicht weniger groß. Sie werden schon sehen.« Er erläuterte noch weitere Einzelheiten, einschließlich des schwindelerregend hohen Preisgeldes und der Reise nach Helsinki, die Joe würde antreten müssen. »Wir rechnen selbstverständlich auch mit Ihrer Anwesenheit, Mrs Castleman«, fügte er rasch hinzu. In dieser Woche würde Joe bei uns zu Hause ein offizielles Interview geben, erklärte er weiter, und in der folgenden Woche in Vorbereitung unserer Finnlandreise einen Fototermin absolvieren. »Doch mir ist bewusst, dass ich Sie geweckt habe«, fuhr Halonen fort, »und ich werde Sie jetzt weiterschlafen lassen. Der Untersekretär unseres Büros wird sich später am Tag mit Ihnen in Verbindung setzen.« Ihm musste natürlich klar sein, dass sich nach einem solchen Anruf niemand wieder schlafen legte.

Wir verabschiedeten uns alle wie alte Freunde, und als wir aufgelegt hatten, rannte ich ins Schlafzimmer und warf mich neben Joe aufs Bett.

»O mein Gott, es ist so weit«, sagte ich. »Du hattest recht. Du hattest *recht*. Ich glaube, ich werde ohnmächtig. Ich glaube, mir wird schlecht.«

»Ich wusste nicht, dass ich recht haben würde.« Joe lehnte sich an mich. »Das ist der Beginn einer neuen Ära, Joan.«

»Ja, der unerträglichen Ära«, sagte ich.

Er ging schweigend darüber hinweg. »Was soll ich denn nur machen?«, sagte er nach einer Weile.

»Wie meinst du das, was sollst du machen?«

»Was soll ich *machen?*«, wiederholte er wie ein Kind.

»Ruf Lev an«, sagte ich. »Er wird dir sagen, was er gemacht hat. Er wird dir Tipps geben. Er wird alles Schritt für Schritt mit dir durchgehen. Aber im Prinzip wirst du machen, was du immer gemacht hast, denke ich. Es wird so sein wie immer, nur größer.«

»Ich danke dir, Joan«, sagte er leise.

»Nein, sag das nicht. Fang nicht damit an. Ich ertrage das jetzt nicht.«

»Aber ich muss etwas sagen«, erklärte er.

»Es gibt nichts mehr zu sagen«, antwortete ich. »Und bitte, ganz egal, was passiert, denk nicht mal daran, mir zu danken, wenn du auf dieser Bühne in diesem riesigen Saal stehst oder was auch immer die dort in Helsinki haben.«

»Aber das muss ich«, sagte er. »Alle machen es so.«

»Ich will nicht die leidgeprüfte Ehefrau sein«, sagte ich in scharfem Ton. »Das verstehst du doch, oder? Komm schon, Joe, überleg mal, wie du dich fühlen würdest.«

»Können wir uns darüber später Gedanken machen?«, fragte er.

»Ja«, sagte ich. »Das können wir wohl.«

Er küsste mich fest auf den Mund, und wir schmeckten beide den Essig des Schlafs. Dann tat er etwas sehr Merkwürdiges: Er erhob sich langsam und stellte sich aufs Bett; schwankend ins Zimmer aufragend, blickte er von dieser neuen Warte herab. Der

Raum neigte sich in einem anderen Winkel, war aber ansonsten unverändert. Joe Castleman wusste, dass er besonders war, aber nicht so besonders, dass er den Dingen des alltäglichen Lebens hätte aus dem Weg gehen können. Sie umstellten ihn, so wie sie es immer getan hatten. Doch jetzt, das wusste er, konnte er ihnen weniger Beachtung schenken; er konnte zulassen, dass er in einer anderen Welt existierte, einer Paralleldimension, in der die Träger großer Preise sich in der Sonne auf weichen Liegen räkelten und Feigen aßen und dabei an nichts als sich selbst dachten. Er musste gegen diesen Impuls ankämpfen, durfte nicht zulassen, dass er weich wurde. Er musste weiter Bücher veröffentlichen, sein Arbeitsertrag musste stark und konstant bleiben.

»Was machst du da oben?«, fragte ich jetzt und sah zu ihm hinauf, wie er dort oben auf dem Bett stand.

»Ich will hüpfen«, sagte er. »So wie es die Kinder immer gemacht haben.«

Ich dachte an David, Susannah und Alice und daran, wie ihre kleinen Körper in die Luft geschossen waren, die Pyjamas um sie herumflatternd, jeder Sprung von Freudenschreien begleitet. Warum liebten Kinder es zu springen? Ließ sich dem Auf und Ab der Kindheit – dem Bett, der Schaukel auf dem Spielplatz, der Wippe – im Gegensatz zum blinden, determinierten Rein-Raus des Erwachsenenlebens tatsächlich so etwas wie *Spaß* abgewinnen?

»Los, komm«, sagte er. »Hüpf mit mir.«

»Einfach so zum Spaß?«, fragte ich, ohne zu lächeln.

»Vielleicht«, sagte Joe, obwohl ihm klar sein musste, dass keine Form von Spaß existierte, jetzt und hier, in diesem Schlafzimmer, durch dessen Fenster die heraufdämmernde Sonne diskret hereinspähte, unsere Gesichter erleuchtete, die Ähnlichkeiten zwischen Männern und Frauen herausstrich, die das Alter in seinem Prozess der androgynen Mäßigung und Milderung schafft.

Was hingegen spürbar war, war etwas anderes, etwas Aufregendes, das vielleicht sogar zu aufregend war, zu stimulierend, sodass es die Gefühle eintrübte, die Vorstellung von Spaß schwinden ließ, bis sie nicht mehr existierte.

»Hüpf mit mir«, sagte er wieder.

»Nein«, sagte ich. »Ich will nicht.«

»Ach, komm schon, Joanie.«

So hatte er mich schon lange nicht mehr genannt, und er wusste genau, dass dieser Sirenengesang seine Wirkung erzielen würde. Was er auch tat. Gegen meinen Willen rief er etwas in mir wach. Wie dämlich von mir, immer darauf hereinzufallen, oder? Ihn stets aufs Neue zu feiern, zu preisen. Aber ich schaffte es einfach nicht, mich ihm gegenüber anders zu verhalten. Es brauchte einen Moment, aber schließlich stand ich schwankend auf dem Bett.

»Das ist wirklich bizarr«, sagte ich.

Wir standen einander gegenüber, leicht auf und ab wippend. Wir verspürten mit Sicherheit nicht den Spaß, den unsere Kinder früher gehabt hatten, die schlichte Freude an Körpern, die einen unbestimmten Raum eroberten, und ich verschränkte reflexhaft die Arme vor der Brust, damit meine Brüste nicht aus dem Nachthemd herausschwangen und mir gegen das Kinn schlugen. Ich testete die Matratze, machte mich mit ihrer Nachgiebigkeit, ihren Trampolin-Fähigkeiten vertraut. Allen Erwartungen zum Trotz existierte hier vielleicht doch so etwas wie Spaß, selbst wenn es eine befangene, gehemmte Form von Spaß war; es lag in der Luft, als wir zu hüpfen begannen.

Bald würde das Telefon nicht mehr stillstehen, und es wäre jedes Mal für ihn oder würde zumindest um ihn gehen. Andererseits war das eigentlich auch nichts Neues, ich hatte mich längst daran gewöhnt; Joe war seit sehr langer Zeit berühmt, und Ruhm bringt, ungeachtet seiner Größe oder Qualität, eine gewisse Uniformität mit sich, ob es sich nun um TV-Prominente mit ihren animalisch brutalen, laser-gebleichten Zähnen handelt oder um bekannte Politiker mit ihren bauschigen Haaren und Manschettenknöpfen – oder um Joes Spezies: die knitterigen Pullover und der allgegenwärtige Drink in der fleischigen Hand.

Bald würde der Reigen von Interviews und Beglückwünschungen beginnen. Bald würde es mir zu viel sein, würde ich es nicht mehr ertragen können – das wurde mir im Laufe der folgenden Tage klar. Ich würde nicht gut mit der Situation zurechtkommen; Neid in seiner schlimmsten Form würde in mir aufflammen. Bald würde er sich in seinem Ruhm sonnen und pausenlos über seinen Triumph reden, aufgebläht vor Wonne und völlig eingenommen von seiner eigenen Bedeutung. Bald wäre es nicht mehr zu ertragen. Und bald wären wir in einem Flugzeug – in diesem Flugzeug, jetzt und hier –, das langsam durch die Wolken hindurch einer abgelegenen Ecke Skandinaviens entgegentrieb – und dem Ende unserer Beziehung. Doch auf diesem Bett war zwischen Joe und mir einen Augenblick lang alles in Ordnung, waren wir eins, erhoben uns, zwei lächerliche alte Menschen in knitterigen Pyjamas, kurz über die Erde, um uns schließlich wieder auf ihr niederzulassen.

Zwei

Ich hasse es, das zugeben zu müssen, aber zu der Zeit, als wir uns näher kennenlernten, war ich seine Studentin. Wir waren ein typisches Paar des Jahres 1956, Joe ernsthaft, fokussiert und konservativ, ich ein flatternder Wellensittich, der ihn in einem fort umkreiste. Selbst unsere Kleider waren peinlich, zumindest von der erhöhten Warte aus betrachtet, die man mit der Zeit einnimmt: die wildledernen Flicken auf den Ellbogen seines Jacketts, die den Juden aus Brooklyn in einen Vorzeigepädagogen verwandeln sollten, und die langen, karierten Röcke und flachen Schuhe, die ich trug, weil er klein war und ich groß und ihn zu verschrecken das Letzte war, was ich wollte.

Die Gefahr bestand nicht; er hatte keine Angst vor mir, er war außerordentlich selbstbewusst und engagiert. Er stellte mir nach, und ich gab mich zugewandt, so wie es Studentinnen und Professoren im ganzen Land machten, sich zu feuchtwarmen kleinen Verbindungen zusammenschließend, die vergnüglich und vertrackt und äußerst unausgewogen waren. Es ehrte mich, dass seine Wahl auf mich gefallen war, und es bedeutete auch eine Erleichterung, denn es riss mich aus der lang anhaltenden Starre, die die gesamte Studentenschaft des Smith College im Jahr 1956 befallen zu haben schien. Es war nicht nur unsere Schuld. Auch wenn viele der Mädchen in meinem Studentenwohnheim ununterbrochen davon schnatterten, wie sie unmittelbar nach dem College heiraten und Häuser in Orten wie Old Lyme, Connecticut, kaufen würden (Chancey Foster hatte sich schon für eines entschieden, ein ausuferndes Gebäude aus der Tudor-Zeit mit einem Teich voller Goldfische; nur den Ehemann dazu musste sie sich noch aussuchen), waren wir nicht alle einfältig, oberflächlich oder selbstbezogen. In meinem Wohnheim gab es ein eng verbundenes Grüppchen herrischer, politisch bewegter Mädchen, und auch wenn ich sie mochte und es aufregend fand, wenn sie sich über dem Abendessen in Rage redeten, war ich doch keine von ihnen. Ich hatte meine eigenen Meinungen und Informationen, aber ich war zu zurückhaltend, zu milde. Ich studierte Englisch im Hauptfach und interessierte mich nebenbei für den Sozialismus, obgleich dieses Interesse auf einem Campus, der nur aus Weinreben, Verandaschaukeln und buttrigen Milchbrötchen zu bestehen schien, nahezu unmöglich aufrechtzuerhalten war; alles hier war in ein goldenes, weibliches Licht getaucht.

Wir waren alle dabei, ohne mittendrin zu sein; 1956 begriffen wir, dass wir von der wahren Welt ferngehalten wurden, der Welt der engstirnigen, verhassten Männer in den Unterausschüssen des Senats mit ihren großen Mikrofonen und ihrem nach hinten gegelten Haar und der Männer in Hotelzimmern mit ihren dringenden Bedürfnissen. Man hob uns für andere Zwecke auf, und wir fügten uns bereitwillig und konservierten uns selbst vier Jahre lang wie mikrobiologische Präparate.

Als Joe in jenem Herbst ans Smith College kam, war er verblüfft angesichts der schieren Masse an Weiblichkeit, wie er sie nicht mehr erlebt hatte, seit er in Brooklyn unter Frauen gelebt hatte. Aber dies hier war natürlich anders: Diese Weiblichkeit war jung und frisch geduscht, unverbraucht, erwartungsvoll und ausgesprochen zugänglich. Dies war das Äquivalent eines Gefängnisses voller Männer, die es alle augenblicklich wissen, wenn eine Frau durch die Tore schreitet. Sie erspüren sie mit einer Art Bluthundsinn; die Insassen erschaudern kollektiv, wenn sie hereinrauscht. Und wir taten dasselbe, als Joe an jenem Septembertag, dem ersten des neuen Semesters, mit siebzehnminütiger Verspätung den Hörsaal von Seelye Hall betrat.

Es waren natürlich überall Mädchen, wohin sein Blick fiel;

er hätte genauso gut irgendeine andere aus ihrem Dasein zwischen Hausarbeiten, Feldhockey und samstagabendlichen Kennenlernpartys herauspflücken können, aber stattdessen pflückte er mich, und ich ließ mich – *wusch!* – zu ihm emporheben, ohne den geringsten Widerstand zu leisten. Die anderen Mädchen waren allgegenwärtig, schnatternd, genauso pflückbar, aber sie waren auch geduldiger, ließen sich bei allem, was sie taten, Zeit. In meinem Wohnheim konnte zum Beispiel eine Badezimmertür aufschwingen und den Blick auf ein Mädchen freigeben, das ein nacktes Bein auf das Waschbecken gelegt hatte und einen Rasierer gemächlich durch ein Feld aus Schaum fahren ließ. Sie zogen immer grüppchenweise über den Campus des Smith College, diese Mädchen, so als würden sie umfallen, wenn man sie allein hinstellte. Die Luft war erfüllt von den drei gerade vorherrschenden Parfums, die sich vermischten wie unterschiedliche Pollenarten und den Ort wie eine Art Nektar-Bar erscheinen ließen.

Die Männer, zu denen wir normalerweise Zugang hatten, waren eigentlich gar keine richtigen Männer; ich verstand, dass es sich bei ihnen um Probeversionen handelte, sie gehörten einer weicheren, weniger anspruchsvollen Spezies an als die, mit denen wir uns letztlich würden herumschlagen müssen. Und auch sie waren weit entfernt auf ihrem eigenen Campus versteckt, bis das Wochenende kam und sie plötzlich mit ihren Babygesichtern und ihren dicken Hälsen in die Stadt einfielen wie Soldaten auf Heimaturlaub, der Zickzackspur aus Pollen folgten und manche von uns in Bars, Tanzschuppen oder Betten verschleppten.

Im Alter von neunzehn wollte ich nichts mit diesen jungenhaften, irgendwie illegitimen Männern zu tun haben. Nachdem ich ein paar Abende lang mit ihnen schaumige tropische Cocktails mit winzigen Schirmchen darin getrunken, Steaks mit foliengebackenen Kartoffeln gegessen und stumpfsinnig über unsere Pläne für die Zeit nach dem College oder über die Army-McCarthy-

Anhörungen oder darüber gesprochen hatte, ob Richter Kaufman zu streng mit diesen armen, bleichgesichtigen Rosenbergs verfahren war (*Auf keinen Fall,* sagte mein Gegenüber normalerweise mit der grimmigen, sorgenvollen Überzeugung, die er wahrscheinlich von seinem Vater übernommen hatte, und schlug dabei mit der Faust auf den Tisch), entschied ich, dass es genug war: Schluss mit den Cocktails. Schluss mit den Perlenketten und flauschigen Strickjäckchen, Schluss mit dem Lippenstift, der mit O-förmigem Mund in den Spiegel starrend aufgetragen wurde, Schluss mit dem Jungen, der mit seinem zu großen Adamsapfel in den Aufenthaltsraum meines Wohnheims getrottet kam, um mich abzuholen. Schluss mit dem Getatsche, Schluss mit den Brüsten, die in der Dunkelheit des Autos desselben Jungen unentwegt aus den schützenden BH-Körbchen herausgedrückt wurden, Schluss mit dem feuchten, hoffnungsvollen Hundegesicht, das ich auf diesen Brüsten landen ließ. Denn wenn ich damit weitermachte, das wusste ich, dann würde ich winzig und unerheblich werden, bis sich niemand mehr für mich interessierte, weder Männer noch Frauen, und wenn mir die Welt endlich offen stünde, würde sie mich nicht mehr wollen.

Ich hatte schon immer Angst davor, klein und gewöhnlich zu sein. »Wie kann es sein, dass ich nur dieses eine Leben habe?«, hatte ich meine Mutter ungläubig gefragt, als ich, zwölf Jahre alt, nach der Schule am Esszimmertisch in unserer New Yorker Wohnung einen Krapfen aß. Langsam kaute ich den frittierten Teig und versuchte dabei, in die Fenster der Wohnungen zu schauen, die auf der anderen Seite der überbreiten Park Avenue lagen.

Meine Mutter, eine kantige, sorgenvolle Frau, die ihr Leben auf freiwilliger Basis in verschiedenen Komitees verbrachte, die im Pierre und im Waldorf Wohltätigkeitsveranstaltungen organisierten, wusste nicht so recht, worüber ich sprach, und wurde immer nervös, wenn mich meine plötzlichen existenzialistischen Zuckungen überkamen.

»Joan, warum sagst du so etwas?«, antwortete sie normalerweise, bevor sie in ein anderes Zimmer auswich.

Als ich aufs College kam, war ich versessen darauf, einen großen Eindruck zu hinterlassen, über den Leuten zu thronen, zu schweben; eine sehr entfernte Möglichkeit angesichts dessen, was ich geworden war: ein schmales, gesundheitsbewusstes Smith-Mädchen, das wenig von der Welt wusste und keine Ahnung hatte, wie es mehr über sie erfahren sollte.

Der Kurs »Grundlagen des Kreativen Schreibens« fand montags und mittwochs am späten Nachmittag statt. Ich hatte gehört, dass er ursprünglich von Mrs Dymphna Worrell abgehalten worden war, die in einer von der Neuenglischen Gartenbaugesellschaft herausgegebenen Sammlung Gedichte über Blumen veröffentlicht hatte (»Ein Fresiensprössling«, »Die Knospe, die nicht erblühen wollte«) und Pastillen lutschte, während sie die Texte aller Studenten auf dieselbe pauschale Weise lobte: »Ausdrucksvolle Sprache!« Doch nun hatte Mrs Worrell sich in ein Erholungsheim im nahe gelegenen Chicopee zurückgezogen, und niemand von uns wusste etwas über ihre Nachfolge, außer dem Namen, der im Vorlesungsverzeichnis mit Mr J. Castleman, M. A., angegeben war.

Ich schrieb mich nicht in den Kurs ein, weil ich glaubte, talentiert zu sein, sondern weil ich es mir *wünschte*, obgleich ich mein Talent nie auf die Probe gestellt hatte, aus Angst, man würde mir Durchschnittlichkeit bescheinigen. Wir waren zwölf Studenten in »Grundlagen des Kreativen Schreibens«, und nachdem wir am ersten Tag den Seminarraum in Seelye Hall besetzt und einige Minuten mit nichtssagendem Geplauder gefüllt hatten, während wir in unseren Notizblöcken neue Seiten aufschlugen, auf die wir unsere Hoffnungen richteten, senkte sich eine sorgenvolle Stille über den Raum. Wer auch immer J. Castleman, M. A., war, er kam zu spät.

Doch als er siebzehn Minuten nach der vollen Stunde den Raum betrat, war ich nicht auf ihn vorbereitet; keine von uns war es. Er war Mitte zwanzig und schlank, mit ungekämmtem schwarzem Haar und rotfleckigen Wangen. Er war eindeutig gut aussehend, wirkte aber wie schludrig zusammengesetzt, und seine Bücher waren mit einem Gurt lose zusammengebunden, was ihm das Aussehen eines hektischen Schuljungen verlieh. Professor Castleman ging mit einem leichten Humpeln, er zog einen seiner Füße zögerlich nach, bevor er ihn vom Boden hob.

»Verzeihung«, sagte er und öffnete die Schnalle, die alles zusammenhielt, sodass sich ein Strom seiner Habseligkeiten über die breite, glänzende Tischplatte ergoss. Aus seiner Manteltasche nahm er zwei Handvoll ungeöffnete Walnüsse heraus. Dann schaute er auf und sagte: »Aber ich habe eine gute Entschuldigung. Meine Frau hat letzte Nacht ein Kind geboren.«

Ich sagte kein Wort, aber einige der Mädchen murmelten Glückwünsche, eine machte »Oooh«, und eine andere fragte: »Junge oder Mädchen, Herr Professor?«

»Ein Mädchen«, sagte er. »Fanny. Nach Fanny Price.«

»Der jüdischen Varietékünstlerin?«, fragte jemand zaghaft.

»Nein, Fanny *Price,* aus *Mansfield Park*«, korrigierte ich leise.

»Ja«, sagte der Professor. »Das stimmt. Ein Pluspunkt für die Dame in Blau.«

Er sah mich dankbar an, und ich wandte den Blick ab, peinlich berührt, weil ich mich hervorgetan hatte. *Die Dame in Blau.* Meine Bemerkung wirkte plötzlich so offensichtlich eitel und eigennützig, dass ich mich hätte ohrfeigen können. Aber ich war schon immer die Art Leserin gewesen, die ihre Bücher mit Anmerkungen versah und sie wahllos verlieh; ich wusste, dass ich sie niemals wiedersehen würde, wollte aber, dass meine Freunde sie lasen und ebenso hingerissen waren wie ich. Von *Mansfield Park* hatte ich im Laufe der Zeit drei Ausgaben besessen.

Und aus irgendeinem Grund wollte ich, dass er all das über mich wusste.

J. Castleman, M. A., holte einen kleinen silbernen Nussknacker aus seiner Tasche hervor und nahm eine Walnuss in die Hand. So leise wie möglich begann er, Nüsse zu knacken und sie zu essen. Beinahe reflexhaft bot er sie uns, seinen Studentinnen, an, aber wir schüttelten die Köpfe und murmelten: »Nein, danke.« Einen Augenblick lang kaute er einfach nur, dann schloss er die Augen und fuhr sich mit der Hand durchs Haar.

»Die Sache ist die«, sagte Castleman schließlich. »Ich wusste immer, wenn ich einmal ein Baby haben würde, dann würde es einen literarischen Namen tragen. Meine Kinder sollten wissen, wie wichtig Bücher sind. Und Sie sollen das auch wissen«, sagte er. »Denn während wir älter werden, ätzt das Leben uns ab wie Batteriesäure, und die Dinge, die wir einmal geliebt haben, sind plötzlich schwerer zu finden. Und wenn man sie findet, dann hat man keine Zeit mehr, sich an ihnen zu erfreuen, wissen Sie?« Wir wussten es nicht, aber wir nickten ernst. »Ich habe unser Baby also Fanny genannt«, fuhr er fort. »Und wenn Sie, meine Damen, in ein paar Jahren zu Geburtsmaschinen werden, erwarte ich, dass Sie Ihre kleinen Töchter ebenfalls Fanny nennen.«

Peinlich berührtes Gelächter; wir wussten alle nicht recht, was wir von ihm zu halten hatten, aber wir wussten, dass er uns gefiel. Er unterbrach sich kurz, um noch ein paar Nüsse zu knacken, und dann sprach er mit leiserer Stimme ein wenig von den Schriftstellern, die er besonders liebte: Dickens, Flaubert, Tolstoi, Tschechow, Joyce.

»Joyce ist für mich der Größte«, sagte er. »Natürlich verneige ich mich vor dem Schrein des genialen *Ulysses,* aber ich muss zugeben, dass mein Herz eigentlich für die *Dubliner* schlägt. Eine bessere Geschichte als ›Die Toten‹ gibt es nicht.«

Dann kündigte Castleman an, uns aus dem Schluss von »Die Toten« vorzulesen. Er zog eine meergrüne Taschenbuchausgabe von *Dubliner* hervor, und während er daraus las, hörten wir auf, mit unseren Bleistiften zu spielen, die Ringe an unseren Fingern zu drehen und auf eine träge, nachmittägliche Art leise zu gähnen. Die Geschichte war, besonders zum Ende hin, umwerfend gut, und wir lauschten stumm und wie gefesselt. Er las mit ehrfurchtsvoller Stimme. Nachdem er geendet hatte, sprach er einige Minuten lang über die Bedeutung, die der Tod des armen, vom Schicksal verurteilten Michael Furey hatte, der in James Joyce' Geschichte krank vor Liebe in der eisigen Nacht gestanden hatte und gestorben war.

»Ich würde töten, um etwas schreiben zu können, das nur halb so gut ist. Buchstäblich töten«, sagte er. »Na gut, vielleicht doch nur im übertragenen Sinne.« Er schüttelte den Kopf. »Denn wenn ich der Wahrheit ins Gesicht blicke, meine Damen, dann fällt mir wieder ein, dass ich dem, was dieser Mann vollbracht hat, nicht im Entferntesten nahekomme.« Er schwieg einen Augenblick lang, befangen zur Seite blickend, und sagte dann: »Jetzt kommt der Moment, in dem ich gestehen muss, dass ich mich selbst als Schriftsteller versuche. Ich habe hier und da mal eine Geschichte geschrieben. Aber jetzt soll es nicht um mich gehen«, setzte er schnell hinzu, »sondern um die *Literatur*!« Er sprach das Wort schalkhaft, mit humorvollem Unterton aus und blickte sich dann im Raum um. »Wer weiß«, sagte er, »vielleicht wird eine von Ihnen ja eines Tages etwas wirklich Großes schreiben. Über Sie ist noch kein Urteil gesprochen.«

Ich begriff, dass er andeutete, dass *sein* Urteil sehr wohl gesprochen und dass es nicht zu seinen Gunsten ausgefallen war. Er redete eine Zeit lang weiter, und die eifrigsten Kursteilnehmerinnen machten sich Notizen. Ich warf einen Seitenblick auf Susan Whittle, die zum Erröten neigende Rothaarige, die in ihrem Mohair-Pulli neben mir saß. Auf eine Seite ihrer Heftmappe hatte sie in makellosen, ebenmäßigen Buchstaben geschrieben:

Fiktion = KUNST, GEMISCHT MIT EMOTIONEN! d. h., die Romane von Virginia Wolfe (Schreibw.?), James Joyce etc., etc. Erfahrung unverwässert zu Papier bringen. *Vergleiche!!* Notiz: Unbedingt HEUTE Luftschlangen & Bierfass für Zweitsemesterparty abholen.

Vor den hohen Fenstern von Seelye Hall wurde das Licht vom Himmel gewischt. Ich sah ein paar Mädchen über die Wege gehen, ohne sie im Einzelnen zur Kenntnis zu nehmen; sie waren gehende Menschen, nichts weiter. Ich blickte wieder zu Professor Castleman. Er war ein frischgebackener Vater mit einer Frau und einem Baby, die auf der warmen Säuglingsstation des örtlichen Krankenhauses lagen. Er war ein sensibler, intelligenter Mann mit einem leichten Humpeln; wahrscheinlich hatte er es aus dem Koreakrieg, mutmaßte ich, oder er hatte als Kind eine Polio-Erkrankung überstanden.

Ich stellte ihn mir als Zehnjährigen vor, eingesperrt in den Zylinder einer eisernen Lunge, aus dem nur sein Kopf herausschaute, während eine freundliche Krankenschwester ihm aus *Oliver Twist* vorlas. Es war ein mitleiderregendes Bild, das mich beinahe Tränen vergießen ließ um den armen Jungen, der sich in meinem Kopf schon mit der Figur des Oliver Twist überlagerte. Ich empfand eine unkomplizierte Liebe für Professor Castleman, ja selbst für seine Frau und das winzige Baby empfand ich eine Art Liebe, für alle drei Punkte, die diese erlesene Castleman-Konstellation bildeten.

Als der Kurs endete, versuchten viele der Mädchen, persönlichen Kontakt zu dem Professor herzustellen, so als wollten sie sagen: *Huhu, hier bin ich!* Es war nicht unbedingt so, dass sie ihn sich als ihren Liebhaber vorstellten, er war schließlich schon vergeben – doch die Tatsache, dass er vergeben war, machte die ganze Situation irgendwie noch exquisiter.

»Schreibt über das, was ihr kennt«, gab er uns noch mit auf den Weg, als er uns nach Hause entließ, um unsere erste Schreibaufgabe zu absolvieren.

Nach dem Abendessen (es gab Shepherd's Pie, das weiß ich noch, weil ich das Essen auf literarische Weise zu beschreiben versuchte, aber alles, was mir einfiel, war erbärmlicherweise »ein Dach aus Kartoffelbrei, das in einer dicken Schicht auf einem niedrigen Haus aus Fleisch sitzt«) erklomm ich an jenem Abend die oberen Regionen der Neilson Library. Auf den hohen stählernen Regalen um mich herum standen uralte gebundene Ausgaben wissenschaftlicher Abhandlungen: *Annalen der Phytochemie, Sept.–Nov. 1922; Internationale Zeitschrift für Hämatologie, Jan.–Mrz. 1931.* Ich fragte mich, ob irgendjemand diese Bücher noch einmal aufschlagen würde oder ob sie bis in alle Ewigkeit geschlossen bleiben würden wie eine verzauberte Tür in einem Märchen.

Sollte ich diejenige sein, die sie aufschlug, die Küsse auf ihre spröden, brüchigen Seiten hauchte und so den Zauber brach? Hatte es irgendeinen Sinn, es überhaupt mit dem Schreiben zu versuchen? Was, wenn niemand las, was ich schrieb, was, wenn es für alle Zeiten unberührt auf dem kühlen Regal einer College-Bibliothek dahindümpelte? Ich setzte mich an einen der Arbeitsplätze, ließ meinen Blick über die missachteten Rücken der Bücher und die in ihren kleinen Drahtkäfigen hängenden Glühbirnen schweifen, lauschte dem fernen Kratzen von Stuhlbeinen und dem Rumpeln eines einsamen Bücherwagens, der an einem der Regale vorbeigezogen wurde.

Eine Zeit lang blieb ich so sitzen und überlegte, was ich eigentlich *kannte*. Von der Welt hatte ich fast nichts gesehen. Eine Reise nach Rom und Florenz im Alter von fünfzehn Jahren mit meinen Eltern hatte sich in der Sicherheit guter Hotels und hinter den grün getönten Scheiben von Tourbussen abgespielt; aus unwirklicher Distanz hatte ich auf steinerne Brunnen inmitten von Piazzas geschaut, während der Pegel meiner Erfahrung, meines Wissens sich nicht veränderte, nicht stieg, nichts zum Überlaufen brachte. Zusammen mit anderen Amerikanern hatte ich dagestanden, Körper an Körper, die Köpfe in die Nacken gelegt, die Münder offen stehend, während wir zu Deckenfresken hinaufspähten. Jetzt dachte ich daran, dass ich mich noch nie einem Mann in völliger Nacktheit gezeigt hatte, noch nie verliebt gewesen war, nie auf einer politischen Versammlung im Keller von irgendjemandem gewesen war, nie irgendetwas getan hatte, das mich als wirklich unabhängig, besonders reflektiert oder wagemutig hätte erscheinen lassen. Auf dem Smith College war ich von Mädchen umgeben, dem Äquivalent jener amerikanischen Touristen. Mädchengruppen waren so sicher wie das Gelingen von Shepherd's Pie.

Jetzt saß ich in der oberen Etage der Bibliothek und fror, ohne es wirklich zu merken, und schließlich zwang ich mich dazu, etwas aufzuschreiben. Ohne es zu zensieren oder es als trivial, kleinkariert oder einfach nur schlecht geschrieben zu verdammen. Ich schrieb über die undurchdringliche Wand aus Weiblichkeit, die mein Leben einfasste. Das war offenbar, was ich kannte. Ich schrieb über die drei Parfums – Chanel No. 5, White Shoulders und Joy –, die man überall auf dem Campus roch, und über den Klang sechshundert weiblicher Stimmen, die sich bei der Examensfeier gemeinsam erhoben, um »Gaudeamus igitur« zu singen.

Danach blieb ich noch lange an dem Arbeitsplatz und dachte an Professor J. Castleman und daran, wie er in dem Seminarraum mit geschlossenen Augen dagesessen hatte. Seine Augenlider waren von einer violetten, beinahe durchscheinenden Beschaffenheit, was sie als ungeeignet wirken ließ, die Welt auszusperren. Vielleicht war es das, was einen zum Schriftsteller machte: dass man selbst mit geschlossenen Augen noch sehen konnte.

In der darauffolgenden Woche saß ich während seiner Sprechstunde auf einer Bank auf dem Gang und wartete, von geradezu fanatischer Spannung erfüllt. Irgendjemand war schon in seinem Büro; ich konnte das murmelnde Hin und Her einer männlichen und einer weiblichen Stimme hören, gelegentlich unterbrochen von einem amüsierten Aufschrei femininer Ausgelassenheit, was meinen Verdruss wachsen ließ. Ging dort drinnen eine Cocktailparty vonstatten? Wurden Drinks und feuchte kleine Sandwiches gereicht? Schließlich öffnete sich die Tür, und Abigail Brenner, eine der anderen Kursteilnehmerinnen, erschien, ihre ermüdende Geschichte über den Tod ihrer kürzlich an doppelseitiger Lungenentzündung verstorbenen Großmutter in der Hand, die sie vom ersten Kurstag an sinnlosen Überarbeitungen unterzog. Im Büro konnte ich Castleman an seinem Schreibtisch sitzen sehen; er trug Hemd und Krawatte, das Jackett hatte er abgelegt.

»Oh, hallo, Miss Ames«, sagte er, als er mich endlich bemerkte.

»Hallo, Professor Castleman«, sagte ich und setzte mich ihm gegenüber auf einen Holzstuhl. Er hielt meine jüngste Geschichte in der Hand, die ich ihm in sein Fach gelegt hatte.

»Also. Ihre Geschichte.« Er betrachtete die Seiten mit heiterer Gelassenheit. Es waren so gut wie keine Anmerkungen darauf, keine roten Hieroglyphen. »Ich habe sie zwei Mal gelesen«, sagte er, »und offen gestanden fand ich sie beide Male ganz wunderbar.«

Sagte er das über die Geschichten von allen? Hatte er es sogar über Abigail Brenners blöden Oma-Text gesagt? Ich glaubte es nicht. Es war *meine* Geschichte, die so gut war. Ich hatte sie speziell für ihn geschrieben, hatte ihm gefallen wollen, und es war mir offenbar gelungen.

»Danke schön«, sagte ich leise, ohne ihm in die Augen zu sehen.

»Sie haben eigentlich gar keine Ahnung, wovon ich rede, oder?«, fragte er mich. »Sie wissen gar nicht, wie gut Sie sind.

Das mag ich so an Ihnen, Miss Ames, es ist sehr berührend. Bitte behalten Sie sich diese Eigenschaft bei.«

Ich nickte beschämt und begriff, dass er mich so sehen wollte – außergewöhnlich und dabei unschuldig –, und stellte fest, dass ich nichts dagegen hatte, auf diese Weise wahrgenommen zu werden. Vielleicht, dachte ich, traf es ja sogar zu.

»Miss Ames, Miss Ames«, sagte er lächelnd. »Was mache ich nur mit Ihnen?«

Ich erwiderte sein Lächeln, begann mich in dieser seltsamen neuen Rolle bereits wohlzufühlen. »Meine Freundin Laura würde wahrscheinlich sagen«, antwortete ich, »Sie sollten mir den letzten Schliff verpassen.«

Castleman verschränkte die Hände hinter dem Kopf. »Nun«, sagte er, »vielleicht hat Ihre Freundin Laura ja recht.« Dann ging der spielerische Augenblick vorbei, und wir machten uns an die Arbeit, gemeinsam über meine Geschichte gebeugt. Sein Atem roch nach Walnüssen. »›Die Bäume neigten sich nach hinten, wie von einer düsteren Vorahnung ergriffen‹«, las er. »Eher nicht. Das wirkt etwas gekünstelt, meinen Sie nicht? Das ist unter Ihrem Niveau.«

»Ja, stimmt, bei dem Satz war ich mir auch unsicher«, sagte ich, und mit einem Mal wurde mir klar, dass es der schlechteste Satz war, der in der Geschichte studentischer Texte existierte.

»Sie haben sich von Ihrer eigenen Stimme mitreißen lassen«, sagte Castleman. »Das ist mir als Student auch passiert. Nur dass ich im Gegensatz zu Ihnen natürlich keinen Grund hatte, mich mitreißen zu lassen.«

»Ach, ich bin sicher, dass Sie ein guter Schriftsteller sind«, versicherte ich ihm.

»Ich weiß nicht, was ich bin, aber ein Naturtalent bin ich ganz sicher nicht«, sagte er. »Ich gehöre zu denen, die sich den ganzen Tag lang abrackern und hoffen, dass man zumindest meinen Fleiß anerkennt. Aber merken Sie sich eines, Miss Ames:

Für reine Fleißarbeit bekommt man im Leben *niemals* Anerkennung.«

Es klopfte an der Tür, und Castleman schlug meine Geschichte rasch zu und sagte: »Also, wenn Sie einmal mitten in der Nacht mit Ihrer Arbeit hadern, dann denken Sie einfach daran, dass Sie zumindest einen großen Bewunderer haben.«

»Danke schön«, sagte ich.

»Und beseitigen Sie in Herrgotts Namen die Bäume mit den düsteren Vorahnungen«, setzte er hinzu.

Ich lachte auf eine, wie ich hoffte, wissende Art; dann stand ich auf und griff nach der Geschichte, die er mir entgegenhielt. Unsere Hände berührten sich kurz, Knöchel an Knöchel.

»Herein!«, rief er laut; die Tür schwang auf, und Susan Whittle, die Rothaarige aus dem Kurs, kam herein. Mir war schon vorher aufgefallen, dass ihre Haut so empfindlich war, dass jede von Susans inwendigen Reaktionen ungefiltert auf ihre Oberfläche übertragen wurde. Sie schien sich in einem niemals endenden Zustand der Scham zu befinden, selbst jetzt war ein pinkes Spitzendeckchen über ihren Hals gebreitet. Ich hingegen war so ruhig, als hätte man mir ein Pferdebetäubungsmittel gespritzt. Ich glitt aus seinem Büro, vorbei an den anderen Büros, in denen sich Studenten und Professoren ernst vorbeugten, vorbei an den Schwarzen Brettern, an denen Zettel für Austauschprogramme mit Rom und Oxford warben, vorbei an der ältlichen Sekretärin des Fachbereichs Englische Sprache und Literatur mit ihrem Bonbonglas.

Von jenem Tag an war ich von einer friedlichen Stimmung ergriffen, wenn ich in meinen Seminaren und Übungen saß, so als hätte das Pferdebetäubungsmittel eine lange Halbwertszeit. Wenn Castleman über Literatur und das Handwerk des Schreibens sprach, lauschte ich wie gefesselt. Er saß da, ein Häuflein Walnussschalen auf dem Tisch, knackte in einem fort Nüsse, pflückte das Fleisch von den aufgebrochenen Lippen und kaute, während er sprach.

Eines Tages sagte er den Kursteilnehmerinnen, dass in der folgenden Woche eine »talentierte Autorin« eine Lesung am College abhalten würde und die Teilnahme verpflichtend sei.

»Sie soll wirklich sehr gut sein«, sagte er. »Ich habe nur das erste Kapitel ihres Romans gelesen; es ist ziemlich düster und verstörend für eine Vertreterin des weiblichen Geschlechts, aber ich halte sie für unglaublich klug, und ich erwarte, dass Sie alle hingehen. Ich werde mit der Anwesenheitsliste dort sitzen und Häkchen machen, also lassen Sie es sich nicht einfallen zu schwänzen.« Einige der Mädchen warfen sich bange Blicke zu; offenbar schienen sie seine Drohung für bare Münze zu nehmen.

Am darauffolgenden Mittwochabend ging ich zum Lesesaal der Neilson Library, um Elaine Mozell zu hören. Es war die erste Lesung, die ich je besuchte, und die Stühle waren lose arrangiert. Jemand vom Fachbereich gab eine kurze Einführung, und dann stellte sich die Autorin, eine korpulente, ungepflegt wirkende Frau mit blonden Haaren und einem violetten Schal, hinter das Pult.

»Ich lese aus meinem Roman *Schlafende Hunde*«, sagte sie mit einer dieser Stimmen, die von großen Mengen Alkohol und Zigaretten geformt zu sein schienen. Ich erkannte und bewunderte diese Stimmfärbung; von den Menschen in meinem Umfeld sprach niemand so. »Ich weiß, dass ihn die wenigsten von Ihnen gelesen haben«, fuhr sie fort, »weil trotz sogenannter hymnischer Rezensionen nur 1503 Exemplare verkauft wurden. Und die meisten dieser 1503 Exemplare wurden von meinen Verwandten gekauft. Denen ich dafür eine ansehnliche Summe gezahlt habe.«

Einige der Zuhörenden lachten unsicher, mich selbst eingeschlossen. Egal, wie ihr Buch war, ich wollte es gut finden. Das erschien mir plötzlich als ein wichtiges Ziel, und als sie zu lesen begann, war ich erleichtert, es *tatsächlich* gut finden zu können. Die Geschichte handelte vom sexuellen Erwachen eines Mädchens, das auf einer Farm in Iowa lebt, und Elaine Mozell schilderte in einer sehr expliziten Weise, wie der neue Stallknecht auf dem Heuboden in das Mädchen eindringt, während unter ihnen die Tiere beifällig grunzen. Das Geschehen wurde sowohl aus der Perspektive des Mädchens als auch der des Stallknechts geschildert. Dies war alles andere als ein »Frauenroman«; er sprengte den Rahmen des alltäglichen Farmlebens seiner Protagonistin, wartete mit detaillierten Fakten über Mais und Sojabohnen auf und streifte im Vorübergehen sogar die Geschichte der Firma John Deere, die landwirtschaftliche Maschinen herstellt.

Zeitgenössische Romane von Männern schienen oft homerische Listen an Informationen zu umfassen, sie schilderten minutiös, was etwas kostete, wie es sich anfühlte, wonach es schmeckte. Das Land, das Meer, der Unterschied zwischen Spreu und Weizen. Elaine Mozells Roman war ähnlich; ihre wohlgesetzten Worte rollten in dieser nikotingetünchten Stimme dahin, und während sie las, schien der trostlose Raum zum Leben zu erwachen. Als sie eine volle Stunde später von stürmischem Applaus begleitet endete, war ihr Gesicht gerötet. Sie leerte das Wasserglas auf dem Pult in einem Zug und ließ einen Lippenstiftabdruck auf seinem Rand zurück.

Während des anschließenden Umtrunks stand sie in einer Ecke des mit dünnem Teppich ausgelegten und mit alten rost- und sepiafarbenen Globen geschmückten Raumes, flankiert von zwei Lehrkräften, einem Mann und einer Frau, und alle drei sprachen mit lauter Stimme, wobei Elaine die Lauteste war und sich immer wieder zu befreitem Gelächter aufschwang. Sie musste nichts mehr darbieten, musste nicht mehr vor uns allen auf der Bühne stehen und über Sex und Berieselungsanlagen sprechen. Sie musste das Wort »Drescher« nicht mehr benutzen. Sie fühlte sich wieder frei, und man sah es ihren glänzenden Augen und ihrem nunmehr knallroten Gesicht an. Sie trank Whiskey, und während das übrige Personal allmählich leicht angeheitert zu wirken begann, war Elaine Mozell jetzt ganz eindeutig betrunken.

Ich stand inmitten einer gaffenden Traube von Mädchen aus meinem Kurs für Kreatives Schreiben, unser aller Augen auf die Schriftstellerin und die sie angeregt umkreisenden Satelliten gerichtet. Professor Castleman war nun einer dieser Satelliten, und ich sah, wie er einen Platz in der Nähe ihres Ellbogens zu ergattern versuchte. Sie schüttelten sich lebhaft die Hände, er flüsterte etwas in ihr Haar, und sie lachte anerkennend und flüsterte etwas zurück. Ich kam mir lächerlich vor, wie ich in meinem Strickjäckchen und meinem Rock mit dem Schottenmuster an der Seite stand. In dem Rock steckte eine dieser übergroßen goldfarbenen Sicherheitsnadeln, und ich bekam plötzlich Lust, sie herauszuziehen und mir ins Auge zu rammen.

Aus eigenem Antrieb hätte ich sie nie angesprochen, aber jetzt sah Professor Castleman mich und winkte mich heran, und unmittelbar darauf stellte er mich Elaine Mozell als eine »äußerst vielversprechende junge Autorin« vor. Sie taxierte mich; ich war mir sicher, dass ihre Augen direkt zu der blöden Sicherheitsnadel wanderten. *Ich bin besser, als ich aussehe*, wollte ich sagen und erschauderte, als ich ihre große, warme Hand schüttelte. Ich sagte ihr, wie sehr mir der Abend gefallen habe und dass ich vorhätte, auch den Rest ihres Romans zu lesen.

»Nur zu, wenn Sie ihn finden können«, sagte sie. »Ich fürchte, Sie werden sich dafür durch stapelweise lautstarke männliche Lieder der Unschuld und Erfahrung wühlen müssen, um dann ganz unten vielleicht auf meine kleine Geschichte zu stoßen.«

Um mich herum protestierten Castleman und die anderen: Das sei doch nicht wahr, ihr Roman sei eigenständig und stark, blablabla…

Plötzlich sagte mein Professor: »Ach, kommen Sie, Miss Mozell, ganz so schlimm kann es doch nun wirklich nicht sein.«

»Und woher wollen Sie das wissen?«, fragte sie ihn.

»Nun«, sagte er, »es gibt einige weibliche Schriftstellerinnen da draußen, die ich sehr bewundere. Beispielsweise in den Südstaaten, dieser ganze Nähzirkel um Flannery O'Connor herum. Frauen, deren Werke untrennbar mit ihrer Heimatgegend verwachsen sind.«

Ich sah die Blicke, die sie tauschten, während er zu ihr sprach, den Morsecode zwischen ihnen, sah, wie sie den Kopf zur Seite neigte, wie er sich mit dem Ellbogen an die Wand lehnte, um lässig zu wirken, wie sie beide aneinander interessiert waren und wie der Rest des Lehrkörpers und die Studenten fügsam einen Ring um sie herum bildeten wie Sänger, die in einer Oper die Dorfbewohner geben und zurückweichen, um den beiden Hauptrollen Raum zu geben. Sie war verbittert und schwierig, eine ehemals gut aussehende Frau, die etwas zu viel an Gewicht zugelegt hatte und zu viel Missgunst mit sich herumtrug, um noch auf viele Menschen attraktiv zu wirken, und doch war der Professor von ihr eingenommen. Vielleicht war er auch ein wenig von ihr abgestoßen, aber eben durchaus auch angezogen. Sie war begabt; ihre Gaben waren seltsamer und beunruhigender Natur und auf gewisse Weise *männlich*. Sie war eine jener wütenden Frauen, diese Elaine Mozell, wütend, weil von ihrem Roman nur 1503 Exemplare verkauft worden waren und weil sie wusste, wie talentiert sie wirklich war, aber eben auch, dass es vielleicht nie eine Rolle spielen würde.

»Wissen Sie«, sagte sie jetzt, »Flannery O'Connor ist wirklich ein Genie, aber bei allem Respekt vor ihr muss ich sagen, dass ich sie auch etwas eigenartig finde – so seherisch, so erzkatholisch, so ernst.«

»Sie ist eine wichtige Autorin«, beharrte einer der anderen Männer. »In meinem Kurs über das Groteske steht sie jedes Jahr auf der Lektüreliste, als einzige Frau. Sie ist wirklich einzigartig.«

»Aber Miss Flannery O'Connor erfreut sich eines Vorteils, den ich nicht habe«, fuhr Elaine fort. »Mit den Südstaaten hat sie diese ach so schillernde Region als Stoff direkt vor der Haustür, die aus irgendeinem Grund alle unglaublich exotisch finden.« Sie unterbrach sich und ließ sich von einem der Männer ihr Glas auffüllen. »Das Publikum liebt diese Geschichten aus dem verrückten alten Süden, und sicherlich bewundert es auch Autorinnen aus den Südstaaten«, sprach sie weiter. »Aber es will sie nicht *kennen,* wissen Sie? Weil sie sonderbare Kreaturen sind, O'Connor und diese exzentrische, androgyne Carson McCullers. Ich will keine sonderbare Kreatur sein. Wahrscheinlich will ich einfach nur geliebt werden.« Sie nahm einen großen Schluck und setzte dann hinzu: »Wissen Sie, ich wünschte, ich wäre lesbisch, wirklich wahr.«

Es wurde wieder protestierendes Gemurmel laut. »Das meinen Sie doch nicht im Ernst«, hörte ich eine schüchterne Dekanin sagen, aber Elaine Mozell übertönte sie.

»Auf gewisse Weise schon«, sagte sie. »Das Problem ist, dass ich Männer leidenschaftlich liebe, auch wenn sie es nicht verdienen. Aber wenn ich eine dieser *Literaturlesben* wäre, würde ich mich keinen Deut darum scheren, was der Rest der Welt über mich denkt oder ob sie überhaupt an mich denkt.«

Es folgten weitere Erwiderungen, weitere Gespräche, bis die anderen sich schließlich abwandten. Es war spät, und ich sah die Hausmeister mit ihren Wischmopps vor der Tür warten, während ich, eine zusammengeknüllte Papierserviette mit dem Emblem des Colleges in der Hand, ebenfalls wartete, ohne genau zu wissen, worauf. Elaine Mozell sah mich dastehen, und plötzlich ergriff sie meinen Arm und zog mich so unversehens in eine kleine Wandnische, dass ich nicht einmal meine Überraschung zeigen konnte.

»Sie haben Talent, höre ich«, sagte sie.

»Na ja, vielleicht ein bisschen«, begann ich.

»Tun Sie's nicht«, sagte sie. Niemand anderes hörte es, wir waren nur von den Büsten verdienstvoller, längst verstorbener Frauen umgeben.

»Was soll ich nicht tun?«

»Glauben Sie bloß nicht, dass Sie es schaffen, deren Aufmerksamkeit zu kriegen.«

»*Wessen* Aufmerksamkeit?«

Sie sah mich traurig und ungeduldig an, als wäre ich eine Idiotin. Eine Idiotin mit einer Sicherheitsnadel im Rock. »Die der *Männer*«, sagte sie. »Der Männer, die die Rezensionen schreiben, die die Verlage leiten, die in den Redaktionen der Zeitungen und Zeitschriften sitzen, die entscheiden, wen man ernst zu nehmen hat, wer für den Rest seines Lebens auf einen Sockel gestellt wird. Wer das neue Ding ist.«

»Dann wollen Sie also sagen, es ist alles eine einzige Verschwörung?«, fragte ich freundlich.

»Wenn Sie es so ausdrücken, könnte man meinen, ich wäre neidisch und verrückt«, sprach Elaine Mozell weiter. »Was ich nicht bin. Noch nicht. Aber ja, ich nehme an, man könnte es als Verschwörung bezeichnen, wenn dafür gesorgt wird, dass die Stimmen der Frauen leise bleiben und die der Männer *laut.*« Beim letzten Wort hob sie selbst die Stimme.

»Ah, ich verstehe«, sagte ich vage, weil ich nicht wusste, was ich sonst hätte sagen sollen.

»Tun Sie's nicht«, wiederholte sie. »Finden Sie einen anderen Weg. Es gibt nur eine Handvoll Frauen, die es überhaupt zu was gebracht haben. Hauptsächlich Autorinnen von Kurzgeschichten, so als wären Frauen als Miniaturausgabe irgendwie eher zu akzeptieren.«

»Vielleicht«, unternahm ich einen Versuch, »sind Frauen einfach *anders* als Männer. Vielleicht geht es ihnen beim Schreiben um andere Dinge.«

»Ja«, sagte Elaine. »Das könnte sein. Aber die Männer mit

ihren großen Entwürfen, ihren dicken Büchern, die schlichtweg *alles* umfassen sollen, ihren imposanten Anzügen, ihren lauten Stimmen bekommen am Ende immer den größeren Lohn. Sie sind die Bedeutenden. Und wollen Sie wissen, warum?« Sie beugte sich vor und sagte: *»Weil sie es sagen.«*

Dann ließ sie mich abrupt stehen, und ich ging zurück in mein Wohnheim, aber ich fühlte mich die ganze Nacht über unwohl und ruhelos. Wie sich später zeigen würde, war Elaine Mozells Werk keine bleibende Wirkung beschert. Ihr Roman wurde nicht nachgedruckt; er verschwand, wurde zu einer Kuriosität, einem jener stockfleckigen Bücher, die an Bücherständen am Straßenrand in Vermont verramscht und für 25 Cent von Leuten gekauft werden, die sie zu Hause ins Regal des Gästezimmers stellen, wo sie niemals ein Gast in die Hand nimmt.

Manchmal frage ich mich, was aus Elaine Mozell geworden ist, denn soweit ich weiß, hat sie nach *Schlafende Hunde* keinen Roman mehr veröffentlicht. Vielleicht waren ihr die Umstände zu schwierig; vielleicht heiratete sie und bekam Kinder, das Leben kam ihr in die Quere, und es blieb schlicht keine Zeit zum Schreiben; vielleicht wurde sie zur Alkoholikerin; vielleicht wurden ihre Manuskripte von allen Verlagen abgelehnt; vielleicht hatte sie »kein Buch mehr in sich«, wie man manchmal von Autoren sagt, so als wäre die Imaginationskraft eine große Vorratskammer, die entweder mit Lebensmitteln vollgestopft oder eben leer war wie zu Kriegszeiten.

Vielleicht ist sie auch gestorben. Ich fand es nie heraus, denn ihr Roman landete auf dem sich weithin erstreckenden Friedhof der ungeliebten Bücher, und vielleicht warf sie sich auf sein Grab, trauernd, untröstlich.

Eines Tages – der Semesterbeginn lag einen Monat zurück, und ich hatte Professor Castleman in dieser Zeit drei Mal in seinem Büro besucht und hatte mich jedes Mal in seinem wohlformulierten Lob gesonnt – rief er nach Kursende meinen Namen, und ich ging, überschäumend vor Freude, zu ihm.

»Miss Ames, ich möchte Sie etwas fragen«, sagte er. »Würden Sie mich kurz begleiten, damit wir uns unterhalten können?«

Während ich nickte, nahm ich die Blicke der anderen Mädchen wahr. Eines von ihnen, Rochelle Darnton, deren Kurzgeschichten ausnahmslos auf ein überraschendes Ende zuliefen – »Genau wie bei O. Henry!« –, seufzte, während sie ihren Mantel mit einem Schulterzucken zurechtrückte und Studentin und Professor betrachtete, die nach dem Unterricht noch zusammenstanden, so als wüsste sie, dass Professor Castleman sie niemals bitten würde, mit ihm zusammen zu stehen, zu bleiben, zu verweilen, noch etwas mehr von sich zu geben, als sie schon getan hatte.

Ich rechnete damit, dass Castleman mir sagen würde, er habe mich für einen mit 100 Dollar dotierten College-Literaturpreis vorgeschlagen. Vielleicht, dachte ich, wollte er auch, dass ich mit ihm essen ging, mich mit ihm zu einer geheimen Verabredung traf, so wie ein Mädchen aus meinem Wohnheim es einmal mit seinem Chemie-Professor getan hatte. Ich wusste nicht genau, worauf es hinauslaufen würde: Kunst oder Liebe. Aber bei jemandem wie Professor Castleman konnte die Liebe zur Kunst rasch in zwischenmenschliche Liebe umschlagen, oder? Ich hoffte, dass es so wäre, und schämte mich augenblicklich meiner eigenen Gedanken, die mir zugleich wahnhaft und zutiefst korrupt erschienen.

Wir hatten die Mitte des Campus erreicht, als er zu mir sagte: »Miss Ames, ich wollte Sie fragen, ob Sie am Samstagabend vielleicht Zeit hätten.«

Ich bejahte. Um uns herum schlenderten Mädchen dahin.

»Schön«, sagte er. »Wären Sie vielleicht bereit, bei uns zu babysitten? Meine Frau und ich sind nicht mehr aus gewesen, seit Fanny zur Welt gekommen ist.«

»Aber natürlich«, sagte ich tonlos. »Ich liebe Kinder.«

Was nicht einmal stimmte. Beschämt dachte ich daran, was ich mir vorgestellt hatte und wie weit es von der Wirklichkeit entfernt gewesen war, aber es war immerhin besser als nichts, besser, als von ihm ignoriert zu werden. Am Samstagabend schlug ich daher die Einladung zu der Big-Band-Party aus, die das Northrop House veranstaltete, und ging stattdessen zu den Klängen von »String of Pearls«, das laut auf einem Plattenspieler abgespielt wurde, und der Parade männlicher Stimmen in der beißenden Luft die Elm Street entlang, bis sie ihr College-Flair abschüttelte und Teil eines normalen Wohnviertels wurde, in dem Familien lebten.

Die Bancroft Road lag im Dunkel, es gab keine Straßenbeleuchtung, und ich konnte in Fenster hineinsehen, hinter denen Lehrkräfte und ihre Frauen und Kinder durch Wohnzimmer schlurften. War dies das Geheimnis des Erwachsenenlebens? Dass es in Wahrheit gar nicht aufregend und voller Möglichkeiten war, sondern genauso eingegrenzt und reglementiert wie die Kindheit? Welche Enttäuschung, wo ich doch der Weite, der imaginierten Freiheit entgegengefiebert hatte. Oder vielleicht, dachte ich, während ich eine junge Mutter ihr Wohnzimmer durchqueren sah, bevor sie sich plötzlich bückte, um etwas aufzuheben – einen Schuh? Ein Quietschtier? –, war diese Freiheit auch nur Männern vergönnt. Denn die Frauen des Jahres 1956 sahen sich nur mit Grenzen konfrontiert, die laufend neu verhandelt werden mussten: auf welchen Straßen sie nachts herumlaufen konnten, welche Freiheiten sie einem Mann einräumen durften, wenn sie mit ihm allein waren. Männer schienen derlei Dinge nicht zu kümmern; sie gingen überallhin, liefen durch finstere Städte und gottverlassene Straßen, und sie ließen dazu noch ihre Hände auf Wanderschaft gehen, und sie öffneten ihre Gürtel und dann ihre Hosen und dachten dabei nie: *Ich muss sofort aufhören. Weiter darf ich nicht gehen.*

Hier in der Bancroft Road hatte ich das Gefühl, in einem Land zu sein, dessen Einwohner sich alle verboten hatten, zu weit zu gehen. Dies war Smith, nicht Harvard; renommiert, aber nicht in der ersten akademischen Liga. Die Männer, die diese Lehrstühle besetzten, verspürten anfangs Erleichterung darüber, hier gelandet zu sein, und richteten sich auf lange Sicht ein, aber irgendwann stahl sich wahrscheinlich etwas in ihr Gemüt – der Wunsch, weiterzuziehen, in größere Städte aufzubrechen, ihre Doktortitel und sorgfältig konstruierten Vorlesungen nicht an Mädchen zu verschwenden, die pflichtbewusst alles in sich aufnahmen, nur um gleich darauf zu heiraten, sich fortzupflanzen und den langen Prozess des Vergessens in Gang zu setzen.

Das Haus der Castlemans war ein graues Salzfass, das leicht nach hinten versetzt hinter einer hügeligen Rasenfläche stand. Die Türklingel gab ein halbherziges *Bäh* von sich, als ich auf der Veranda stand und sie drückte. Einen Augenblick später war Professor Castleman selbst an der Tür, durch eine gelbe Glühbirne von hinten angestrahlt.

»Ihnen muss schrecklich kalt sein«, sagte er, als er mich hereinließ. Er trug ein halb geöffnetes Anzughemd und hatte eine lose Krawatte um den Hals hängen. »Ich warne Sie, das Haus ist ein einziges Chaos«, sagte er. Er roch nach irgendeinem Aftershave, auf seinem Kinn war ein kleiner Blutfleck zu sehen. Im Hintergrund lief die Musik aus dem Musical *South Pacific,* und irgendwo hinter ihm war das rhythmische Schreien eines Babys zu hören, und dann rief eine weibliche Stimme: »Joe? Joe? Kannst du mal hochkommen?«

Er hieß Joe. Das hatte ich nicht gewusst, und ich hatte mich davor gescheut, ihm einen bestimmten Vornamen zuzuordnen. Seine Frau kam herunter, das Baby über die Schulter gelegt. Ich hob meinen Blick zu ihr. Das Baby war jetzt still, aber hochrot im Gesicht. Mrs Castleman war nicht schön; sie war eine kleine, fahrig wirkende Frau Mitte zwanzig mit jungenhaftem braunem

Haar und stechenden Augen. Was sah er nur in ihr? Ich stellte mir meinen Professor im Bett mit dieser unglamourösen kleinen Frau vor. Mrs Castleman war so anders als die Smith-Mädchen, die das Weideland des Campus bevölkerten wie an Blattwerk knabbernde Gazellen. Wie sie so dastand, eine Hand in den Strampler des Babys geschoben, um den Zustand der Windel zu prüfen, erinnerte sie an eine Puppenspielerin, die Hand unter dem Stoff, das Baby gänzlich ihrer Willkür ausgeliefert, zumindest für den Moment.

»Hallo«, sagte Castlemans Frau ohne besonderes Interesse. »Ich bin Carol Castleman. Schön, Sie kennenzulernen.«

Ich versuchte, neutral und fröhlich zu wirken, ein Smith-Girl wie aus dem Werbeprospekt. Herbstliche Blätter hätten um mich herum zu Boden fallen müssen, wie ich dort am Fuß der nackten Treppe stand. »Ich freue mich auch, Sie kennenzulernen«, sagte ich. »Na, du süßer Schatz«, zwang ich mich, in die grobe Richtung des Babys zu sagen. »Du bist ja ein richtiges Goldstück.«

»Sie war noch nie mit einer Babysitterin allein«, sagte Mrs Castleman. »Aber sie ist noch so klein, ich kann mir nicht vorstellen, dass es sie für den Rest ihres Lebens traumatisieren wird, auch wenn das die landläufige Meinung zu sein scheint.« Die Frau des Professors nahm das Baby auf den anderen Arm und erklärte: »Ich studiere Psychologie; ich will Psychoanalytikerin werden.« Dann fügte sie hinzu: »Kommen Sie, ich führe Sie herum.«

In den Räumen des Hauses herrschte ein ziemliches Durcheinander, sie waren von Bücherstapeln, Spielzeugen und schief sitzenden Lampenschirmen bevölkert. Carol Castleman schien sich nicht daran zu stören oder hielt es nicht für nötig, sich dafür zu entschuldigen. Das Baby schlief oben mit im Elternschlafzimmer, und ich ließ mich dorthin führen, im vollen Bewusstsein, dass ich nun das Zimmer betreten würde, in dem Castleman Nacht für Nacht mit seiner Frau lag. Das Bett war gemacht worden, wenn auch offenbar in großer Eile; daneben stand ein weißer Korbwagen. Auf einem der Nachttische lag eine Handvoll Walnüsse. Joe kam aus dem Bad und blieb im Türrahmen stehen, nun vollständig angezogen. Er hatte die nassen Haare aus dem Gesicht gestrichen und seine Krawatte gebunden. Aus der Richtung des Plattenspielers sang eine Frauenstimme: *»Here am I, your special island, come away, come away …«*

»Carol«, sagte er, »seid ihr fertig mit eurer Führung? Wir müssen los.«

Seine Frau hakte sich bei ihm unter, und in dieser Pose wirkten sie wie ein Vorzeigepärchen, zwei saubere, junge Akademiker, die einen schönen Abend miteinander verbringen wollten. Ganz eindeutig schenkten sie einander irgendetwas, ein wechselseitiges Geben und Nehmen, das auf Dingen basierte, die ich mir nicht einmal vorstellen konnte, denn er war doch so gut aussehend und sie so eingefallen und gewöhnlich. Ich dachte an meine eigenen Eltern, die nebeneinander her lebten wie zwei Seite an Seite in einer Höhle hängende Stalaktiten, sich niemals in der Öffentlichkeit berührten, mein Vater in seinen dunklen, nach Laub und Männlichkeit riechenden Anzügen, meine Mutter in ihren gemusterten Kleidern, die wie Tischtücher aussahen. Meine Eltern hatten getrennte Betten aus dunklem, mit Schellack verkleidetem Holz, und nachdem sie einmal auf einer Dinnerparty zu viel getrunken hatte, rauschte meine wohltätigkeitsduselige Mutter nachts in mein Zimmer und vertraute mir an, mein Vater gehe »in ehelicher Hinsicht« neuerdings »etwas grob zur Sache«. Ich verstand das erst viel später, und allein die Vorstellung war fürchterlich: mein Vater, der große, unpersönliche Geschäftsmann, der meine schlanke, in Tischtücher gekleidete Mutter hart herannahm, wenn er sie in einem der hohen, getrennt stehenden Betten bestieg. Hier, in der Gegenwart zweier verheirateter Menschen, die *nicht* meine Eltern waren und die in einer Welt lebten, die viel komplizierter war als meine, kam ich mir rückständig und blauäugig vor. Ich hatte Fanny »süßer Schatz« genannt, aber ich hatte es überhaupt nicht so gemeint. Meine Aufmerksamkeit galt allein dem Vater des Babys, einem Mann, der Walnüsse verzehrte und seinen Studentinnen James Joyce vorlas.

»Bis später dann!«, riefen die Castlemans, als sie aus dem Haus gingen und mich mit Telefonnummern, Fläschchen und sauberen Windeln zurückließen. »Bis später!«, sangen sie, während sie in die Nacht hinaustraten, unterwegs zu einer Dinnerparty des Fachbereichs.

Als sie fort waren, schnappte ich mir das wie ein nasser Sack herumliegende Baby und nahm das Schlafzimmer genauer in Augenschein. Hier fanden sich alle Hinweise über diesen Mann, alle Details, die ich jemals benötigen würde. Im Schrank standen, säuberlich aufgereiht, seine getragenen Schuhe und auf der Anrichte sein Aftershave. Dann sah ich auf einem Tisch eine Ausgabe von Rilkes *Briefe an einen jungen Dichter* liegen. Auf dem Deckblatt stand der Name meines Professors. »Joseph Castleman«, hatte er in großen geschwungenen Buchstaben hineingeschrieben, »Columbia University, 1948«, so als wäre es beschlossene Sache, dass er eines Tages berühmt werden und jemand das Buch aufschlagen und aufgeregt seinen Namen darin lesen würde. Natürlich war er 1956 noch nicht berühmt, aber ich las seinen Namenszug trotzdem aufgeregt und ließ einen Finger darübergleiten, zog damit jeden einzelnen Schnörkel nach. Dann legte ich das Buch zurück, setzte mich auf seine Seite des Bettes und legte das Baby neben mich. Ich nahm ein paar Walnüsse in die Hand, ließ sie durch meine Finger wandern, und einen Augenblick lang sahen Fanny und ich uns kühl an.

»Na, du«, sagte ich. »Ich bin gerade dabei, mich in deinen Daddy zu verlieben. Und ich würde wahnsinnig gern mit ihm ins Bett gehen.«

In einem letzten Anfall von Tollkühnheit sprang ich auf und öffnete die Nachttischschublade. Es war, als müsste ich herausfinden, was es bedeutete, eine Ehefrau zu sein, ein Leben an der Seite eines Mannes zu verbringen. Und ich wurde tatsächlich fündig: Die weiße Plastikhülle eines Diaphragmas lag neben einer Tube des Gels, das damit zusammen eingeführt werden musste, und einem Applikator. Bei dem Anblick wurde mir mulmig zumute, ich stellte mir vor, wie die Frau meines Professors sich auf ihn vorbereitete, indem sie Plastikgegenstände und Tinkturen in eine tiefe Öffnung ihres Körpers schob. In der Schublade lagen auch noch eine Kürette und eine einzelne Walnuss. Ich nahm die Walnuss in die Hand und betrachtete sie; ein rotes Herz war darauf gemalt, und darunter standen die Worte: »Für C., in wahrer Liebe. – J.«

Die Walnuss war noch verstörender als das Diaphragma. Ein Diaphragma war eine reine Notwendigkeit, einer dieser unpersönlichen Gegenstände, die sich die Smith-Mädchen besorgten, indem sie mit dem Bus nach Springfield fuhren und eine alte Gynäkologin aufsuchten, die kaum Englisch sprach und keine lästigen Fragen stellte. Die beschriftete Walnuss dagegen war viel intimer und daher irgendwie pervers. Sie hatte sogar ein weibliches Aussehen, dachte ich, während ich die Lippen der Nuss betrachtete, die Furchen in der Schale und die kühle Seidigkeit der hügeligen Oberfläche mit dem roten Herzen darauf. Ich legte die Nuss in die Schublade zurück und richtete meine Aufmerksamkeit auf Fanny, die plötzlich weinte und offenbar irgendetwas brauchte: Ein Fläschchen? Eine frische Windel? Woher zum Teufel sollte ich das wissen? Ihr Geschrei war enervierend, ein Gefühl, als hätte man Sand in der Hose, und ich konnte nicht begreifen, was die ganze Welt für ein Gewese um Babys machte und warum sie etwas Großartiges sein sollten, das auch ich in wenigen Jahren angeblich so begehren würde.

Ich nahm das Baby hoch und hielt es, schaukelte es und versuchte, es zu beschwichtigen, alles ohne Erfolg. Ich besaß hier keine Macht, keine Autorität, nicht einmal eine verborgene wie ein Mädchen mit frisch erwachter Sexualität und einem tief in seinem Körper versteckten Diaphragma.

Und trotzdem versuchte ich, als die Castlemans später zurückkamen, Joe dazu zu bringen, dass er mich stärker wahrnahm. Er dankte mir, bezahlte mich und bot sogar an, mich zum Northrop House zu fahren, doch als ich erwiderte, dass ich gut allein zurechtkäme, beharrte er nicht darauf. Er schien vielmehr erleichtert zu sein, in das stille Durcheinander seines schwach beleuchteten Hauses und zu dem nunmehr schlafenden Baby zurückkehren zu können, und ich war ebenfalls erleichtert, denn worüber hätten wir schon reden sollen? Wie hätten wir das peinliche Schweigen überstehen sollen, während wir auf den kalten, auf und ab wippenden Vordersitzen seines Autos saßen, unterwegs zu meinem Wohnheim, einem Ort, an dem ich nicht sein wollte? Wo *wollte* ich überhaupt sein? Nicht dort, aber auch nicht hier, wo ich das Leben einer Akademikerin mit Schlafentzug führen würde, die neidisch auf ihren Mann war, der kam und ging, wie es ihm gefiel. Also ging auch ich und versuchte, dabei unabhängig statt einsam zu wirken.

Am nächsten Morgen kehrte ich zu meinem Arbeitsplatz in der Bibliothek zurück und schrieb etwas über die hinterhältige kleine Frau eines Universitätsangestellten, die mit ihrem Mann ausgehen will; sie geht eine Treppe hinunter, ihr Baby über die Schulter gelegt, eine Hand in seinen Strampler geschoben wie ein Puppenspieler bei der Arbeit, und stellt sich vor, dass sie ihr Kind noch jahrelang wird kontrollieren können. Die Mutter tauscht die Schatten und den Geruch ihres Akademikerhaushalts gegen die kalte Nachtluft und geht strammen Schrittes mit ihrem Mann zu einem anderen Haus, in dem alle Lichter brennen und Musik läuft und hoffnungsvolle Universitätsbedienstete in kleinen Grüppchen zusammenstehen.

Als ich fertig war, wollte ich das Geschehen aus der Perspektive des Mannes schildern, inklusive der Gedanken, die ihm durch den Kopf gehen, während er an der Seite seiner Frau steht, seine Hand auf ihrem Ellbogen, so als bräuchten Frauen Hilfe beim Navigieren, wenn sie ein Wohnzimmer zum ersten Mal betreten. Doch irgendetwas hielt mich davon ab. Ich hatte eigentlich gar keine Ahnung, was Männer dachten oder wie sie dachten, konnte mir nicht vorstellen, was sie antrieb, was sie steuerte, und so beschloss ich, es gar nicht erst zu versuchen.

Einige Tage später – in der Zwischenzeit hatte ich meinen Text abgegeben – bestellte Castleman mich in sein Büro. Während ich die breite Treppe von Seelye Hall hinaufging, wusste ich, dass er mich entweder wie üblich loben oder aber mir sagen würde, dass ich mit diesem Text, den der gesamte Kurs lesen würde, seine Privatsphäre verletzte. Als ein anderes Mädchen aus seinem Büro kam, ging ich hinein. Er saß am Schreibtisch, meinen Text bereits in der Hand.

Schließlich beugte er sich vor und sagte: »Miss Ames, ich möchte, dass Sie mir gut zuhören. Ich habe Ihnen bereits gesagt, dass Sie gut schreiben. Aber ich weiß nicht, ob ich wirklich zu Ihnen durchgedrungen bin. Für Sie ist mein Kurs wahrscheinlich nur einer neben vielen anderen: Französisch, die Kunst der Renaissance oder was auch immer Sie in diesem Semester noch belegen. Sie freuen sich, wenn Sie eine Eins bekommen, und das war's dann. Aber ich halte es für wichtig, dass Sie wissen, dass Sie hiermit wirklich etwas anfangen könnten, wenn Sie wollten.«

»Was meinen Sie damit?«, fragte ich.

»Nun, Sie könnten es beispielsweise ausarbeiten und als Erzählung verkaufen. Und dann weitere Erzählungen schreiben und sie ebenfalls verkaufen. Vielleicht nicht unbedingt an die allerersten Adressen – weiß der Himmel, wie die entscheiden, wen sie aufnehmen –, aber sicherlich an die besseren unter den kleineren Literaturzeitschriften. Sie könnten sich sogar entscheiden, einen Roman zu schreiben«, fügte er hinzu.

»Warum?«, sagte ich.

»Warum?«

»Warum sollte ich das tun? Was hätte das für einen Sinn?« Ich dachte daran, wie Elaine Mozell mich in die Wandnische gezogen hatte.

Castleman sah mich an. »Ich weiß nicht«, sagte er schulterzuckend. »Weil Sie gut sind, vielleicht. Weil Sie etwas zu sagen haben. Viele Autoren haben nur eines von beidem. Und es ist immer interessant, wenn die Welt die Dinge einmal aus weiblicher Sicht betrachten kann. Wir sind so sehr daran gewöhnt, die männliche Sichtweise einzunehmen; wenn wir einmal durch die Augen einer Frau blicken können, ist das sehr *erfrischend.*«

Elaine Mozell schrieb nicht, wie Frauen es für gewöhnlich taten; ihr Stil bestand aus großen, weiten Handlungsbögen, Listen und Autoritätsanmaßung, und all das ließ sie auch gierig, unangemessen, ganz und gar unweiblich erscheinen. Alle meine Figuren waren bislang Mädchen oder Frauen gewesen, und meine Erzählstimme war leise und beobachtend, geradezu katzenhaft. Frauen würden meine Texte lesen wollen, dachte ich, Männer sicherlich nicht.

Vielleicht hatte Castleman recht; in einigen Jahren könnte ich einen grundsoliden ersten Roman veröffentlichen, eine Coming-of-Age-Geschichte mit einem Titel wie *Sommer am Ufer,* und würde als Ehemalige vielleicht gebeten werden, am Smith College zu lesen. Die Mädchen im Publikum würden wissend nicken, während die wenigen anwesenden Männer ungeduldig mit den Fingern trommeln und sich an einen anderen Ort wünschen würden. Die Männer würden sich ein gepanzertes, geschütztes Erzählen wünschen, eine mit ständig angespannten Muskeln bewehrte Literatur. Eine Art von Literatur, die es mit der ganzen Welt aufnehmen wollte, die sich den hundertjährigen Kriegen ebenso stellte wie dem zehnminütigen Streit in der avocadofarbenen Küche eines Vorortpärchens.

Aber Professor Castleman war ein Mann, und er mochte *meine* Texte. »Mir persönlich fällt es schwer, authentisch über Frauen zu schreiben«, gab er zu. »Wenn sie sprechen, hören sie sich immer wie Männer an. Wie bei einem schlechten Bauchredner, bei dem man die ganze Zeit über sieht, wie er die Lippen bewegt. Ich schaffe es noch immer nicht, zu den Herzen der Frauen vorzudringen, zum weiblichen Mysterium, zu all den Geheimnissen, die sie haben. Manchmal möchte ich es am liebsten aus ihnen herausschütteln.« Er unterbrach sich. »Für mich als Schriftsteller ist das extrem frustrierend«, sagte er. »Diese Mauer zwischen den Geschlechtern, die uns daran hindert zu erfahren, wie der andere sich fühlt. Damit müssen wir uns mehr oder weniger alle auseinandersetzen, auch wenn einige der besten Autoren kluge Methoden finden, das Problem zu umgehen. Was mich angeht, befürchte ich, dass ich in meinen Möglichkeiten stark eingeschränkt bin.«

»Ach nein, das stimmt doch nicht«, sagte ich schnell.

»Sie kennen meine Texte ja nicht«, sagte er. »Ich habe in meinem Leben zwei Kurzgeschichten veröffentlicht, die Sie mit Sicherheit nicht gelesen haben.«

»Ich würde es aber gern«, sagte ich.

»Wirklich?«

»Ja, natürlich.«

Castleman schob einige Blätter Papier, Bücher und Walnüsse auf seinem Tisch umher, bis er eine dünne Literaturzeitschrift herausfischte, die den Titel *Karyatide: Zeitschrift für Kunst und Kritik* trug. Wie die meisten anderen Menschen wohl auch, hatte ich noch nie von ihr gehört, und Castleman wirkte sowohl stolz als auch peinlich berührt, als er sie mir reichte.

»Ich leihe sie Ihnen, wenn Sie möchten«, sagte er. »Ich bin gespannt auf Ihre Meinung.«

Ich nickte und sagte, ich fühlte mich geehrt und sei mir sicher, dass ich sie mögen würde. Dann suchte ich im Inhaltsverzeichnis nach dem Titel seiner Geschichte. Da war sie: »Sonntags keine Milch« von J. Castleman, und als ich seinen Namen las, schob er seinen Stuhl vor, bis unsere Knie sich berührten. Ich blickte auf, erschrocken, ihn so dicht vor mir zu sehen.

»Vielleicht«, sagte er, »können Sie mir sagen, wie ich sie verbessern kann.« Es war die erste Berührung zweier blinder Kniepaare, die etwas noch nicht näher Benanntes symbolisierte, etwas, das noch nicht festgelegt war. Ging es in diesem Gespräch überhaupt um Literatur? Er streckte einen Zeigefinger aus und bewegte ihn langsam auf meine Lippen zu. Dann kam Castlemans Gesicht auf mich zu, und plötzlich küsste er mich in diesem kahlen kleinen Büro, in dem Stapel gewöhnlicher studentischer Geschichten unbeachtet herumlagen. Er küsste und küsste mich, und obwohl es fast so schien, als wollte er mein Talent, meine Beobachtungsgabe, das, was auch immer ich in seinen Augen hatte, auflecken und verschlingen, hatte ich noch immer das Gefühl, er sei der Bedeutende von uns beiden und ich sei unvollständig. Er könnte mich vervollständigen, dachte ich, er könnte mir geben, was ich brauchte, um ein richtiger, ein ganzer Mensch zu werden.

Er hörte nicht auf, mich zu küssen, ging aber nicht weiter; seine Hände umfassten meine Schultern und bewegten sich nicht mehr aus dieser Verankerung. Obwohl er mich nicht einmal richtig anfasste, hatte ich beinahe einen Orgasmus und war überrascht und dann beschämt angesichts meiner übertriebenen Reaktion. *Das Mädchen schämte sich,* dachte ich, eine Geschichte öffnete sich vor mir, und ich verspürte Erleichterung darüber, eine literarische Distanz mir selbst und diesem Mann gegenüber einnehmen zu können, der meine Schultern umfasst hielt und mich küsste, bis ich mir sicher war: Wenn ich vorher auch keine Autorin gewesen sein mochte – jetzt war ich eine.

Ich erzählte niemandem im Northrop House davon, nicht einmal meiner Freundin Laura, die witterte, dass irgendetwas im Busch war, mich aber nicht nach Einzelheiten fragte. »Es ist was Gutes, oder?«, sagte sie, und ich lächelte nur und zog es vor, den Moment für mich zu behalten, ihn hervorzuholen und in Gedanken noch einmal zu durchleben, wenn ich in einem Geschichtsseminar saß oder in dem Blechkasten mit dem grünen Gummivorhang eine Dusche nahm und dabei den Wasserfällen der anderen Duschen um mich herum lauschte. Als ich eines Abends wusste, dass ich ungestört würde lesen können, setzte ich mich mit der *Karyatide* auf dem Schoß in mein Bett. Behutsam, vorsichtig schlug ich seine Geschichte auf und begann zu lesen. Ich war aufgeregt, erwartete etwas, das die Gefühle, die ich für ihn hatte, noch verstärken würde. Meine Lippen bewegten sich, während ich las, doch rasch wurde klar, dass die Geschichte nichts taugte. Ich war verwirrt; *wie konnte es sein, dass diese Geschichte nichts taugte?* Und doch, im Universum von »Sonntags keine Milch« sprachen die weiblichen Figuren in einer gestelzten Sprache, und die Männer waren Klischees ungebildeter Männer, bestanden nur aus finsteren Blicken und stoischem, unausgesprochenem Schmerz. Es war Pseudo-Literatur, geschrieben von jemandem, der keine eigene Stimme entwickelt hatte.

Elaine Mozells Farmgeschichte war authentischer, war auf glaubwürdigere Weise männlich gewesen. Doch Castleman war selbst ein Mann; warum konnte er nicht so schreiben? Was stimmte bloß nicht mit ihm, dass er es nicht konnte? Ich schlug die Zeitschrift zu und legte sie aufgebracht beiseite; ich wünschte, die Geschichte nicht gelesen zu haben, und hatte keine Ahnung, was ich zu ihm sagen sollte. Vielleicht, dachte ich, würde er ja vergessen, dass er sie mir gegeben hatte, und würde sie nie wieder erwähnen, und ich würde darum herumkommen, ihm meine Meinung mitteilen zu müssen. Vielleicht, so hoffte ich, würde die Sache einfach in Vergessenheit geraten.

Am Mittwochmittag stellte mir die campuseigene Poststelle einen Umschlag des Fachbereichs Englisch zu, und ich riss ihn hastig auf und entfernte mich von den anderen Mädchen, die ihrerseits Briefe und Päckchen mit Gugelhupfen darin öffneten, die sie von zu Hause bekommen hatten.

Sehr geehrte Miss Ames,

mein Kollege Professor Tanaka, der hier am Smith College Fernöstliche Religionen unterrichtet, hat mich gefragt, ob ich jemanden wüsste, der freitagnachmittags seinen Hund füttern und ausführen könnte. Wären Sie interessiert?

Hochachtungsvoll
J. Castleman

Der Inhalt des Briefes war offensichtlich verschlüsselt, also schrieb ich rasch zurück und willigte ein, Professor Tanakas Hund zu füttern und mit ihm Gassi zu gehen, auch wenn ich bezweifelte, dass dieser Hund wirklich existierte. Am darauffolgenden Tag fand ich einen Schlüssel und einen Zettel mit einer Adresse in meinem Briefkasten, und am Freitag ging ich eine steil abfallende Straße namens Crafts Avenue entlang und schloss die Tür zu einem Wohngebäude auf, in dessen Erdgeschoss sich auch eine Bäckerei befand. Im Haus roch es nach Hefe, und als ich die Wohnung im dritten Stock mit dem Namensschild »H. Tanaka« an der Tür betrat, begann drinnen tatsächlich ein Hund aufgeregt zu kläffen. Es war ein Dackel, alt, grauhaarig und nach Gesellschaft hungernd; sein Rücken hatte mehrere Höcker, wie bei einem Dinosaurier.

»Komm, Junge«, sagte ich, während ich das spärlich möblierte Wohnzimmer durchquerte, und trotz seiner Arthritis versuchte der Hund, mein Bein zu besteigen, so als wäre selbst ihm bewusst, warum ich hier war.

In der Küche fand ich eine Dose Hundefutter für kleine bis mittelgroße Hunde; ich kippte den Inhalt in einen Blechnapf, den Kopf von dem Gestank abgewendet, und sah teilnahmslos zu, während er sich wie ein Wolf darüber hermachte. Nachdem ich kurz mit ihm vor der Tür gewesen war, ging ich wieder nach drinnen und setzte mich auf den Teppich. Satt und zufrieden lag der namenlose Dackel auf dem Rücken und drehte mir seinen ergrauten Bauch zu; sein Penis schob sich aus der Vorhaut und zog sich wieder zurück. Über uns hingen einige japanische Drucke an den Wänden: Frauen in Kimonos, die Tee in fingerhutkleinen Bechern servierten, und eine Reihe von Bildern, auf denen Felstümpel und nistende Kraniche zu sehen waren. Ich saß in diesem fremden, stillen Zimmer, sah mich um, wartete, als es plötzlich an der Tür klingelte.

»Wer ist da?«, fragte ich durch die Gegensprechanlage.

»Joe«, sagte er.

Er war nun also Joe; das war neu. Ich ließ ihn rasch herein.

»Hallo«, sagte er, ging an mir vorbei, legte seine Bücher und Unterlagen ab und hängte seinen Mantel über eine Stuhllehne. »War der Hund brav?«, fragte er.

»Mit dem Hund war alles in Ordnung«, sagte ich. »Ich war mir nicht mal sicher, ob es ihn gibt.«

»Oh, es gibt ihn auf jeden Fall«, sagte Joe.

»Ich weiß. Er hat mein Bein besprungen.«

Joe lächelte. »Dann laufen wohl bald kleine Hundemenschen durch die Wohnung, oder?«

»Genau«, sagte ich.

Er stand jetzt still und sah mich an. »Miss Ames. Ich meine, Joan. Was sollen wir mit dir machen?«

»Mir den letzten Schliff verpassen?«, sagte ich.

Er machte einen Schritt auf mich zu, und ich lag in seinen

Armen; er küsste mein Haar und meinen Hals. »Können wir jetzt bitte ins Bett gehen?«, fragte er.

Professor Tanakas Schlafzimmer ähnelte dem Wohnzimmer; außer ein paar Drucken an den Wänden und einem schlichten Bett befand sich nichts darin. Durch das papierene Rouleau drang gefiltertes graues Licht herein, genug, um Joes Körperformen sichtbar zu machen, während er sich auszog. Er sah gut aus, mit einem festen, muskulösen Körper. An einem seiner Füße hatte er eine Narbe, rosa und glänzend, das Gewebe straff gezogen. Ein Einschussloch, vermutete ich, der Ursprung seines leichten Humpelns, und ich stellte ihn mir als Kriegshelden vor, obwohl ich später natürlich erfuhr, dass er sich in der Grundausbildung selbst in den Fuß geschossen hatte. Als er mich berührte, fühlte sich seine Haut kalt wie die einer Robbe an. Als ich, ebenfalls unbekleidet, im Bett lag, schienen sich meine Brustwarzen zu drehen und zu versteifen, und ich widerstand dem Impuls, die Arme zu verschränken, um sie zu verbergen. Meine Brüste kamen mir übermäßig groß vor, ein Merkmal, das Männern im Allgemeinen gefiel, obwohl es mir eher unangenehm war. Ich sah, wie er meine Brüste und das scheinbar willkürliche Büschel Schamhaare betrachtete, aber versuchte mir dabei vorzustellen, dass ich mit ihm an dem japanischen Felstümpel läge und dass das, was wir jetzt tun würden, mit der Würde und Eleganz einer Teezeremonie ablaufen würde. Ich hielt seinen Penis in meiner Hand, inspizierte ihn einen ungestörten Augenblick lang. Es war mein erster Penis, und er wirkte auf eine gewisse Weise so optimistisch, viel optimistischer, als Joe selbst es war. Der Penis war liebenswürdig, bereit, negierte jede Möglichkeit des Scheiterns. Ich lehnte mich ins Kissen zurück und sah zu, wie er hastig ein Kondom überzog, das ein einzelnes *Ting* von sich gab, wie wenn man an einer Banjo-Saite zupft, und dann ließ ich ihn in mich eindringen, in der Hoffnung, dass meine Anwesenheit hier an diesem Ort ihm in einem weiteren Sinne zugutekam. Mir selbst kam sie ganz sicher zugute, das war mir bewusst, sie hob mich über die Scharen von Mädchen mit ihren langen, schwingenden karierten Röcken hinaus. Joe begann rasch zu schwitzen, und seine eiskalten Füße rollten sich um meine, klammerten sich fest wie die irgendeines primitiven Baumbewohners. Es schmerzte sehr, als er sich in mich hineinschob, und das überraschte mich, so als hätten seine Sensibilität und seine Liebe zur Literatur irgendeinen Einfluss auf die Heftigkeit des Schmerzes haben müssen, den ein Smith-Mädchen empfand, wenn er es entjungferte. Ich dachte an seine Knie in den grauen Wollhosen und dann an seine nackten Knie jetzt, diese staubigen, unbedeckten Knubbel, über denen die Haut sich straffte, während die Waden darunter sich im Wechsel spannten und lösten. Ich wand meine Beine um ihn, und es kam mir so vor, als würde ich ihn auf mechanische Weise festhalten; ich hatte nicht geahnt, dass meine Beine so stark waren. Danach hätte ich gern geschlafen, aber Joe wollte nicht oder konnte nicht.

»Ach, beachte mich gar nicht weiter, ich schlafe nie«, erklärte er. »Das ist eine meiner Grundeigenschaften.«

»Eine der wenigen Eigenschaften, die ich kenne«, sagte ich.

»Ich sage dir alles, was du wissen willst«, sagte er und wartete darauf, dass ich etwas fragte.

Ich hatte keine Ahnung, was ich wissen wollte, also stellte ich ein paar simple Fragen zu Herkunft (Brooklyn, jüdischer Abstammung, ohne Vater aufgewachsen), Ausbildung (Columbia University, B. A., M. A.), Militärdienst (Koreakrieg, kurzzeitig; aufgrund einer selbst zugefügten Schusswunde noch vor irgendeiner Art von Kampfbeteiligung nach Hause geschickt worden), Ehe (unglücklich, mit einer Frau, die zusehends schriller geworden war und deren größtes Vergehen darin bestand, dass sie seit der Geburt des Babys nicht mehr mit ihm schlafen wollte. Sie sei *zurückweisend,* sagte er, wende sich immer wieder von ihm ab. »Kannst du dir vorstellen, was das mit einem Mann macht?«, fragte er mich, und ich verneinte), politischer Einstellung (wenig originell: Er war begeistert gewesen, als McCarthy von Welch in die Schranken gewiesen wurde, hatte aufgewühlt die Verhandlung Brown gegen das Erziehungsministerium von Topeka verfolgt, insbesondere da er in der Stadt mehrere Freunde schwarzer Hautfarbe hatte), schönsten Erlebnissen (Mark Van Dorens Vorlesung an der Columbia), seiner generellen Lebenseinstellung (Melancholie, wie bei den meisten Schriftstellern).

Als mir keine weiteren Fragen einfielen, schwiegen wir eine Zeit lang, bis er plötzlich sagte: »So, jetzt will ich dich mal was fragen.«

»Nur zu«, sagte ich und dachte, ich müsste ihm nun alle Einzelheiten darüber erzählen, wie es gewesen war, als Mädchen aus gutem Hause in New York aufzuwachsen: die Brearley School, der Tanzkurs, die rätselhafte Kälte meiner Eltern, das Geld, das überall um mich herum verstreut lag wie eine unbedeutende Garnierung. Und ich würde ihm auch von meiner Unsicherheit erzählen müssen, von meinen sich allmählich manifestierenden politischen Vorlieben, meinem Verlangen nach Bedeutung. Ich scheute mich davor, ihm von mir erzählen zu müssen, und war zugleich erleichtert. So war es also, mit einem Mann zusammen zu sein: Er erzählte dir, was ihm wichtig war, dann erzähltest du ihm, was dir wichtig war, und man reagierte an den passenden Stellen wütend oder mitfühlend. Es war, wie einen Freund zu haben, ein merkwürdiges Spiegelbild seiner selbst – wenn auch mit einem anderen Körperbau und anderen Erinnerungen. Hatten beide genug geredet, bekam man das Gefühl, einen besonderen Zugang zu den inneren Vorgängen des anderen und ganzen Lagerhäusern voller Erfahrung erhalten zu haben.

Doch stattdessen fragte er mich: »Also, was hältst du nun von meinem Text?«

O Gott, sein Text. Einen Moment lang hatte ich nicht die geringste Ahnung, was ich sagen sollte. Ich war verwirrt und perplex und sagte einfach gar nichts.

»Hast du ihn überhaupt gelesen?«, beharrte er.

Ich nickte, während ich versuchte, so schnell wie möglich irgendeine notdürftige Antwort heraufzubeschwören. »Ja«, sagte ich fröhlich. »Gestern Abend erst. Ich wollte es dir noch sagen.« Ich wartete eine Sekunde ab, dann sagte ich: »Ich finde ihn großartig.« Es war ganz einfach, das zu sagen.

»Tatsächlich?«, fragte er. Er stützte seinen Kopf auf einen Ellbogen. »Du fandest das Ende nicht zu abrupt? Die Stelle, wo er ihr den Schal gibt und dann einfach weggeht?«

»Nein«, sagte ich. »Kein bisschen. Es kam doch nur auf die Geste an, oder? Ich fand es perfekt.« Doch ich wusste, dass es nicht perfekt war; es war grundfalsch, es war gezwungen.

»Wirklich?«, fragte er mich.

»Natürlich. Ich wollte es dir sagen, aber du bist mir zuvorgekommen.«

»Ach, das ist ja wunderbar«, sagte er lächelnd. »Jetzt hast du mir wirklich den Tag versüßt, Joanie.«

Ich atmete leise auf; das Lob hatte ihn glücklich und zufrieden gemacht, so wie es der Sex eigentlich hätte tun sollen. Irgendwann sagte er, es sei an der Zeit zu gehen; er müsse noch beim Markt an der State Street halten, um auf Wunsch seiner Frau eine Tüte Mehl zu kaufen, und außerdem noch Babynahrung für seine Tochter besorgen. Mehl und Babybrei: Requisiten eines Lebens, das mit meinem eigenen nichts gemein hatte.

Wir standen auf und zogen uns an, schamvoll voneinander abgewandt. »Joe«, sagte ich, die einzelne, schlichte Silbe probeweise benutzend. Er sah mich an. »Was glaubst du, wie es jetzt weitergeht?«, fragte ich ihn.

Er schwieg eine Sekunde lang, dann sagte er: »Woher soll ich das wissen? Die Zeit wird es zeigen, nehme ich an.«

Als ich etwas später allein durch den sich langsam verdunkelnden Nachmittag zum Campus lief, vorbei am Eisenwarenladen, an der antiquarischen Buchhandlung und der Musikhochschule mit ihrer beeindruckenden Fassade, fragte ich mich, ob er jemals Liebe für mich empfinden würde und was ich tun könnte, um dieser Liebe auf die Sprünge zu helfen.

Wie sich herausstellen sollte, entwickelten wir bald eine Routine; wir trafen uns wöchentlich, wenn ich Professor Tanakas Dackel ausführte und fütterte. »Mit dem Hund rausgehen« wurde rasch zur Metapher. *Der Hund ist heute besonders hungrig*, sagte er zu mir, während er den Saum meines Kleides hochschlug und mich mit einer Fingerspitze berührte. In der düsteren Praxis der litauischen Ärztin in Springfield ließ ich mir ein Diaphragma anpassen.

Als wir einmal in Professor Tanakas Bett lagen, gab Joe mir etwas, das in Seidenpapier eingeschlagen und mit einer Schleife verziert war. Ich schlug das Papier auf und sah, dass es eine Walnuss war und dass er mit einem feinen Pinsel in roter Tinte etwas darauf geschrieben hatte. »Für J.«, stand dort. »In Bewunderung, J.«

Ich hielt sie einen Augenblick lang in der Hand, versuchte, meine Enttäuschung in etwas anderes zu verwandeln. Natürlich konnte er nicht wissen, dass ich die Nachttischschublade seiner Frau durchsucht und dabei die beinahe identische Walnuss gefunden hatte, die er ihr geschenkt hatte. Ich aß nicht gern Walnüsse; manchmal steckte man zusammen mit ihrem Inneren etwas Schale in den Mund und musste sich die einzelnen Stücke von der Zunge pflücken wie Tabakkrümel. Und sie schmeckten zu dunkel und irgendwie falsch, so als äße man die Korkstücke, die in einem Glas Wein schwammen. Joe sagte, er möge Walnüsse aus genau diesen Gründen: Es seien komplizierte Nüsse, mit all den Buckeln und Kurven darin. Walnüsse hinterließen einen öligen Film im Mund, einen Nachgeschmack, den Joe ebenfalls möge. Er möge auch den Geschmack von Frauen, hatte er einmal im Bett von Professor Tanaka gesagt; er habe den Moment gemocht, in dem er zum ersten Mal hinuntertauchen und mich kosten durfte, selbst wenn ich anfangs gehemmt war und mich mit seinem Kopf zwischen meinen Beinen nicht entspannen konnte. Ich konnte nur daran denken, was er schmeckte, diese Mischung aus Salz und Puder und weiß der Himmel, was noch. Nichts könne den Geschmack einer Frau übertünchen, sagte er, Gott sei Dank. Auch eine Walnuss könne man immer durchschmecken, egal, ob man sie in einem Keks verbacken oder mit ihrem Öl einen Salat angemacht habe. Ein süßer, dunkler Geschmack werde freigesetzt, mit einem Hauch von Fäulnis, wie etwas, das man auf einem Waldboden gefunden habe.

Ich legte die Walnuss auf die Kommode meines Zimmers im Northrop House, deponierte sie inmitten von verstreuten Haarklammern und dem riesigen Becher Coldcream. Wochen vergingen, und seine Walnuss blieb auf der Kommode liegen. Ich hatte beinahe vergessen, dass sie dort war, bis ich eines Tages von meinem Kunstkurs über Holbein und Dürer zurückkam und beim Öffnen der Zimmertür Joes Frau auf meinem Bett sitzend vorfand. Carol Castleman stand auf, als ich das Zimmer betrat.

»Kann ich Ihnen helfen?«, fragte ich und dachte einen irrwitzigen Augenblick lang, dass Joe tot war und seine Frau zu mir kam, um mir die Nachricht zu überbringen, so als wäre ich und nicht sie die wahre Hinterbliebene.

»Ob du mir *helfen* kannst? Du weißt genau, warum ich hier bin«, sagte Mrs Castleman. Sie trug eine Kamelhaarjacke und einen Faltenrock; sie war klein, außer sich, aufgelöst. »Ich habe dich in mein Haus gelassen«, fuhr sie fort, von unfreiwilligen Zuckungen ihres Körpers begleitet. »Ich habe dir mein Baby anvertraut, verstehst du? Und so dankst du es mir? Du tust so jung und liebenswürdig und bist dabei so dreist.«

»Wer hat es Ihnen gesagt?«, fragte ich betreten.

Carol Castleman antwortete nicht. Sie hob nur die Hand und öffnete sie leicht. Darin lag die Walnuss, die Joe mir gegeben hatte. Ein Beweisstück. In den übrigen Zimmern des Northrop House machten sich die Mädchen zum Abendessen fertig. Von unten drang der Duft von Yorkshire Pudding durch das Haus, ein zäher, nahrhafter Eiergeruch, die Imitation eines vergangenen Lebens im Elternhaus, eines Lebens im Mutterleib, eines Lebens, in dem es Menschen gab, die sich um dich kümmerten und dir alles abnahmen. Ich wollte dieses trostreiche Essen jetzt zu mir nehmen, wollte mich über einen Teller hermachen, auf dem die Säfte des Roastbeefs Pfützen bildeten, während man sich um mich herum Geschichten von unfreiwillig komischen Verabredungen mit Yale-Männern erzählte. Doch stattdessen stand ich hier, Joes vor Wut schäumender Frau gegenüber, die eine Walnuss in der Hand hielt.

»Erzähl mir alles«, sagte Carol Castleman.

»Das kann ich nicht«, sagte ich und fing an zu weinen.

Sie ließ mich ein wenig vor mich hin weinen, wobei sie mich die ganze Zeit über irritiert betrachtete, bis sie es schließlich nicht länger aushielt und sagte: *»Erzähl's mir.«*

»Ich bin kein schlechter Mensch, Mrs Castleman«, setzte ich an, und was ich eigentlich meinte, war: *Wissen Sie, ich bin eigentlich noch gar kein richtiger Mensch.*

»Du Luder«, sagte Mrs Castleman. »Du kleines Smith-Luder mit deinen Geschichten. Ich hab ein paar von diesen Geschichten gelesen, und weißt du was? So toll sind sie überhaupt nicht. Ich weiß gar nicht, worüber er so aus dem Häuschen ist; wenn man ihm zuhört, könnte man meinen, sie wären von seinem beschissenen James Joyce.«

Und dann hob Joes Frau die Hand über den Kopf und schleuderte die Walnuss von sich. Ich sah, dass sie genau auf mich zuflog, hatte aber keine Zeit, zu schreien oder auszuweichen. Sie traf mich mit einem harten Aufprall, einem festen *Tock,* in der Mitte meiner Stirn, ein Geräusch wie von einem Schusterhammer, und ich wankte kurz, bevor ich zu Boden fiel.

Entfernt nahm ich wahr, dass Schritte den Flur entlang auf mich zugaloppierten, und dann erschien ein schwebender Ring aus Mädchengesichtern um mich herum, alle mit geöffneten Mündern, wie ein Chor, der gemeinsam ein Weihnachtslied anstimmt. Eine von ihnen trug Lockenwickler im Haar, eine andere hatte einen Stift hinter das Ohr geklemmt. Ihre Stimmen überlagerten sich, während sie alle gleichzeitig sprachen, doch niemand schien zu wissen, was zu tun war. Irgendwo im Hintergrund weinte Carol Castleman und teilte dem Raum voller Mädchen mit, ihr Leben sei zerstört. Doch alles, was ich denken konnte, während ich dort auf dem Teppich lag und sich auf meiner Stirn eine Beule zu bilden begann, war, dass *mein* Leben endlich begonnen hatte.

Drei

Der Flughafen Helsinki-Vantaa ist wie jeder andere Flughafen der Welt, nur ein bisschen blonder. Nicht so blond wie Schweden oder Norwegen, die Heimat kühler Albinos, aber doch stellenweise blond genug, um Amerikanern aufzufallen. Obwohl die Finnen von einer slawischen Düsternis durchzogen zu sein scheinen, gibt es jede Menge Blondschöpfe in diesem winzigen, lieblichen nordischen Land. Ich konnte nicht umhin, das zu bemerken, während ich mich mit Joe und dem Rest unserer kleinen Reisegruppe inmitten eines Strudels von Finnen durch den Flughafen bewegte; einige von ihnen machten Fotos, einige stellten Fragen, alle wollten sie etwas von ihm, eine Berührung, ein Wort, ein freundliches, müdes Lächeln, so als könnte sich in einem solchen zwanglosen Moment etwas von seinem Talent auf sie übertragen, ihnen etwas von seinem Glanz zuteil werden, für den sie ihm im Tausch etwas von ihrem ganz eigenen skandinavischen Goldschimmer zurückgeben würden.

So viele dieser Finnen waren blond und attraktiv, und die übrigen wirkten einfach nur vornehm und heroisch wie in Wikingerboote geschnitzte Köpfe, und er war ein kleiner jüdischer Mann aus Brooklyn von einundsiebzig Jahren. Doch irgendwie überwand das Freudenfest, das zwischen ihm und ihnen stattfand, alle Grenzen und zog sich dabei durch den gesamten Flughafen, der mir lang gestreckt wie ein Smörgåsbord-Buffet vorkam. *Liebt mich,* schien er ihnen durch seine glasigen, vom Flug müden Augen zuzurufen.

Ja, wir werden dich lieben, Mr Yoseph Castleman, schienen die Finnen zu antworten, *wenn du unsere Liebe erwiderst.*

Und wie konnten sie auch anders, als ihn zu lieben? Schließlich hatten sie ihn auserkoren – die älteren Männer, aus denen die Finnische Literaturakademie zum Großteil bestand, und auch die jüngeren Hipster, die vielleicht gerade mal um die sechzig waren. Joe schien kaum etwas von seiner Umgebung mitzubekommen, so sehr ergötzte er sich an seinem pompösen Auftritt; das war es, worauf er immer gewartet hatte: aus einem Flugzeug zu steigen und willkommen geheißen zu werden wie die Beatles, als sie in Amerika landeten. Er hätte es noch besser gefunden, wenn er wie die Beatles über eine dieser wackeligen Metalltreppen hätte die Landebahn betreten und den ihn anhimmelnden Menschen zuwinken können, während ihm die dünnen Haare um den Kopf peitschten. Doch stattdessen waren wir aus dem Flugzeug in einen dieser mit Teppich ausgelegten, akkordeonartigen Tunnel getreten und in einem frühmorgendlichen Terminal außerhalb der Stadtgrenze herausgekommen, einer sauberen, weißen Umgebung, in der gespenstische Kaufhausglockenspiele ertönten und eine elektronisch verstärkte, beruhigende europäische Frauenstimme unverständliche Dinge über Starts und Landungen sagte, um dann, unerklärlicherweise auf Englisch, darum zu bitten, dass Mr Kyosti Hynninen sich an der Gepäckausgabe einfinden möge.

Während wir an den Duty-free-Shops, Kiosken und Leuchtschildern vorbeigingen, die die Vorzüge Finnlands bewarben, gab sich Joe den Presseleuten und der Handvoll Regierungsvertreter mit ihren offiziellen Schildern, auf denen kleine Versionen ihrer skandinavischen Gesichter zu sehen waren, gegenüber freundlich und zugewandt, aber ich wusste, dass er kaum etwas von dem mitbekam, was sie in ihrem sorgfältigen Englisch zu ihm sagten. Er war jetzt berauscht, in Ekstase.

Ich dachte an Joes Anfänge in dem weiblichen Universum der Brooklyner Wohnung zurück, seine erste, unglückliche Ehe und ihr lautstarkes Ende, an seine zweite, lange Ehe, die von seinem beruflichen Aufstieg begleitet war. Und dann die Kinder, oh, die Kinder. Ich hatte nicht gewusst, wie es sein würde, in einem Haushalt voller Kinder zu leben. Ich fühlte mich von Babys angezogen, aber ich hatte auch Angst vor ihnen. Mein Kinderwunsch war Teil meines Bedürfnisses, Joe glücklich zu machen. Ich konnte beides nicht voneinander trennen; ich beugte mich über einen imaginären Kinderwagen und sah Joes übergroßen Kopf unter der Decke hervorlugen.

Aber als sie zur Welt kamen, wurden sie nicht zu ihm, sondern zu sich selbst. Jedes Kind hatte seine eigenen Merkmale. Susannah, unserer Erstgeborenen, wurde besondere Aufmerksamkeit zuteil, wie allen Erstgeborenen. Wenn ich ein Lammkotelett in der Pfanne briet, kam sie in die Küche und sagte: »Mami helfen«, weil sie wusste, dass das Essen für Joe war, der im Schlafzimmer arbeitete.

»Gut, mein Schatz, du kannst Mami helfen«, sagte ich dann, und Susannah spießte das Kotelett in der Pfanne auf, klatschte es auf einen Teller und verzierte es mit Papierfetzen, die wie Blumen aussehen sollten. Dann trug sie es vorsichtig den Flur entlang und trat, statt zu klopfen, ein paarmal gegen Joes Tür. Ich hörte sie murmeln: die zerstreuten Worte eines Vaters, das flehentliche Bitten einer Tochter – Schau doch mal den Teller an, Papi, *schau* doch –, und dann das Umschalten des Vaters, dessen Stimme sich zu lautem Lob aufschwang und so ein Unglück verhinderte.

Mich liebte sie; ihn vergötterte sie. Es machte mir nie etwas aus, und wenn sie und ich zusammen waren, war ich völlig entspannt, befriedigt von ihrem Geruch, ihrer weichen Haut, ihrer fiebrigen Begeisterung für alles Neue. Wäre sie ein Hund gewesen, ihr Schwanz hätte pausenlos aufgeregt auf den Boden geklopft. Wenn ich einmal nicht für sie da sein konnte – wenn ich anderweitig beschäftigt war, was häufig der Fall war, und sie in der Obhut einer Babysitterin zurücklassen musste –, nahm ihr

Gesicht einen tragischen Ausdruck an, und es brach mir beinahe das Herz.

Ihre Schwester Alice war robust, athletisch und unabhängiger. Sie war nicht so hübsch wie Susannah, sah einfach nur gesund aus, mit einem festen kleinen Körper, so wie der von Joe es einst gewesen war, und hellbraunem Haar, das kurz geschnitten war wie bei einem römischen Jüngling. Als Alice ein Teenager war, trat ihr Lesbischsein endlich offen zutage, nachdem sie es uns viele Jahre lang kodiert kommuniziert hatte. Sie hatte für junge, unschuldig wirkende Lieblingslehrer geschwärmt und ihr Zimmer mit Bildern von hexenmähnigen Rocksängerinnen tapeziert und von Tennis-Amazonen mit harten braunen Schenkeln, die in unangemessen kurzen weißen Röcken steckten. Und als es sich offenbarte, war es eine Erleichterung, es laut ausgesprochen zu hören, obgleich Joe erschrocken und persönlich getroffen wirkte.

»Ich steh auf Mädchen«, platzte sie eines Abends in der Küche aus heiterem Himmel heraus.

»Was?«, sagte Joe, der am Tisch gesessen hatte, tief hinter seiner Zeitung versteckt.

»Ich steh auf Mädchen«, fuhr Alice mutig fort. »Ihr wisst, was ich meine.«

Der Kühlschrank gab unvermittelt ein Brummen und Klicken von sich und begann, Eiswürfel zu produzieren, wie um die fürchterliche Stille zu füllen.

»Oh«, sagte Joe und blieb auf seinem Stuhl festgenagelt. Mein Herz fing augenblicklich an zu rasen, aber ich ging zu Alice hinüber und umarmte sie. Ich sagte ihr, ich sei froh, dass sie es uns gesagt habe, und fragte, ob es da jemand Bestimmten gebe. Ja, schon, sagte sie, aber das Mädchen habe sie schrecklich behandelt. Wir sprachen eine oder zwei Minuten lang höflich und respektvoll darüber, und dann verschwand sie auf ihr Zimmer.

»Das hat doch nichts mit dir zu tun«, sagte ich abends im Bett zu Joe, als wir wütend hin und her flüsterten. Das war ein ständig wiederkehrendes Thema in unseren Gesprächen über die Kinder.

»Ja, das ist mir auch klar«, sagte Joe. »Genau darum geht es ja.«

»Was versuchst du mir zu sagen? Dass du im Zentrum der Sexualität deiner Tochter stehen willst?«

»Nein«, sagte er. »Ganz und gar nicht. Du bist eine Mutter. Du kannst nicht verstehen, wie es mir damit geht.«

»Oh, der war gut«, sagte ich; er sollte glauben, dass Mütter alles verstünden, dass wir die allwissenden Erzähler unseres Familienlebens seien.

David, unser Jüngster, das Sorgenkind, schien seinen Platz im Leben gar nicht erst finden zu können. Joe und ich warteten und hofften darauf, dass für ihn alles gut werden würde, aber das war reines Wunschdenken. Für David wurde nur sehr wenig gut, das wurde immer deutlicher, und sein Leben hing einfach so in der Luft.

Dennoch liebten wir ihn. Wir liebten sie alle, Joe und ich, wenn auch nicht immer gemeinsam. Die Kinder empfingen Liebe aus zwei unterschiedlichen Kanälen, meinem, der einem ziemlich steten Fluss glich, und dem ihres Vaters, der sie immer dann liebte, wenn es ihm gerade in den Sinn kam, wenn es ihm einmal gelang, sich von sich selbst loszureißen. Er war so oft abgelenkt, in den Details seiner Arbeit und all der Auszeichnungen und Würden verfangen, die sich aufhäuften wie zentimeterweise fallender Schnee. Die Kinder und ich sahen einfach nur zu, während Joes Karriere immer weiter voranschritt.

Und nun hatte er es bis nach Finnland gebracht. Das Land war verblüffend hübsch, belebend und erfrischend. Einmal im Jahr wurde es unsanft aus dem Schlaf gerissen: *Wach auf! Wach auf! Eine bedeutende Persönlichkeit naht!* Während wir mit den Verlagsleuten im Schlepptau durch den Flughafen zogen, wurde mir klar, dass es mir ein Leichtes gewesen wäre, in der Wildnis dieses Landes zu verschwinden und niemals zurückzukommen, wenn ich es gewollt hätte. Mit meinen hellen Haaren und meiner blassen Haut wäre ich zwischen den Finnen nicht weiter aufgefallen. Ich hätte mich bestens eingefügt, und sie hätten mich für eine von ihnen gehalten. Wie wunderbar wäre es, hier ein verwirrendes, neues Leben zu führen, statt in einer Woche mit dem großen Baby, das mein Ehemann war, meinem Genie, meinem höchstpersönlichen Helsinki-Preisträger, in das Haus in Weathermill, New York, zurückzukehren.

»Joe«, sagte ich, »schau mal nach links. Sie wollen dich fotografieren.«

Er wandte sich folgsam um, und eine schnelle Abfolge stotternder, surrender Geräusche ertönte, während er eine etwas steifere, herrschaftlichere Haltung einnahm. Morgen würden die Bilder in den Zeitungen erscheinen, Fotos von einem alten jüdischen Amerikaner, der ins Blitzlicht blinzelte, Bilder, die seine unbeholfene Menschlichkeit enthüllten, seine Erschöpfung nach der Flugreise, gemischt mit der Eitelkeit, die ihn lange Jahre von Flughafen zu Flughafen und durch die ganze Welt getrieben hatte.

Vor dem Terminal wartete eine dunkle Limousine auf uns, und als wir von dem Gebäude eilends zum Wagen huschten, fühlte es sich an, als würde meine Lunge unter dem ersten Atemzug eisiger Luft kollabieren. Es war die schöne Zeit des Herbstlaubs, die die Finnen *ruska* nennen, mit ihrem sich aufblätternden Daumenkino stimmungsvoller Farben. Noch Spätherbst, aber Joe und ich waren schockiert angesichts der Kälte. Sie war nicht auszuhalten, dachte ich und stellte mir eine Gesellschaft vor, in der die Menschen vom Haus zum Auto zum Arbeitsplatz und wieder vom Arbeitsplatz zum Auto zum Haus rannten, und dann war der Tag auch schon vorbei. Auch an diesem Tag würde es nicht mehr viel Sonnenlicht geben, auch wenn der Himmel jetzt gerade hell und endlos aussah. Das finnische Sonnenlicht machte einem weis, dass es unvergänglich sei, man konnte sich nicht vorstellen, dass es sich mit einer so grimmigen Endgültigkeit abschalten würde, kaum dass die Enzyme des Magens begonnen hatten, das Mittagessen in seine Bestandteile aufzulösen.

Der Wagen beförderte uns sanft am Ufer und den gläsernen Fronten der Geschäfte an der prunkvollen Mannerheimstraße entlang, in denen fragile, in Folie und zerknittertes Papier eingeschlagene Objekte verkauft wurden, vorbei an unvermittelt auftauchenden langen Eisenbahnbrücken. Wir waren während unserer Ehe schon einmal in Finnland gewesen, in den Achtzigern, als Joe eingeladen worden war, im Rahmen des fünfhundertjährigen Jubiläums des finnischen Buches zu lesen, und damals war es mir so vorgekommen, als wäre das gesamte Land von Eis durchzogen.

An Finnland gefiel mir das Fehlen von offener Gewalt und Straßenkriminalität. Dies waren nicht die Vereinigten Staaten, dies war nicht Spanien. Hier war es ruhig und stimmungsvoll, ein hinreißender, eleganter Ort mit leicht aus dem Lot geratenem Serotoninspiegel. Ein depressives Land, das war schnell diagnostiziert angesichts der Selbstmordstatistiken, die Skandinavien manchmal in Abrede zu stellen versucht, so wie die Cornell University die Ängste der Eltern neu eingeschriebener Studenten vor den berühmten Ithaca-Wasserfällen zu zerstreuen sucht, denen wie bei einemErnteritual mit jedem Jahr ein paar mehr von aller Hoffnung verlassene Erstsemester zum Opfer fallen. *Keine Sorge,* hätte im Prospekt der Uni stehen sollen, *obwohl dort tatsächlich einige Studenten in den Tod springen, ziehen die meisten doch Bierpartys und Lernen vor.*

Ganz Skandinavien war anziehend, mit seiner Eisfischerei und seinen Schneekrönchen, aber jeder kannte die Legende von der tief verwurzelten Traurigkeit der Finnen, Norweger und Schweden: der Alkoholkonsum, die schmachtenden Klagelieder, die gedämpfte Dunkelheit mitten am Tag.

»Und das ist der Oper von Helsinki, Mr Castleman«, sagte der Fahrer, während unser Wagen langsam an einem gigantischen Gebäude vorbeifuhr, das aussah, als könnte es mit seinen dicken Mauern ein ganzes Königreich umschließen. »Dorthin Sie werden gehen, Sir, um Ihren Preis zu nehmen und sich zu feiern.«

»O ja, Joe, du wirst dich feiern«, murmelte ich, aber er hörte es nicht.

Ich stellte mir vor, wie wir im Opernhaus saßen, wo Joe für ein Werk gefeiert wurde, das die Finnen sicherlich befremdet haben musste, wenngleich sie es offenbar trotzdem gelesen hatten. Sie waren ein ausgesprochen belesenes Volk. Die Winter waren nahezu endlos, was sollte man da schon anderes tun, als zu lesen? *Ich finde die Romane auch befremdlich,* hätte er wohl gern in wackeligem Finnisch zu ihnen gesagt, sorgfältig jedes Wort auf der ersten Silbe betonend, so wie es die Finnen tun. Seine Bücher waren von unglücklichen, untreuen amerikanischen Ehemännern und ihren komplizierten Frauen bevölkert. Vielleicht hätte es Joes Figuren gutgetan, hätte man *ihre* Tage verkürzt und die Sonne, die ihre armseligen ehelichen und außerehelichen Eskapaden beschien, etwas früher untergehen lassen.

Nach der Zeremonie würden wir dann jedenfalls an einem langen Tisch in einer riesigen, kühlen Marmorhalle speisen. Mitglieder des finnischen Parlaments würden Joe ins Ohr wispern, aber er würde nicht eingeschüchtert sein, weil sie keine Adligen waren. Beim Nobelpreis dagegen bekam man einen ordentlichen Schuss Adel ab, man saß einen Abend lang neben König Gustav und musste hölzern Konversation betreiben.

Worüber hatte sich Lev Bresner wohl an jenem Abend in Stockholm mit dem König von Schweden unterhalten, der von prunkvollen Gewändern umhüllt war wie ein Hering von Sahne? Ich hatte keine Ahnung. Joe würde niemals ein solches Gespräch führen müssen. Seine Bücher waren nicht allumfassend und nicht düster genug. Es machte mich sowieso schon wahnsinnig, in

Helsinki zu sein, ihn von Menschen umringt zu sehen, dem gravitätischen Ernst ihrer Fragen zu lauschen, mit anzusehen, wie sie ihn mit ätherischen Ölen salbten und zum Besten der Besten erklärten.

Bevor ich in New York das Flugzeug bestiegen hatte, war ich mir nicht sicher gewesen, dass ich ihn verlassen würde. Über die Jahre hinweg hatte ich immer wieder kleine Fantasien entwickelt, Szenarien, in denen ich sagte: »Joe, es ist vorbei«, oder auch einfach: »Weißt du was, du bist jetzt wieder Single.« Aber ich hatte nichts davon in die Tat umgesetzt; stattdessen hatte ich mich wie die meisten Ehefrauen festgeklammert, aber in den vergangenen Wochen war es mir zu viel geworden, es war mehr, als ich ertragen konnte, und ich würde es mir nicht mehr viel länger antun.

Ich betrachtete ihn unausgesetzt, nahm das Bild des vertrauten Höckers auf seiner Nase, der lila schimmernden Haut seiner Augenlider, der dünnen weißen Haare in mir auf und rief mir ins Gedächtnis, dass er einmal ein engelhafter Knabe gewesen war und dann ein ambitionierter, gut aussehender junger Literaturkursleiter und dann ein mutiger, gefeierter Romancier, der die ganze Nacht über aufblieb und die ganze Welt aufsaugen und einen Moment lang in seiner Lunge behalten wollte, bevor er sie wieder ausatmete. Und jetzt war er alt, seine Mitralklappe war ein porcines Xenotransplantat (aber wie auch immer man es bezeichnete, es blieb doch Schweinefleisch), das wie ein Spaltkeil in seinem Herzen steckte, und irgendwie stahlen sich bestimmt auch Schweineerinnerungen in sein Gedächtnis: fröhliche Bilder vom Herumwühlen in alten Nektarinen und Tennisschuhen. Seine Energie war in tausend verschiedene Richtungen geströmt und hatte sich nun erschöpft, und wo auch immer er hinging, lagen Lorbeerkränze, die unter seinen Schritten raschelten und brachen, und sich windende Weinranken und Blätter, auf denen er sich zufrieden ausstrecken konnte.

Es dauerte nicht lange, bis unser Wagen vor dem Helsinki Strand Intercontinental Hotel hielt. Livrierte Männer schossen synchron aus dem Hotel hervor, offenbar unbeeindruckt von der Kälte, rissen die zugeeisten Türen der Limousine auf, und bald darauf waren wir drinnen, gefolgt von unserem Gepäck, und der Eigentümer und seine ekstatische Frau sprangen auf uns zu, um uns zu begrüßen und Joe ihre Glückwünsche zu übermitteln. Opulente Wärme rückte rasch an die Stelle der erschreckenden Kälte, und das Innere des Hotels roch für mich wie der tiefste Teil eines Waldes in einem skandinavischen Volksmärchen, einer Geschichte, die vielleicht »Der junge Paavo und die fünf Wünsche« heißen könnte.

Licht schien in die Lobby einzuströmen wie durch ein Loch im Blätterdach riesenhafter Bäume. Entgegen aller Wahrscheinlichkeit roch ich Kiefern und Harz, und vom Jetlag verwirrt überkam mich mit einem Mal die Lust, mich gleich hier auf dem dichten Teppich des Intercontinental auszustrecken und mich damit allen als die traurige, unausgeglichene Frau des jüngsten Helsinki-Preisträgers zu offenbaren.

Doch wir mussten immer noch etwas weitergehen. Wir liefen über den weichen Waldboden, zwischen Mahagoniwänden hindurch und lange goldene Korridore entlang, folgten dem blitzsauberen Pagen und seinen zwei Assistenten, die allesamt Brüder hätten sein können, Sprösslinge einer Familie, die nur Kinder zeugte, damit sie der finnischen Hotelindustrie dienen konnten.

Joe ging jetzt mit selbstsicherem, schnellem Schritt. Er fühlte sich wohl in seiner Haut, glitt geschmeidig neben mir her. Die Tatsache, dass er der Außenseiter, der Junge aus Brooklyn war, trug nur zu dem seltsamen Prestige bei, das er in diesem fremden Land genoss. Abgesehen von einer kleinen Menschentraube, die aus Reportern, Fotografen, seiner nominellen Lektorin, Sylvie Blacker, dem Rest der Verlagsleute und Irwin, Joes schläfrigem Agenten der letzten Jahre, bestand, schienen keine weiteren Amerikaner in Sicht zu sein. Wenn wir uns in Europa aufhielten, erkannten wir sie normalerweise an ihrer schlechten Körperhaltung und ihrem Lächeln, daran, wie sie sich an ihrer geliebten *Herald Tribune* festklammerten, an ihrer zu bunten Kleidung und ihren Versuchen, mit anderen Amerikanern ins Gespräch zu kommen, so als ängstigten sie sich ohne die vertrauten gerundeten Silben ihres Heimatlandes wie verirrte Kinder.

Unsere Töchter hatten beide angeboten, uns nach Finnland zu begleiten, aber da Joe sie offensichtlich nicht dabeihaben wollte, hörten sie auf zu fragen. Sie waren schon daran gewöhnt.

»Die Sache ist die«, sagte Joe zu Susannah. »Wenn du mitkämst, würde ich mich nur die ganze Zeit schuldig fühlen, weil ich keine Zeit für dich habe. Es würde mir ständig im Kopf herumspuken. Es würde mich ablenken. Warum kommst du nicht stattdessen mit Mark und den Jungs nach Weathermill, wenn ich zurück bin? Wir könnten ein langes Wochenende zusammen verbringen. Dann stehe ich euch rund um die Uhr zur Verfügung. Ich existiere nur für euch. Ich bin quasi euer Sklave.«

Auf seinem Gesicht lag ein schelmischer Ausdruck, jene Altmännerverschrobenheit, die er perfektioniert hatte, seit das Alter ihn eingeholt, ihn langsamer gemacht und sein Herz in Mitleidenschaft gezogen hatte. Ich glaubte ihm zwar, dass es ihn ablenken würde, die Kinder dort zu haben, vermutete aber, dass es ihm in Wahrheit eher um sich selbst ging als um sie. Er hatte den Helsinki-Preis gewonnen. Das nahm er ernst. Er wollte es langsam, gemächlich auskosten und sich nicht dadurch ablenken lassen, dass er Sorge tragen musste, dass es allen um ihn herum gut ging, was ohnehin in jeder Familie ein Ding der Unmöglichkeit ist.

Wenn er im Laufe der Jahre andere, geringere Preise gewonnen hatte, waren sie bei den Banketten und Cocktailpartys dabei gewesen, seine sauber geschrubbten Kinder von unterschiedlichem Alter und Reifegrad. Ich war mir nie ganz sicher gewesen, wie er ihre Anwesenheit empfand, aber ich selbst hatte es immer geliebt, sie um mich zu haben. Wenn mir alles zu viel geworden war, hatte ich mich an ihnen festgehalten. Um ehrlich zu sein, hatte ich sie als menschliche Schutzschilde eingesetzt, die Mädchen in ihren hübschen kleinen Kleidchen und David in seinem Frack, beinahe erdrosselt vom Knoten einer grün-goldenen Krawatte aus der Kaufhausabteilung für Kinder- und Jugendmode.

Ich trank immer eine Menge bei diesen Feiern, schüttete den angebotenen Weißwein in mich hinein, den Champagner und alles andere. Meine Kinder konnten es immer sehen, konnten den Moment genau bestimmen, in dem meine Augen glasig wurden.

»Mom«, flüsterte Susannah mir einmal zu, als wir unter einem Baldachin auf dem Gelände der Academy of Arts and Letters standen, in die Joe gerade aufgenommen worden war. Die paar feuchten Bissen pochierten Lachs, die ich zu mir genommen hatte, hatten nicht ausgereicht, um die Gewalt des Alkohols abzudämpfen. Ich war total betrunken. Ich schwankte leicht hin und her, und Susannah, dreizehn Jahre alt, reichte mir eine stützende Hand.

»Mom«, sagte sie etwas lauter, in entrüstetem Tonfall. »Du bist ja betrunken.«

»Ein bisschen, mein Schatz«, flüsterte ich zurück. »Tut mir leid. Ich meine, es tut mir leid, wenn ich dich blamiere.«

»Machst du nicht. Aber lass uns woandershin gehen«, sagte sie, und ich ließ mich von ihr aus dem Zelt führen. Wir gingen die Straße in der besten Gegend Manhattans entlang, an der einige Taxis warteten und ein Mann rauchend vor einer Bodega stand. Wir setzten uns in unserer festlichen Kleidung auf eine Treppe, die zu einem Haus hinaufführte, und ich trank eine Flasche Guavennektar, die Susannah mir in der Bodega kaufte, und versuchte, den mich umgebenden Nebel zu durchdringen, um wieder zu dem Fest zurückkehren zu können.

»Wenn du so unglücklich bist«, sagte meine Tochter sanft, »warum verlässt du ihn dann nicht, Mom?«

Ach, mein liebster Schatz, hätte ich sagen können, *das ist eine gute Frage.* In ihrer Weltsicht wurden unglückliche Ehen einfach aufgelöst, abgebrochen wie ungewollte Schwangerschaften. Sie wusste nichts von jener Subkultur der Frauen, die einfach dablieben, Frauen, die ihre Loyalität nicht logisch erklären konnten, die sich festklammerten, weil es das Verhalten war, das ihnen am vertrautesten war, mit dem sie sich am wohlsten fühlten. Sie begriff den Luxus des Bekannten nicht: dasselbe Stück Rücken, das unter der Bettdecke hervorragte, das Haarbüschel, das aus dem Ohr wuchs. *Der Ehemann.* Eine Figur, zu der es einen nie hinzog, die einen emotional kaum berührte, neben der man einfach herlebte, während die Jahreszeiten wechselten, sich auftürmten wie Ziegelsteine, auf die man Mörtel in dicken Schichten geklatscht hatte. Eine Ehemauer erhob sich zwischen dir und ihm, ein Ehebett, in das du dich dankbar hineinlegtest.

Was ich tatsächlich zu Susannah sagte, war: »Wer sagt denn, dass ich unglücklich bin?«

Sie sah mich stumm an. »Wenn ich mal heirate, dann muss es eine glasklare Angelegenheit sein; jeder, der uns ansieht, muss sofort verstehen, warum nur wir zwei zusammen sein können«, sagte sie dann.

Der Mann, den sie schließlich heiratete, war anders, aber, wie sich herausstellte, auch nicht zufriedenstellend. Mark war attraktiv, sehnig wie ein Windhund, hatte den Körper eines Läufers mit goldenen Härchen auf langen, sonnengebräunten Handgelenken. Doch er nahm kein Buch in die Hand, wenn es sich nicht um eine Biografie Jeffersons oder Franklins oder die wahre Geschichte einer Arktis-Expedition handelte; für Belletristik fehlte ihm, wie für Kunst schlechthin, das Verständnis.

Susannah war einsam, das wusste ich, ich sah es zwischen all den anderen kleinen Trophäen des Unglücks, die sie triumphal vor mir aufreihte, so wie es Kinder manchmal tun; sie stellen ein ganzes Museum der Enttäuschungen zusammen und laden die Eltern ein, es zu betreten, so als wollten sie sagen: *Seht ihr? Seht ihr, wie ihr mich kaputtgemacht habt und was dabei herausgekommen ist? Das hier ist dabei herausgekommen!*

Meine Tochter war eine Frau, die von ihrem Vater enttäuscht worden war. In ihrem Töpferkurs hatte sie im Laufe der Jahre zahlreiche Tongefäße für Joe hergestellt, ein nicht endender Strom von Keramik, im Versuch, seine Aufmerksamkeit zu gewinnen. Seine Liebe hatte sie bereits; Liebe war einfach. Aufmerksamkeit war etwas ganz anderes, und wie hätte sie die je bekommen sollen? Sie war keine Sexualpartnerin. Sie war keine Kollegin. Sie war kein Buch. Sie war nur ein Mädchen an einer Töpferscheibe, das aufgebracht Tassen und Schüsseln und Teller drehte, für einen Vater, der niemals daraus trinken und niemals davon essen würde, der allenfalls hin und wieder ein paar Stifte in einen der Becher steckte oder einen der Teller ganz hinten auf seinen Schreibtisch stellte.

Irgendwann gab Susannah das Töpfern ganz auf; es sei zu zeitaufwendig, sagte sie, obwohl sie zu der Zeit bereits bei Stengel, Mathers & Broad gekündigt hatte und den ganzen Tag lang zu Hause ihre zwei Söhne – meine wundervollen Enkel – Ethan und Daniel hütete.

Alice hatte nie wie ihre Schwester um Joes Aufmerksamkeit gebuhlt. Es war, als hätte sie ihn schon zu einem sehr frühen Zeitpunkt begutachtet und dabei festgestellt, dass es unmöglich war, das Herz eines solchen Egoisten für sich zu gewinnen. Andere Frauen mochten Alice, fanden sie charmant. Sie war auf eine belebende, frisch gewaschene Weise gut aussehend. Als Erwachsene tolerierte sie Joe, umarmte ihn fest und herzlich und war zu mir nur ein kleines bisschen liebevoller als zu ihm. Dass sie sich für Pam entschieden hatte, mit der sie nun in Colorado zusammenlebte, verblüffte mich, weil Pam so *prosaisch* wirkte.

Sie war auf eine flache, porenlose Art hübsch, mit kleinen hellen Augen. Sie machte Pilates, und ihre Kochkünste waren ausgezeichnet, wenn man sich den Wundern der reichen Familie der Wurzelgemüse zu öffnen vermochte.

Doch im Grunde verstand ich natürlich, was Alice aus diesem Bündnis gewann: Pam war die Frau in der Beziehung, und das war es, was meine Tochter wollte, vielleicht ohne es zu wissen.

Jetzt gerade waren unsere Töchter beide bei ihren Familien, die eine, die sich voller Sehnsucht und Reue wünschte, sie könnte hier bei uns, bei ihm sein, und die andere, die sich nicht darum scherte. David hatte natürlich nicht angeboten, uns zu begleiten. Er verreiste so gut wie nie und hielt sich stattdessen Tag für Tag an dieselbe Route wie eine Einschienenbahn: das Café in seiner Nachbarschaft, ein Secondhand-Comicladen, ein China-Imbiss, sein Arbeitsplatz und wieder zurück nach Hause. Er hatte kein Interesse an unserer Reise; er hatte keine Fragen dazu gestellt, hatte Joe nicht beglückwünscht, sich nicht weiter erkundigt. Während Joe und ich eine finnische Hotellobby der Länge nach durchquerten, saß David wahrscheinlich in seiner Kellerwohnung und las eine der Graphic Novels, deren gezeichnete Darstellungen einer düsteren Zukunft er so liebte. Auf seinem Schoß würde ein geöffneter weißer Karton mit chinesischem Essen stehen, um den herum sich Nudeln verteilten. Ich sah ihn vor mir, wie er sich, in fantastische Lebensgeschichten und verborgene postapokalyptische Welten vertieft, mit öligem Fast Food vollstopfte und sich hin und wieder ein Leben in Erinnerung rief, das er lange nicht gelebt hatte. *Kindheit.*

Ich lief neben Joe her, unsere Körper bewegten sich durch den Raum, ohne dass wir einander ansahen. Zwischen uns existierte keine reine, unverdorbene Zärtlichkeit; das, was wir hatten, war von Altbekanntem durchzogen. Als wir in Begleitung der Pagen auf eine Reihe mit genopptem Glas verkleideter Aufzüge zusteuerten, die zu einer separaten VIP-Ebene führten, fiel mir eine junge Frau auf, die Joe mit interessierter Miene betrachtete. Sie wirkte nervös und zaghaft, als sie einen Schritt vorwärts machte und etwas hervorstieß.

»Mr Yoseph Castleman, Sie sind ein wunderbarer Schriftsteller!«, sagte sie. »Meine Glückwünsche.«

Sie war nicht wirklich schön, aber ihr Gesicht war von skandinavischer Anmut. Ihr Haar hatte die Farbe von Manilapapier.

»Danke«, sagte Joe und blieb kurz stehen. »Das ist sehr nett von Ihnen.«

Er streckte eine Hand aus, und sie schüttelte sie; ihre Hand hielt seine etwas zu lange fest. Mir kam kurz der Gedanke, dass sie eine Stalkerin sein könnte, aber dann fiel mir ein, dass ich noch nie von einer finnischen Stalkerin gehört hatte. Stalker scheinen häufig aus dem Mittleren Westen der Vereinigten Staaten zu kommen, wobei sie sich manchmal auch wie Sumpfkreaturen aus den Feuchtgebieten Floridas erheben. Im Laufe der Jahre hatte Joe einige Briefe dieser Spezies erhalten, und obgleich eher die Männer zu offen ausgesprochenen Drohungen neigten, waren es die Frauen, die ihm mehr Angst machten. Die Männer waren so offensichtlich in ihrer Feindseligkeit, und wenn man sich in Gefahr befand, wusste man es. Joe war mehr als einmal gefährdet gewesen, und der Mensch, der ihm mit der größten Feindseligkeit begegnet war, war unser Sohn.

David war nicht verrückt, er war nicht psychotisch, lag nur »im Grenzbereich«, war nur eine *»Borderline-Persönlichkeit«*, die Schlüsselwörter für alle unberechenbaren Außenseiter. Und David war labil, was bedeutete, dass er sich leicht umwerfen, leicht vom Weg abbringen ließ.

An dem Abend, als David Joe bedrohte, war ich nicht zu Hause; ich war bei Lois Ackerman, wo sich unser langjähriger Lesezirkel traf, um das Buch des Monats, *Die goldene Schale,* zu besprechen. Joe und David waren allein im Haus. Es war eine bitterkalte Nacht im Norden des Bundesstaats New York. David, damals in seinen Zwanzigern, wohnte zu der Zeit bei uns, weil seine Wohnung überschwemmt worden war und er nicht wusste, wohin.

Zu sagen, er sei als Kind brillant gewesen, hieße, seinen Intellekt zu schmälern, den Ernst, mit dem er sich allen Dingen, groß oder klein, näherte. Als er zur Welt kam, war Joe überglücklich gewesen, endlich Vater eines Jungen zu sein; ein Junge würde alles gut werden lassen, würde Joe etwas von dem zurückgeben, was er verloren hatte, als sein eigener Vater vor so langer Zeit gestorben war und damit Joes Zukunft verändert hatte.

Joe schenkte David seine Aufmerksamkeit in einer Weise, wie er es bei den Mädchen meines Wissens nie getan hatte. Sie gingen zusammen fischen, sie spielten Billard, sie bestiegen mit schweren Stiefeln den Mount Cardigan in New Hampshire, Rucksäcke auf den Rücken, die ich mit Lebensmitteln vollgestopft hatte, die sie gern aßen. Die meisten dieser Aktivitäten fanden in der Gesellschaft anderer Männer, zumeist Autoren, statt. Joe zog selten allein mit David los; worüber hätten sie sich Stunde für Stunde unterhalten sollen? Als Junge hatte David uns mit Fragen bombardiert, hatte sie eine nach der anderen abgefeuert wie eines dieser bis zum Rand mit Fakten gefüllten Kinderbücher: Haben Insekten Augenlider? Warum kann man sich nicht selbst kitzeln? Warum waren Menschen am Geruch ihrer eigenen Fürze interessiert? Joe wurde dessen schnell müde, und wenn sie von einem Ausflug zurückkamen, übergab er mir David und verschwand für Stunden.

Ich ging dann für gewöhnlich in Davids Zimmer und setzte mich auf sein Bett, während er seine schlammverkrusteten Stiefel auszog. »Hattet ihr Spaß?«, fragte ich vielleicht und legte ihm die Hand auf den Kopf. Ich wusste damals, dass ich ihm eines Tages nicht mehr die Hand auf den Kopf legen könnte; eines Tages würde er vor ihr zurückzucken, als wäre sie glühend heiß. Also versuchte ich, solange er noch klein war, ihn zu berühren, so oft ich konnte. Er tolerierte meine Berührungen, aalte sich aber nie darin, wie es die Mädchen taten. Das war so ein Jungsding, entschied ich, ein notwendiger Bestandteil des Mannseins. Er saß einfach geduldig da und wartete, bis ich fertig war.

Wie Joe war auch David gut aussehend, dunkel, mit schwarzen Locken auf einem großen Kopf. Joe war hocherfreut über den Intellekt unseres Sohnes, darüber, dass man ihn in der Schule als Genie bezeichnet hatte. Als David klein gewesen war, hatte Joe ihn öfter in Bars mitgenommen – was ich zu der Zeit allerdings nicht wusste –, wo unser kleiner Junge in den Sägespänen zu Füßen seines Vaters mit seinen Matchbox-Autos spielte. Andere berühmte Schriftsteller und Literaturgroupies streckten die Hände nach unten und fuhren David geistesabwesend durchs Haar; er schien die Berührungen kaum zur Kenntnis zu nehmen, oder wenn er es tat, dann interpretierte er sie nie als Zuneigung, und zeigte seinerseits nur selten welche. Er lebte in unserer Mitte, erledigte seine Hausaufgaben mit alarmierender Geschwindigkeit und ging mit Joe und dessen Freunden wandern, aber es ging keine Wärme von ihm aus. Seine Schwestern waren immer wie Welpen gewesen, die einem zu gefallen versuchten, hatten mir von ihrem Freundeskreis erzählt und stundenlang an Valentinskarten für ihren Vater herumgebastelt, aber David war kühler, zurückgezogener, weniger dankbar.

Ein Psychiater, den wir vor vielen Jahren konsultierten, sagte uns, wir sollten aus einer Mücke keinen Elefanten machen. »Er ist hochbegabt«, sagte der Mann, dem offenbar noch nie ein Kind untergekommen war, das bei seinen Tests derart gut abgeschnitten hatte, und aufgrund seines IQs, mit dem er ebenso gut Salingers Glass-Familie hätte entstammen können, war schlichtweg ausgeschlossen, dass mit ihm irgendetwas nicht stimmen könnte. Er war kein Autist wie der Sohn eines Dichters aus unserem Bekanntenkreis, der ständig Bruchstücke aus Werbespots wiederholte. »Rice-a-Toni, die Leckerei aus San Francisco …«, sang der Junge mit glockenheller, engelsgleicher Stimme.

David sei eben besonders, sagten uns alle, und wir sollten ihn einfach in Ruhe lassen. Insbesondere Joe beharrte darauf, dass wir David genügend »Freiraum« gaben, wie er es nannte; er stellte sich wahrscheinlich vor, dass David all den Raum bräuchte, um zu erfinden, zu forschen, zu komponieren, zu träumen. Stattdessen trat er in der Schule einem anderen Jungen zwischen die Beine und warf in der Kantine einen Tisch um. Und einmal verspottete er eine Lehrerin, sagte ihr, sie habe einen Schnurrbart wie Hitler und würde niemals einen Mann abkriegen. Sie befürchtete, er könnte recht haben, und ließ sich eine Woche lang krankschreiben.

Wir schickten ihn auf ein Internat für schwierige, aber intelligente Kinder – eine von diesen Einrichtungen, in denen überall Sitzkissen herumliegen und es einen »Morgenkreis« und einen ganzen Stab von Therapeuten gibt –, wo David meist für sich blieb, um am Ende als Klassenbester abzuschließen und wunderbarerweise – dank eifrigen Strippenziehens und Verhandelns von Joes Seite – an der Wesleyan University, einer Privatuniversität in Connecticut, aufgenommen zu werden. Doch David blieb keine vier Semester lang dort; im zweiten Studienjahr bedrohte er während der Semesterferien in einer Bar im East Village einen Mann mit einem Teppichmesser und landete im Gefängnis. Als wir zu ihm kamen und durch eine Glasscheibe hindurch mit ihm sprachen, war David aufgewühlt und unruhig, todunglücklich darüber, seinen Eltern im Gefängnis gegenübersitzen zu müssen. Joe fragte immer wieder, wie um alles in der Welt David so etwas hatte tun können, und David verstand sehr wohl, dass die Frage eigentlich lautete: »Wie um alles in der Welt konntest du *mir* so etwas antun?«

»Wie ich so was tun konnte?«, fragte David. »Was soll das überhaupt für eine Frage sein?«

»Es ist eine berechtigte Frage«, sagte Joe. »Also beantworte sie bitte.«

»Wir machen uns Sorgen um dich«, fügte ich hinzu.

»Ich weiß, dass du dir Sorgen machst, Mom«, sagte David zu mir, so als wäre Joe gar nicht da. »Ich hab Mist gebaut, okay? Ich bin ein bisschen jähzornig.«

»Ein bisschen jähzornig«, sagte Joe bissig.

»Ja, *ein bisschen jähzornig*«, sagte David.

»Du bist nicht ein bisschen jähzornig, du bist der Jähzorn in Person.«

David drehte sich um, ging davon, stellte sich mit dem Gesicht zu einer Ecke hin und sprach nicht mehr mit uns, bis wir ihn dort herausholten. Abends nahmen wir ihn mit zu uns nach Hause, und in den folgenden Tagen sagte er kaum ein Wort. Wir versuchten, mit ihm über die rechtliche Situation zu sprechen, aber er wirkte nicht sonderlich interessiert. Als wir ihn nach Middleton, Connecticut, zurückfuhren, schien er es nicht erwarten zu können, uns loszuwerden.

»Okay«, sagte er, als wir mit ihm nach drinnen gekommen waren. »Also, danke fürs Fahren. Braucht ihr noch irgendwas? Ich müsste mich um ein paar Dinge kümmern …« Wir wussten es zu diesem Zeitpunkt noch nicht, aber wenige Wochen darauf würde er die Universität ohne jede Erklärung so abrupt wie endgültig verlassen.

An jenem Abend wollte er, dass wir gleich wieder verschwanden und ihn in Ruhe ließen. Er schickte uns weg. Ich war kurz beleidigt, aber ich kam rasch darüber hinweg. Joe nicht. Er stand nur da, die Hände in den Manteltaschen vergraben. Als wir uns einige Minuten später tatsächlich verabschiedeten, war ich überrascht, dass David mich umarmte. Joe nickte er nur zu. Er mochte seinen Vater nicht, und vielleicht hatte er es nie getan. Aber nun schien sich die Form der Abneigung zu verändern. Ihr wahres Ausmaß war weder mir noch Joe bewusst.

Nachdem David die Uni hingeschmissen hatte und nach New York gezogen war, wurde er immer wieder in Kneipenschlägereien und Auseinandersetzungen mit Frauen verwickelt. Er beschrieb mir diese Szenen peinlich genau, so als spräche er über eine völlig andere Person. Über seinen Zorn auf Joe redete er nie.

Ich wusste, dass Söhne oft Wut auf ihren Vater empfinden. Ich hatte Arthur Miller und die kanonischen griechischen Tragödien gelesen. Ich konnte mir den klassischen, übermächtigen Vater und den Sohn mit den unbefriedigten Urbedürfnissen ausmalen. Ich konnte mir denken, wie der Sohn im Laufe der Jahre langsam einfriert und der Vater erst dann allmählich aufzutauen beginnt, wenn es längst zu spät ist; der Schaden ist angerichtet, und der Sohn sagt: »Sorry, Paps«, wendet sich ab und lässt den alten Mann wimmernd und zusammengekauert in seinem Ohrensessel zurück. Ich konnte es mir nur nicht für meine eigene Familie vorstellen.

David und Joe blieben lange auf einer Ebene gleichbleibender gegenseitiger Abneigung, vielleicht auch Verachtung. Doch schließlich wurde ein neues Plateau erreicht. Das war in der Nacht, als Davids Wohnung überschwemmt wurde und plötzlich trübes New Yorker Wasser knöcheltief darin stand. Seine Bücher und Zeitungen trieben auf der Oberfläche dahin, und weil er sonst niemanden hatte, bestand ich darauf, dass er zu uns kam.

»Es ist ja nur für eine Weile«, sagte ich. Also kam er.

Anfangs gestaltete sich die neue Wohnsituation überraschend gut. Das Haus in Weathermill ist groß, und abgesehen von den Mahlzeiten blieb David für sich. Abends machte er sich ein Sandwich mit Ei und ging dann in irgendeine Bar, um etwas zu trinken und Billard zu spielen. Alte Freunde von der Highschool, die noch immer in der Gegend lebten – Freunde, die in der örtlichen Drogerie oder dem Schädlingsvernichtungsunternehmen ihres Vaters arbeiteten –, riefen an und fragten mit tiefen, niedergeschlagen klingenden Stimmen nach ihm. Wer waren sie wirklich? Pornoregisseure? Drogendealer? Ich wusste es nicht. Die Welt meines Sohnes war mir verschlossen.

Der Abend, an dem David sich gegen Joe wandte, fing ganz friedlich an. Wir aßen gemeinsam zu Abend. Die Gespräche liefen größtenteils zwischen Joe und mir ab, während David zwischen zwei Bissen Steak einsilbige Kommentare beisteuerte. Alles wirkte ganz normal. Ich weiß noch, dass ich, als ich zu meinem Lesezirkel ging, froh war, das Haus verlassen zu können. David hatte etwas Beklemmendes an sich. Es war zwar traurig, nicht mit seinem Sohn zusammen sein zu wollen, aber es war keine Katastrophe. Ich fuhr durch kurvenreiche Straßen und saß schließlich in Lois' Wohnzimmer, umgeben von all den freundlichen, intelligenten Frauen, die ein Interesse an der eingehenden Lektüre der Bücher teilten, die wir seit dem College vergessen hatten. Ich wünschte, ich hätte einfach bleiben, in Lois' Gästezimmer einziehen können. Sie war geschieden und ganz offensichtlich einsam; zur Begrüßung umarmte sie uns zu fest und zu lange. Sie war groß, hatte ein hervorstehendes Kinn und trug stets schwere türkise Schmucksteine, die sie auf ihren allein unternommenen Reisen in den Südwesten kaufte. Lois unternahm alles allein. Ihr bereitete ihre Isolation Kummer – ich beneidete sie mitunter darum. Ihr Haus schien eine Oase zu sein: das große, von einer makellosen Tagesdecke verhüllte Bett, der Nachttisch mit der Schachtel französischer Karamellbonbons, der Nivea-Lotion und dem Stapel alter Henry-James- und E.-M.-Forster-Verfilmungen auf Video. Es war eine männerfreie Zone. Ein Ort der Ruhe, den die Frauen jetzt mit ihren Stimmen erfüllten. Einzelne Wörter und Sätze stiegen aus der allgemeinen Unterhaltung auf: *Moderne; Erzählstruktur; Prinzessin Casamassima.*

Auch das Essen war gut; der Kaffeetisch war mit Dips und kleinen marinierten Köstlichkeiten übersät. Ich war entspannt, aß und trank und beteiligte mich an der sich spiralförmig ausbreitenden Diskussion über Ehe und Betrug. Ich wusste nicht, ob es nur Paranoia war, aber es kam mir so vor, als hörten alle besonders aufmerksam zu, wenn ich etwas sagte, weil sie wussten, dass ich meine Erfahrungen mit Untreue gemacht hatte, auch wenn ich mich momentan nicht sonderlich betrogen fühlte.

Und in der Zwischenzeit saß Joe zu Hause in unserem Wohnzimmer, schwenkte ein Glas Bourbon mit klirrenden Eiswürfeln darin und lauschte anerkennend der Musik von Herbie Hancock auf der neuen Bose-Anlage, die er gerade gekauft hatte. (Fragen Sie mich nicht, warum, aber die Männer, denen die Welt gehört, sind von Stereoanlagen besessen.) Er hatte sich in seinen kastanienfarbenen Sessel geschmiegt, las die Zeitung, trank und hörte Musik. David hatte sich oben in seinem alten Kinderzimmer eingeigelt.

Ich dachte, der Abend würde so weitergehen; ich dachte, alle täten, was sie tun sollten. Dann klingelte Lois' Telefon. Sie hob ab, dann kam sie, um mich zu holen. »Joe ist dran«, gab sie mir stumm zu verstehen, während Sylvia Brumman übereifrig und stotternd mit ihrem Vergleich zwischen dem frühen und dem späten Henry James fortfuhr.

Ich nahm das Gespräch auf dem Apparat in Lois' Küche an und hörte alarmiert, wie Joe in angespanntem Tonfall sagte: »Hallo, Joan, tut mir leid, dass ich dich stören muss, aber es ist hier gerade etwas schwierig.«

»Was soll das heißen?«, fragte ich.

»David«, sagte er.

»David? Was ist mit ihm?«

»Ja, er ist hier bei mir.«

»Kannst du nicht sprechen?«

»Nein«, sagte er. »Kann ich nicht. Aber du solltest vielleicht besser heimkommen. Ich könnte deine Hilfe gebrauchen.«

Und dann steckte Lois den Kopf herein, um nachzusehen, ob alles in Ordnung war, was es natürlich nicht war. Ich entschuldigte mich und raste sofort nach Hause. Eines kam zum anderen, und in jener Nacht überzeugte ich David, sich von mir zu einer kleinen psychiatrischen Klinik in Westchester fahren und sich dort untersuchen zu lassen. Letztlich blieb er zwei Wochen dort, schlief viel, stellte sich auf die Antidepressiva ein, die er bekam. Als einige der Frauen aus dem Lesezirkel mich anriefen, um zu fragen, was passiert sei, sagte ich nur vage, dass es einen »Zwischenfall« zwischen Joe und David gegeben habe, und ließ es dabei. Ich wollte nicht weiter darüber reden. Niemand fragte nach Einzelheiten. Sie wussten, dass mein Sohn schwierig war und wie sehr mir das zu schaffen machte.

Auch wenn David noch immer die Medikamente nimmt oder sie zumindest nehmen sollte, musste er nie wieder in eine Klinik. Die Stelle in der Kanzlei hat er nun schon seit einigen Jahren; er fängt dort spätabends an und sieht oft ziemlich fertig aus, aber seine Schreibfähigkeiten sind unbeeinträchtigt. Es gab ein paar kleinere Auseinandersetzungen hier und da, Rangeleien, nichts Ernstes.

Die Spannungen zwischen David und Joe sind nie ganz gewichen, aber ich denke, wir haben uns alle daran gewöhnt. Doch die Gewaltandrohungen kamen auch von anderer Seite, nicht nur von unserem Sohn, und Joe geriet ins Grübeln darüber, was er Provozierendes an sich hatte.

Einmal bekam Joe einen Brief, der so begann:

Lieber Mr Castleman,
Sie halten sich wirklich für ein Gottesgeschenk, oder? Und ich bin nur ein VERLIERER!! Aber ich schreibe meinen eigenen Roman, und Sie sollten sich besser in Acht nehmen, Castleman, denn Sie komm [sic] *auch drin vor. Aber Ihre Figur überlebt nicht bis zum Ende …*

Joe hatte daraufhin die Polizei gerufen – ich hatte ihn dazu gedrängt –, und als die beiden Streifenpolizisten abends vorbeigekommen waren, war es ihm peinlich gewesen, denn je länger er darüber nachdachte, desto unwahrscheinlicher erschien es ihm, dass jemand tatsächlich versuchen könnte, einen Romanschriftsteller zu ermorden. Einen Sachbuchautor vielleicht, wobei selbst das nicht wirklich plausibel erschien. Warum sollte man einen Schriftsteller umbringen? Politiker, Schauspieler, ehemalige Beatles-Mitglieder, das war alles irgendwie nachvollziehbar, denn sie besaßen wahre Macht und konnten tatsächlich Dinge bewirken – aber ein *Schriftsteller*?

Joe fürchtete die psychotischen Fans und hatte nur milde Verachtung für die Legionen von Lesern übrig, die im Internet Diskussionen über sein Werk organisierten, akribisch alles zusammentrugen, was er je veröffentlicht hatte, und das Bedürfnis verspürten, immer neue Wege zu finden, ihm nah zu sein. Wenn sie ihn persönlich ansprachen, wich er leicht zurück, schüchtern, etwas verängstigt und irritiert über die Störung, aber auch geschmeichelt, immer geschmeichelt, und seine Augen überzogen sich mit einem Schimmer der Eitelkeit.

Doch wenn eine Anhängerin jung und hübsch war, hob er den Kopf und blickte ihr unverwandt in die Augen, beugte sich leicht vor, machte einen Schritt in den Zirkel aus Parfum hinein, der sie unweigerlich umgab. Es war das Offensichtlichste auf der Welt, diese Art, wie er sich auf schöne Frauen zubewegte, sie so sehr begehrte, mit einer leisen Stimme auf sie einredete, die sanft über die warme Haut ihres Halses strich. Am Anfang, vor so vielen Jahrzehnten, hatte ich oft weggeschaut, wenn es passierte, hatte mir ein neues Glas Begrüßungswein geholt, hatte mit dem Dekan geplaudert, wenn wir in einem College waren, oder mit demjenigen, der die einleitenden Worte gesprochen hatte, oder dem Verleger. Ich hatte der Verführung, die nur wenige Meter entfernt im Gange war, den Rücken zugedreht. Später dann konfrontierte ich ihn manchmal, wies ihn zurecht, und er sagte, ich würde Gespenster sehen, oder er gab nach und entschuldigte sich, sagte, er wisse, wie schwach er sei, und dass er es hasse. Doch als sich sein Verhalten mit der Zeit nicht änderte, wandte ich mich einfach wieder ab, wenn es passierte. Ich trank aus meinem kleinen Plastikbecher, zog ein Stück Sellerie durch ein Schälchen mit Dip, wohl wissend, dass sich mein Mann hinter mir mit einem hübschen jungen Mädchen, einer treuen Leserin, bekannt machte.

»Diese Stelle in *Überstunden,* die damit beginnt, dass die Tochter sich die Haare wäscht«, mochte sie vielleicht zu ihm sagen, »das ist die beste Beschreibung eines pubertierenden Mädchens, die ich je gelesen habe. Woher *wissen* Sie so etwas, Mr Castleman?« Und er würde mit den Schultern zucken und sich für das Kompliment bedanken. Und manchmal würden sie sich Tage später wieder begegnen, auf Wegen, die sich mir nie erschlossen.

Die charmante junge Frau, die sich ihm in der Lobby des Intercontinental näherte, war vermutlich ein intelligentes Mädchen aus der finnischen Provinz, das die Hand eines Helsinki-Preisträgers einen Augenblick zu lang in ihrer halten wollte, und sie lächelte ihn weiter an, als er sich von ihr abwandte und zum Fahrstuhl ging.

»Du Glücklicher, sie lieben dich überall auf der Welt«, flüsterte ich, während einer der Pagen einen Schlüssel in ein Schloss auf einer der Konsolen steckte und die gläserne Kabine zu uns heraufgefahren kam, begleitet von einem angenehm gedämpften Rauschen, wie man es nur bei europäischen Aufzügen findet.

»Ich glaube nicht, dass diese Frau mich *liebt*«, wisperte Joe zurück. »Du übertreibst.«

»Ach, ich würde schon einen kleineren Betrag darauf wetten«, sagte ich.

»Irgendjemand muss mich ja lieben«, sagte er. »Soweit ich sehe, ist die Stelle derzeit nicht besetzt.«

Der Page verriet durch nichts, ob er diesen kryptischen ehelichen Schlagabtausch verstand. Der Aufzug mit seinen surrenden Seilen fuhr immer weiter nach oben und entließ uns schließlich auf der stillen, makellosen VIP-Ebene. In der Ferne huschte ein Zimmermädchen davon. Eine breite Eichentür wurde geöffnet, und man bat uns in die Präsidentensuite. Riesige Fenster gaben den Blick auf das Kopfsteinpflaster und die Bäume unter uns frei.

»Heiß«, sagte der Page stolz, während er in einem der Badezimmer den Messingwasserhahn auf dem marmornen Waschbecken aufdrehte. »Kalt«, sagte er und drehte auf der anderen Seite.

Die Suite umfasste neben einem formellen Esszimmer zwei Schlafzimmer, ein Wohnzimmer, eine kleine Bibliothek und eine Sauna. Im Hauptschlafzimmer stand ein gigantisches weißes Bett mit hohen Bettpfosten, auf dem zwei dicke Bademäntel lagen. Benommen von dem Überseeflug, dem Überschuss an Aufmerksamkeit und all dem Prunk, entledigte sich Joe Stück für Stück seiner Kleidung und warf sich einen der Bademäntel über.

»Ich habe keine Ahnung, was als Nächstes kommt«, sagte er.

»Ich sage es dir: Wir schlafen.«

Er nickte, setzte sich aufs Bett, prüfte die Weichheit der Matratze und gähnte dann demonstrativ. »Bist du sicher, dass das eine gute Idee ist?«, fragte er mich. »Sollten wir nicht bis abends warten? Sollten wir uns nicht zwingen, wach zu bleiben, um uns dem hiesigen Rhythmus anzupassen? Ich glaube, ich könnte sowieso nicht schlafen«, sagte er. »Du weißt doch, dass ich das nie kann.«

»Heute schon«, sagte ich. »Ich wette, du bist müder als je zuvor in deinem Leben.«

»Das stimmt«, gab er zu.

Wir krochen unter die tiefen weißen Wogen der Decken. Wir ignorierten den Körper des anderen; wir waren gleichgültig, so wie wir es in den letzten Jahren eigentlich immer gewesen waren, nur dass sich in meine Gleichgültigkeit Feindseligkeit mischte, was Joe gerade zu übersehen versuchte. Wir lagen nebeneinander, frei von Liebe. In anderen Teilen der Suite wurden verborgene Türen von demütigen und geisterhaften Zimmermädchen geöffnet. Obst wurde geräuschlos poliert und in Körben arrangiert, und die Enden von Toilettenpapierrollen wurden zu Origami gefaltet. Schließlich verstummten die entfernten Geräusche, und Joe und ich lagen stumm da, unsere Haut von den dicht gewebten Decken auf die perfekte Temperatur gebracht. Joe wirkte klein, wie er so neben mir im Bett lag; sein weißes Brusthaar bildete Schaumkronen über dem Saum der Decke, die verkümmerten Scheiben seiner Brustwarzen waren entblößt. Er war gebrechlich und ausgelaugt, aber zufrieden, und ausnahmsweise, zum ersten Mal seit sehr langer Zeit, schlief er. Wir beide schliefen.

Irgendwann wurden wir von Stimmen geweckt, ein Chor der Engel, der uns langsam aus dem unnatürlichen Schlaf der Reisenden hob, und als wir die Augen aufschlugen, war es schon spät am Morgen des nächsten Tages, und wir stellten schockiert fest, dass sich unser hell erleuchtetes Zimmer mit Fremden gefüllt hatte, jungen Mädchen, die in Weiß gekleidet waren, Kerzen trugen und aus voller Kehle auf Finnisch sangen. Das sei einer der Initiationsriten des Helsinki-Preises, erklärte man uns später beim Abendessen, ein billiger Abklatsch einer ähnlichen Aufführung, die den Gewinnern des Nobelpreises zuteil wurde, und während wir noch benebelt und mit Schlaf in den Augen dalagen, bezogen Fotografen an den Rändern des Zimmers Stellung, um das Spektakel zu dokumentieren.

Daraufhin traten die Kerzenträgerinnen zurück, und die Tellerträgerinnen traten vor, Mädchen, die Obst und Käse und mit Puderzucker bestäubtes Gebäck trugen. Dann traten auch sie zurück, und es erschienen zwei Mädchen, die riesige Kaffeetassen trugen – es waren eher Schüsseln von der Art, aus der Katzen trinken –, und dann wurden die Speisen und Getränke und Kerzen auf Silbertabletts ans Fußende des Bettes gestellt.

»Wie lange wird das so weitergehen?«, flüsterte Joe mir zu, doch ich bedeutete ihm, still zu sein, und lächelte die Mädchen an, und er war vernünftig genug, meinem Beispiel zu folgen.

Wie auf ein Kommando fassten sich die hübschen Mädchen bei den Händen, hoben ihre zarten Arme und sangen mit Stimmen, die ein Herz aus Stein zum Erweichen gebracht hätten. Ich wusste nicht, was die Worte bedeuteten; vermutlich standen sie irgendwie mit dem großen Tag und der Feierlichkeit des Anlasses in Verbindung, obgleich ich mir vorstellte, dass sie zu ihrem eigenen Amüsement genauso gut hätten singen können:

Fick dich, Mister Castleman,
überschätzter Schriftsteller, auf den wir scheißen.
Fick dich, du bist doch nur gekommen,
um dir unsern schönen Preis unter den Nagel zu reißen …

Vor langer Zeit hatte es einmal ein anderes Hotelzimmer gegeben, ein gänzlich anderes, in New York. Es war klein und jämmerlich, und am Morgen sangen keine Engelsmädchen für uns. Es war fünfundvierzig Jahre her, doch selbst nach all der Zeit konnte ich den Grundriss des Zimmers, seinen Geruch und die vage Ahnung von Dreck, die es vermittelte, heraufbeschwören. Joe und ich waren bei unserer gemeinsamen Flucht aus Northampton zuerst mit dem Bus nach New York gereist und dann in einen der New Yorker U-Bahn-Wagen mit den gelben, gewebten Sitzen und den konkaven Werbetafeln, die Waschmittel und Kaugummi anpriesen, umgestiegen.

Ich war neunzehn und klammerte mich an einen Haltegriff. Mitten auf meiner Stirn prangte das alberne violette Gänseei, das von Carols Walnussattacke zwei Tage vorher zurückgeblieben war. Während ich an dem Haltegriff hing wie eine gewöhnliche Pendlerin, sah ich, wie Joe mich betrachtete, wie er die Erhebung auf meiner Stirn ebenso studierte wie meine Armkehle, diese ausgehöhlte Stelle in meinem zerknitterten gelben Kleid. Ich hatte gerade genug Kleider für eine Woche mitgenommen, der Rest würde uns im Frachtraum eines Schiffes folgen. Nun fuhr ich also mit der U-Bahn, was ich so gut wie noch nie getan hatte, auch wenn ich alle Stationen der Stadtbusse kannte, in denen ich an den meisten Tagen mit meinen Freunden von der Schule nach Hause gefahren war.

Ich wagte nicht, meine Eltern anzurufen und ihnen zu beichten, was ich getan hatte, obwohl ich vermutete, dass sich das College die Freiheit nehmen würde, genau das zu tun. Sie waren in derselben Stadt wie ich, und auch wenn ich ihnen durchaus zufällig hätte über den Weg laufen können, hielt ich es doch für recht unwahrscheinlich. Sie fuhren nie mit der U-Bahn oder hielten sich in dem Viertel auf, in das Joe mich führte. Ihre Route war kurz und vorhersehbar, sie umfasste Park Avenue, Madison Avenue, Lexington Avenue und nicht viel mehr. Gewiss hätte ich ihre Hilfe gebrauchen können, denn Joe und ich hatten nicht viel Geld, doch irgendwie wusste ich, dass ich ihr Geld gerade jetzt nicht annehmen sollte. Dieser Teil meines Lebens hatte mit ihnen nichts zu tun, und ich wollte sie nicht darin verwickeln, zumindest im Moment noch nicht. Ich war jetzt mit Joe zusammen, also spielte ich das Spiel mit, fügte mich in die Rolle der willfährigen Studentin, die die Tore des Smith College hinter sich gelassen hat und mit ihrem Professor nach New York durchgebrannt ist, auch wenn ich das Gefühl hatte, dass sich meine Stimmung bald ändern könnte.

Was sie natürlich auch tat. Als Joe und ich die kleine grünliche Lobby des Waverly Arms betraten, wo der Nachtportier hinter einem vergitterten Fenster saß, war ich schockiert über das, was ich sah, und ich stand in verkniffenes, schulmeisterliches Schweigen gehüllt neben Joe, der uns anmeldete. Zimmer 402 war noch schlimmer als die Lobby; es war ebenfalls grünlich, und zwischen den Scheiben des Doppelglasfensters lagen so viele tote Fliegen, dass es den Anschein hatte, als wären sie von einem Naturforscher absichtlich dort hineingestopft worden. Das Zimmer ließ seine unappetitliche Geschichte an mehreren Stellen durchblicken, man ahnte, dass dort einmal eine bestimmte Art von Suppe auf einer Kochplatte zubereitet worden war (schottische Graupensuppe) und dass ein anderes Mal jemanden auf der konkaven Matratze ein Anfall von Übelkeit überkommen hatte.

»Das ist ja widerwärtig«, sagte ich, setzte mich auf die Bettkante und fing an zu weinen.

Joe hatte angenommen, ich würde über die grundlegende Heruntergekommenheit des Hotels hinwegsehen können, weil es sich in Greenwich Village befand. Er hatte geglaubt, ich würde dem Sirenengesang des Viertels verfallen, den Klängen verträumt auf der Trompete übender Männer oder einfach nur dem Aussehen der Einwohner, die sich mit einer Art widerständischer, erwerbsloser Freiheit kleideten. Er hatte gehofft, ich würde mich umsehen und sagen: *Das ist es, was ich will.* Doch du konntest nicht einfach ein Smith-Mädchen, dessen Welterfahrung sich darauf beschränkte, was es im Bett mit dir erlebt hatte, nehmen und es zsu etwas machen, das es nie gewesen war und offenbar auch gar nicht werden wollte.

»Ist es *das,* worauf ich mich eingelassen habe?«, fragte ich melodramatisch, ohne mit dem Weinen aufzuhören. »Ein fürchterliches, hässliches kleines Zimmer mit toten Fliegen?«

»Nein, nein, das ist nur vorübergehend, Joanie«, sagte Joe, doch auch er befürchtete, dass wir eine falsche Entscheidung getroffen hatten, die sich nicht mehr rückgängig machen ließ.

In Wahrheit hatte die Entscheidung gar nicht bei uns gelegen. Nachdem sie die Walnuss geschleudert hatte, hatte Carol Castleman ihren Mann vor die Tür gesetzt, und ihm war klar, dass man ihn entlassen würde, wenn er seinen Dienst im Fachbereich Englische Sprache des Smith College nicht selbst quittierte. Nun war er also in akademischer wie finanzieller Hinsicht ruiniert. Ich für meinen Teil verließ das Northrop House mit einem seltsamen Gefühl, einer Mischung aus Schmach und Macht. Ich hatte Joe erzählt, wie sich meine Freundin Laura Sonnengard und einige andere Mädchen in ihren Nachthemden der Reihe nach aufgestellt hätten, um mir Lebewohl zu sagen wie Waisen in einem Shirley-Temple-Film, und dass sie sowohl tränenüberströmt als auch tief beeindruckt gewesen seien, weil sie gewusst hätten, dass ich in ein Leben ging, das, zumindest auf kurze Sicht, deutlich aufregender war als ihres.

»Du sagst, es ist nur vorübergehend, aber das Leben ist auch nur vorübergehend«, sagte ich zu ihm. »Damit machst du es also auch nicht gerade besser.« Mir war bewusst, dass ich eine traurige Figur abgab, wie ich mit meiner Beule und meiner dezidiert mädchenhaften Kleidung dort auf dem Bett saß.

»Es ist nicht meine Aufgabe, dafür zu sorgen, dass es dir besser geht«, sagte er. »Und komm mir nicht mit deiner Erstsemester-Philosophie. Wenn du nicht hier sein willst, dann geh bitte. Steig wieder in den Bus und fahr zum Smith zurück. Ich bin sicher, sie nehmen dich zurück; sie hätten viel zu viel Angst vor den rechtlichen Konsequenzen, wenn sie es nicht täten: der sexbesessene jüdische Professor, der die liebliche junge Debütantin missbraucht hat.«

»Ich bin keine Debütantin«, sagte ich. »Und leck mich, Joe. Du hast mich nie missbraucht. Es war meine eigene Entscheidung. Ich wusste, was ich wollte.«

Das schien ihn zu erstaunen. »Wirklich?«, sagte er und setzte sich neben mich. »Ich dachte, es wäre alles von mir ausgegangen, ich dachte, ich hätte den Stein ins Rollen gebracht, als ich dich in meinem Büro geküsst habe.«

»Nein, ich wusste es schon am ersten Kurstag«, sagte ich. »Als du in Seelye Hall hereinkamst, warst du so durch den Wind, und deine Frau hatte gerade ein Baby bekommen, und du hast uns aus ›Die Toten‹ vorgelesen. Wirklich jedes einzelne Mädchen in dem Kurs wollte irgendeine Art von Beziehung mit dir haben.«

»Oh«, sagte er erfreut. »Das wusste ich nicht.«

»Es stimmt aber.«

»Ich liebe dich, Joanie, weißt du das?«, sagte er zu mir, und ich dachte, dass er das vielleicht tatsächlich tat.

Dieses Gespräch besänftigte mich eine Zeit lang, und bald willigte ich ein, mit ihm in den Frühlingsabend hinauszugehen, hinein in das Geplauder und die dahintreibende Musik des Village. Joe führte mich zum Essen ins Grand Ticino aus, wo ich Spaghetti al burro aß, das Gericht, das ich damals in italienischen Restaurants zu seiner Irritation ausnahmslos bestellte, und Joe Hirn. Es war schon spät, aber das Lokal war noch immer voll, ganz anders als in Northampton, wo die Restaurants schon früh schlossen. Joe erzählte von den Abenden, die er in der Bancroft Road verbracht hatte, wo er durch die Räume des deprimierenden Hauses gelaufen war, um Carol die Wundsalbe zu holen und zuzusehen, wie sie die ranzig riechende orange Paste auf den Hintern des Babys schmierte.

»Ich bin so froh, dort weg zu sein«, sagte er, während er von seinem Teller mit Hirn aß. »Ich dachte, ich sterbe in diesem Haus. Ich danke dir. Danke, dass du mich aus diesem Leben gerettet hast, wenn auch auf unerwartete Weise.«

»Ach, schon gut«, sagte ich, und er griff über den Tisch hinweg nach meiner Hand.

»Du hast Butter auf den Lippen«, sagte er zu mir. »Sie glänzen. Ich glaube, du musst eine Heilige sein. Die Heilige Joan.«

Wir begannen bald, über andere Dinge zu sprechen, bis er mir gegen Ende des Essens gestand, dass er nicht nur Erleichterung darüber verspüre, Carol und Fanny verlassen zu haben; es mache ihn auch ein wenig traurig. Mit brechender Stimme erzählte er, wie er seine kleine Tochter gehalten und ihre Fontanelle berührt habe, die weiche Stelle am Kopf, wo die Knochen noch nicht ganz zusammengewachsen waren.

»Ich helfe dir«, sagte ich automatisch.

»Du kannst mir nicht helfen.«

Den Verlust, den er als frischgebackener Vater empfinde, könne ich nicht nachvollziehen, beharrte er. Aber seltsamerweise hatte ich das Gefühl, es doch zu können. Beide hatten wir das Bild des verlassenen Babys vor Augen, des kleinen Mädchens, das er nach der literarischen Figur Fanny Price benannt hatte. Ein paar Wochen später würde Joe seiner Frau einen stillen, reumütigen Brief schreiben, das heißt, eigentlich würde er formulieren, was er ihr in etwa mitteilen wollte, und ich würde es in Worte fassen. Es würde ein bewegender, ernster, aber nicht übermäßig sentimentaler Brief sein, in dem er die Grundzüge eines Unterhaltsabkommens skizzierte, das er mit seinem Freund Ned, einem Anwalt, ausgearbeitet hatte, und sich ausbat, das Baby einmal im Monat besuchen zu dürfen, um es mit der Dringlichkeit eines Vaters, der nicht mehr zu Hause wohnt, in sich aufsaugen zu können.

Auf meine eigene, limitierte Weise half ich ihm tatsächlich. Ich wohnte wochenlang mit ihm im Waverly Arms, wo uns nur der Sex blieb, um eine Schneise durch die vor uns liegenden Tage zu pflügen. Ich wusch meine Unterhosen und Strümpfe in dem fleckigen kleinen Waschbecken in unserem Zimmer, und wenn sie trockneten, wurden sie steif von der braunen Kernseife, die ich benutzte. Die Spülung der Toilette auf dem Gang funktionierte nicht sehr gut, und andere Gäste hinterließen Urin und Toilettenpapier in der Schüssel; ein zähflüssiger Brei, der mich an die Eierstichsuppe erinnerte, die wir immer in Chinatown aßen. Manchmal gingen Joe und ich stundenlang durch die Straßen und machten gelegentlich halt, um uns auf Stufen vor Häusern zu setzen und uns zu küssen, so wie wir es bei anderen gesehen hatten.

Aber die meiste Zeit blieben wir auf dem Zimmer, und ich wusste, dass wir uns früher oder später gegenseitig an die Gurgel gehen würden, wenn wir den ganzen Tag lang in diesem winzigen Zimmer zusammengepfercht waren. Aber er würde nirgendwo hingehen; er war Autor, oder er würde zumindest einer werden, und er musste dortbleiben und schreiben. Er verfügte über einige Ersparnisse, mit denen er Carol und das Baby zumindest eine Zeit lang unterstützen konnte. Ich verspürte nicht denselben Zwang zu schreiben wie er. Am Smith College hatte er mich ermutigt, aber jetzt in New York sprachen wir nur noch über *seine* Schriftstellerei, und es machte mir auch nichts aus. Ich war nicht der Ansicht, dass ich irgendetwas zu sagen hätte, und selbst wenn ich anderer Meinung gewesen wäre, hätte Elaine Mozell mich längst davon überzeugt, wie vergeblich dieses Ansinnen war. Joe war derjenige, der an Kurzgeschichten arbeiten würde, während ich Geld verdienen ging, um den kleinen Betrag aufzubessern, den ich monatlich von meiner Großmutter erhielt. Also nutzte ich das Kontaktnetz, das ich während meines Aufwachsens in der Stadt geknüpft hatte – mir war beispielsweise eingefallen, dass die Mutter von Candy Mullington, mit der ich die Brearley School besucht hatte, die Personalabteilung im Verlagshaus Bower & Leeds leitete –, und machte ein paar Telefonanrufe. Mrs Mullington war bereit, sich mit mir zu treffen, und ich bekam eine Stelle als Assistentin von Hal Wellman, einem der Lektoren. Joe war überglücklich; er freute sich, dass ich etwas Sinnvolles tun konnte und dass ich tatsächlich in der Verlagsbranche arbeiten würde, dass ich den ganzen Tag von Büchern umgeben wäre, von Lektoren und anderen Menschen, die ihm nützlich sein könnten, wenn er einmal einen Roman anzubieten hätte.

Die Büros von Bower & Leeds befanden sich im achten Stock eines mittelgroßen Kalksteinbaus an der Ecke Madison Avenue und 46. Straße, und ich fuhr jeden Morgen mit der Bahn zur Grand Central Station, während Joe weiterschlief. Er gestand mir, dass er immer gerade lange genug aufwachte, um mir beim Ausziehen meines Nachthemdes zuzusehen. Er stellte jeden Tag fest, dass ich genauso aussah wie am Tag zuvor; die Zeit hielt sich noch zurück – oder zumindest die Schwerkraft.

Die Welt, in der ich nun meine Tage verbrachte, war für Joe ein Mysterium. Er war froh darüber, dass er nicht auch dort sein musste, aber er wäre gern auf irgendeine Weise in sie eingedrungen, um mir dabei zuzusehen, wie ich in meiner Nische saß und Anrufe für den freundlichen, überarbeiteten, rotgesichtigen Mr Wellman entgegennahm.

»Wie ist er denn so?«, fragte Joe.

»Mr Wellman? Ach, er ist ein Schatz. Er spricht über alles und jeden mit mir, weiht mich wirklich in alles ein. Er behandelt mich, als wäre ich viel mehr als nur eine Assistentin, und ich darf den Stapel mit den unverlangt eingesandten Manuskripten übernehmen.«

»Oh, du Glückliche«, sagte Joe.

»Es ist überhaupt nichts Schlimmes an den unverlangten Manuskripten«, sagte ich. »Außer vielleicht ihrer Qualität. Na ja, so oder so muss sie jemand lesen.«

Abends brachte ich ganze Einkaufstaschen voller Manuskripte von der Arbeit mit. Wir saßen zusammen auf dem Bett und amüsierten uns darüber, wie schlecht sie waren.

»Hör dir das mal an«, sagte ich zu ihm. »Ein Roman namens *Tapferkeit, zeig mir den Weg*. Er fängt so an: ›Chester Mackey hatte das Glück in Billardsalons und Spelunken gesucht, bis er eines Tages begriff, dass man es verdammt noch mal nicht kaufen konnte.‹«

Der erbärmliche Stil der Manuskripte bestärkte uns beide in dem, was wir taten; er war der Zollstock, an dem wir uns maßen. Wir lasen die traurigen Versuche anderer Leute und benahmen uns, als befänden wir uns auf einer völlig anderen Ebene, obwohl der Geist von »Sonntags keine Milch« noch immer über uns schwebte. Doch diese Geschichte musste ein Ausrutscher gewesen sein. Woher sollte er sonst die Gewissheit nehmen, dass der Stapel unverlangt eingesandter Manuskripte von B & L von oben bis unten aus Mist bestand? Er konnte die Spreu vom Weizen trennen, er begriff den Unterschied. Sein eigenes Schreiben würde Fortschritte machen, würde mit der Zeit besser werden. Er war noch sehr jung gewesen, als er die Geschichte geschrieben hatte, er hatte noch nicht recht gewusst, was er tat, und jetzt begann er, es herauszufinden.

Eines Abends gingen wir zu einer Party bei Harry Jacklin, einem alten Freund von Joe, und seiner Frau Maria, die im Obergeschoss eines alten Hauses ohne Fahrstuhl lebten. Als wir ankamen, war die Treppe bereits von Menschen gesäumt, und von oben waberte dichter Marihuanarauch herunter. Joe ging schützend vor mir her, führte mich durch die Menge, begrüßte im Vorbeigehen alte Freunde von der Columbia University und aus dem kurzen Abschnitt seines Lebens, den er mit Carol in New York verbracht hatte. Die Leute waren überrascht, ihn dort zu sehen, und natürlich noch überraschter, ihn mit mir zusammen zu sehen, und er musste die Lage rasch erklären, wobei er sich Mühe gab, sie verschmitzt und humorvoll darzustellen (»Der Tausch hat sich gelohnt«, sagte er zu jemandem, oder: »Ich habe mir ein neues Modell besorgt. Läuft runder und schmeißt nicht mit Sachen durch die Gegend.«). Schnell wurde klar, dass niemand Carol so recht gemocht hatte, auch wenn sie sich nie getraut hatten, es ihm zu sagen, und jetzt waren alle erleichtert, mit der Wahrheit herausrücken zu können.

Joe lechzte nach einem Drink, etwas Klarem, Starkem zum Ankommen. Bald trank er Wodka und zog an einem Joint, den ihm ein dünner schwarzer Homosexueller namens Digby in die Hand gedrückt hatte, ein professioneller Tänzer, der, so flüsterte jemand, das Angebot erhalten habe, in Martha Grahams Truppe mitzutanzen. Begleitet von den gespenstischen Thereminklängen, die der Plattenspieler wiedergab, hielt Digby in einer Ecke der Wohnung Hof; umringt von jungen weißen Frauen saß er auf der Heizung und sprach über die Rechte der Schwarzen. Die Frauen blickten mit vor Ehrerbietung halb geschlossenen Augen zu ihm auf, so als wäre er Paul Robeson bei einer kommunistischen Kundgebung. Was wussten diese Mädchen schon über die Rechte der Schwarzen? Nicht viel mehr als ich, nahm ich an. Sie waren die Art Mädchen, die aufs Sarah Lawrence College oder aufs Bennington College gingen; ich sah sie vor mir, wie sie in weiten Gewändern durch ein Blumenfeld tanzten, und mit einem Mal wünschte ich, ich könnte mit ihnen tanzen, könnte die weiche Erde unter meinen Fußsohlen spüren, ohne dass da irgendein Mann wäre, mit dem ich verbunden war, oder ein schreckliches Bett, in dem ich schlafen musste, nur ich als Teil einer Kette von Mädchen in einem Feld. Der Joint hatte diese Gedanken in mir ausgelöst, dachte ich, und kurz darauf war ich mir dessen noch sicherer, denn eine Viertelstunde später machte ich auf dem Flur einen Ausdruckstanz zu einer Yma-Sumac-Platte und sah, wie Joe mich von der anderen Seite des Zimmers aus betrachtete, erfüllt von einer Mischung aus Stolz und Bewunderung, in der auch etwas Besitzergreifendes lag, aber natürlich hatte ich es so gewollt, hatte darum gebeten, hatte mich in der weiten Landschaft des Smith College direkt in sein Fadenkreuz manövriert.

Später, als die Party ruhiger wurde, leisere Musik lief und nicht mehr getanzt wurde, zogen sich einige der Männer zum Reden auf die Feuertreppe zurück, und Joe zerrte mich hinter ihnen her. Lyle Samuelson, der am City College Linguistik unterrichtete, reihte ein paar leere Bierflaschen auf dem Fenstersims auf und stieß die erste so um, dass sie gegen die zweite prallte, die die dritte umwarf, wobei jedoch keine kaputtging, sie rollten nur umher.

»Könnt ihr euch noch an Eisenhowers Domino-Theorie erinnern?«, sagte Samuelson. »Tschüs, Kambodscha, tschüs, Thailand, und hoppla, das war's dann wohl auch mit Japan.« Dann rief er in den Raum hinein, an niemand Bestimmten gerichtet: »Wir brauchen hier noch eine Runde Bier!«

Irgendwo im Hintergrund erklang die Stimme einer Frau: »Kommt sofort!«

Ich kannte diese Männer nicht, war aber zufrieden, mich an Joe anzulehnen und ihnen zuzuhören – denn ihre Stimmen waren tief und wissend, wenn auch das, was sie sagten, es nicht unbedingt war –, bis plötzlich ein weiterer erschien und ich erkannte, dass es jemand von B & L war: Bob Lovejoy, ein babygesichtiger Lektor, der nie mit einer der Assistentinnen sprach, nie grüßte und immer über die Maßen beschäftigt und herrisch wirkte, obwohl er selbst erst vor zwei Jahren vom College abgegangen war.

Lovejoy drehte sich unvermittelt um, und obwohl ich nicht gedacht hätte, dass er mich erkennen würde, sagte er in einem flachen, merkwürdigen Tonfall: »Joan, du hast die Gans gestohlen, gib sie wieder her.« Dann fügte er hinzu: »Warum hast du die Gans gestohlen, Joan?«

Die anderen Männer lachten ein wenig, Joe inbegriffen, obwohl es weder lustig noch geistreich gewesen war. Was ich vor allem wahrnahm, war Bob Lovejoys Feindseligkeit, die sich unerklärlicherweise gegen mich richtete. Was hatte ich hier zu suchen, fragte er sich, wo ich doch nur eine kleine Lektoratsassistentin war? Was hatte eine Bleistiftanspitzerin, eine Papierabhefterin, eine Unverlangte-Manuskripte-Leserin zwischen den Männern auf der Feuertreppe verloren?

»Sie hat gar nichts gestohlen«, sagte Joe. »Dieses Mädchen ist die Gewissenhaftigkeit in Person. Ich würde ihr mein Leben anvertrauen. Außerdem ist sie sehr aufgeweckt, Lovejoy. Ihre Kurzgeschichten sind ausgezeichnet.«

»Na, das ist doch wunderbar«, sagte Bob Lovejoy. »Wir brauchen mehr Autorinnen. Obwohl ich leider zugeben muss, dass es da draußen schon ein paar ziemlich gute gibt.«

Er musste es »leider« zugeben, und er hielt mit diesem »leider« gar nicht erst hinter dem Berg. Pflichtschuldig erwähnte Lovejoy ein paar Frauen, deren Texte ernst genommen wurden: eine achtunggebietende politische Dramatikerin mit dem Gesicht einer Meeresschildkröte, eine Dichterin, die regelmäßig von Selbstvermarktungsanfällen – wie spontanen Lesungen aus ihren Büchern während der Buchpräsentationen anderer Schriftsteller – heimgesucht wurde, und eine Autorin, die in ihren Romanen mit geschwätzigem Eifer kleinstädtische Begebenheiten katalogisierte. Die Romanschriftstellerin hatte das gruselige Auftreten eines der Kinder aus »Die Drehung der Schraube« und schien eine zuverlässige Selbstmordkandidatin zu sein, wenn es denn so etwas gab.

Hätte ich gewollt, dann hätte ich meine eigene Liste bedeutender Autorinnen aufzählen können: Mary McCarthy kam mir immer als Erste in den Sinn, mit ihrer außergewöhnlichen Prosa, ihren architektonischen Wangenknochen, ihrem Haar, das über dem zu langen Hals – einem Hals wie aus einem Gemälde des Manierismus – zusammengebunden war, und ihren offenen Verbindungen zu verschiedenen einflussreichen Männern. Letzteres schien entscheidend zu sein; ohne diese Verbindungen wäre sie zu frei gewesen, zu exotisch, weniger verlockend. Ich wusste, dass sie eindrucksvoll, schön und angsteinflößend gewesen war; es wäre einem Mann schwergefallen, sich über sie lustig zu machen, und so nahm ich an, dass es nur selten vorgekommen war.

Stattdessen bewunderten sie sie. Sie hielten sie für einzigartig, für besonders; in ihrer Gegenwart verstummten sie entweder oder plapperten nervös vor sich hin, um die Gelegenheit zu nutzen. Es war, als existierte sie allein zu dem Zweck, alle Erwartungen zu durchkreuzen und die Pfeile der Männer abzuschmettern, die durch ihre bloße Existenz aus der Fassung gebracht wurden. Und sie war bei Gott zäh. Das musste sie auch sein, sie, die sich Politik und Kunst zum Thema machte, die darauf herumkaute wie auf sich ringelnden Stücken Rohhaut. Sie und eine oder zwei weitere, weniger bedeutende Literatinnen legten eine Attitüde an den Tag, die ein Feuer unter ihrer Brillanz entzündete, ihnen Stil verlieh und ihnen erlaubte, durch die Schwingtüren zu schlüpfen, auf denen ganz eindeutig HERREN stand.

Doch was wurde aus den talentierten Frauen, die keine vorstehenden Wangenknochen hatten und sich nicht mit einer solchen Leichtigkeit durch die Welt bewegten? Denen, die keine Verbindungen zu mächtigen Männern hatten?

»Autorinnen – auch wenn sie die Welt nicht im Sturm erobern, machen sie sie doch etwas bunter«, sagte Samuelson. »Jedenfalls die Erträglichen unter ihnen.«

»Ist euch mal aufgefallen«, sagte Lovejoy langsam, so als würde er der Öffentlichkeit eine Theorie vorstellen, die er seit einiger Zeit im Stillen entwickelt hatte, »dass erstaunlich viele von ihnen verrückt sind wie ein zweiköpfiges Huhn?«

»Wir machen sie verrückt«, sagte Joe. »Das muss der Grund sein.«

»Ja, wir bringen sie an den Rand des Wahnsinns«, sagte Lovejoy fröhlich. »Meinst du nicht auch, Joan?«

Sie sahen mich alle erwartungsvoll an, so als stünde ich für alle Frauen und ihr Potenzial für Geisteskrankheiten. »Ich habe keine Ahnung«, sagte ich.

»Ich bin ein paar von ihnen begegnet«, sagte Samuelson. »Mann, mit denen hast du echt alle Hände voll zu tun.« Die Männer nickten und lachten gelöst, auch Joe, doch als sich unsere Blicke trafen, verstummte er rasch.

»Aber du bist ja keine von denen, oder?«, fragte Lovejoy mich milde. Er beugte sich vor, streckte eine Hand aus und strich ganz leicht über die weiche Haut meines Unterarms. Ich zuckte augenblicklich zusammen.

»Lass das«, sagte ich.

Lovejoy zog die Hand zurück. »Entschuldige«, sagte er, dann sah er Joe an und zuckte mit den Schultern. »Es war einfach unwiderstehlich.«

»So wie die Frauen an sich«, sagte Lyle Samuelson.

»So wie die Frauen an sich«, wiederholte Lovejoy.

»Hey, Bob«, sagte Joe mit dumpfer, undurchdringlicher Stimme. »Hast du das Schild nicht gesehen? ›Berühren verboten‹.« Da wusste ich, dass Joe zum ersten Mal ein Gefühl dafür bekommen hatte, wie es sein musste, als einzige Frau männlichem Gerede schutzlos ausgeliefert zu sein. Es war, als hätte er einen seltenen Einblick in die Gefühls- und Gedankenwelt der Frauen bekommen. Natürlich hatte er seine Meinungen, die typischen Meinungen der Zeit zum Kommunismus, den Beziehungen zwischen unterschiedlichen ethnischen Gruppierungen und Dien Bien Phu, aber wenn es um Frauen im Allgemeinen ging, hatte er vergleichsweise wenig beizusteuern.

Die Männer lachten und nickten weiter, während ich mit einem Gefühl des Unbehagens zwischen ihnen saß. Lovejoy hatte meinen Arm berührt, und ich hatte mich überfallen und in meiner Privatsphäre verletzt gefühlt, aber nicht gewusst, wie ich angemessen aggressiv reagieren sollte. Männer fassten Frauen ungebeten an, und die Frauen murmelten: »Lass das«, oder riefen es oder zuckten zurück, und die Männer hörten entweder damit auf, oder sie taten es eben nicht, so lagen die Dinge nun einmal. Ich war mit Joe hergekommen, und ich konnte nicht einfach aufstehen und gehen. Ich lehnte mich an das Geländer der Feuertreppe und blickte unglücklich auf die ruhige Straße hinunter. Joe legte einen Arm um meine nackten Schultern, die froren, bedeckt werden wollten.

»He, du«, flüsterte er in die unter meinem Haar hervorschauende Windung eines Ohrs, »lass uns hier verschwinden.«

Und ich war ihm dankbar, zu dankbar, so als wäre er mein Retter, und wir lösten uns von der Gruppe und verließen die Party, liefen zusammen durch das nachmitternächtliche Village, neigten uns gelegentlich für einen Kuss zueinander, wie um uns beim anderen zu entschuldigen, blieben am Sheridan Square unter einer Straßenlaterne stehen, wo an einem Nachtkiosk die aktuelle Ausgabe der *Herald Tribune* wie zum Trocknen aufgehängte Wäsche aushing. Von unten sandte eine durchfahrende U-Bahn einen Schwall warmer Luft herauf. Wir rochen Urin und Erdnüsse, so als wäre unter uns ein Zirkuswagen vorbeigerauscht, mit dem wir am liebsten mitgefahren wären.

Eines Sonntagmorgens sagte Joe beim Aufwachen zu mir, er müsse einen Roman beginnen. »Nimm's mir nicht übel, Joanie«, sagte er, während er sich überraschend früh aus dem Bett erhob, »aber ich muss aufstehen. Ich fange ein Buch an. Keine Kurzgeschichten mehr. Die bringen mich nicht weiter.«

Er setzte sich in Boxershorts an die kleine Royal-Schreibmaschine, die auf dem Schreibtisch stand, zündete sich eine Zigarette an und trank etwas Cola aus einem Glas, in dem einige Minuten zuvor noch unsere Zahnbürsten gesteckt hatten. Die Walnüsse waren verschwunden; seit dem Zwischenfall mit Carol hatte er den Geschmack daran verloren, und er fand ihn nie wieder. Ich blieb im Bett liegen und erfreute mich eine Weile daran, ihm ausnahmsweise einmal beim Schreiben zusehen zu können, doch irgendwann begann ich, mich zu langweilen, und sagte, ich müsse raus.

Ich ging zur Wohnung meiner Eltern, zum ersten Mal, seit ich das Smith College verlassen hatte. Ich war ängstlich, doch ich sagte mir, dass sie mir nichts anhaben könnten. Ich hatte Joe auf meiner Seite. Wie erwartet, waren sie schockiert gewesen, als das College sie über meinen Weggang informiert hatte; ein wütendes Schreiben mit dem Briefkopf meines Vaters hatte mich im Hotel erreicht, nachdem sie mich ausfindig gemacht hatten. Darin wurde ich als »Enttäuschung« bezeichnet, und unterschrieben war er mit »Deine Mutter und Dein Vater«, ohne die kleinste Andeutung von Zuneigung. Umso seltsamer, dass ich nun beschloss, dorthin zu gehen. Doch das Waverly Arms war so deprimierend, und Joe in seinem neuen, verbissenen Schriftstellermodus zog sich in sich selbst zurück wie ein Fötus. Laura Sonnengard und meine übrigen Freundinnen waren auf dem College; sie lernten gerade, schmusten mit ihren Freunden, zogen sich makellose Pullover und bequeme Schuhe an. Ich musste dem schmuddeligen Zimmer und Joes stiller, drückender Präsenz eine Zeit lang entfliehen. Ein alter Reflex ließ mich glauben, ich brauchte meine Eltern, und so suchte ich sie auf, allen Umständen zum Trotz.

Ray, der Portier im Haus meiner Eltern, wusste offenbar nichts von meiner Schande, denn er lüpfte seine Mütze und fragte mich, wie man sich denn als »echte Studentin« fühle, und Gus, der Liftboy, zog während unserer langsamen Fahrt nach oben an dem Messinghebel und erzählte mir von seinem Sohn, der auf dem Technical College in New Jersey Kühltechnik studierte. Und dann stand ich auf dem Gang vor der Wohnung, in der ich aufgewachsen war, neben dem Schirmständer und dem Korbstuhl, der niemals den Druck eines menschlichen Hinterteils hatte spüren dürfen. Ich schloss die Tür auf, trat in die Diele und rief tastend: »Hallo? Hallo?«

Meine Mutter erschien in einem azurblauen seidenen Morgenrock, und als sie mich sah, fing sie sofort an zu weinen – ein überraschend ungebremstes Geheul, das in mir den Wunsch weckte, gleich wieder zu verschwinden. Ich vermochte sie nicht zu trösten – was hätte ich schon sagen sollen? So setzten wir uns also in das blasse Wohnzimmer mit den niedrigen weißen Sofas und den Pastellgemälden von New Yorker Straßen im Regen, und ich sah ihr ein wenig beim Weinen zu. Schließlich schnäuzte sie sich in ein Taschentuch und sah mich scharf an.

»Dein Vater ist mit den Dorlings beim Golfen. Wir wissen, dass es nicht das Ende der Welt ist«, sagte sie zu mir.

»Gut«, sagte ich.

»Aber als uns das College mitteilte, dass dieser Mann ein Jude ist –«

»Das haben sie euch gesagt?«

»Ja«, sagte meine Mutter. »Wir haben gefragt. Er ist Jude, und er ist verheiratet, und irgendwie hat er dich davon überzeugen können, dass das zwischen euch Liebe ist.« Sie erhob sich von ihrem Sofa und kam zu meinem herüber; beide Sofas waren lang und schmal, zwei separate Ozeandampfer. »Glaub mir, Joan, ich weiß, wie das ist, sie können wirklich sehr überzeugend sein«, fuhr sie fort. »Es gab da mal einen Mann, einen gewissen Milton Fish; er wollte, dass dein Vater in seine Firma investierte. Irgendwas mit Textilien. Ich werde nie vergessen, was er anhatte – es war ein gestreifter Anzug –, und am Ende des Abends fraß dein Vater diesem Mr Fish förmlich aus der Hand; er war kurz davor, ihm einen Scheck über eine gewaltige Summe auszustellen, was unsere Familie mehr oder weniger bankrott gemacht hätte. Dein Vater kam erst wieder zu sich, als ich ihn ins Schlafzimmer bat und ihm ordentlich den Kopf wusch. Da erst wurde ihm bewusst, dass er dem Zauber dieses Geschäftsmanns verfallen war. Und dasselbe ist dir mit diesem Professor passiert. Es ist die Macht der Überzeugung. Sie können sich gut ausdrücken, sie sind stolz auf ihre ›Ausbildung‹, wie sie es nennen, und sie verstehen es, komplizierte Wörter einzusetzen, und sie sind dunkel und mysteriös, sodass man meint, man wäre in ein Zigeunerlager geraten, und das ist ja auch so viel aufregender, als mit Jungs zusammen zu sein, wie du sie kanntest, Jungs wie Alec Meers oder der Sohn der Bexleys, habe ich recht?«

Die Worte schossen so schnell und wild aus ihr heraus, dass ich zu blinzeln begann wie unter Stroboskoplicht.

»Habe ich recht?«, sagte meine Mutter. »Du bist doch mit anderen Jungen zusammen gewesen, oder, Joan? Ich meine, warst du auf eine fleischliche Art mit ihnen zusammen, als Mann und Frau? Denn wenn du das warst, dann hast du dich wahrscheinlich aufgrund seiner Fähigkeiten auf diesem Feld für deinen Professor entschieden. Die haben keine Angst vor Sex, nein, die nicht! Sie wollen es ständig machen, selbst wenn die Frau ihre Blutung hat, und sie –«

»Bist du völlig verrückt geworden, Mutter?« Ich sprang auf. »Ich bin hergekommen, weil ich einsam war und Joe arbeiten muss«, sagte ich zu ihr. »Er ist Jude, ja, und selbst wenn er die ganze Zeit Sex haben will, na und? Das will ich auch.« Daraufhin blinzelte sie mehrmals, sagte aber nichts. »Aber er ist ein talentierter Autor, verstehst du? Ein guter Autor. Und er wird berühmt werden, und ich wette, das wird eure Meinung über ihn ändern.«

»Nicht ein Jota«, sagte meine Mutter. Ihr Kiefer war so steif wie die Locken, die erst vor Kurzem auf ihren Kopf betoniert worden waren; ich konnte noch den Nelkengeruch des Schönheitssalons riechen, die metallenen Kämme sehen, die durch das Haar flossen wie Meeresbewohner durch blaues Wasser.

Es war, als müsste ich, seit ich Joes schlechte Geschichte in der *Karyatide* gelesen hatte, seine Ehre erbitterter verteidigen als je zuvor; wer, wenn nicht ich, sollte es tun? Carol, seine Frau, hasste ihn und würde vielleicht bald auch Fanny beibringen, ihn zu hassen. Mit seinen literarischen Gehversuchen konnte er keinen Hund hinterm Ofen hervorlocken, und doch stand ich hier, schrie Komplimente für ihn durch das mayonnaisefarbene Wohnzimmer meiner Kindheit und hoffte, sie selbst glauben zu können. Er war doch wirklich talentiert, oder? Zumindest sah er so aus; er war grüblerisch und unberechenbar und voller Gefühle, die ich nicht verstand, die ich als *männlich* verbuchte. Männlich, solide und bedeutend, die Gefühle von Männern, die Krieg führten oder sich rauchend zu Poker genannten Stammestreffen versammelten. Ich würde überall erzählen, dass er talentiert sei, und er würde seinem Ruf schon gerecht werden.

»Dann wollt ihr ihn gar nicht kennenlernen?«

»Also wirklich, Joan, was denkst du dir?«, sagte sie, und tatsächlich war die Vorstellung, meine Eltern würden sich mit Joe an einen Tisch setzen, eine schreckliche, ganz egal, von welcher Seite man es betrachtete. Er würde zwei Skelette sehen, die sich an ihren Cocktails festklammerten; sie würden einen schnell sprechenden Textilvertreter sehen, mit einem Penis, so groß wie ein Laib Sabbatbrot. Nein, sie durften sich niemals treffen.

Aber natürlich trafen sie sich doch, viel später, als sich die Wogen geglättet hatten oder der Sturm entfacht worden war, je nachdem, wie man es betrachten wollte, und Joes Stellung in der Welt unangreifbar war. Dann wollten sie ihn tatsächlich kennenlernen, denn der einzige berühmte Schriftsteller, den sie je getroffen hatten, war Thornton Wilder gewesen, der, weil er einem Freund einen Gefallen schuldete, in den Vierzigerjahren im Club meines Vaters eine achtminütige Schmährede auf das amerikanische Theater gehalten und anschließend das Weite gesucht hatte.

Doch jetzt, vor seinem Durchbruch, war Joe noch der jüdische Vergewaltiger, und ich war das Mädchen, das ihn unvorstellbarerweise liebte. Ich verließ die Wohnung meiner Eltern und ging die Park Avenue entlang, die mir jetzt so leer und nichtssagend wie das elterliche Wohnzimmer vorkam. Ich war flügge geworden, das wusste ich. Doch wenn ich wirklich auf eigene Faust mit Joe zusammenleben wollte, musste das, was ich zu meiner Mutter gesagt hatte, wahr werden. Joe *musste* einfach talentiert sein, *musste* brillant sein. Damit würde er sein Jüdischsein übertrumpfen, die unziemlichen Spuren seines Ehebruchs, das räudige Zimmer, in das er uns eingemietet hatte, und all die anderen Fehler und Enttäuschungen, die ihn umgaben.

Vielleicht war er ja wirklich ein talentierter Schriftsteller. Vielleicht konnte ich es nur nicht sehen, weil ich selbst nicht talentiert genug war. Aber er hatte mir gesagt, dass ich es sei; das war einer der Gründe, warum er mich nach New York mitgenommen hatte. Er wollte nicht einfach nur mit mir ins Bett gehen; das hätte er mit vielen anderen Mädchen haben können, die ihn selig angelächelt und die Beine gespreizt hätten. Er *musste* einfach Talent haben; dadurch würde es uns gelingen, uns an den eigenen Haaren aus dem Sumpf zu ziehen, es würde Joe für alle Zeit zufriedenstellen und ihm ermöglichen, sich an meiner Seite und inmitten anderer Männer wohlzufühlen; es würde auch ein Zeichen setzen, würde meinen Vater und meine Mutter glücklich machen, selbst wenn meine Mutter behauptete, dass es ihre Meinung um »kein Jota« ändern würde. *Jota,* was für ein seltsames Wort das war, dachte ich, während ich zur Lexington Avenue hinüberging und in die Bahn in Richtung Innenstadt stieg. Man sprach nie von »zwei Jotas«, es war immer nur eines. Die Sprache *schien* nur unendlich zu sein; stattdessen schwammen alle durch überraschend enge Kanäle, wenn sie schrieben oder sprachen. Jotas tanzten in mir, zusammen mit anderen Dingen: die Worte meiner Mutter, die so vulgär und abwertend gewesen waren; meine Träume von Joes großer Karriere. Er würde Schriftsteller werden; die Hoffnungen, die ich für ihn hegte, waren wie die Hoffnungen, die Männer für sich selbst hegten: Sie wollten erobern, niederwalzen, verblüffen. Ich selbst wollte eigentlich nichts davon; mir kam nicht einmal der Gedanke, dass ich es könnte. Ich musste immer wieder an Elaine Mozell denken und daran, wie sie versucht hatte, zwischen lauter Männern ihren Weg zu gehen. Elaine mit ihrem schlaff in der Hand gehaltenen Drink und ihrem etwas nachlässig aufgetragenen Lippenstift. Ich wollte das Spiel der Männer nicht mitspielen; ich würde mich dabei nie wohlfühlen, und ich hätte keine Chance zu gewinnen. Meine Welt war nicht groß genug, nicht weit genug, nicht dramatisch genug, und meine Themen waren äußerst beschränkt. Ich kannte meine Grenzen.

Als ich am Waverly Arms ankam, hatte sich eine Art Wunder ereignet. Es war, als hätte Joe mein neues Paket an Hoffnungen für ihn erspürt, denn als ich das Zimmer betrat, stand er auf und wedelte mit zwei Papierstapeln.

»Was ist das?«, fragte ich, obwohl ich es wusste.

»Die ersten einundzwanzig Seiten von *Die Walnuss.*«

»Verstehe. *Die Walnuss*«, sagte ich. »Dann ist es ein Roman über einen, der in einer Walnussfabrik ackert? Ein ungeschminkter Blick auf die Welt der Walnussarbeiter?«

Joe lachte. »Ganz genau. Dieses Buch wird die Walnussindustrie im Alleingang zerstören«, sagte er. Er zog mich aufs Bett, hob meine Hand, führte sie langsam zu den Blättern und ließ sie daraufsinken.

»Los«, sagte er. »Lies.«

Vier

Und dann wurde er also zum König gekrönt. Es geschah ganz schnell, wie solche Dinge eben geschehen: In einem Augenblick ziehst du ein Blatt aus deiner Schreibmaschine, zupfst an deiner Lippe und murmelst: *Ich hasse mich, ich hasse mich,* und im nächsten Augenblick steht ein herrschaftlicher Kurier vor deiner Tür und entrollt eine Proklamation, die deinen Aufstieg offiziell macht.

Und es war wahrhaftig ein Aufstieg; er schoss auf direktem Weg nach oben, ohne Gewissensbisse, ohne Zweifel, ohne die nächtlichen Ängste, die junge Autoren manchmal quälten: Was, wenn jetzt alles anders ist? Was, wenn *wir* jetzt anders sind?

Joe wollte, dass alles anders war, und ich wollte es auch. Schmutz war langweilig, und chinesische Eierstichsuppe war es ebenfalls. Ein Mann brauchte etwas zum Festhalten, etwas, das ihm ein gutes Gefühl gab, damit ihn nicht jede Niederlage seines Lebens wieder heimsuchte, all die Mathearbeiten, die Ejakulationen, die nicht auf ihr Stichwort warten wollten, und die halbherzigen Rügen eines freundlichen, depressiven, Schuhe verkaufenden Vaters, an dessen Gesicht man sich nach all den Jahren kaum mehr erinnern konnte. Ein abgelehnter Roman wäre nur eine weitere Niederlage.

Doch ein enorm erfolgreicher Roman war etwas Wunderschönes, und Joe und ich sprangen auf und ab und schlugen uns gegenseitig auf den Rücken und hüpften ins Bett und hinaus auf die Straße und sprachen nur noch über das Buch und ihn und die Rezensionen und diesen nebulösen Korridor namens »die Zukunft«. Im Winter des Jahres 1958 zogen wir von unserem Zimmer im Waverly Arms in eine richtige Wohnung in der Charles Street, die von der Greenwich Avenue abzweigte; ein eigenes Bad, hohe Decken und Dielenböden, die Art von Wohnung, in der ein erfolgreicher junger Schriftsteller leben sollte.

Schriftsteller brauchen Licht. Das sagen sie einem immer, so als würden sie ohne es eingehen, als wären sie *Pflanzen,* als würde die Seite, an der sie gerade arbeiten, in der südlichen Sonne völlig anders aussehen. Schriftsteller brauchen Licht, und die Wohnung in der Charles Street war lichtdurchflutet; wir hatten Licht, wir hatten Wärme, wir hatten zum ersten Mal, seit wir zusammen waren, einen Geldhahn, aus dem es stetig floss. Wir hielten uns fest und tranken und schlossen bei jeder Buchpremiere, jeder Lesung, jedem Abendessen, zu dem wir eingeladen wurden, neue Freundschaften. Meine Zweifel, ob es die richtige Entscheidung gewesen war, das Smith College zu verlassen, verschwanden. *Wir hatten Spaß*. Dass sich unsere Lebensqualität so veränderte, lag vor allem an dem, was Joe bekommen hatte. Manchmal stellte ich es mir als eine Krone vor, manchmal als einen Schlüssel: Es war ein Zugang zu der weiten Welt der breitschultrigen Schriftsteller. Und in dieser Welt feierten die Männer, aßen und tranken rund um die Uhr und unterbrachen sich nur, wenn sie gebeten wurden, sich auf eine Bühne zu stellen und eine Rede zu halten.

Das war der Teil, den Joe am meisten liebte. Während ich nervös zusah, strahlte, freundlich nickte, sprang er auf jede Bühne, seinen schmalen Debütroman, der ihn dorthin gebracht hatte, in den Händen. Wenn er in jenen frühen Tagen eine Lesung hielt, wiederholte er oft, was er bei einer Lesung am Vorabend gesagt hatte; jede seiner Bemerkungen und Handlungen war vorausgeplant, bis hin zu den Witzen, dem lockeren, spontan wirkenden Geplauder und selbst dem rituellen Schluck aus dem Wasserglas.

Eines Abends während dieses ersten Jahres hatte Joe irgendwo einen Auftritt, ich glaube, es war im Kulturzentrum Y in der

92. Straße, aber ich weiß es nicht mehr genau; all die großen Säle überlagern sich in meiner Erinnerung, sind zu einer einzigen riesigen Halle mit Tausenden von Sitzreihen verschmolzen. Ich trug ein blaues Samtkleid – daran kann ich mich noch genau erinnern – und kein Make-up, die Haare hatte ich zum Pferdeschwanz gebunden. Es war eine von Joes ersten Lesungen, und mir war von den auf mich einprasselnden Eindrücken so übel geworden, dass ich mich auf der Damentoilette übergab, was mir so peinlich war, dass ich danach noch eine Zeit lang in der Kabine blieb. Ich kniete einfach nur weiter auf dem Boden und hörte dem Gespräch zweier Frauen zu, die an den Waschbecken standen und sich über Joe unterhielten.

»*Die Walnuss* ist für mich das Buch des Jahres. Und ich habe gehört, er soll wahnsinnig gut lesen«, sagte eine von ihnen. »Meine Freundin Elise war letzte Woche auf einer Lesung von ihm.«

»O ja«, sagte die andere, »und er sieht wirklich gut aus. Ich würde ihn am liebsten vernaschen wie einen Eisbecher.«

»Kannst du aber nicht. Er ist vergeben«, antwortete die Erste.

»Na und?«, sagte die Zweite, und beide fingen an zu lachen.

In dem Moment zwang ich mich, die Kabine zu verlassen; ich ließ die Tür aufschwingen wie ein Revolverheld, der im Western einen Saloon stürmt. Aber die Frauen schenkten mir keinerlei Beachtung. In meinem blassen Stoffmantel und mit meinem hübschen, aber blutarmen Gesicht war ich keine Bedrohung für sie. Ich sah aus wie eine, die den Mann fürs Leben schon gefunden hat; sie waren zwei Frauen, die sich bei der Suche Zeit ließen und Spaß dabei hatten.

Die eine der beiden war ein dunkler Typ, sie hatte glattes schwarzes Haar und olivfarbene Haut. Die andere war blond, mit Sommersprossen und unglaublich großen Brüsten. Ich stellte mir ihre Brustwarzen vor, die sich wie blasse Zwillingsschnauzen in Joes erfreutes Gesicht drückten.

Für welche von beiden hätte er sich entschieden? Es erschien mir wichtig, das zu wissen, seinen Geschmack zu kennen, um ihn in Zukunft blockieren, ablenken, von seinem Ideal fernhalten zu können.

Ich machte den Fehler, die beiden Frauen anzusprechen. »Ich bin ja so froh«, sagte ich, »dass Ihnen Joes Buch gefällt.«

»Wie bitte?«, sagte die eine.

»O mein Gott«, sagte die andere leise, wie zu sich selbst.

»Moment mal, Joseph Castleman ist Ihr Mann?«, sagte die Dunkle.

»Ja«, sagte ich.

»Er ist wunderbar«, sagte die Helle. »Sie müssen sehr stolz auf ihn sein.«

»Ja«, sagte ich und wusch mir die Hände. Das Wasser kam kochend heiß aus dem Hahn, aber ich zog die Hände nicht zurück. Es war, als wollte ich sie hier vor diesen beiden jungen Frauen pochieren.

»Schreibt er schon an etwas Neuem?«, fragte Dunkel.

»Ja«, sagte ich. »An einem zweiten Roman.«

»Wie schön«, sagte Hell. »Und wir freuen uns wirklich darauf, ihn heute lesen zu hören.«

Dann waren sie fort, und die Tür hatte sich noch nicht ganz hinter ihnen geschlossen, als ich sie schon flüstern und lachen hörte. Ich wusste, was mir bevorstand, dass sich ihm die Frauen an den Hals werfen würden wie Lemminge, die nicht den Tod, sondern die Liebe suchten. Bezaubernde Lemminge, die mit den Wimpern klimperten und mit ihren spitzen kleinen Klauen seine Hose zu öffnen versuchten. Ich wusste es, denn ich war in gewisser Weise eine von ihnen gewesen, und vor mir hatte es mit Sicherheit auch andere gegeben. Doch irgendwie ging ich ohne jeden Grund davon aus, dass Joe mittlerweile gelernt hatte, die anderen Lemminge abzuweisen, ihre Klauen sanft von seinem Hemd zu lösen, und dass er sie auch weiterhin abweisen würde, denn jetzt hatte er ja mich, und ich war anders.

Auf der Bühne las Joe das erste Kapitel von *Die Walnuss,* in dem Michael Denbold, der an einem kleinen Mädchen-College in Connecticut einen Literaturkurs leitet, mit Susan Lowe, seiner vielversprechendsten Studentin, eine heftige sexuelle Beziehung eingeht, in deren Verlauf er seine Frau Deirdre, eine labile Keramikerin, und den gemeinsamen frischgeborenen Sohn verlässt. Sein Roman lag aufgeschlagen auf der abschüssigen Oberfläche des Pultes, und er trank gläserweise Wasser, weil die ungewohnte Situation so aufregend war, dass sein Mund ausdörrte und er beim Sprechen trocken klickende Geräusche machte, weshalb er trinken und trinken musste wie ein Zicklein.

Das Publikum verschlang ihn mit Haut und Haar, so wie die beiden Mädchen es gern getan hätten. Die jungen Männer wollten alle so sein wie er und gingen mit dem festen Vorsatz nach Hause, verstärkt an ihren eigenen Romanen zu arbeiten; die meisten Frauen wollten ein Stück von ihm haben, einen Ärmelsaum, eine Fingerspitze, das dichte Gefieder einer Augenbraue, etwas, das sie für immer behalten könnten. Sie bewunderten ihn, wünschten, er würde sich in *ihrer* Wohnung über eine Schreibmaschine beugen, in *ihrem* Bett eine Zigarette rauchen, sich mit solcher Leichtigkeit und Lässigkeit über sie hinweg ausstrecken, wie er es bei mir tat.

Ich saß in der ersten Reihe, hielt seine Aktentasche mit seinen Büchern und Notizzetteln, lauschte stolz seinen Worten, zuckte innerlich leicht zusammen, wenn er einen Satz las, der mir nicht so gut gefiel, und rutschte erfreut auf meinem Stuhl herum, wenn er einen las, den ich mochte. *Das ist seine Aktentasche,* wollte ich den Leuten um mich herum sagen, besonders den jungen Frauen von der Toilette, denen gegenüber ich außerdem noch hinzufügen wollte: *Fahrt zur Hölle mit euren zusammengeschnürten Taillen und euren Klimperaugen.* Ich musste daran denken, wie Joe nach der Einleitung aufgesprungen und die Treppenstufen zur Bühne hinaufgehüpft war, so eifrig und gepeinigt, als wäre es wieder Semesterstart am Smith College, aber jetzt mit einer neuen Art von Elan ausgestattet, der unangemessen gewesen wäre, wäre er nicht just berühmt geworden.

Während des anschließenden Umtrunks sah ich zu, wie die Dunkle und die Helle ihn flankierten, sah, wie seine Augen von einer Seite zur anderen schossen, wie seine Hand den Drink zärtlich umschloss und sein Rücken sich leicht wölbte und streckte. Neben mir stand Hal Wellman, mein Chef und inzwischen auch Joes Lektor; er betrachtete mich dabei, wie ich Joe betrachtete, und sagte mit sanfter Stimme: »Machen Sie sich darüber keine Gedanken.«

»Nein?«, sagte ich.

»Nein«, sagte Hal. Er war müde, ein großer, kräftiger, gebeugt stehender Mann, der bald die Bahn zur Grand Central Station würde nehmen müssen. »Es steigt ihm gerade alles etwas zu Kopf. Wem würde das nicht so gehen?«

Wir standen beisammen und sahen Joe und den Frauen zu, sahen, wie die Helle ein Exemplar von *Die Walnuss* hervorzog und ihn bat, es zu signieren. Die Dunkle bot ihm ihren Stift an, und Joe sagte etwas, das offenbar so komisch war, dass die Dunkle den Mund aufriss und förmlich schrie, während die andere die Hände vors Gesicht schlug.

»So oder so ist es kein schöner Anblick«, sagte ich zu Hal.

»Nein«, sagte er. »Das ist es nicht. Und darum holen wir Ihnen jetzt ein schönes großes Glas Wein, Joan.«

Hal blieb den ganzen Abend über an meiner Seite. Wir tranken gemeinsam, beobachteten Joe und machten hin und wieder einen leicht ironischen Kommentar, bis Hal schließlich auf die Uhr sah und verkündete, er müsse zur Bahn gehen.

In den nächsten drei Jahrzehnten folgte Joe ihm zu drei verschiedenen Verlagshäusern, bis Hal in seinem Büro eine Hirnblutung erlitt und starb, den Kopf auf einen Stapel ungelesener Manuskripte gebettet. Doch bis dahin hatte er mir jahrelang auf

Cocktailpartys Gesellschaft geleistet, mich vor einer vagen Bedrohung geschützt, die stets im Raum schwebte.

Als in jener Nacht die Lesung, der Umtrunk und das anschließende Abendessen in einem französischen Restaurant vorbei waren, kehrten Joe und ich überdreht und mit leichter Übelkeit in unsere Wohnung im Village zurück. Unser Atem roch nach Knoblauch, eingelegt in einer gehörigen Menge Wein, der hörbar in uns umherschwappte, wenn wir uns bewegten, und so fielen wir ins Bett, Seite an Seite, ohne uns zu berühren.

»Weißt du was?«, sagte er. »Ich bin eine Berühmtheit.«

»Das bist du.«

»Ich *fühle* mich aber gar nicht berühmt«, sprach er weiter. »Ich fühle mich einfach nur wie ich selbst. Es ist eigentlich nichts anderes, als einem Haufen giggelnder Mädchen Englisch beizubringen. Wenn man den Raum betritt, schauen einen alle an. Na und?«

»Ich war kein giggelndes Mädchen.«

»Nein, das warst du nicht, ganz und gar nicht«, sagte er milde. Er lag auf dem Rücken, pappsatt und betrunken, und fühlte den Puls seines Ruhms, lauschte seinem spritzigen Galopp. Ich dachte an die beiden Frauen bei der Lesung, ihre Dunkelheit und Helligkeit, ihr Interesse, das von ihm erwidert wurde.

»Was ist los?«, fragte er.

»Nichts«, sagte ich, und es war dieselbe Antwort, die ich ihm über die Jahre hinweg geben würde, abgesehen von gelegentlichen Ausnahmen, wenn ich ihn unter Tränen beschuldigte, mich zu hintergehen. »Nichts« wurde mein Mantra. Es war nichts, überhaupt nichts. Und wenn doch etwas war, dann hatte ich es so gewollt. Ich hatte ihn und seine Probleme gewollt. Ich hatte ihn eingefordert, und jetzt gehörte er mir. Die Scheidung war rechtskräftig geworden, als sich *Die Walnuss* noch im Fahnenstadium befand, und kurz vor dem Erscheinen hatten wir geheiratet.

Als die Zeitschrift *Life* im Herbst desselben Jahres einen Beitrag über die wichtigsten Schriftsteller der Saison brachte, stellten sie Joe als Einzigen auf einer ganzen Seite vor. Zwischen Fotos von Chruschtschow, Eisenhower nebst Frau, Kindern, die in ländlichen Gegenden im Süden der USA Pfirsiche pflückten, und jungen Paaren, die in irgendeinem gerade angesagten Tanz verschränkt waren, prangte ein Bild von Joe, der mit einer Zigarette in der Hand eine Straße entlangging, das Gesicht auf eine Art verzogen, die tiefe Gedankenversunkenheit suggerierte. Auf einem anderen Foto unterhielt er sich in der White Horse Tavern mit einem anderen Autor, der nur von hinten zu sehen war.

Die Walnuss war in jenem überschäumenden Fieber geschrieben, das typisch für Debütromane ist und danach nie mehr wiederkehrt, so sehr ein Autor auch versucht, das Rezept, das schlaflose Geklimper, das Ausdünsten der Worte zu wiederholen. Als der Roman endlich beendet war, hatten wir im Grand Ticino gefeiert, und am Tag darauf hatte ich die Seiten mit einem dicken Gummiband zusammengebunden und mit zu Bower & Leeds genommen, wo ich Hal Wellman das Manuskript unter Murmeln und Erröten auf den Schreibtisch legte. Ich bat ihn, es sich unbedingt anzusehen, sagte aber nichts weiter dazu.

Am Abend sah ich, wie Hal das Manuskript mit nach Hause nahm. Ich stellte ihn mir vor, wie er, die Seiten unter den Arm geklemmt, den Pendlerzug nach Rye bestieg, wie er das Gummiband abzog, sich in seinem Sitz zurücklehnte und zu lesen begann. Wie er sich später im Wohnzimmer seines Tudor-Hauses in einem Polstersessel ausstreckte, einen Drink in der Hand. Seine Kinder würden sich an ihn hängen, ihn auf den Boden zu ziehen versuchen, um auf seinem Rücken zu reiten, aber er würde sich ihnen widersetzen. Der Sirenengesang von *Die Walnuss* war einfach zu betörend, die Verlockung zu groß, die von diesem unentdeckten schriftstellerischen Talent ausging. Eine *Jungfrau*.

Jungfräuliche Autoren haben einen Glanz an sich, eine Schicht von etwas, das Spuren auf den Fingern zurücklässt, wenn man es berührt, so wie der feine Staub auf den Flügeln einer Motte. Ein jungfräulicher Autor hat noch das Potenzial, dich zu überraschen, dich mit seiner rohen Brillanz zu erschlagen. Er kann all das werden, was du von ihm erwartest. Joe war ein ausgesprochen gutes Exemplar, mit einem klaren, sauber geplotteten Buch, hinter dem sich eine Menge Hybris und Nachdenklichkeit verbargen. Und er war auf eine zerknitterte Weise gut aussehend, mit stets müde wirkenden Augen; Journalisten sprachen ihn manchmal darauf an, und er sagte ihnen, er könne nicht schlafen. Müde und traurig und weise. Weise: Ich habe das Wort immer gehasst; es ist so ein Klischee, so als hätten überstrapazierte, erfolgreiche Menschen irgendeinen geheimen Zugang zu höheren Wahrheiten.

Hal Wellman schien Joe diese Eigenschaft zuzuschreiben. Er las das Manuskript an jenem ersten Abend zu Hause, und er sagte, er habe einfach weiterlesen müssen, dranbleiben müssen, habe nicht aufhören können, es sei einfach zu faszinierend gewesen. Einmal hatte er offenbar so anfallartig gelacht, dass Mrs Wellman aus der Küche gekommen war, weil sie glaubte, ihr Mann würde ersticken.

Hal, der nicht wusste, dass der Verfasser der Mann war, mit dem ich zusammenlebte, wollte ein Angebot in Höhe von 2500 Dollar machen. Ich gestand ihm, woher ich das Manuskript hatte, aber es störte ihn nicht; das Buch wurde im folgenden Herbstprogramm veröffentlicht. Ich könnte an dieser Stelle sagen, ich sei überrascht gewesen, dass alles so gut funktioniert habe, aber das stimmt nicht. Ich wusste, dass der Roman auf eine bekenntnishafte, künstlerische Weise gut war. Schließlich hatte ich die unverlangt eingesandten Manuskripte gelesen; ich hatte *Tapferkeit, zeig mir den Weg* und *Mrs Dingles Geheimnis* gelesen, aber ich hatte auch die Bücher gelesen, die tatsächlich bei Bower & Leeds erschienen, und während manche von ihnen hervorragend waren –

»kraftvoll und fesselnd«, wie wir Lektoratsassistentinnen routinemäßig in die Klappentexte schrieben –, waren andere schlichtweg dröge und schienen nur auf den Ramschtisch zu warten. Es gab Geschichten aus dem Zweiten Weltkrieg und dem Koreakrieg, und es gab zarte weibliche Meditationen über das Wesen der Liebe. Es gab die Kinderbücher mit ihren einlullenden, schlafliedartigen Kadenzen und Hochglanzbildbände über Marokko und andere exotische Schauplätze, die dafür bestimmt waren, neben einer Bonbonschale auf einem Kaffeetisch zu liegen. Aber *Die Walnuss* war anders.

Bald schon wurden die gedruckten Exemplare ausgeliefert, behutsam redigiert von Hal, und dann war Joe plötzlich berühmt und stieg auf Bühnen, wo er hinter unterschiedlichsten Pulten aus Wassergläsern trank. Mein Gehalt wurde erhöht, begleitet von dem Versprechen, mich bald zur Lektorin zu machen, doch trotz dieser Aussicht begann Joe mich zur Kündigung zu drängen.

»Geh dort weg«, sagte er, als das Buch in die vierte Auflage ging. »Warum solltest du bleiben? Dein Gehalt ist winzig, und Prestige bringt es auch nicht.«

Und eigentlich wollte ich auch nicht in diesem Büro bleiben, wo die Männer Könige waren und die Frauen Geishas (abgesehen von einer mächtigen Lektorin namens Edith Tansley, die wie ein Falke aussah und Männern und Frauen gleichermaßen Angst einjagte). Die Männer versammelten sich oft im Büro eines der Lektoren; ich hörte ihr Gelächter und spürte das Kraftfeld ihrer Freude darüber, sich gemeinsam in einem geschlossenen Raum aufzuhalten. Sie waren jetzt freundlicher zu mir; sie mussten es sein, denn ich war die Entdeckerin von *Die Walnuss*. Man brachte mir einen Respekt entgegen, der zuvor noch keiner Lektoratsassistentin zuteilgeworden war, auch wenn sich noch immer eine seltsame Heiterkeit hineinmischte, die ich nicht verstand.

»Morgen, Joan«, sagte etwa Bob Lovejoy mit einem Zwinkern. »Sag, wie geht es unserem Wunderkind?«

»Joe geht es gut.«

»Grüß ihn von mir. Sag ihm, wir warten alle auf den nächsten Roman. Und sieh zu, dass du ihn nicht auslaugst, okay?«

Schließlich kündigte ich; auch wenn einige der anderen Assistentinnen eine Party für mich gaben und mir sagten, dass sie mich vermissen würden, war ich erleichtert zu gehen. Ich würde fortan näher an unserem Zuhause bleiben, näher an ihm dran, wo wir unsere Freude teilen könnten, unsere grenzenlose Aufregung und Eigenliebe. Carol war nie ein Teil von etwas gewesen, das Joe wichtig war; sie habe nicht einmal seine Texte gelesen, beklagte er sich bei mir, und immer nur darauf beharrt, Belletristik sei »nicht ihre Sache«.

»Eigentlich war gar nichts ihre Sache«, hatte er gesagt. »Die muss wohl erst noch erfunden werden. Aber du bist ja zum Glück anders.«

Ich war die Ehefrau. Zuerst gefiel mir die Rolle, ich prüfte die Macht, die ihr innewohnt, auch wenn das vielen Leuten aus irgendwelchen Gründen entgeht. Ich gebe Ihnen folgenden Rat: Wenn Sie sich jemand Wichtigem annähern wollen, ist einer der besten Wege der, sich bei seiner Frau beliebt zu machen. Abends im Bett, vor dem Einschlafen, wird die Frau vielleicht ganz beiläufig gut über Sie sprechen. Bald werden Sie in das Haus des wichtigen Mannes eingeladen werden. Er wird Sie vielleicht ignorieren, wird mit seiner Flotte von Bewunderern in einer Ecke stehen und mit selbstsicherer Stimme Geschichten erzählen, aber zumindest werden Sie dort sein, im selben Raum wie er, innerhalb der Begrenzung aus unsichtbaren Samtkordeln.

Joe tönte gern, dass ich das zentrale Nervensystem der Ehe sei. »Ohne Joan«, sagte er bedeutsam, wenn wir mit Freunden aus waren und alle getrunken hatten, »wäre ich gar nichts. Ein verschrumpelter kleiner Shrimp in einem Krabbencocktail.«

»Ach, bitte«, sagte ich dann. »Er ist verrückt, ignoriert ihn einfach.«

»Nein, nein, dieses Mädchen sorgt dafür, dass ich nicht vom Weg abkomme«, redete er weiter. »Sie hält den Rest der Welt auf Abstand. Sie ist meine Disziplin, meine neunschwänzige Katze, meine bessere Hälfte. Ganz im Ernst, ich glaube, die Leute wissen ihre Frauen nicht halb so sehr zu schätzen, wie sie sollten.«

Zwischen den Zeilen hieß das, dass *er* mich wahrhaft schätzte, und damals schien er das auch zu tun. Schließlich kannte ich keinen anderen Schriftsteller, der seine Frau so viel um sich haben wollte. Die übrigen Autoren, die Joe kennenlernte – der Kreis selbstbewusster Männer, die ihn aufstöberten und anlockten, so wie sie es mit jedem neuen männlichen Literaturtier machten –, übersahen die Frauen in ihren Rängen geflissentlich.

Lev Bresner, in seinen Anfängen ein gepeinigter junger Immigrant, dessen Englisch noch lückenhaft war, dessen autobiografische Kurzgeschichten über das Leben in den Todeslagern aber regelmäßig in Zeitschriften abgedruckt wurden, hatte eine junge Ehefrau, die er aus Europa mitgebracht hatte, eine winzige Frau namens Tosha, die ihr schwarzes Haar zu einem Knoten hochgesteckt trug. Sie war auf eine unterernährte Weise sexy; sie machte den Eindruck, als müsste man ihr erst eine warme Mahlzeit auftischen, um mit ihr ins Bett gehen zu können.

Tosha begleitete Lev nur unregelmäßig zu Veranstaltungen und nur, wenn es der Anlass verlangte, dass Männer in Begleitung ihrer Frauen kamen. Auf Abendgesellschaften und Cocktailpartys sah man die Bresners zusammen. Aber sie kam nie zu seinen Lesungen, weshalb Lev im Anschluss stets mit anderen Männern in eine Bar gehen konnte, um zu trinken und zu diskutieren.

War Tosha da, zupfte sie pausenlos an seinem Ärmel und sagte: »Lev, Lev. Können wir jetzt bitte nach Hause gehen?«

Warum wollen Frauen so oft *gehen* und Männer bleiben? Wer geht, der tut etwas für seine Gesundheit und sein Aussehen. Aber wer bleibt, der sagt im Grunde: Ich bin unsterblich, ich brauche nicht zu schlafen, zu ruhen, zu essen oder zu verschnaufen. Ich kann die ganze Nacht lang mit diesen Menschen in dieser kleinen Bar bleiben, reden und reden und so viel Bier trinken, dass sich mein Magen bläht und mein Atem zu einer heißen, unerträglichen Bö wird, und ich muss mich nie der Vorstellung aussetzen, dass diese wunderbare, überwältigend schöne Zeit jemals enden wird.

Joe wollte mich an seiner Seite haben. Er wollte mich vor einer Lesung bei sich haben und währenddessen und danach. Viel später schrieb der Kritiker Nathaniel Bone einmal in einem Artikel über Joe:

> *In diesem frühen, fruchtbaren Abschnitt von Castlemans Karriere hatte er seine zweite Frau Joan an seiner Seite.*
>
> *»Sie war extrem still«, erinnert sich Lev Bresner. »Ihre Schweigsamkeit hatte etwas Mysteriöses an sich, aber allein ihre Anwesenheit war eine Art Tonikum. Er war nervös, und sie wirkte sehr, sehr beruhigend auf ihn.«*
>
> *Ein weiterer Autor, der nicht genannt werden möchte, merkt an, dass Castleman selten auf seine Frau verzichten wollte, »es sei denn, er war gerade auf Beutezug«.*

Wenn ich das heute lese, sträube ich mich immer noch gegen den Gedanken an den jungen Joe auf Beutezug, wie er in Ecken lauert und Jagd auf Frauen macht oder vielleicht auch gar nicht jagen muss, sondern sie einfach kommen lässt, aber natürlich stimmt das alles, und ich glaube, mir war immer klar gewesen, dass das ein Teil der Abmachung sein würde, schon am Anfang in seinem Büro im Smith College, als er mit seinen Knien gegen meine stieß.

Seine Scheidung hatte sich überraschend unkompliziert vollzogen; weil Joe wenig besaß, was er Carol hätte überlassen können – kaum Geld, keine Immobilien, selbst das Haus in der Bancroft Road war vom College angemietet worden –, hatte sie keine Handhabe gegen ihn. Aus reiner Boshaftigkeit hätte sie versuchen können, ihn zu hohen Unterhaltszahlungen für Fanny und sie zu zwingen, aber das war nicht ihr Stil. Sie schloss ihn einfach von allem aus. Ihre eigene Familie, die in Sausalito, Kalifornien, lebte, hatte Geld und würde Carol und ihr Kind unterstützen. Sie nahm kein Geld von Joe; sie nahm nur das Baby. Und trotz der Liebe, die er für dieses Baby empfand, trotz seiner Stoßseufzer und Monologe über das Vatersein und die weiche Stelle am Kopf eines Babys ließ er Fanny gehen.

Zuerst stellte er sich stur. Er wollte einen Besuchsplan, wollte ihn schwarz auf weiß, wollte ein *Vater* sein. Sein Unglück war Carol offensichtlich ein Quell der Freude: Sie rief uns in New York an, um ihn zu verhöhnen, sagte, Fanny verändere sich mit jedem Tag, es sei wie in diesen Naturfilmen aus der Schule, in denen das Wachstum einer Blume auf wundersame Weise beschleunigt werde, und sie beginne ihm so sehr zu ähneln, altklug sei sie und einfach wunderbar, und sie, Carol, werde dem Baby helfen, den Vater, der es mit erschaffen hatte, vollständig zu vergessen.

»Hör auf mit dem Scheiß, Carol«, hörte ich ihn sagen. »Du wirst sie noch völlig verkorksen.«

Worauf Carol mit ziemlicher Sicherheit antwortete: »Nein, Joe, das hast du schon erledigt.«

Also hörte er auf, mit ihr zu streiten. Er räumte das Feld, gab die letzten Reste der gescheiterten Ehe dran. Nun, da Fanny nach Sausalito verschleppt worden war, war es ohnehin schwieriger, sie zu sehen, auch wenn er sie einmal, Jahre später, während einer Lesereise besuchte. Ein anderes Mal füllten wir ein Paket mit Spielzeugen und schickten es nach Kalifornien, aber es kam nie eine Antwort. Eine Zeit lang schrieb Joe Briefe; manche wurden von Carol knapp beantwortet, die meisten wurden ignoriert, und irgendwann verlor Joe das Interesse. Seine Stoßseufzer wurden seltener. Fanny wurde ein Geist, sie gesellte sich zu den Toten in Joes Galerie weit entfernter, betrauerter Seelen: die dicke, besitzergreifende Mutter, der melancholische Vater.

So wie er es sah, war im Grunde Carol am Scheitern seiner ersten Ehe schuld. Wie er mir erzählte, hatte sie nach Fannys Geburt aufgehört, mit ihm zu schlafen, selbst Monate später, als der Dammschnitt verheilt war und es keine medizinischen Gründe mehr für ihre fortwährende Ablehnung gab, hatte sich daran nichts geändert.

»Ich habe Angst, dass irgendetwas einreißt«, hatte sie ihm im Bett anvertraut.

»Das sind doch Hirngespinste«, hatte er geantwortet, aber bevor er auch nur in sie eingedrungen war – als er sich noch auf ihr in Position brachte und seine Hoden über ihre Haut strichen, während sie beide das stumme Arrangement von Körperteilen sich vollziehen ließen –, hatte sie ihn wimmernd fortgestoßen.

»Ich kann dir gar nicht wehgetan haben«, sagte er. »Ich bin gar nicht so weit gekommen. Was ist denn nur los?«

Aber Carol konnte nichts als weinen, und dann fiel, wahrscheinlich zu ihrer unendlichen Erleichterung, das Baby in den Gesang ein, und Sex kam schlicht nicht mehr infrage. *Puh,* dachte Carol. *Scheiße,* dachte Joe und lag grübelnd wach, fragte sich, was an ihm ihr nicht mehr gefiel und warum Frauen so etwas taten, die Regeln änderten, unerklärliche Abneigungen entwickelten. Denn das war es, was sich hinter ihrer Reaktion verbarg: Abneigung. Sie wollte keinen Teil von ihm berühren, sie wollte nicht, dass er sie umfing, sie in seinem Geruch marinierte, ihre Wangen mit seinem Bart zerkratzte, bis sie wie eine Landkarte aussahen, dass er sie zwang, die schützende Hockstellung zu verlassen, die sie nach Fannys Geburt eingenommen hatte.

Er wollte es nicht darauf beruhen lassen, wollte nicht zulassen, dass sie sich zurückzog, wollte nicht an der Pantomime einer typischen Akademikerehe teilnehmen. »Um Himmels willen, Carol«, hatte er zu ihr gesagt, »es wird dir schon nichts passieren.«

Aber sie weigerte sich standhaft, sagte ihm, sie sei noch nicht bereit, berührt zu werden, sie müsse sich schon um genug menschliche Bedürfnisse kümmern, dem Baby alle paar Stunden die Brust geben, zum Beispiel. Und als er schließlich darauf bestand, schrie sie vor Schmerzen auf, als würde er sie mit einer Mistgabel stechen, und er kam sich wie ein Vergewaltiger vor, wie ein Mörder. Also versuchte er es nach dieser Nacht nie wieder, und die Zeit verging, und schließlich wandte er sich von ihr ab und mir zu, und ich wies ihn nicht zurück; ich hatte keine Narben, die hätten aufreißen können, keine Angst und keine Vorbehalte.

Unsere Hochzeit fand im Rathaus statt. Wir hatten nur meine Freundin Laura, Mary Croy, die auch Lektoratsassistentin bei Bower & Leeds war, Joes neuen Freund Lev Bresner und den Dichter Harry Jacklin eingeladen. Carol war aus seinen Gedanken verschwunden, ebenso wie das Baby, vermutete ich. Er wollte jetzt ein anderes Baby, eines, das er selbst wertschätzen und lieben lernen konnte.

Die Schwangerschaft sei anfangs ein ziemliches Elend, hatte er mich gewarnt. Aber er irrte sich. Es gab kein Elend, ich war nur aufgeschwemmt und im Ungleichgewicht, aber alles wurde gemildert durch die Vorstellungskraft: Wie würde das Baby sein? Ein Junge oder ein Mädchen? Ein Atomphysiker? Auf der Entbindungsstation des heute nicht mehr existierenden Flower Fifth Avenue Hospital stemmte ich mich auf die Ellbogen und presste; ich hatte mich für die sogenannte natürliche Geburt entschieden statt für den deutlich einladenderen Dämmerzustand. *Leck mich, Dr. Lamaze,* dachte ich, während ich keuchte und schnaufte; ich stellte mir einen schlanken, charmanten Franzosen in einem maßgeschneiderten Anzug vor, der eine Gauloise nach der anderen rauchte. Joe hatte sich zum Essen und Lesen in die Cafeteria zurückgezogen. Als man ihn dazuholte, damit er Susannah das erste Mal sehen konnte, hatte er einen kleinen Ketchupfleck am Kinn und eine zusammengerollte *Times* unter dem Arm klemmen.

Aber er liebte unser Baby zutiefst; er liebte alle unsere Babys auf dieselbe Weise, wie er auch Fanny einmal geliebt hatte, und ich wusste, dass er sie geliebt hatte. Ich ignorierte das rasche Verglühen seiner Liebe für seine Erstgeborene, betrachtete es als einen Ausreißer. Als Susannah ein Säugling war, legten wir sie auf unser Bett und sangen ihr gemeinsam Schlaflieder, wechselten uns bei den Strophen ab, versuchten, uns gegenseitig mit spontan ausgedachten Reimen zum Lachen zu bringen. Es war, als wollten wir sichergehen, dass das Baby nie zwischen uns kommen, niemals unsere Ehe oder den Sex oder die Zärtlichkeit zwischen uns gefährden würde.

Joe packte seine Kinder gern bei den Knöcheln und hob sie in die Luft, oder er setzte sie auf seine Schultern und ging mit ihnen die Straße entlang, während sie sich an seinen Haaren festklammerten. Es machte mir Angst, wie sorglos und locker er mit ihnen umging, ich fürchtete, sie würden herunterfallen, sich die Köpfe am Bordstein aufschlagen und sterben. Er wollte sie auf seinen Schultern; ich wollte sie an meinem Busen.

Wenn ich ihnen die Brust gab, hatte ich das Gefühl, es gebe auf der Welt nichts anderes zu tun. In diesen Momenten machte es mir nichts aus, dass ich keine eigene Karriere hatte, kein Ansehen genoss. Ich war eine Mutter, die ihr Kind säugte, und das war alles, was ich sein musste. Anfangs gefiel Joe der Anblick, er begeisterte und rührte ihn, doch im Laufe der Monate machte er Bemerkungen wie: »Ich hoffe, du willst das nicht bis in alle Ewigkeit machen«, oder: »Vielleicht irre ich mich, aber ich meine, Dr. Spock hätte gesagt, es sei besser, sie vor der Uni abzustillen. Es vertrage sich nicht so gut mit ihrem Studienpensum.« Also hörte ich mit dem Stillen auf, früher, als ich es wohl von selbst getan hätte.

Später, als die Babys zu Kleinkindern wurden, ließ Joes Unruhe nach. Nachts wurde jetzt wieder durchgeschlafen. Zudem hatte

Joe das Gefühl, sie ein wenig prägen zu können. Manchmal, wenn abends Freunde zu Besuch kamen, ließ er Susannah kleine Kunststücke vorführen.

»Susie«, sagte er, wenn sie im Alter von zwei Jahren ins Wohnzimmer marschiert kam. Der Raum war mit Rauch, Schriftstellern und den Frauen der Schriftsteller gefüllt. »Hol mir doch bitte mal das meistüberschätzte Buch aus dem Regal.«

Und sie ging folgsam zum Regal, zog *Die Nackten und die Toten* heraus, und alle brüllten vor Lachen.

Aber er war noch nicht fertig. »Und warum ist es das meistüberschätzte Buch im Regal, Susie?«

»Weil er ein alter Schaumschläger ist«, sagte sie, und wieder lachten alle auf, aber natürlich war die Nummer noch nicht zu Ende.

»Oho, Susie Q, der gute Mr Mailer ist also ein Schaumschläger?«, sagte Joe. »Dann zeig mir doch mal ein Buch, das du absolut brillant findest.«

Und sie ging wieder zum Regal, suchte nach dem vertrauten roten Buchrücken, schaute und schaute, bis er genau in ihrem Blickfeld erschien, und dann zog sie mit ihren dicken kleinen Händchen daran und zerrte das Buch zwischen den anderen Büchern aus dem vollgestellten Regal heraus. Sie wandte sich dem Raum zu und präsentierte ein Exemplar von *Die Walnuss,* und das anschwellende Gelächter rötete ihre Wangen. Auch wenn sie keine Ahnung hatte, was sie genau tat, wusste sie, dass sie etwas richtig gemacht hatte und dass es ihr half, die Liebe ihres Vaters zu gewinnen.

Ich wollte sie vor ihm schützen, wollte durch das Zimmer zu ihr rennen, sie auf den Arm nehmen und Joe sagen, dass er sie nicht so benutzen solle, dass es nur ins Unglück führen werde. Aber ich hätte bloß verrückt gewirkt, wie eine übereifrige Mutter, die die zarte Liebe zwischen Vater und Tochter zerstören will. Also lächelte und nickte ich nur von der anderen Seite des

Zimmers herüber. Joe gab Susannah einen Kuss auf ihre seidigen, fruchtig-sauberen Haare und entließ sie.

»Wo sind bloß die ganzen *guten* Väter?«, beschwerte sich Susannah einmal bei mir, als sie noch ein Teenager war. »Die Väter aus dem Fernsehen, die morgens zur Arbeit gehen und nachmittags nach Hause kommen und nur noch für dich da sind, verstehst du, was ich meine?«

Wir saßen zusammen und machten Armbänder, wie wir es damals häufig taten. Es war zugleich mühsam und beruhigend, die langen, schlüpfrigen Stränge zu Armbändern zu flechten, die sie ihren Freunden und ihren Geschwistern oder sogar mir und Joe geben konnte. Er trug sie ein paar Stunden lang mit einem gewissen augenzwinkernden Stolz, aber schon damals begriff Susannah die Ironie dahinter, wusste, dass Joe sich einen Spaß daraus machte, damit gesehen zu werden. Manchmal wirkte es, als hätte er mehr Freude daran, ganz generell ein Vater zu sein als der Vater dieser speziellen Tochter und ihrer Geschwister.

»Ich weiß es nicht, mein Schatz«, sagte ich zu ihr, beschämt, dass ich ihr nicht den Vater hatte geben können, den sie sich gewünscht hätte. Hin und wieder hatte ich einen solchen Mann gesehen, einen liebevollen Vater, der zugleich stark war, kein Monster, aber auch kein Schwächling mit Asthma und einer Strickjacke mit Knopfleiste. Wo *waren* die guten Väter dieser Generation? Natürlich existierten sie, aber viele von ihnen waren an anderen Orten, wo sie tranken, rauchten, Billard spielten und Jazz hörten. Sie waren rastlos, die Welt gehörte ihnen, und sie waren eben irgendwo in ihr unterwegs und sahen sich um.

Wir stellten eine Babysitterin namens Melinda an, die bei uns einzog und uns half, als die Kinder noch klein waren und wir so viel zu tun hatten; sie war ein junges Mädchen, das an der American Academy of Dramatic Arts studierte und immer zugleich überrascht und beherrscht wirkte, so als müsste sie ständig damit rechnen, von Hollywood entdeckt zu werden.

Joe fühlte sich zu Melinda hingezogen, aber das erkannte ich anfangs nicht und schaffte es dann irgendwie, das Ausmaß zu verkennen. Doch wenige Wochen nachdem sie unser Haus betreten hatte, schlief er auf dem Dachboden mit ihr; er wusste, dass ich nicht gern dort hinaufging, weil es dort Mäuse gab; sie ließen ihre harten kleinen Köttel als Visitenkarten auf dem Boden zurück, doch das alte Bett, das mit Bettwäsche und Steppdecken beladen dort oben stand, blieb frei von ihren Hinterlassenschaften, oder zumindest waren Melinda und er so voneinander angetan, dass sie sich nicht daran störten, dass Mäuse um sie herumhuschten und ihr Geschäft verrichteten.

Es verging einige Zeit, bis ich all das merkte; in erster Linie wurden Romane geschrieben, wenn Melinda im Haus war. Obwohl alles ziemlich chaotisch war, schien das Leben im Gleichgewicht zu sein. Die Kinder waren laut, unordentlich und projektorientiert. Eines der Kinder hing an meinem Bein, ein anderes zog eine Tüte Mehl aus dem Schrank und verlangte, dass wir Pappmaché machten. Da waren Susannah mit ihren Armbändern und Alice mit einem Volleyball und David in einem dunklen Zimmer mit einer Batterie und zwei Stücken Kupferdraht. Ich wollte so viel mit ihnen zusammen sein, wie ich konnte, aber es blieb nie genug Zeit.

Hin und wieder drehte sich Joe plötzlich zu mir um und sagte: »Komm mit.«

»Wohin?«

»Jagen und sammeln.«

Das hieß, dass er sich auf die Suche nach Ideen für einen Roman oder eine Geschichte machte und mich dabeihaben wollte. Also gab ich den Kindern einen Kuss und verabschiedete mich widerstrebend. »Müsst ihr wirklich gehen?«, riefen sie weinend. »Müsst ihr unbedingt?«

»Ja, müssen wir!«, rief Joe zurück. Und dann packte er mich, und wir zogen hinaus in das nächtliche Village, so als wären die

Ideen wie Glimmer in den Bordstein eingeschlossen. »Sie kommen schon zurecht«, sagte er, vage in Richtung des Hauses gestikulierend.

»Das weiß ich ja«, sagte ich. »Aber trotzdem.«

»›*Aber trotzdem*‹«, gab er zurück. »Soll das auf deinem Grabstein stehen? Los jetzt.«

Und er hatte recht, die Kinder würden auch ohne uns zurechtkommen, so wie sie es tagsüber taten, wenn wir beschäftigt waren. Meistens machten wir am White Horse halt, was Joe stets etwas aufputschte, weil er dort immer erkannt wurde und sich in frei kreisende Gespräche über andere Autoren, andere Bücher oder den Truppenaufbau in Vietnam einschalten konnte. Wir gingen ins Folk City oder in Jazzclubs, und wir hörten uns Dichterinnen an, die vor Mikrofonen standen und deren zahlreiche Armbänder klimperten wie Kleingeld in der Tasche, während sie mit zitternder Stimme einem aufmerksamen Publikum ihre Gedichte vortrugen.

Eines Abends erzählte mir Joe, in seinem zweiten Roman solle eine Begegnung mit einer Prostituierten vorkommen.

»Prostituierte sind langweilig«, sagte ich. »Die sind alle gleich. Sie haben alle den gleichen schlimmen Hintergrund: der lüsterne Vater, der steinige Pfad, das Leben am Abgrund.«

»Sie sind nicht langweilig, wenn sie gut geschrieben sind«, sagte er, und ich begriff, dass er zu Recherchezwecken eine Prostituierte aufsuchen wollte und ich ihm die Erlaubnis geben sollte. Er würde keinen Sex mit ihr haben, er würde ihr nur Fragen stellen, zu verstehen versuchen, was es hieß, eine Frau zu sein, die tat, was sie tat. Die Schilderung der Prostituierten müsse realistisch sein, erklärte Joe, sonst läse sich dieser Teil des neuen Buches wie ein reißerischer Schundroman. »Du kannst gern mitkommen, Joan«, sagte er. »Das wäre mir sogar lieber.«

Und so kam ich mit. Ich trug einen taubenblauen Mantel und meine Mini-Handtasche. Wir gingen die Treppe zu einem kleinen

Wohnhaus in der Innenstadt unweit des Hudson River hinauf; mit jeder Bö wurde neuer Müllgestank herangeweht. Einer von Joes Freunden, ein zügelloser Autor, den er aus dem White Horse kannte, hatte das Treffen arrangiert. Die Prostituierte hieß Brenda; ihre Haare waren zu einer blonden Bienenkorbfrisur gedrechselt, und sie trug eine Caprihose und ein Männerhemd. Sie setzte sich in einen Lehnstuhl und sagte: »Was wollen Sie wissen?« Ihre Zehennägel in den Sandalen waren weiß lackiert.

»Wie sind Sie zu Ihrem Beruf gekommen, Brenda?«, fragte Joe, um Vertrautheit bemüht.

Brenda schwieg kurz, zündete sich eine Zigarette an. »Meine Schwester Anita war im Gewerbe«, sagte sie, »und sie hatte immer Geld, um sich Klamotten und weiß ich was zu kaufen. Unsere Mutter hatte nie Geld zum Ausgeben, sie hat uns immer selbst solche Kleider mit weiten Puffärmeln genäht, die ich hasste. Ich wollte mehr, und Anita hatte es. Sie kam immer mit diesen Kleidern und Riemchenschuhen nach Hause, und solche Klamotten wollte ich unbedingt auch haben. Sie hat gesagt, ich soll in ihre Fußstapfen treten, und das habe ich dann auch gemacht. Erst hat es mir nicht gefallen, diese ganzen Kerle mit ihren behaarten Rücken, manche rochen nach Knoblauch oder weiß ich was, aber irgendwann habe ich angefangen, im Kopf Listen zu machen, während ich dalag. Listen von Sachen, die ich noch zu erledigen hatte, und von Sachen, die ich mir kaufen wollte: die Kleider, Schuhe, Strümpfe. Und irgendwann machte der jeweilige Kerl dieses kleine *Geräusch,* und dann wusste ich, dass er fertig war und ich aufstehen und meine Sachen erledigen konnte und weiß ich was.«

»Was ist mit Schwangerschaft?«, fragte ich unvermittelt; im Geiste sah ich die Spermien dieser nach Knoblauch riechenden Männer, die gedankenlos ihrem Ziel entgegenschwammen. Joe nickte mir dankbar zu, als ich die Frage stellte, denn ihm wäre sie nie in den Sinn gekommen.

»Na ja, ich habe drei Unfälle gehabt«, sagte Brenda, »und es hat sich immer jemand darum gekümmert, verstehen Sie? Eins von den anderen Mädchen kennt einen Arzt in Jersey City, da gehen wir alle hin. Beim ersten Mal habe ich so stark geblutet, dass Dr. Tom schon Angst hatte, es hört nicht mehr auf, und er wollte, dass ich irgendwo in die Notaufnahme gehe und sage, dass ich es selbst mit einem Kleiderbügel gemacht habe, aber ich habe gesagt, ich gehe nicht, und Gott sei Dank hat es von selbst aufgehört zu bluten.«

Während sie sprach, kritzelte Joe in einen kleinen Spiralblock. Er war wie ein Reporter, verließ sich nie darauf, dass ein Autor sich an alles erinnerte, was er brauchte, wenn es zu Papier gebracht werden musste, dass die Gelatine der Kunst alles konservieren und in der Schwebe halten würde. Daher hatte er Notizen über das, was die Leute sagten, die Kleider, die sie trugen, die Muttermale, die ihre Wangen zierten, und über eine interessante Auseinandersetzung zwischen einem Mann und einer Frau, die wir einmal in einem chinesischen Restaurant belauscht hatten.

Brenda wurde schließlich zu Wanda, der labilen Prostituierten in *Überstunden,* Joes zweitem Roman. Er hatte sie noch ein zweites Mal besucht, und diesmal hatte ich mich geweigert, ihn zu begleiten. Vielleicht wusste ich, dass er an jenem Abend mit ihr ins Bett gehen wollte, was er vehement abgestritten hätte. Ich stellte mir Joe und diese sexuell anziehende, aber schäbige Frau vor, den Kopf so zurückgelehnt, dass ihre Bienenkorbfrisur nicht zerstört wurde. Sie würde ihre Zehen, deren Nägel mit diesem merkwürdigen, schellackartigen Weiß bepinselt waren, nicht spreizen, wie Menschen es beim Orgasmus taten, denn es würde keinen Orgasmus geben, nicht mit einem ihrer Freier, niemals. Joe recherchierte, würde er sich sagen, während er das Hemd wieder in die Hose steckte und eilends die Treppe hinunterging, vorbei an Wohnungen, in denen Hamburger Fett auf den Herd spritzten, den halb zu vernehmenden Stimmen, und auch wenn Brenda depressiv und leicht zu vergessen war, würde ihm die Erfahrung einen merkwürdigen Kitzel verschafft haben.

Diese Männer, die so viel haben, brauchen so viel, um sich aufrechtzuerhalten. Sie bestehen nur aus Appetit, so scheint es manchmal, sind ganz aufgesperrter Mund und knurrender Magen. Joe war auf Beutezug, so wie es Nathaniel Bone, der Kritiker, gesagt bekommen hatte; ich wusste das, und ich wusste, dass auch andere es wussten und dass sie glaubten, ich wüsste es nicht. Unsere Freunde sahen mich mitleidig an; sie hielten mich für unschuldig und vertrauensselig. Aber in Wahrheit verlieh es mir mehr Macht, über ein solches Wissen zu verfügen und doch nichts dagegen zu unternehmen. Was hätte ich auch tun sollen? Wir hatten ein paar Auseinandersetzungen: Ich beschuldigte ihn, er stritt alles ab, und dann ließen wir die Sache fallen und machten einfach weiter.

Ich begleitete ihn, wann immer er es wollte. Ich stellte den Leuten, die wir trafen, Fragen, und er schrieb mit. So machten wir es im Laufe der Jahre immer wieder, nicht nur bei Brenda, der Prostituierten, auch bei einem Fischer im Hafen oder einem Staubsaugervertreter, der später als Mike Bick in *Ich kannte dich kaum* auftauchte, dem nicht ganz so erfolgreichen Kurzroman, der Mitte der Siebziger erschien. Wir gaben ein Vermögen für Kinderbetreuung aus, bis Susannah dreizehn war und wir ihr die Verantwortung für die beiden anderen übertrugen.

Lev Bresners Frau Tosha, diese winzige Frau mit der tätowierten Nummer auf dem Arm und den schwarz-olivfarbenen Augen eines Chihuahuas, bekam nicht in ihren Kopf, dass ich mich tatsächlich »daran beteiligte«, wie sie es auszudrücken pflegte. Sie wollte nur in Ruhe gelassen werden, sagte sie, wollte sich mit ihren Freundinnen treffen, mit ihnen in Kaufhäuser gehen und gemeinsam zu Abend essen, inmitten ihrer Einkaufstüten dasitzen und Spaß haben.

»Die *Männer*!«, sagte sie. »Ist nicht böse gemeint, Joan, aber wie hältst du es nur mit ihnen aus? Sie reden und reden, ohne Pause.«

Das stimmte; sie redeten Tag und Nacht, so als würde sich eine endlose Papierrolle in ihrem Inneren durch den Mund entrollen. Sie waren so arrogant! Sich ihrer selbst so gewiss, sogar wenn sie falschlagen. Warum konnten Frauen nicht so sein? (Ein paar Jahre später, als der Feminismus so große Kraft entwickelte, waren es natürlich die Frauen, die pausenlos und lauter als die Männer redeten, während sie in Wohnzimmern zusammensaßen, wütend Zigaretten rauchten und Notizen über die Leistung einzelner Vibratoren, den Schrecken der Hausarbeit und vieles mehr verglichen.)

Ich hätte wie Joe sein können, wenn ich es gewollt hätte. Ich hätte mit stolzgeschwellter Brust herumlaufen können; ich hätte feindselig sein können, poetisch, von Ideen beseelt, eine Angeberin, eine summende Leuchtreklame. Ich hätte die weibliche Version von ihm sein können und damit nicht liebenswert, sondern abstoßend. Oder ich hätte alle mit meiner Belesenheit, meinem Charisma, meiner Beziehung zu einem mächtigen Mann verblüffen können. Aber ich war nicht Mary McCarthy oder Lillian Hellman. Ich wollte die Aufmerksamkeit nicht; sie machte mich nervös und unsicher. Welche Erleichterung zu sehen, wie sich der Kegel des Scheinwerferlichts auf Joe richtete.

»Was ist denn mit deinen eigenen Texten?«, wurde ich manchmal freundlich gefragt, von Leuten, die wussten, dass ich als Studentin ein paar ganz gute Geschichten geschrieben hatte und dass Joe und ich uns tatsächlich im Seminarraum kennengelernt hatten.

»Ach, ich schreibe nicht mehr«, sagte ich.

»Joan ist extrem beschäftigt«, fügte Joe hinzu. »Sie muss mein Ego babysitten.« Es wurde gelacht, worauf Joe leichthin die Wohltätigkeitsarbeit erwähnte, die einen Teil meiner Zeit beanspruchte.

Ich war seit den späten Siebzigern für eine Flüchtlingsorganisation namens RSA tätig. Irgendjemand, meistens eine der Frauen, fragte normalerweise weiter, ob man etwas lesen könne, was ich auf dem College geschrieben hätte, worauf ich antwortete: Nein, nein, keiner der Texte habe Gelegenheit gehabt zu reifen, ich fände sie bestimmt alle ganz fürchterlich, wenn ich sie mir jetzt ansähe.

Meine Texte waren völlig anders als die dieser Männer. Die Prosa der Männer war raumgreifend, sie breitete sich auf eine lässige Weise über die Seiten aus wie jemand, der ein Bad nimmt und sich rasiert und dann mit ausgebreiteten Armen gähnt. Männliche Autoren erfanden Wörter wie »Phallomaterialismus« oder »Erotektonik«. Sie schrieben über sich selbst, machten sich nicht einmal die Mühe, autobiografische Details zu ändern. Wozu auch? Sie scheuten sich nicht davor, Alter Egos zu haben; sie scheuten sich nicht davor, *Egos* zu haben. Ihnen gehörte, das darf man nicht vergessen, die Welt und alles darin.

Mir gehörte die Welt nicht; niemand hatte sie mir angeboten. Ich wollte keine »Frauenschriftstellerin« sein, die Wörter mit Wasserfarben malte, und auch keine jener verrückten Kratzbürsten, die anderen das Leben schwer machten. Ich wollte nicht sein wie Elaine Mozell, die mich vor langer Zeit gewarnt hatte. Sie war laut und einsam gewesen und war aus der öffentlichen Wahrnehmung verschwunden.

Ich wusste nicht, wer eine angeberische Autorin hätte mögen sollen. Welcher Mann wäre mit ihr zusammengeblieben und hätte sich nicht durch ihre Exzesse, ihre Wut, ihren Geist, ihr Können bedroht gefühlt? Wo war es, dieses Phantom von Ehemann, der Mann, der sich dadurch nicht bedroht fühlte, der nichtsdestoweniger selbst attraktiv und stark war? Vielleicht lebte er irgendwo unter einem Stein und kam nur hin und wieder hervorgekrochen, um die großartigen Ideen seiner brillanten Frau zu feiern, bevor er wieder ins Dunkel zurückkehrte.

Seine brillanten Einfälle brachten uns natürlich weit. Mitte der Sechziger reiste ich einmal mit ihm nach Vietnam. Eine Reihe von Schriftstellern und Reportern besuchte Saigon und die angrenzenden Regionen, und Joe war unter den Eingeladenen. Die meisten Autoren fuhren im Auftrag von Zeitungen und Zeitschriften. Das war zu einer Zeit, als einem der Redakteur mit einem Schulterzucken sagte: »Klar, warum nicht, schreib ruhig einen langen Artikel, so viele Wörter, wie du willst.« Krieg war nie ein Thema gewesen, in dem Joe besonders versiert war. Kriege existierten an den Rändern seiner Geschichten, sowohl der Koreakrieg als auch der Zweite Weltkrieg und später der Vietnamkrieg, aber die Männer in seinen Romanen kamen nie weiter über die Grundausbildung hinaus. Einer von ihnen, Michael Denbold in *Die Walnuss,* schoss sich versehentlich selbst in den Fuß, so wie Joe. Joes Figuren hatten Angst vor Schusswaffen und fanden sie zugleich anziehend. Sie hassten das Gefühl, wie sie schwer und schrecklich in ihren Händen lagen, und fanden es zugleich aufregend; es beschleunigte ihren Puls und machte sie hilflos, so wie sie es später liebten und es ihnen zugleich Angst einjagte, ihre Babys im Arm zu halten.

Joe fühlte sich auf den fiktionalen Kriegsschauplätzen ebenso unwohl, wie er sich während seiner kurzen Zeit in der Armee gefühlt hatte. Er las darüber, so viel er konnte, die Ansichten der Kriegsbefürworter wie der Linken, er ging zu Antikriegskundgebungen und Demonstrationen, wo er einmal zu Boden gestoßen und getreten wurde, und obgleich einige seiner Figuren sich Gedanken darüber machten, wie wir uns jemals wieder aus Südostasien zurückziehen könnten, verrannten sie sich nie in das Thema.

Wie alle unsere Bekannten taten auch wir, was wir konnten, um gegen den Krieg zu protestieren. Wir unterzeichneten Petitionen, wir arbeiteten, und wir nahmen unsere Kinder mit in kleine, zur Straße hin gelegene Büros, um Anrufe zu machen und Briefe zu tippen. Durch die Vervielfältigungsgeräte, die wir benutzten, roch es wie in einer Schule, und wir waren über und über mit violetter Tinte beschmiert. Dann fuhren wir als eine einzige lange, fossilierte Autoschlange zurück nach Washington, D.C. Die Kinder weinten auf dem Rücksitz, und wir schoben sie in Einkaufszentren im Buggy vor uns her, während sie um Saft bettelten, die Gesichter von der Hitze gerötet, und Joe war einer der Autoren, die aufstanden und in pfeifende, leistungsschwache Mikrofone sprachen.

Doch damals fühlte sich Vietnam für uns noch frisch an, war ein neues, fürchterliches Gebiet, das wir studieren konnten, wofür allerdings ein Crashkurs in Geografie notwendig war, und Joe brauchte mich an seiner Seite, also ging ich mit. Unsere Kinder blieben bei der unbändigen, künstlerisch veranlagten, zirkusartigen Familie einer Freundin von Alice, die sie in ihren Haushalt absorbierte, ohne weiter Kenntnis davon zu nehmen, und Joe und ich stiegen in eine Air-France-Maschine und flogen davon. »Sie kommen schon zurecht«, sagte Joe, das auf nichts als Toleranz gegenüber einer möglichen Katastrophe beruhende Mantra eines Vaters, und dann standen wir auf einem Rollfeld in Bangkok, wo wir zwischengelandet waren. Ich trug ein Kopftuch und eine übergroße Sonnenbrille, ein unter den Ehefrauen der Zeit verbreiteter Look.

Es waren noch einige andere Frauen dabei, und wir scharten uns umeinander, alle bis auf eine, eine Journalistin, die sich auf die Seite der Männer geschlagen hatte, mit denen sie jetzt lebhaft sprach, wobei ich ihre Worte unter dem Getöse der stotternden Hubschrauber, der Frachtflugzeuge und Lieferwagen, die sich über das Rollfeld schlängelten, nicht verstand. Lee, so hieß sie, schrieb ernste, kluge Texte und schien sich nicht um ihren Minderheitenstatus in dieser Männerwelt zu scheren.

Es war, als würde ich eine Schachtel unter dem Bett aufbewahren und nur gelegentlich darunter hervorziehen, eine Schachtel, in der Mary McCarthy, Lillian Hellman und Carson McCullers und nun auch noch Lee, die Journalistin, steckten. Wenn ich den Deckel anhob, kamen ihre Köpfe herausgesprungen wie bei einem Kistenteufel und verspotteten mich, erinnerten mich daran, dass sie *existierten,* dass Frauen gelegentlich wichtige Schriftstellerinnen mit beachtlichen Karrieren werden konnten und dass es vielleicht auch mir gelungen wäre, wenn ich es nur versucht hätte. Doch stattdessen stand ich hier bei den Ehefrauen, den Kopftuchträgerinnen, allesamt in der Haltung, die wir gewohnt waren, die Arme waren vor dem Körper verschränkt, die Handtasche hing über der Schulter, die Augen huschten hin und her, um unsere Ehemänner im Blick zu behalten.

Ich sollte nicht hier sein!, wollte ich schreien. *Ich bin nicht wie die anderen!* Ich wollte neben dieser Lee stehen, wollte an diesem hektischen, fremden Ort ihr Selbstvertrauen spüren. Doch aus irgendeinem Grund waren die Männer und die bekannte Journalistin alle auf einer Seite und die übrigen Frauen auf der anderen. Die Ehefrauen und ich standen da und redeten und hielten unsere Kopftücher fest, damit der Wind sie uns nicht von den Köpfen riss. Lee trug nichts auf dem Kopf; ihr Haar war schwarz und offen.

Bald darauf kamen wir in Saigon an, landeten mitten im versmogten Tohuwabohu der Innenstadt, wo aus Wagen am Straßenrand heraus Uhren, Zigaretten und in farbenfrohes Papier gehüllte Feuerwerkskörper verkauft wurden, die mich an das Toffee erinnerten, das man in Atlantic City am Straßenrand kaufen konnte. Fahrradrikschas beförderten ihre einsamen Passagiere durch die heruntergekommenen Straßen, vorbei an Restaurants, in denen Essen aus aller Welt angeboten wurde. Ich stellte mir schmutzige, winzige Küchen auf der Rückseite der Gebäude vor, mit geschwärzten Töpfen auf Herdplatten, aus denen uralte vietnamesische Frauen irgendeine landestypische trübe Brühe schöpften. Es war Februar, die Luft heiß und voller Moskitos, und meine Nylonstrümpfe saugten sich an meinen Beinen fest. Ein Bus hätte uns von der Straße auflesen sollen, aber er war noch nicht da, und so gruppierten sich alle Amerikaner umeinander und wurden bald von kleinen Kindern überrannt, die Geld wollten oder den Männern unter uns fröhlich einen »Super-Sonderpreis-Fick« offerierten. Joe verscheuchte sie mit unbehaglich amüsiertem Blick, aber sie kamen immer wieder und zerrten an den Ärmeln und Hosenbeinen der Männer.

Am nächsten Tag ließ sich unser Reisegrüppchen von Helikoptern über die Bäume und grünen Felder hinweg in den Westen der Stadt tragen, und während ich mit Joe und Lee und ihrem Mann Raymond – der ebenfalls Journalist war, wenn auch kein bekannter – Platz nahm, jeder von uns mit Tropenhelm, Kopfhörer und Sonnenbrille ausgestattet, dachte ich, dass der Helikopter nur eine weitere Rikscha war, die die Privilegierten über das Durcheinander erhob. Laufend stießen kleine Flugzeuge herab, warfen ihre Bomben in das Grün hinein und stiegen wieder auf, und Joe und Raymond schrieben in ihre Blöcke und diskutierten in wissendem Ton über die Vietcong, obwohl wir alle eigentlich nur Touristen waren, die gerade genug aufsaugten, um so zu wirken, als wüssten wir Bescheid, wenn wir nach Amerika zurückkehrten.

Wir besichtigten ein Flüchtlingslager in Cam Chau, das als vorübergehende Lösung betrachtet wurde; der Grad der Verschmutzung war unfassbar. Eine Handvoll Schweine zog umher, durchwühlte die Müllberge nach irgendetwas Essbarem. In einer der Hütten brachte eine Frau ein Kind zur Welt; sie schrie ununterbrochen. Der Sanitäter, der sich um sie kümmerte, fragte uns immer wieder nach sterilisiertem Wasser. *Bitte, bitte,* sagte er, aber wir hatten keins. Der Dialog setzte sich fort, ein Wortwechsel wie aus einem absurden Theaterstück:

»Wasser! Wasser! Steriles Wasser!«

»Nein, wir haben kein Wasser!«

»Wasser! Wasser! Steriles Wasser!«

»Nein, wir haben kein Wasser!«

Es gab so gut wie überhaupt kein Wasser für die zweitausend Bewohner des Lagers. Im Türrahmen stand ein Kind und betrachtete die Szenerie gnädig. Die Frau, die das Kind gebar, schrie immer wieder dieselben Worte, und schließlich bat ich einen unserer Begleiter um eine Übersetzung. »Sie sagt, sie will sterben, weil hat so große Schmerzen, dass sich fühlt wie Hund«, erklärte er. »Sie sagt, bitte erschießen wie Hund.«

Weil niemand mir sagte, dass ich es nicht tun solle, ging ich zu der Frau, um ihre Hand zu halten. Ihr Blick fuhr zu mir herüber, und ich nahm ihre Hand. Wir drückten beide fest zu, als die Krone des Kopfes zum Vorschein kam. Die »Krone«, dachte ich, was für ein seltsamer Ausdruck, während sich der Schädel durch die sich weitende Öffnung schob, die flachen schwarzen Haare wie auf den Kopf gemalt, das Netz winziger Venen darunter sichtbar, und der Sanitäter die Schultern drehte und vorsichtig daran zog und die Mutter schließlich die Hand ihres eigenen Babys hielt. Er hatte eine Krone, aber er war kein König; er würde für immer in diesem Rattenloch von Cam Chau leben. Niemand fand sterilisiertes Wasser, doch irgendwer brachte ein kleines Plastikdöschen mit milchfreier Kaffeesahne, und die Mutter warf den Kopf zurück und trank sie. Das Baby lag an ihrer Brust und trank auch, und obwohl ich bleiben wollte, um zu helfen, so gut ich konnte, sagten die Männer, wir müssten weiter, es sei Zeit, zum Pressezentrum der Marine aufzubrechen, wo uns ein Vier-Sterne-Dinner erwarten würde.

Der Rest der Vietnamreise war ein Reigen gut gelaunter Propaganda; auf einem Atomflugzeugträger versicherte man uns, die Kampfjets griffen ausschließlich militärische Ziele im Norden an, aber wir blieben skeptisch.

»Ich hoffe, du hast dir alles gut gemerkt«, sagte Joe, als wir an unserem letzten Abend in einem Speisesaal saßen und Martinis aus großen geeisten Gläsern tranken, deren Form mich an die ramponierten Strohhüte der Rikschafahrer erinnerte.

»Ich habe es versucht«, sagte ich; ich schaute hinaus in die mondhelle Saigoner Nacht und auf die sich aneinander reibenden Farnwedel und lauschte einem Plattenspieler, der irgendwo auf der Basis den schwärmerischen Popsong »Town Without Pity« spielte. All die amerikanischen Journalisten und Autoren, die sich bei diesem letzten Dinner zusammendrängten und alles aßen, was ihnen aufgetischt wurde, die blutigen Steaks, die gefüllten Kartoffeln, während manche von ihnen schon Erlebtes in Sätze verwandelten und Sätze in Absätze.

»Joan und ich sind ein Team«, sagte Joe zu anderen Leuten an unserem Tisch. »Sie ist meine Augen und Ohren. Ohne sie wäre ich nichts.«

»Sie sind ein glücklicher Mann«, sagte Raymond, der kinnlose Ehemann der glamourösen Journalistin Lee.

»Ich habe ihn in einer verlassenen Seitenstraße gefunden«, erklärte ich keck. »Er war ganz krumm und verbogen. Ziemlich hinüber.« Joe gefiel es, wenn ich so redete.

»Ja, sie hat mich aufgehoben und abgestaubt«, warf er ein, »und mich zu dem gemacht, was ich heute bin.«

»Ich habe Lee zu gar nichts gemacht«, sagte Raymond. »Sie kam schon fix und fertig auf die Welt, sie hatte sogar einen Bleistift hinter ihrem kleinen Öhrchen klemmen.«

Stimmte das? Konnte eine schreibende Frau einfach erscheinen, ohne sich Gedanken über ihre gesellschaftliche Stellung zu machen oder darüber, ob man sie auslachen oder ignorieren würde? Diese Frau konnte es. Ich sah Lee dabei zu, wie sie ihren Martini trank; das Glas war so groß, dass sie aussah wie eine Katze, die Milch aus einer Schüssel schlabbert. Sie hatte mir während des gesamten Aufenthalts nicht eine einzige persönliche Frage gestellt oder überhaupt mit mir gesprochen. Sie war eine der Frauen, die kein besonderes Interesse an anderen Frauen haben, die ihr Licht nur auf Männer richtet. Sie mochte mich nicht, also beschloss ich, sie meinerseits ebenfalls aufs Heftigste nicht zu mögen.

Auf dem Hotelzimmer unter einem sich langsam drehenden Ventilator in der umgewälzten Hitze liegend, träumte ich später von der Mutter und dem Baby in der Hütte in Cam Chau, fragte mich im Schlaf, wie es ihnen erging, wo sie waren, wohin sie gehen würden. Ich sah den Kopf des Babys wachsen und sich mit Haaren bedecken; ich sah die Knochen zusammenwachsen, wo der Kopf noch weich und unfertig war. Dann sah ich die Mutter und das Baby sich zwischen den Bäumen verstecken, sah ihre Hütte niederbrennen. Und in der frei fließenden Traumrealität wurde die Mutter plötzlich zu Lee, der Journalistin. Sie trank milchfreie Kaffeesahne, die sich unerklärlicherweise in Napalm verwandelte – das man hier verharmlosend »Brenngelee« nannte –, als sie den Kopf zum Schlucken zurückwarf.

Joe und ich besuchten im Laufe der Jahrzehnte gemeinsam viele weitere Städte: Rom, weil er den Prix de Rome gewonnen hatte und wir mit den Kindern ein Jahr lang kostenlos in einem Palazzo wohnen durften; London, weil die Engländer ihn liebten und in ihren Talkshows haben wollten; Paris, weil sein dortiger Verlag die Spendierhosen anhatte; Jerusalem, weil es dort eine große Buchmesse gab; Tokio, obwohl Joes Romane die Leser dort verwundert zurückließen, die Übersetzungen ungelenk waren (aus *Überstunden* wurde, frei übersetzt: *Wenn ein Mann nicht nach Hause kann, sondern noch im Büro bleiben muss, nachdem die anderen bereits gegangen sind*) und Joe selbst als Exot betrachtet wurde. Wir flogen überall zusammen hin, sammelten Flugmeilen, lange bevor es Bonusmeilen gab. Wir waren Weltenbummler, wir waren international; wo immer Joe Castlemans Romane in Übersetzung erschienen, da reisten wir hin, ließen die

Kinder bei diesen oder jenen Freunden, wenn wir sie nicht mitnehmen konnten. Ich fühlte mich nicht wohl dabei, sie zurückzulassen, und vermisste sie schrecklich. Wir riefen von überall zu Hause an, und dann drangen die Klänge der Anarchie durch den Hörer, und ich wollte auf der Stelle zurück. Susannah beklagte sich, Alice flehte uns weinend an, sofort nach Hause zu kommen, und David sagte, er habe in einem Buch gelesen, dass die Welt in fünf Jahren untergehe, und wollte wissen, ob das stimme. Jemand ließ den Hörer fallen, und eine Zeit lang war nur Geschrei zu hören.

»Sie kommen schon zurecht«, erinnerte Joe mich, und natürlich hatte er recht. Wenn wir zurückkehrten, waren sie dieselben wie vorher, wenn auch vielleicht ein bisschen melancholischer. »So begreifen sie, dass ihre Eltern ein *Leben* haben«, sagte er. »So viele Kinder haben Eltern, die nie irgendwohin fahren, nie irgendwas unternehmen. Zumindest wissen sie, dass ihre Eltern am Leben teilnehmen. Ich finde, das ist eine Menge wert.« Jahr für Jahr reisten wir; er las, er nahm Preise entgegen, er trat auf, Stadt für Stadt für Stadt.

Und dann kamen wir endlich in Helsinki an. Abends hat die leuchtende, ruhige Stadt manchmal etwas von einer Studentenverbindung: junge Männer, die sich amüsieren wollen, trinken zu viel und stoßen auf dem Bürgersteig mit Passanten zusammen. Paare sitzen in Cafés, essen grandiose karelische Gebäckkreationen und trinken, und hin und wieder rutschen sie von den Stühlen auf den Boden, woraufhin sie von unbeeindruckten Kellnern unter den Armen gepackt und wieder hingesetzt werden.

Es war also keine große Überraschung, dass Joe Castleman sich, als er nach Finnland kam, bald in einem See aus Alkohol treibend vorfand. Keiner der Reporter, die ins Hotel kamen, um ihn zu interviewen, lehnte ab, wenn Joe ihm aus Höflichkeit einen Drink aus der reichhaltig bestückten Bar in der Suite anbot, und natürlich musste Joe mittrinken. Als er bei einem Fernsehsender eingeladen war, um in einem Morgenmagazin aufzutreten, gab es im Aufenthaltsraum eine ganze Reihe unterschiedlich aromatisierter Wodkasorten. Am zweiten Tag, als wir uns gerade vom Jetlag erholt hatten, zwang ihn sein komplett gefüllter Terminplan, Helsinki und das Umland zu durchqueren, zum einen, damit er sich den Finnen präsentieren konnte, und zum anderen, damit sie sich ihm präsentieren konnten. In einer kleinen Universität in Jarvenpaa, wo er vor fünfhundert erstaunlich belesenen Studenten auftrat (»Sagen Sie, Mr Castleman, wie würden Sie die Sujets von Günter Grass und Gabriel García Márquez vergleichen?«), wurde Wein gereicht. Und die Mittagsrunde in einem riesigen sonnendurchfluteten Raum der hypermodernen Stadtbibliothek von Helsinki mit ihrem Möbiusband und den innovativ gesetzten Lichtpunkten war von einem steten Wodkastrom begleitet.

Nach dem Mittagessen wurden Joe und ich durch das Archiv mit den seltenen Büchern geführt, und die gesamte Gruppe war ziemlich angeheitert, als wir zwischen den Stapeln hindurchgingen, angeführt von einer winzigen Elfe von einer Frau, die sich plötzlich zu uns umwandte und aus dem *Kalevala* rezitierte, Finnlands berühmtem, aus dem neunzehnten Jahrhundert stammenden Nationalepos, das den Finnen zufolge Henry Wadsworth Longfellow als Vorlage für sein Langgedicht *Das Lied von Hiawatha* gedient hatte. Finnland hat wie alle kleinen Länder seine Geschichten, seine Anekdoten, seinen Stolz, und es trägt sie offen zur Schau. Es grassiert die Befürchtung, dass ohne den Bezug zu Longfellow, ohne den frischen Fisch, ohne Sibelius und Saarinen Finnland für immer von Skandinavien abbrechen und ins Meer der vergessenen Dinge fallen könnte. Das schöne Finnland könnte *verloren* sein. So wie Atlantis. So wie ich es ohne Joe wäre, oder zumindest hatte ich das immer geglaubt. Er fasste mich jetzt beim Arm, aber ich zuckte leicht zurück.

»Ist alles in Ordnung?«, fragte er.

»Ich weiß es nicht«, sagte ich. Er sah mich einen Augenblick lang an, fragte aber nicht weiter.

Erst als wir nach dem Abendessen durch die Lobby des Intercontinental gingen, wohin uns unser kühler Fahrer mit dem kantigen Schädel gebracht hatte, sagte Joe zu mir: »Ich weiß nicht, was dir auf dieser Reise die Laune verdorben hat, aber kann es vielleicht warten, bis wir wieder in New York sind?«

»Ich glaube nicht«, sagte ich.

»Ach nein? Ich dachte, du hättest dich darauf gefreut, herzukommen.«

»Habe ich auch.«

»Und?«

»Na, was glaubst du?«, sagte ich. »Es ist einfach alles ein bisschen viel. Und eigentlich, Joe, sollte dich das nicht überraschen. Aber es ist nicht nur das. Es ist alles.«

»Oh. Wunderbar. Freut mich, das zu hören, Joan. *Alles.* Dann weiß ich ja jetzt, dass ich ohnehin nichts daran ändern kann. Ich müsste es ja mit der ganzen Welt aufnehmen. Während wir hier in Finnland sind, müsste ich mich durch unsere ganze gemeinsame Geschichte graben und alles zusammensuchen, was dich jemals gestört hat. All die Knackpunkte der Ehe Castleman.«

»So in der Art«, sagte ich.

Und dann rief eine Stimme: *»Joe.«*

Wir drehten uns beide um. Auf einem Sofa in der Lobby saß Nathaniel Bone, der Literaturkritiker, der seit langer Zeit in unregelmäßigen Abständen immer wieder in unser Leben trat. Er war um die vierzig und noch immer dünn wie ein Teenager, mit einem langen braunen Haarschopf und rosa gerahmten Brillengläsern, die ihn wie einen weiblichen Hamster aussehen ließen. Auch wenn ich nicht gewusst hatte, dass er nach Helsinki kommen würde, hätte es mich nicht überraschen sollen, denn im Laufe der Jahre war er an den unterschiedlichsten Orten aufgetaucht. Ich hatte Nathaniel Bone immer misstraut, schon seit unserer ersten Begegnung in unserem Haus in Weathermill vor etwa zehn Jahren.

Er war an jenem Tag aus der Stadt zu uns herausgefahren in der Hoffnung, dass er sich bei Joe einschmeicheln könnte und ihm die Ehre zuteil würde, Joe Castlemans offizieller Biograf zu sein. Natürlich hätten sowohl ein offizieller als auch ein inoffizieller Biograf das Recht, stundenlang mit ihrem Gegenstand zusammenzusitzen – vorausgesetzt, der Gegenstand war noch am Leben und erklärte sich dazu bereit – oder, falls der Gegenstand nicht mehr am Leben war, stundenlang auf einem Speicher zu hocken und die Schubladen eines alten, verzogenen Schreibsekretärs aufzuhebeln, um sich durch uralte Briefe und Tagebücher zu wühlen. Doch ein offizieller Biograf ist im Schweinehimmel. Er ist glücklich, er freut sich diebisch, er wälzt sich gemächlich herum, denn anders als sein nichtautorisierter Kollege kann er der Welt seine Schlussfolgerungen präsentieren, statt verschämte Andeutungen zu machen, mit dem Zaunpfahl zu winken, mit seinen Funden zu kokettieren, um dann keine Beweise folgen zu lassen.

Nathaniel Bone, der Joe schon als College-Student Briefe geschrieben hatte, war sich sicher gewesen, dass er Joe ohne Schwierigkeiten um den Finger wickeln würde, wenn er ihm erst einmal von Angesicht zu Angesicht begegnete, denn offenbar hatte er, ähnlich wie Joe, vom Moment seiner Geburt an jeden um den Finger gewickelt. Er stammte aus einer wohlhabenden Familie – seine Eltern waren beide Psychiater gewesen – und hatte in Yale das College besucht, wo er den Leiter des Fachbereichs Englisch um den Finger gewickelt und die Erlaubnis erhalten hatte, eine »experimentelle« Abschlussarbeit zu schreiben, die Historie, Biografie und Fiktion vereinte. Diese Abschlussarbeit hatte ihm nach seiner Zeit in Yale verschiedene Aufträge von Zeitschriften eingebracht. Bone verfasste literarische Porträts und

Buchrezensionen, schrieb Artikel über Phänomene der Hoch- und Populärkultur, in denen er Jacques Lacan und George Jetson in einem Absatz nannte.

Es half, dass er das Aussehen eines Rockstars aus der zweiten Riege hatte, auch wenn ich immer fand, dass er rückgratlos wie ein Seepferdchen wirkte; er betrat jeden Raum in geduckter Haltung. Er trug sein Haar lang und achtete penibel darauf, dass es stets frisch gewaschen war. Das Bemerkenswerte an ihm war, dass ihn, auch wenn es ihm tatsächlich gelang, mächtige Menschen zu becircen, niemand wirklich zu mögen schien. Für normale Leute hatte er keine Zeit, und sie hatten keine Zeit für ihn. Er schleimte sich unverhohlen bei jedem ein, von dem er etwas wollte. Ich merkte das gleich, als er an jenem Tag in unser Haus kam.

Aber da war noch etwas Bemerkenswertes an Nathaniel Bone, und das war die Tatsache, dass er der erste Mensch war, den ich traf, der begriffen hatte, wie wichtig es war, sich bei der Ehefrau einzuschmeicheln. Er schien tatsächlich zu begreifen, dass er verloren hätte, wenn ihn die Frau eines bedeutenden Mannes nicht mochte. Und so brachte Bone mir an jenem ersten Tag vor zehn Jahren, als er noch ein jüngerer Mann in seinen Dreißigern war und zu uns hinausgefahren kam, um Joe zu treffen und ganz formell über das Anliegen zu sprechen, sein offizieller Biograf zu werden, ein Geschenk mit.

»Oh, einen Augenblick, Mrs Castleman«, hatte Nathaniel Bone in der Küche zu mir gesagt. Ich hatte ihm gerade die Tür geöffnet, und wir warteten darauf, dass Joe nach unten kam; wie sich zeigen sollte, würden wir eine ganze Zeit lang warten. Seit er berühmt war, schien Joe die Leute gern warten zu lassen. »Das hätte ich fast vergessen.« (Ja, klar doch.) »Ich habe etwas für Sie.« Und Bone zog eine schöne handkolorierte Postkarte aus der Gesäßtasche, auf der einige junge Frauen zu sehen waren, die beim Sketchabend des Smith College im Jahr 1927 auf der Bühne standen. »Narreteien im Northrop House«, stand darunter.

»Northrop!«, sagte ich. »Da habe ich gewohnt.«

»Ich weiß«, sagte er lächelnd.

Hätte ich die Postkarte in irgendeiner Flohmarktkiste entdeckt, dann hätte ich sie mir wahrscheinlich selbst gekauft. Es war ein cleveres Geschenk, aber es führte dazu, dass ich ihn auf Anhieb nicht mochte, ihn als eine Art diffuse Bedrohung empfand und mich unwohl dabei fühlte, dass er in unserem Haus war, in seinen Jeans und Schlangenlederstiefeln in unserer Küche stand und nonchalant den Eistee trank, den ich ihm eingegossen hatte.

Joe war von jungen Männern umgeben, seit sein erstes Buch erschienen war; sie umschwirrten, umkreisten, umtänzelten ihn, doch unter ihrer Begeisterung lag Eifersucht, und sie hofften insgeheim, ihn von seinem Thron zu stoßen. Die meisten dieser jungen Männer schrieben an ihren eigenen Romanen: lange, geschwätzige, »ambitionierte« Bücher, schwer wie ein voll ausgetragenes Baby. Wie sich herausstellen sollte, bemühte sich auch Nathaniel Bone seit zwei Jahren erfolglos, einen Roman zu schreiben. Sein Buch, das hatte er selbst festgestellt, war zu wortreich. »Es stecken zu viele Ideen drin«, hatte ihm ein Freund gesagt, und das war die Art von Kritik, mit der Bone leben konnte. »Du solltest auf jeden Fall ein Buch schreiben«, fuhr der Freund fort, »aber vielleicht besser ein Sachbuch.« Da war es kein großer Schritt, der Nathaniel Bone zur Türschwelle von Joseph Castleman führte, dem er seit dem College Briefe geschrieben hatte. Den ersten dieser Briefe hatte Bone mit der Bitte um Weiterleitung an Joes Verlag adressiert, als er selbst im zweiten Jahr auf dem College gewesen war:

Sehr geehrter Mr Castleman,
gestern Abend saß ich mit einigen Kommilitonen im Aufenthaltsraum des Silliman College zusammen. Wir spielten Essences, das Spiel, in dem man eine prominente Persönlich-

keit mithilfe impressionistischer Hinweise wie »Welches Tier wäre diese Person?« erraten muss. Ich hatte Sie gewählt, Mr Castleman, und dazu folgende Hinweise gegeben:

Welches Tier wäre die Person? *Ein Panther.*
Welcher Edelstein? *Ein Opal.*
Welcher Beatle? *Natürlich John.*
Welches Musikinstrument? *Ein Fagott.*
Welche Speise? *Ein Buchweizenknisch.*
Welches Körperteil? *Das Hirn.*
Welcher Haushaltsgegenstand? *Ein elektrischer Dosenöffner.*

Ich weiß nicht, ob Sie diese Antworten sinnvoll finden, aber ich wollte sie Ihnen gern schicken, begleitet von meiner tiefsten Bewunderung für Ihre Literatur, die ich liebe, seit ich auf der Highschool Die Walnuss *gelesen habe.*

Mit herzlichen Grüßen
Nathaniel Bone

Postfach 2701
Yale Station

Leicht amüsiert über die Chuzpe dieses jungen Mannes, schrieb Joe zurück und dankte ihm dafür, »die unbestreitbare Wahrheit ausgesprochen zu haben, dass ich im tiefsten Grund meiner Seele nichts weiter bin als ein Buchweizenknisch«. Damit hätte die Sache eigentlich erledigt sein sollen, doch Nathaniel Bone schrieb noch einmal, allerdings nicht an den Verlag, sondern an die Absenderadresse auf Joes Briefumschlag. Er legte eine Hausarbeit bei, die er im Grundstudium über Joes Kurzgeschichte »Der Zigarettenbaum« geschrieben hatte, eine kritische Interpretation, die Joe intelligenter fand als die meisten Rezensionen seiner Werke, die er bis dato gelesen hatte.

»Schau dir das mal an«, hatte er zu mir gesagt, und ich hatte es auch gelesen und ihm zugestimmt, dass es klug war, doch dabei das Gefühl gehabt, der eigentliche Gegenstand der Arbeit sei nicht Joes Geschichte, sondern Nathaniel Bones Intelligenz.

Die Jahre vergingen, und Bone schrieb weiterhin von Zeit zu Zeit, unterbreitete Joe Komplimente und Gedanken zu einem bestimmten Roman, einer Geschichte oder einem Essay aus seiner Feder. Joe antwortete jeweils mit einem kurzen Dankesschreiben. Wahrscheinlich hätte mir schon damals bewusst sein sollen, dass Nathaniel Bone mit diesen Briefen für sich warb, dass er es auf einen besonderen Platz in Joes Welt abgesehen hatte, aber ich bemerkte es einfach nicht. Ich hielt ihn für einen gewöhnlichen Leser, einen Fan, einen entfernten, geckenhaften Bewunderer. Doch er erwies sich als erstaunlich beharrlich und extrem gewissenhaft, tat sich vor Joe mit seinem Wissen groß, posierte vor ihm, beeindruckte ihn (oder versuchte es zumindest), wie er selbst von Joe beeindruckt war.

Und all das führte schließlich dazu, dass dieser junge Mann ein knappes Jahrzehnt nach jenem ersten Brief aus New Haven mit seinen Schlangenlederstiefeln in unserer Küche stand. Er stand nervös neben dem Kühlschrank, spielte mit einem Magneten in Obstform, spielte mit seinen Haaren, versuchte, im Haus seines Lieblingsschriftstellers lässig und selbstbewusst zu wirken, versuchte, die Frau seines Lieblingsschriftstellers zu beeindrucken und sie dazu zu bringen, dass sie sich später am Abend, nachdem Bone gegangen war, zu ihrem Mann drehte und etwas sagte wie:

»Dieser Junge. Der, der heute da war?«

»Meinst du Bone?«, würde ein schläfriger Joe gähnend antworten.

»Ja.«

»Na ja, als ›Jungen‹ kann man ihn wohl nicht mehr bezeichnen.«

»Ja, mag sein. Er hat etwas sehr Einnehmendes und macht einen intelligenten Eindruck.«

Joe würde nicken. »O ja. Bone ist wirklich aufgeweckt. Wahrscheinlich sogar brillant.«

»Er hatte ein Geschenk für mich dabei, weißt du? Eine kleine Smith-Postkarte von 1927.«

»Sehr aufmerksam von ihm. Er ist jemand, der sich Gedanken macht. Er könnte sich ganz gut machen.«

Wir würden beide nicken, während wir uns in Gedanken Nathaniel Bone vorstellten und uns fragten, warum unser eigener Sohn nicht sein konnte wie er, uns gewissermaßen vorstellten, er *sei* unser Sohn. Der Sohn, den wir eigentlich hätten haben sollen anstelle des leistungsschwachen, wütenden, teils gewalttätigen, den wir in Wahrheit hatten. Und dann würden wir beide in einen seelenruhigen elterlichen Schlaf fallen und im Traum Joes zukünftigen Biografen als unseren Sohn aufziehen.

Doch das war reines Wunschdenken: Bones, nicht unseres. So sehr er seinen Ruhm auch liebte, missfiel Joe der Gedanke, Gegenstand einer ernsthaften Biografie zu sein. Das würde bedeuten, die Bilanz seines Lebens zu ziehen, und sich mit seinem unvermeidlichen Ende abzufinden. Er hatte schreckliche Angst vor dem Tod. Und ganz unmittelbar hatte er Angst vor dem *Schlaf*, des Todes Generalprobe.

Es waren schon andere Bücher über ihn erschienen: schmale, wenig bemerkenswerte Bändchen, herausgegeben von Universitätsverlagen, aber nichts wahrhaft Erkenntnisreiches, nichts Definitives, nichts mit Fleisch am Knochen. Bones Biografie wäre gewiss eine interessante Sache, sie würde sehr klug geschrieben sein und dem Verfasser ein beträchtliches Maß an Aufmerksamkeit sichern.

Joe lehnte ab.

Die beiden Männer waren an jenem Tag zuerst nach oben gegangen, hatten sich ins Arbeitszimmer gesetzt und Zigarren geraucht. Später hatten sie dann bei Schuyler Sno-Balls gekauft, und in einem Akt der Solidarität hatte auch Bone ein Päckchen gegessen – so als möge er sie auch, als täte das jeder erwachsene Mann. Sie saßen auf der Veranda vor dem Laden und aßen gemeinsam die schwammartigen, zuckersüßen Sno-Balls, und Bone erklärte, warum er der Richtige für die Aufgabe sei.

»Irgendjemand wird es sowieso tun, und da ist es doch besser, wenn ich dieser Jemand bin«, schien seine Argumentationslinie zu sein. Weniger begabte Autoren, so Bone, würden Castleman als eindimensionale Figur zeichnen: der schwermütige, vaterlose kleine Junge aus Brooklyn, der zum Literaten wird. Doch Bone, der Castlemans Werk über all die Jahre hinweg studiert hatte, würde es gelingen, in der Biografie einen Eindruck davon zu vermitteln, wer Joe wirklich war.

»Wie in diesem ersten Brief, den ich Ihnen vor langer Zeit geschrieben habe«, versuchte es Bone. »In dem ich Ihnen von dem Spiel erzählte, das wir gespielt hatten, erinnern Sie sich? Welche Baumart wären Sie und so weiter? Ich würde in dem Buch Ihre *Essenz* einfangen. Und Ihre gesamte Leserschaft würde endlich begreifen, wer Sie wirklich sind.«

Ich glaube, es war dieser letzte Satz, der die Sache endgültig beendete. Kein Schriftsteller, den ich je kennengelernt habe, möchte auf eine solche Weise verstanden werden.

Joe biss von der pinken, chemischen Zuckermasse in seiner Hand ab; ich stellte mir vor, dass der Marshmallow zwischen seinen Zähnen ein fast unhörbares schmatzendes Geräusch von sich gab. Er schluckte und sagte dann: »Ich denke eher nicht.«

Eine Pause. *»Sie denken eher nicht?«* Bone war schockiert darüber, abgewiesen zu werden; er wusste nicht, was er mit der Information anfangen sollte. »Es gibt da diesen alten Witz«, versuchte er es. »Descartes kommt in eine Kneipe. Der Barkeeper sagt: ›Möchten Sie etwas trinken, Sir?‹ Descartes antwortet: ›Ich denke nicht.‹ Und dann verschwindet er.«

Joe nickte, versuchte zu lächeln. Er würde nicht verschwinden, er würde weiterexistieren, auch wenn Nathaniel Bone nicht über ihn schrieb. Doch Bone hatte den Mann *studiert,* er hatte ihm akribische Briefe geschrieben, hatte kleine Essays über seine Werke verfasst – und wozu? Um auf einer Veranda vor einem düsteren, vollgestellten Gemischtwarenladen im New Yorker Umland zu sitzen, pinkfarbenen Marshmallow-Kokos-Dreck zu essen und sich eine Absage einzufangen?

Er redete Joe gut zu, er bettelte. Er schmeichelte ihm, er sprach ein paar hilflose Drohungen aus. Bone schien kurz davor zu sein, in Tränen auszubrechen, völlig konsterniert darüber, dass Joe ihn zurückwies, was bis dahin nur wenige Menschen getan hatten.

Doch Joe blieb bei seinem Nein; freundlich wiederholte er seine Antwort, so oft es nötig war, bis Nathaniel Bone schließlich einsehen musste, dass Joe seine Meinung nicht ändern würde. Erschüttert richtete Bone sich auf, klopfte Kokosflocken von seinem Hemd und sagte zu Joe: »Wissen Sie, die Sache ist die: Ich bin mir fast sicher, dass ich das Buch trotzdem schreiben werde.«

Joe nickte. »Sie werden tun, was Sie tun müssen«, sagte er. »So wie wir alle.«

Dass Joe so gelassen blieb, dürfte Bone nur noch mehr aufgebracht haben; warum gelang es ihm nicht, Castleman aus der Reserve zu locken? Was musste er tun, um auf dem Radarschirm des großen Autors aufzutauchen? Bone wusste noch nicht, dass die Männer, denen die Welt gehört, das nicht erreicht haben, indem sie großherzig waren und sich übermäßig für andere Menschen interessiert haben. Sie haben es dadurch erreicht, dass sie auf ihrem Weg an sich selbst gedacht haben. Sie haben das Feuer ihres eigenen Ansehens geschürt, und manchmal sind andere

Leute des Weges gekommen und haben gefragt: *Was machen Sie denn da?*

Ach, ich schüre nur das Feuer meines Ansehens.

Kann ich Ihnen dabei helfen?

Selbstverständlich. Holen Sie doch mal ein bisschen Holz.

Bone war außer sich, aber er ließ es sich nicht anmerken. Tatsächlich unterschrieb er einige Monate später bei einem großen Verlagshaus einen Vertrag über eine große unautorisierte Biografie über Joe, und von diesem Moment an herrschte eine beklemmende Stimmung zwischen den beiden Männern, ein Argwohn, der sich nie legte. Eigentlich eher pure Abneigung. Bone war so allgegenwärtig wie der Mond, erschien über die Jahre hinweg immer wieder bei Lesungen und Podiumsdiskussionen, ja selbst beim Hay-on-Wye-Literaturfestival in Wales, wo Joe eine Veranstaltung hatte, kreuzte er auf. Da saß er, in einer der vorderen Reihen, mit seinen langen Haaren und seiner auffallenden Brille.

Und jetzt, zehn Jahre nachdem Nathaniel Bone unsicher in unserer Küche gestanden hatte, war er wieder da, lümmelte auf einem Sofa in der Lobby des Intercontinental-Hotels und wartete wieder einmal auf Joe. Wir standen einen Augenblick lang nur überrumpelt da und sahen ihn an.

»O Gott«, flüsterte ich Joe zu, der seufzte. Nach unserer Auseinandersetzung wurden wir unvermittelt durch einen kurzen Moment der Solidarität geeint.

»Da ist er wieder«, sagte Joe. »Na ja, es wäre auch merkwürdig gewesen, wenn er das hier ausgelassen hätte, oder?«

»Ja«, sagte ich. »Geh zu ihm rüber. Das musst du.«

»Hallo, Nathaniel«, sagte Joe und ging mit geheuchelter Freude auf ihn zu. Die Männer schüttelten einander die Hände, und dann küsste Nathaniel mich auf die Wange, und wir traten alle einen Schritt zurück für einen »Na gut«-Moment; daraufhin nickte Joe lediglich, murmelte leise etwas vor sich hin, sagte: »Schön, Sie zu sehen«, und wandte sich ab.

Das ist das Privileg der Prominenten. Joe ging davon, ohne sich Gedanken darüber zu machen, ob er Bone gegenüber unhöflich gewesen war. Er war mit den Gedanken längst anderswo: bei dem Preis, den er am kommenden Abend im Opernhaus empfangen würde, dem Festessen, das darauf folgen würde, und dem Aufmerksamkeitsschauer, von dem wir alle unser ganzes Leben lang träumen, auch wenn er den wenigsten von uns zuteil wird und uns bereits ein leichter Schwindel überkommt, wenn wir nur unser grobkörniges Ebenbild auf dem Überwachungsmonitor in der Drogerie sehen. *Das bin ich da oben*, denken wir mit einem traurigen Anflug von Stolz.

Ich warf Bone ein kurzes Lächeln zu und begann, Joe nach oben zu folgen, doch dann fiel mir ein, dass er Irwin Clay und die Verlagsleute zu Drinks und Häppchen in unsere Suite eingeladen hatte. Ich hatte keine große Lust, dort herumzustehen, oberflächliche Dinge über Joe, den Preis und die verschiedenen Veranstaltungen der kommenden Woche zu bereden, und so drehte ich mich stattdessen um und ging aus dem Hotel. Mit einem Stadtplan bewaffnet, spazierte ich die Mannerheim entlang, wo die Geschäfte die übliche Mischung aus feinen Stoffen und Nokia-Handys, so klein und flach wie Hustenpastillen, verkauften. Es war spät am Nachmittag, und der Himmel hatte sich in Vorbereitung auf den sonnenlosen Winter bereits verdunkelt. Während ich so vor mich hin lief, merkte ich, dass jemand neben mir herging. Es war wieder Nathaniel Bone; offenbar war er mir vom Hotel aus gefolgt.

»Joan«, sagte er, erkennbar verzweifelt. »Hallo! Kann ich Ihnen vielleicht etwas zu trinken spendieren? Wir sind in Finnland«, fügte er hinzu. »Sagen Sie nicht Nein.«

Als hätte die Tatsache, dass wir beide in dieses merkwürdige nördliche Land gereist waren, meine Entscheidung beeinflussen können. Seltsamerweise glaube ich, dass sie das tat. Ich stellte mir vor, wie er später am Abend betrunken und blinzelnd durch die

Straßen von Helsinki wanderte oder in einer Bar saß, ohne jemanden, mit dem er sich hätte unterhalten können. Die finnische Sprache blieb Nichteingeweihten verschlossen; sie bestand aus einer komplexen Ansammlung akustischer Hieroglyphen, die auf der ersten Silbe betont wurden, und einem tiefen, muhenden Klang, der die meisten Gespräche beherrschte. *Ich bin hier am Ende der Welt, und du bist hier am Ende der Welt,* schienen die Leute zu sagen. *Also lass uns was trinken.*

Und weil kein anderer mit Nathaniel Bone trinken ginge, sagte ich ihm, dass ich es täte.

Fünf

Gut, das war nicht der eigentliche Grund, warum ich mit ihm etwas trinken ging. Ich tat es, weil es mir ein ganz persönliches Vergnügen bereitete, mich mit jemandem an einen Tisch zu setzen, von dem Joe nicht gewollt hätte, dass ich mich mit ihm an einen Tisch setzte. Auch wenn ich nichts Substanzielles, nichts Kontroverses von mir gab, bereitete es mir dennoch Vergnügen. Wir saßen in einem der bekanntesten Restaurants der Stadt, das »Golden Onion« hieß; über unseren Köpfen gab ein angeschrägtes Fenster den Blick auf die Uspenski-Kathedrale frei.

»Der Zwiebelturm«, sagte Bone und deutete darauf, aber ich wurde allmählich alles Finnischen überdrüssig: der Türme, der flachen architektonischen Triumphe von Saarinen und Aalto, der geräucherten Fische und Strünke harter kleiner Moltebeeren, der longfellowschen *Kalevala*-Kadenzen. Wir tranken gemeinsam Wodka Tonic und redeten steif über die Reise, die verschiedenen Sehenswürdigkeiten, die wir jeweils besucht, und die Menschen, die wir getroffen hatten, und darüber, wie sehr sich die Finnen von jeder anderen skandinavischen Bevölkerungsgruppe zu unterscheiden schienen.

»Ich denke, sie haben so eine Art Minderwertigkeitskomplex, weil sie so lange im Schatten der Sowjetunion gelebt haben«, sagte Bone. »Darum haben sie den Helsinki-Preis überhaupt erst ins Leben gerufen. Um ihr Land ein bisschen anzuschieben, ihm einen kleinen Schuss Selbstwertgefühl zu geben. Und ich denke, es hat sogar ganz gut funktioniert. Jahr für Jahr sind hier alle ganz aus dem Häuschen, wenn der Preisträger in die Stadt kommt und Finnland ein paar Tage lang in den Fokus des internationalen Interesses rückt. Und alle sind ganz glücklich, dass Joe derjenige, welcher, ist. Mich selbst eingeschlossen, muss ich zugeben. Sie glauben vielleicht, ich wäre wahnsinnig neidisch und missgünstig, aber das stimmt nicht, wirklich nicht. Ich laste ihm nichts an. Er ist ein großartiger Schriftsteller. Er hat es verdient.«

»O ja«, sagte ich. »Das hat er.«

»Ich wünschte, ich könnte Sie zitieren, Joan«, sagte Bone wehmütig. »Damit wäre mein Tag gerettet.«

»Nun, das können Sie nicht.«

»Ich weiß, ich weiß«, sagte er, »und selbst wenn ich es könnte, wäre Ihr Tonfall nicht zu hören. Die Art und Weise, wie Sie sagen: ›Das hat er.‹ Wie es aus Ihrem Mund klingt.«

»Wie klingt es denn?«

»Sie wissen schon. Eifersüchtig«, sagte er und warf sich eine Nuss in den Mund.

Nathaniel Bone und ich saßen inmitten des Gemurmels und der sich gelblich färbenden Düsternis des Golden Onion, unsere Getränke und Teller mit einer Art feuchtem, schwerem gerollten Pfannkuchen vor uns. Er wirkte fremder und biegsamer, geschmeidiger auf mich als bei unserer letzten Begegnung. Er war jetzt in seinen mittleren Jahren; er würde bald das Buch beenden, an dem er seit zehn Jahren mit Unterbrechungen gearbeitet hatte, während Joe in demselben Zeitraum vier Romane veröffentlicht hatte.

Ich empfand Mitgefühl für Nathaniel Bone, während wir im Golden Onion saßen und tranken. Er war Joe lange Zeit hinterhergejagt, und zu viele Jahre waren vergangen, und hier waren wir drei, viel älter, leicht abgerissen, nicht annähernd so attraktiv, wie wir einmal gewesen waren. Wer würde Nathaniel Bones Buch lesen, wenn es endlich herauskam? Vielleicht würden es nur sehr wenige tun, auch wenn sein Vorschuss vor zehn Jahren wirklich hoch gewesen war, die Art Summe, über die in den Medienspalten berichtet wird, um anzuzeigen, dass jemand in der

Verlagswelt, in der man hauptsächlich Geld verlor, den Jackpot geknackt hatte. Weil Bone zum Schreiben von Joes Biografie viel länger gebraucht hatte als geplant, hatte sich in der Zwischenzeit der Wind im Verlagswesen gedreht.

Heute war Joe ein Überbleibsel einer anderen Ära, noch bedeutend zwar, aber mit großen Schritten auf dem Weg zur Tür hinaus. Die Verkaufszahlen seiner letzten beiden Romane waren ausgesprochen enttäuschend gewesen. Die großen Schriftsteller von heute waren anders. Neben den üblichen nachdrängenden angeberischen jungen Männern gab es dort draußen auch noch viele Frauen. Es war nicht mehr wie 1956, als ich seinen Schreibkurs besucht hatte.

Die bedeutendste Frau von allen hieß Valerian Qaanaaq. Sie gehörte den auf Labrador lebenden Inuit an und schrieb Romane. Sie war jung und schön, hatte schwarzes Haar, grüne Augen und spitze weiße Zähne. Sie gab an, in einem aus Sode und Schnee gebauten Iglu aufgewachsen zu sein, doch es meldeten sich bereits Gegenstimmen. Sie bezeichneten sie bitter murmelnd als Hochstaplerin, die nur aufgrund ihres Aussehens und ihrer ungewöhnlichen Abstammung so weit gekommen sei, und behaupteten, sie habe nur für ein paar Monate in dem Iglu gelebt und ansonsten in einer Wohnung mit einer Satellitenschüssel auf dem Dach. Nachdem Qaanaaq von zu Hause fortgegangen war, hatte sie das St. Hilda's College in Oxford besucht und mit dreiundzwanzig ihren ersten Roman veröffentlicht. Er hieß *Walhaut* und handelte von einer Walfängerin und dem jungen Parlamentsabgeordneten, der eine Obsession für sie entwickelt. Ein Roman, so dick wie die Bibel, angefüllt mit schalkhaften, elaborierten und derben Szenen, die seine Leserschaft von Labrador bis zur Downing Street Nr. 10 führten. Es war ein ethnienüberschreitendes, riskantes, aufreizendes Buch, das in den USA und Europa außerordentlich populär wurde. Als ich jung gewesen war, hatte es Valerian Qaanaaq nicht gegeben, aber jetzt wurde ihr Roman geliebt. Über 1,5 Millionen Exemplare waren allein im Hardcover verkauft worden. Auf die Rückseite des Buches war ein Glossar von Begriffen der Inuit-Inupiaq-Sprache gedruckt worden.

Sie war ein Phänomen der jüngeren Zeit, und es gab noch einige weitere wie sie: Frauen, die auf eine Weise schrieben und veröffentlichten, die ich als männlich betrachtete. Ich versuchte, ihre Werke zu ignorieren, da ihre schlichte Existenz mich unglücklich machte. Lieber blieb ich bei den Dinosauriern wie Joe, Lev und den anderen. Lieber fühlte ich mich traurig und hintergangen, als diese neue Spezies zu begrüßen, die ich nicht begriff und für die ich keine Zuneigung hegte.

Bone beugte sich über den kleinen Tisch, und sein Atem war ein warmer, vergorener Strom, als er zu mir sagte: »Wir könnten uns doch ein wenig unterhalten, wo wir schon beide hier in Helsinki sind. Sie könnten mir ein paar Dinge erzählen. Wir könnten uns noch einmal treffen, und Sie erzählen mir, was die Leute Ihrer Meinung nach wissen sollten.«

»Und was, glauben Sie, könnte das sein?«

»Ich möchte Ihnen nichts in den Mund legen«, sagte er. »Das wäre nicht richtig. Aber ich weiß, dass Sie etwas zu sagen haben, Joan. Die Leute reden schon seit Jahren darüber.«

»Was für Leute?«

»Eine alte Freundin meiner Eltern, zum Beispiel«, sagte Bone mild.

»Ah ja? Von wem sprechen Sie?«

»Von einer Frau, deren Bekanntschaft ich machte, als ich in Kalifornien aufwuchs«, begann er, und die Art und Weise, wie er mit den Fingern auf die Tischplatte trommelte und an der Vorderseite seines Hemdes zupfte, verriet mir, dass er sich nicht wohl in seiner Haut fühlte. »Sie und ihr Mann lebten ein paar Häuserblocks entfernt«, fuhr er fort. »Er war irgend so ein gescheiterter Künstler, so ein Typ, der Treibholz bunt anmalte. Sie war Psychiaterin, so wie meine Eltern, nur dass sie zu der Zeit deutlich abgehobener war und sich mit allen möglichen alternativen Therapiemethoden beschäftigte. Aber ich mochte sie. Sie war eine dieser Sechzigerjahre-Frauen mit langen, baumelnden Ohrringen, geblümten hawaiianischen Kleidern und jeder Menge durchgeknallter Theorien über alles Mögliche. Sie hatte auch eine Tochter. Älter als ich und sehr tiefsinnig und klug. Mein großer Bruder kannte sie. Sie schrieb Gedichte für die Literaturzeitschrift der Highschool.«

»Aha«, sagte ich. Die Geschichte verwirrte mich, ich wusste nicht, worauf er hinauswollte. »Erzählen Sie weiter.«

»Die Frau – die Psychiaterin – war schon einmal verheiratet gewesen«, sagte er. »Die Ehe hatte kein gutes Ende genommen; ihr erster Mann hatte sie und das gemeinsame Baby verlassen, aber sie hatte sich damit abgefunden, hatte ein neues Leben angefangen und Karriere gemacht. Ihr Exmann wurde berühmt«, sagte er leichthin. »Als Schriftsteller.«

»Ach du Scheiße«, sagte ich. »Bitte nicht.« Bone wandte rasch den Blick ab, wie um sich zu entschuldigen, so als wäre ihm sein schäbiger Auftrag hier selbst peinlich. Ich war ebenso peinlich berührt und fühlte mich ertappt. »Ist gut«, sagte ich schließlich und hob eine Hand. »Ich verstehe, Nathaniel. Ich weiß, was Sie hier machen. Das Erzeugen von Spannung. Das Auswalzen der Geschichte. Die große Überraschung am Ende. Also gut, ja, ich bin überrascht.«

»Tut mir leid«, sagte er. »Soll ich aufhören? Bin ich übers Ziel hinausgeschossen?«

Aber ich schüttelte den Kopf; natürlich wusste er, dass ich hören wollte, was aus diesen Menschen geworden war, aus Carol, der verlassenen, verrückten ersten Frau, und Fanny, dem Baby, das in den heißen, ausgedörrten Tiefen Kaliforniens verschwunden war.

»Carol war eine kluge und verletzte Frau, und sie hat meinen Eltern im Laufe der Jahre viele Dinge erzählt«, sagte Bone. »Sie hat ihnen alles über ihren ersten Mann erzählt und darüber, wie sie ihn zunächst gehasst und dann damit aufgehört habe. Hass sei nicht von Dauer, hat sie gesagt, es sei denn, man halte ihn bewusst aufrecht. Statt ihn zu hassen, war sie eher etwas *amüsiert* gewesen in Anbetracht seines Erfolgs, weil sie ihn nie für besonders talentiert gehalten hatte. Andererseits, fügte sie stets hinzu, was wisse *sie* schon darüber?«

Ich sah Bone an, während er sprach. Er war zugleich beschämt und aufgepeitscht; in seinem Verhalten lag nichts besonders Sadistisches. Er war nur erregt, so wie ein literarischer Detektiv, der auf dem Boden einer Schublade ein wichtiges Manuskript gefunden hat und es still betrachtet und streichelt.

Joe und ich hatten in den letzten Jahren nur selten einen Grund gehabt, über Carol oder Fanny zu sprechen. Sie waren allmählich verblasst wie Figuren in einem aus der Mode gekommenen Roman; gelegentlich fragte ich Joe nach einer von ihnen, meistens Fanny, die mittlerweile fünfundvierzig Jahre alt sein musste. (Dieses Baby, fünfundvierzig!) Joe schüttelte dann immer den Kopf und bat mich, das Thema nicht anzusprechen, weil es ihm Kummer bereitete. Wir wussten, wo sie waren, und auch grob, *was* sie waren, aber darüber hinaus nicht viel. Es schien so, als wären sie noch immer in Kalifornien ansässig, die Mutter Therapeutin, die Tochter Anwältin. Die Fakten waren bekannt, waren im Laufe von Jahrzehnten gesammelt worden, in den letzten Jahren auch mithilfe des Internets. An einem Treffen waren weder sie noch Joe interessiert. Lange Zeit hatte er, halb aus Neugier, halb aus Anstand, alle paar Jahre einmal den Versuch unternommen, Fanny zu treffen, aber wenn sie abgelehnt hatte, war er stets erleichtert gewesen.

Einmal hatte er die beiden besucht, während einer Lesereise Anfang der Siebziger, und war deprimiert aus Kalifornien zurückgekehrt, weil seine Tochter nicht wusste, wer er war, und es offenbar auch gar nicht wissen wollte. Sie hatte draußen im

Sandkasten gespielt, während er auf dem grünen hölzernen Rand kauerte und von ihr etwas über sie zu erfahren versuchte. Sie hatte einsilbig geantwortet und sich schließlich, wie es kleine Kinder manchmal tun, zu langweilen begonnen und vor sich hin gesungen.

Das Haus, in dem Carol und Fanny damals lebten, war klein, aber hübsch, die Zimmer wie das Innere einer Muschel gestrichen. Alles war von einem rosa Schimmer überzogen, sagte Joe, Carol eingeschlossen, und wenn er ihr in die Augen sah, wusste er nicht, wer sie war und wie es möglich war, dass sie verheiratet gewesen waren. Aus allen Zusammenhängen gelöst – aus einem kalten Umfeld gerissen und in ein warmes überführt –, wirkte sie wie eine völlig andere Person, und dieses Baby, für das sie sich zusammengetan hatten, erschien ihm entfernt und unerkennbar. Joe hätte Kummer empfunden, wenn er länger darüber nachgedacht hätte, aber er beschloss, es nicht zuzulassen. Er hatte das Muschelhaus verlassen und war zu uns nach Hause geeilt.

»Erzählen Sie mir von der Tochter«, sagte ich jetzt zu Bone. »Fanny. Sie ist Anwältin für Arbeitsrecht, so viel wissen wir.«

»Sie hat in Pepperdine Jura studiert«, sagte er. »Ist nicht verheiratet. Arbeitet hart. Humorlos, glaube ich.«

»Joe hat anfänglich versucht, mit Fanny in Kontakt zu bleiben, wissen Sie«, sagte ich, aber es klang nicht sehr überzeugend. »Er war sehr beschäftigt«, fuhr ich fort. »Und Carol wollte sein Geld nicht; es ging ihr nicht um den Unterhalt. Sie wollte einfach so wenig wie möglich mit ihm zu tun haben, und dann wurde er bekannt, die Zeit verging, und wir hatten unsere eigene Familie. Sie wollte, dass er aus ihrem Leben verschwand.«

Ich verstummte, beschwor im Geiste das uralte Bild von Fanny herauf, die als Baby neben mir auf Joes und Carols Bett in Northampton lag. *Ich bin gerade dabei, mich in deinen Daddy zu verlieben,* hatte ich zu diesem Baby gesagt. *Und ich würde wahnsinnig gern mit ihm ins Bett gehen.* Und dann hatte ich genau das getan, so als hätte es nicht das Geringste mit Fanny oder Carol zu tun, sondern nur mit Joe und mir, als trieben wir auf einer winzigen Insel dahin, unserem ganz persönlichen Bali Ha'i.

Wir waren schreckliche Menschen. *Ich* war ein schrecklicher Mensch. Ich war vorgeprescht, hatte ihn von seiner Frau und seinem Baby abgelenkt, auch wenn es mir damals nicht bewusst gewesen war; ich hatte nur gehört, wie Joe sich bitter beklagte, dass seine Frau ihm ihre Liebe vorenthalte, sich ihm entziehe. Er brauchte sexuelle Entspannung, er brauchte unablässige Liebe, er brauchte eine Frau, aber Carol war nicht diese Frau. Ich war es. Die Ehefrau und das Kind zogen sich zurück, wie Komparsen in einem Theaterstück, deren Szene zu Ende war. *Abgang Fanny und Carol nach links. Carol hebt die kleine Hand des Babys und bewegt sie in einer Abschiedsgeste von links nach rechts.*

»Hören Sie«, sagte ich zu Bone. »Ich weiß, dass es keine schöne Geschichte ist. Sie lässt mich nicht gut dastehen und Joe genauso wenig. Aber so ist es nun mal gewesen. Ich sah damals nur, dass Carol ihn nicht glücklich machte. Außerdem wirkte sie ziemlich verrückt.«

»Ja. Sie hatte nicht alle Nüsse in der Schale«, sagte er lächelnd. »Nicht alle *Walnüsse,* um genau zu sein. Ich habe die ganze Geschichte aus ihrer Perspektive gehört. Sie hatte nicht die Absicht, Sie zu verletzen, als sie die Walnuss warf. Sie wollte Sie nur ein wenig wachrütteln. Es war nämlich nicht das erste Mal, wissen Sie?«

»Was meinen Sie?«

»Es hatte da offenbar schon einmal jemanden gegeben. In New York, kurz nachdem sie geheiratet hatten«, sagte Bone. »Eine Philosophiestudentin. Und offenbar hatte er auch ihr eine der Walnüsse gegeben. Als Carol ihn zur Rede stellte, gab er alles zu.«

»Oh«, sagte ich und stellte mir eine Wagenladung beschrifteter Walnüsse vor, die an verschiedene Frauen vor mir und nach mir verteilt wurden.

»Als sie von Ihnen erfuhr, war sie sein Verhalten schon ziemlich leid«, sagte Nathaniel.

Ich hatte immer gedacht, Carol wäre neben der Spur gewesen, aber vielleicht war sie einfach nur außer sich vor Wut gewesen. *Es tut mir leid,* wollte ich zu ihr sagen. *Es tut mir leid,* wollte ich zu Fanny sagen. *Es tut mir leid, dass ich euer Leben zerstört habe.*

»Carol war es immer wahnsinnig unangenehm, dass Joe tatsächlich darüber geschrieben hatte, wie sie die Walnuss auf Sie warf. Aber sie fand das Buch immerhin gut geschrieben. Das hat sie beeindruckt«, sagte Nathaniel.

Wir schwiegen einen Augenblick lang, dann sagte er: »Ich hoffe, ich bin nicht zu forsch, Joan. Ich habe mich nicht recht getraut, das Joe gegenüber anzusprechen. Aber nun, da wir hier so beisammensitzen … da dachte ich, ich könnte es wagen.«

»Ist schon in Ordnung«, sagte ich zu ihm; ich war hier diejenige, die Trost spendete.

»Wie Sie wissen, habe ich Joes frühe Werke gelesen«, sagte er plötzlich. »Speziell eine der Geschichten, die ich ausgegraben habe, ist mir im Gedächtnis geblieben: ›Sonntags keine Milch‹ aus diesem kleinen Literaturmagazin. Ich muss sagen, sie ist nicht besonders gut.«

»Ich weiß. Fürchterlich«, stimmte ich ihm zu, und wir mussten beide ein wenig lachen.

»Carol war immer erstaunt, dass er es so weit gebracht hat«, sagte Nathaniel. »Sie kam zu dem Schluss, dass Joe seine Stimme vielleicht erst hatte finden können, nachdem er mit ihr Schluss gemacht hatte. Oder«, setzte er hinzu, »nachdem er Sie kennengelernt hatte. Dass Sie vielleicht seine Muse wurden.«

»Das trifft wohl in gewisser Weise zu«, sagte ich.

»Die blonde Schickse, die den jüdischen Mann in ihren Bann zieht.«

»Genau das bin ich. Ich halte die Tradition aufrecht.«

Wir rührten in unseren Drinks herum und versuchten, ein bisschen zu lachen; schließlich hoben wir beiden den Blick zu dem Rechteck aus Licht über uns. Wir schlugen gemeinsam auf eine ganz neue, seltsame Weise die Zeit tot, so als würden wir uns endlich in der Gesellschaft des jeweils anderen wohlfühlen, obgleich wir es in Wahrheit gar nicht taten. Er schob mir eine silberne Schale mit Salzbrezeln herüber, und ich aß ein paar, und dann sagte er: »Sie sollten wirklich etwas zu meinem Buch beisteuern, wissen Sie? Sie hätten endlich die Gelegenheit, sich zu äußern; es wäre ein echter feministischer Moment für Sie.«

»Ach, kommen Sie, Nathaniel, mit Feminismus haben Sie doch gar nichts am Hut«, sagte ich.

»Aber Sie schon.«

Er war auf eine gewisse Weise verführerisch, selbst wenn es nur daran lag, dass er nicht Joe war. Ich wurde alt, Joe wurde auch alt, und Bone war relativ jung. Und lange nachdem Joe und ich aus der Welt verschwunden wären, würde Nathaniel Bone noch immer umherstreifen, würde einen weiteren Buchvertrag bekommen, würde im Y zum Thema »Wahrheit und die Aufgabe des Biografen« sprechen. Warum sollte ich ihm nicht alles geben? Er lechzte danach; er wusste, dass ich es ihm geben konnte. Er wollte, dass die Joe-Castleman-Story Sinn ergab, er wollte die zufriedenstellende Form und Geschlossenheit eines Romans.

»Ich werde Sie nicht hetzen, Joan«, sagte Bone. »Nehmen Sie sich ruhig Zeit; wir machen alles ganz so, wie Sie es sich wünschen. Ich kann alles aufzeichnen oder mir einfach nur Notizen machen. Wir sind ja beide noch einen Tag hier, richtig? Erst kommt die Zeremonie, dann das Bankett. Sie werden komplett eingespannt sein. Ich sitze irgendwo auf den billigen Plätzen und futtere Erdnüsse. *Walnüsse.* Wir könnten uns am Morgen darauf, sagen wir: um zehn Uhr, vor der Akademischen Buchhandlung treffen. Joe müsste gar nichts davon mitbekommen. Der Buchladen ist riesig; diese Finnen sind echte Bücherwürmer, oder? Was sollten sie auch sonst den ganzen Winter über machen, außer zu trinken, habe ich recht? Wir treffen uns, und Sie können sich genau überlegen, was Sie mir erzählen wollen. Wie hört sich das an?« Ich zuckte mit den Schultern; ein größeres Zugeständnis würde ich nicht machen. »Ich glaube, Sie wollen mit mir sprechen«, sagte er. »Eigentlich bin ich so eine Art Therapeut. Das wurde mir schon oft gesagt.«

»Ja, aber Sie sind ein *schlechter* Therapeut«, sagte ich. »Einer, der die Geheimnisse anderer Leute ausplaudert.«

»Stimmt«, sagte Nathaniel lächelnd. »Meine Eltern sind Psychiater – vielleicht bin ich dadurch geschädigt. Kinder von Seelenklempnern sind von Anfang an völlig daneben. Wir kriegen gar keine Chance.«

»Ach, Sie Armer«, sagte ich.

»Ich weiß, dass Sie sich nur über mich lustig machen, aber wenn Sie wüssten, wie mein Leben verlaufen ist, würde ich Ihnen *wirklich* leidtun«, sagte er. »Sie haben Ihre Ehe, Ihr Leben, Ihre Kinder und Enkel, ein Haus, viele Freunde. Ich habe nichts davon. Ich habe meine Arbeit. Das Projekt Joe Castleman. Das ist mein Leben. Das ist mein Haus. Mein Kind. Pech für mich.«

Dann ließ Bone abrupt die Rechnung kommen, versuchte herauszufinden, wie viele *markka* und *penniä* er dalassen musste, indem er jede einzelne Münze ins Licht des schrägen Fensters hielt und sie durch seine kleinen Brillengläser hindurch beäugte, um zu sehen, worum es sich handelte und wie viel sie wert war; bald würde der Euro diese Dinge bedeutungslos machen. Ich ließ ihn in dem Restaurant sitzen, stirnrunzelnd über einen Haufen leichtgewichtiger Münzen und flatternder Scheine gebeugt, und trat in die abendlich dunkle Stadt hinaus, die so groß wie Minnesota war, in der ich niemanden kannte und niemand mich kannte und die Menschen beim Gehen gedankenverloren gegeneinanderstießen wie Autoscooter-Fahrzeuge auf einer weiten polierten Fläche.

Joes Biografie aus Bones Feder wird mit oder ohne mein Zutun zunächst ein paar grundlegende Tatsachen enthalten, die vielen schon bekannt sind. Wir waren kurzzeitig Kiffer, peinliche Kiffer, weil wir dafür eigentlich längst zu alt waren, aber das hat uns nie von irgendetwas abgehalten. Ende der 1960er-Jahre waren wir in unseren Dreißigern. Versuchen Sie, sich uns vorzustellen, wenn Sie die Vorstellung ertragen: Da ist Joe, der eine gestreifte Schlaghose trägt und einen Schal mit Paisley-Muster um den Hals geschlungen hat; die schwarzen Haare fallen als langes, mädchenhaft wirkendes Bündel herab, die Augen sind vom Rauch getrübt. Er legte damals ständig den Kopf in den Nacken und ließ Augentropfen in diese Augen sickern, wenn er nicht gerade über etwas lachte, das überhaupt nicht komisch war. Und ich im Papierkleid oder Maxirock mit meiner Omabrille, einen Strauß Wildblumen in der Hand. Mein Haar war lang und in der Mitte gescheitelt. Ich glaube, ich hatte fünf verschiedene Schals, die ich während dieser Zeit des Marschierens, des Schreiens, des Träumens und der völligen Abwesenheit von Ironie im Wechsel trug.

Doch noch peinlicher als unser Aussehen war das, was wir taten. Unter dem fortwährenden Vorwand der »Recherche« erforschte Joe die Welt der »Swinger«, ein Begriff, der an sich schon peinlich ist. *Où sont les »swinger« d'antan?* Wenn sie noch leben, haben sie ein *Health*-Abonnement, babysitten ihre Enkel und nehmen Ginkgo-Präparate, um ihre Erinnerungen an Dinge wiederherzustellen, die sie wahrscheinlich besser vergessen sollten.

Die Recherche führte Schlaghosen-Joe in einen Club namens Den of Iniquity im Nordwesten von Manhattan, der über eine Garderobe verfügte, an der man seine gesamte Kleidung abgab, außerdem über ein gemischtgeschlechtliches Dampfbad und ein dunkles Zimmer, in dem sich Männer und Frauen auf plüschbezogene Möbel legten und voreinander die Bademäntel öffneten.

Ich begleitete ihn einmal dorthin, weil er mich darum gebeten hatte. Wir lebten zu der Zeit noch immer im Village, und eine Babysitterin passte zu Hause auf die Kinder auf; David schaute *Star Trek,* während die Mädchen ihren hilflosen Hamstern Puppenkleider anzogen, und wir fuhren mit dem Taxi stadtaufwärts, schon etwas bekifft von dem Joint, den wir hastig in unserem Badezimmer geraucht hatten, einem Raum, den die Kinder nie betraten. Nachdem Joe den unverschämt hohen Eintrittspreis des Den of Iniquity gezahlt hatte, gingen wir über einen violetten Teppich, als würden wir ein geschmackloses Vorstadthaus betreten. Manche der Stammkunden waren jung und schön, und sie fanden einander im Handumdrehen. Die Älteren, Unscheinbareren standen allein in ihren Bademänteln da, die Männer so, als seien sie für ein züchtiges Dampfbad hergekommen, die Frauen mit einem gewissen Ausdruck der Tapferkeit im Gesicht, die weichen Bäuche einziehend, die vor langer Zeit ein oder zwei Babys ausgespuckt hatten, mit dem Kopf kaum merklich zum Rhythmus der psychedelischen Hintergrundmusik nickend, die aus den überall um uns herum verteilten quadratischen Lautsprechern dröhnte.

Joe und ich befanden uns irgendwo zwischen diesen beiden Gruppen: zu alt, um schön zu sein, und zu jung, um abstoßend zu sein. Wir traten durch die sanft und geräuschlos schließende, mit Gummi gesäumte Tür, die den Raum wie das Innere eines Kühlschranks wirken ließ, und setzten uns in unseren Bademänteln nebeneinander auf ein Sofa, dessen Konsistenz, wie mir Jahre später bewusst wurde, mit der von Joes Hostess Sno-Balls identisch war. Wir waren high und lachten, aber im Grunde erinnerte das Ganze eher an ein Mammografie-Wartezimmer als an eine Lustgrotte.

Bald erschien ein junger Kerl mit einer großen Bong in der Hand, und wir versammelten uns alle um ihn. Wir ließen die Bong im Kreis herumgehen, und ich weiß noch, dass ich von der fremden Spucke, die ein Hauptbestandteil jeder gemeinsam genutzten Wasserpfeife ist, leicht angewidert war. Wenn mich schon die Spucke von Fremden anwiderte, dachte ich, würde mir sicher keine große Zukunft im Gruppensex vergönnt sein. Aber der Mann ließ rasch seinen Bademantel fallen und legte mir eine tastende Hand in den Nacken, und Joe sah zu, wie der Mann sich vorbeugte, um mich zu küssen, obwohl ich gut zehn Jahre älter war als er. Die Frau neben mir rückte vorsichtig näher, ihre Lippen berührten meinen Nacken; mit ihrem dunklen Haar und ihrem elfenhaften Aussehen hätte sie Audrey Hepburns Stunt-Double sein können.

Ich kann nicht behaupten, dass der Abend nicht aufregend war; er war es, auf die animalische Weise, auf die alles Feuchte, Hauchige, Rhythmische unweigerlich aufregend ist. Das Pärchen – die beiden hießen Don und Roz – widmete mir seine ganze Aufmerksamkeit, während Joe zusah. Der Mann hatte große Hände und die Frau einen extrem kleinen Mund, mit dem sie mich nach dem Adlersuchsystem küsste, so als würde sie zwischendurch immer wieder vergessen, was sie tat, um sich dann doch wieder daran zu erinnern.

»Oh, du bist so weich«, flüsterte sie wie ein Kind, das ein Geheimnis verrät, und auch wenn es an mir gewesen wäre, etwas zu erwidern, konnte ich es nicht. Joe betrachtete uns; ich sah, wie er sich gegen die mit Fell bespannte Wand lehnte und mit einem leichten Kopfnicken bekiffte Zustimmung signalisierte.

Ich fragte mich, wie mein Leben verlaufen wäre, wenn ich es mit einer anderen Frau geteilt hätte – ein Leben, frei von Männern und ihrem Gejaule und ihrem konstanten Bedürfnis nach Bestätigung, nach Streicheleinheiten, so als wären sie in Gedanken immer in einer Lasterhöhle, als warteten sie ständig in einem nur lose gegürteten Bademantel darauf, dass eine Frau ihn öffnete und sie glücklich machte. Männer und Frauen zogen vorbei; durch den Rauch hindurch nahm ich einen übel riechenden, erregten Atemhauch wahr, hinter dem sich jemand fragte, ob er heute Abend hier das Vergnügen finden, ob sein Bademantel von warmen, neuen Händen geöffnet werden würde.

Als Joe und ich uns auf den Heimweg machten, ging die Sonne bereits auf. Wenn ich im Laufe des Tages an das Geschehene zurückdachte, erfüllte mich ein Entsetzen, das mein kurzlebiges saloppes, bisexuelles Geschlechtsleben ebenso endgültig beendete wie die kurzlebige Fantasie, mich von dem Mann zu befreien, an den ich mich in einem frühen Anfall von mädchenhaftem Optimismus gebunden hatte.

Neben solchen Geschichten wird Bones Biografie bestimmt auch das enthalten, was sich am 20. Dezember 1973 in der lang gestreckten Wohnung der Bresners am Riverside Drive zwischen Joe und Lev Bresner ereignete. Bis zu diesem Abend war Joe nie gewalttätig gewesen – wirklich nie, nicht ein einziges Mal. Ich glaube, für Menschen, die sehr mit sich selbst beschäftigt sind, ist es schwierig, aus ihrer Betäubung zu erwachen, um anderen Schmerz zuzufügen. Bei den Auseinandersetzungen, die wir hatten – über seine Karriere, Geld, die Kinder, Grundbesitz, selbst über Frauen –, ging es oft hoch her, aber nie war Gewalt im Spiel.

»Ich hasse das!«, schrie Alice uns an, als sie noch klein war und Joe und ich einen heftigen Streit hatten. »Könnt ihr euch nicht mal benehmen?«

»Deinem Vater«, sagte ich behutsam, während ich kontrollierte kleine Atemzüge nahm, »fällt es schwer, sich zu benehmen. Das ist genau das Problem.«

Alice und Susannah weinten und flehten uns an, nicht zu streiten, und ein anderes Mal reichte Susannah Joe, während die Familie bei einem scheinbar friedlichen Abendessen zusammensaß, ein Stück Zeichenpapier, mit Mustern verziert wie eine Valentinskarte, auf das sie geschrieben hatte:

Wenn Mami und du aufhört zu schreien
Dann, Papi, kann ich dir profezeien
Das ich euch unendlich lieb haben werde.

Woraufhin Joe in Tränen ausbrach.

Dann stand er auf und kniete sich neben den Stuhl unserer älteren Tochter; er drückte sie an sich, warf ihr volles Milchglas um, und sie fing vor Verwirrung an zu weinen, was auch Alice ganz untypischerweise in Tränen ausbrechen ließ. »Ich liebe euch, ihr kleinen Küken«, sagte er. »Ich will euch niemals wehtun. Manchmal mache ich dumme Sachen. Sehr dumme, schlimme Sachen. Fragt eure Mutter. Es tut mir so leid.«

»Ich verzeihe dir«, sagte Alice nach einem Augenblick, und dann pflichtete Susannah ihr mit zitternder Stimme bei. David sagte nichts; er aß einfach weiter, als ob nichts gewesen wäre.

Ich saß da und dachte, wie leicht Joe davongekommen war, wie geschmeidig er war, wie bußfertig. Auf der anderen Seite des Tisches betrachtete David alles mit gleichbleibend kühlem, kritischem Blick, und ich muss sagen, ich bewunderte ihn dafür.

Nein, gewalttätig war Joe nicht. Zumindest nicht bis zum 20. Dezember 1973. Es war der Abend der Hanukkah-Party in der Wohnung der Bresners, einem jährlich stattfindenden Fest, bei dem es in allen Zimmern der Wohnung nach Bratöl roch und die winzige Tosha Bresner in ihrer beigen Küche stand, einen Pfannenwender in der einen Hand und eine riesige Bratpfanne mit Kartoffelpuffern in der anderen. Wie eine Ein-Personen-Fabrik schnitt sie Kartoffeln und Zwiebeln klein, drückte sie mit ihren roten, vor langer Zeit erfrorenen Händen lose zusammen und warf sie in das spritzende Öl, um sie schon nach wenigen Augenblicken wieder herauszuholen, wenn sie ein perfektes Äußeres und ein feuchtes, eierartiges Inneres hatten, das jeden, der sie aß, alles Schlechte in seinem Leben vergessen ließ. Die Frauen, die in diese Kartoffelpuffer bissen, vergaßen die Untreue ihrer

Ehemänner. Und die Männer vergaßen die Anspannung und Aufregung des literarischen Pferderennens, die sonst durch ihren Körper flossen und ihren Stoffwechsel durcheinanderbrachten.

»Kann ich dir helfen, Tosha?«, fragte ich sie an jenem Abend.

»Ach, Joan, du bist so gut«, sagte sie. »Hier. Kannst du die vielleicht rausbringen? Die Männer sind am *Verhungern*. Sie sind wie Tiere! Oh, ich hoffe nur, ich habe genug.« Sie kicherte wild und irgendwie unangemessen, während sie mir einen Teller in die Hand drückte.

Im Wohnzimmer standen Männer und Frauen um mehrere selbstgemachte, strategisch platzierte Menora herum, sahen den farbigen Kerzen beim Herunterbrennen zu, tranken Bier und Wein und unterhielten sich über das Kratzen und Stampfen eines Jefferson-Airplane-Albums hinweg. Bald würden wir uns für immer vom Rock 'n' Roll verabschieden, ihn unseren Kindern, seinen rechtmäßigen Eigentümern, vermachen, aber das wussten wir noch nicht. Bald würden wir nur noch die Musik ertragen, mit der wir aufgewachsen waren: Big Bands, Jazz und Klassik. Nichts anderes würde mehr in unsere alternden Schädel vordringen.

Worüber sprachen wir an jenem Abend? Es war die Zeit, in der es ständig nur um Nixon ging: nichts als Nixon, rund um die Uhr, das paranoide, fleischige Hundegesicht, die Nachwehen des Watergate-Einbruchs, die kunstvolle Gavotte des Weißen Hauses. Verschiedene Grüppchen teilten sich das Wohnzimmer, und aus jedem Grüppchen spritzten hin und wieder Namen hervor wie heißes Öl aus Tosha Bresners Pfanne: *Haldeman. Ehrlichman.* Zur allgemeinen Belustigung *Martha Mitchell,* mit ihrem nicht totzukriegenden Mundwerk. Wir verabscheuten diese Figuren und verfolgten ihre entsetzlichen Eskapaden dennoch mit einer gewissen Fieberhaftigkeit. Es war Hanukkah, Winterzeit, nur acht Monate bevor Nixon und seine arme knochige, zögerliche Pat den Rasen des Weißen Hauses hinter sich lassen würden.

Die Krawatten der Männer waren damals breit wie Straßen, und die Schriftsteller und College-Professoren trugen ihre Haare noch immer recht lang oder zumindest besonders voluminös, in einem Formschnitt, der später zwanglos als »Jüdischer Afro« bezeichnet wurde. (Nur fürs Protokoll: Es befanden sich keine Schwarzen im Raum. Während der Bürgerrechtsbewegung in den Sechzigern waren wir mit vielen von ihnen gut bekannt gewesen, und auch danach war der eine oder andere schwarze Schriftsteller in irgendjemandes Wohnzimmer aufgetaucht, aber sie waren einfach von unserer Welt davongetrieben, oder vielleicht waren die Taue auch bewusst gekappt worden.) Die Frauen trugen Kleider in Indigoblau und Bordeauxrot und Perlenketten aus Mittelamerika. Die meisten von ihnen arbeiteten jetzt, sie hatten sich Jobs und Studienabschlüsse geschnappt, als spielten sie eine große Runde Reise nach Jerusalem und müssten eine Stelle haben, bevor die Musik verstummte.

In diesen Raum trug ich einen neuen Teller mit Kartoffelpuffern hinein. »Essen!«, verkündete ich, und aus den verschiedenen Gruppen kamen Menschen herüber und aßen, griffen die Latkes mit den Händen, verbrannten sich fröhlich die Zungen. Als Tosha endlich hereinkam, wurde sie von Applaus begrüßt und reagierte schüchtern, verfärbte sich rot aufgrund dieses kurzen Moments, in dem die Aufmerksamkeit auf ihr lag und der doch nur ein Bruchteil dessen darstellte, was ihrem Mann an einem durchschnittlichen Tag an Aufmerksamkeit zuteil wurde. In meinen Augen sah sie fast schon *zu* glücklich aus, so glücklich, dass sie zu platzen drohte, und sie ließ die Hände an der Seite ihrer Schürze auf und ab gleiten und murmelte vor sich hin.

»Du bist ein Genie, Tosha«, sagte ein redseliger Mann namens Belstein, dessen Romane alle das Leben einer Figur mit Namen Felstein schilderten. Er gab ihr einen Kuss auf den Kopf, wo das Haar zu einem dunkel schimmernden Knoten zusammengebunden war. Jemand anderes drückte ihr einen Drink in die Hand, und sie blieb eine Weile und trank, was ungewöhnlich war für diese Frau, die sich gern in Ecken verdrückte, wo sie nicht gesehen werden konnte. Sie war wie einer der unzähligen Hamster, die in den Zimmern unserer Kinder gelebt hatten. Wenn man versuchte, diesen Tieren Aufmerksamkeit entgegenzubringen, sie zu berühren oder ihnen Zuneigung zu schenken, zogen sie sich in die Röhrentunnel zurück, die in ihre Käfige eingebaut waren. Häufig war die Küche Tosha Bresners Tunnel, aber heute Abend war sie der Hitze und den feuchten Oberflächen entstiegen, gerade rechtzeitig für etwas, das als die berühmte Auseinandersetzung zwischen den berühmten Ehemännern in die Geschichte eingehen würde.

Sie entstand, wie es solche Dinge oft zu tun scheinen, förmlich aus dem Nichts. Etwas lockeres Geplauder, eine Handvoll politischer Kommentare, ein paar leicht dahingesagte abfällige Bemerkungen über einen überschätzten Sachbuchautor. »Hast du letzte Woche das Foto in der Zeitung gesehen?«, fragte Joe. »Seine Nasenlöcher waren *riesig*. Ich wette, er bewahrt dort ganze Papierstapel auf.«

»Wen interessieren denn seine Nasenlöcher?«, sagte Lev. »Du machst dich über sein Aussehen lustig? Du findest seine Nase zu groß?«

»Na ja, er ist ein arroganter Arsch«, sagte Joe. »Die Nasenlöcher lassen ihn wie einen Snob aussehen. So als hätte er sie extra erweitern lassen, um einen auf aristokratisch zu machen. Seine Bücher sind so verlogen, Lev, das müsste selbst dir auffallen.«

»Was soll das heißen, *selbst mir*? Bin ich so unterbelichtet, dass ich die Wahrheit über einen Schriftsteller nicht sehen kann?«

»Ja, ich meine mich zu erinnern, dass du in Bezug auf diesen speziellen Schriftsteller einen blinden Fleck hattest«, erwiderte Joe. »Aus irgendeinem Grund verteidigst du ihn jedes Mal.«

»Er ist mein Geliebter«, sagte Lev trocken, den Handrücken an die Stirn gelegt, und der Kreis der Autoren und Lektoren lachte auf. Diese Männer hatten keine homosexuelle Ader, o nein, sie nicht. Keine Homosexualität, keine Hämophilie, nichts an ihnen war besonders exklusiv.

»Er ist nicht dein Geliebter«, versetzte Joe. »Er ist dein verdammter Talmud-Bruder.«

Stille senkte sich über den Raum. »*Was?*«, fragte Lev. Er taxierte Joe, schätzte ihn neu ein; das passierte hin und wieder zwischen Lev und anderen Autoren, ich hatte es schon mehrfach beobachtet, jedoch nie zwischen ihm und Joe.

»Nichts«, murmelte Joe.

»Doch, sag es nur.«

»Also gut. Du weißt, dass du andere Juden bevorzugst. Du weißt es«, fuhr Joe fort. »Es ist eine Tatsache. Ich akzeptiere es. Hör zu, Lev, das ist nicht irgend so ein antisemitischer Aha-Moment, also versuch gar nicht erst, einen daraus zu machen.«

Aber Lev ließ nicht von ihm ab, er analysierte seine Worte genau, und Joe erhob sich, baute sich vor ihm auf, und bald schrien sich die beiden Männer an, machten die Bücher des jeweils anderen herunter. Joe wolle »die ganze Welt bescheißen«, sagte Lev. »Du versuchst dir den Thron des verdammten amerikanischen Großschriftstellers zu erschleichen!«

Und Lev, sagte Joe, nutze seine »KZ-Kindheit als Ticket nach oben«.

»Fick dich«, sagte Lev.

»Nein, fick *dich*«, sagte Joe.

Und dann schlug Lev zu. Joe wankte, war aber nicht schwer getroffen, das war für alle klar ersichtlich. Es war kein verheerender Schlag gewesen. Keine wackelnden oder ausgefallenen Zähne, keine aufgeplatzten Lippen, die auf dramatische, aber letztlich ungefährliche Weise Blut verspritzten. (Die Lippen, ach, die Lippen, so melodramatisch mit ihrem endlos hervorquellenden Blut, aber niemand ist je an einer blutigen Lippe gestorben.) Doch es floss etwas Blut, und das ängstigte Joe, als er die Hand zum Mund führte und sah, dass sie in helles Rot getaucht war. Er schlug zurück, und die beiden Männer kämpften linkisch miteinander, ohrfeigten, schlugen, traten einander, beschimpften sich gegenseitig: *»Du kleines Stück Scheiße«*, *»Du Betrüger«*, *»Du Sackgesicht«*, *»Du Arschloch, du«*.

Und dann setzte Joe hinzu: »Weißt du was? Ich würde gern mal sehen, ob du es schaffst, einen Roman zu schreiben, nur *einen* einzigen, ohne die Tastenkombination H-O-L-O-C-A-U-S-T zu benutzen.«

Fasziniert und erschrocken sahen die anderen Gäste zu, wie die beiden Schriftsteller gemeinsam in eines der Schlafzimmer stürzten. Es war das Zimmer der jüngeren Tochter der Bresners, mit rosa Wänden und einem Himmelbett darin, und Lev und Joe fielen beide auf dieses Bett und landeten auf einer Oase aus spitzfüßigen, halbnackten Barbie-Puppen. Gott sei Dank hatten sich unsere eigenen Kinder geweigert, zu dieser Party mitzukommen; sie würden sich nur langweilen, sagten sie, und es sei sowieso niemand in ihrem Alter dort. Die Gäste drängten sich im Türrahmen zusammen, und es wurden ein paar nominelle Versuche unternommen, die Streithähne zu trennen, aber eigentlich wollte niemand, dass der Kampf endete.

Ich selbst war beschämt. Ich wollte nicht zuschauen; ich wollte eine Zigarette, und ich wollte nach Hause. Aber Tosha war völlig außer sich. »Joan, sie müssen aufhören!«, schrie sie und klammerte sich an mich, und ich umarmte sie, erstaunt darüber, dass sie an dem Hahnenkampf einen solchen Anteil nahm.

»Es ist bald vorbei«, sagte ich, und das war es auch, aber auf eine andere Weise, als ich erwartet hatte.

Joe hatte offenbar die Hand nach der Kommode des Mädchens ausgestreckt und sich den erstbesten Gegenstand gegriffen. Es war ein Springseil, und er legte es um Levs dünnen Hals und zog daran, nur eine Sekunde lang, aber lange genug, dass sich ein Haufen hektischer Gäste auf dem Himmelbett auftürmte, das prompt unter dem vereinten Gewicht all dieser Romanciers, Lyriker und Essayisten zusammenbrach.

Ich bin mir sicher, dass Joe Lev nicht umbringen wollte; ich hatte den Eindruck, dass die Geste eher demonstrativer Natur war, eine Burleske des Zorns, eine Art Kunstperformance mit dem absurdesten Requisit der Welt: dem Springseil eines kleinen Mädchens. Nichtsdestoweniger rief jemand die Polizei, Joe wurde aufs Revier mitgenommen, und ich musste zutiefst entsetzt in einem Taxi hinterherfahren. Dann kamen die Reporter, gefolgt von einer anstrengenden, mit Reden verbrachten Nacht, während in der Notaufnahme des Columbian Presbyterian Hospital Levs Hals von ein paar Krankenschwestern begutachtet wurde, die noch nie von Lev Bresner gehört hatten und die Situation nicht einschätzen konnten, das brodelnde Drama des Geschehens, das als »Zwist« und »Fehde« bekannt werden würde, als bestimmender Moment im Leben zweier bedeutender Männer.

Tosha musste aufgrund ihrer Hysterie behandelt werden. Sie schrie und jammerte in der Notaufnahme, rief »Mama! Papa!«, obwohl ihre Eltern, wie ich wusste, vor langer Zeit im Konzentrationslager getötet worden waren. Das medizinische Personal schätzte ihren Zustand ernster ein als den ihres Mannes; ich hörte, dass es Überlegungen gab, Tosha zu einer psychologischen Untersuchung über Nacht dazubehalten, doch unter Zuhilfenahme eines Sedativums gelang es schließlich, sie zu beruhigen, und sie wurde mit Lev nach Hause geschickt.

Die Geschichte wurde monatelang ausgeschlachtet: die Kaution, die ich zahlen musste, das für Joes Gerichtsverhandlung angesetzte Datum, Lev, der die Klage äußerst öffentlich zurückzog. Gemeinsame Freunde hatten ihn überzeugt, die Sache »fallen zu lassen«. Er war tief in sich gegangen, hatte sich mit der erbärmlichen, beschämenden Situation herumgequält und sich schließlich entschieden, die Angelegenheit nicht weiter zu verfolgen, und die Männer wurden wieder zu Freunden, entschuldigten sich, umarmten einander laut schluchzend, wischten sich die Augen und Nasen am Hemd des jeweils anderen ab, lachten über die ganze Sache, legten ihre jeweilige Sicht auf den Vorfall in einem auflagenstarken Magazin dar und trafen sich mit uns Frauen im Schlepptau zum Essen.

Wir folgten und folgten ihnen, durch ganz New York. Als wir einmal auf einem Hausdach standen (ich weiß nicht, was wir überhaupt dort verloren hatten; es war bitterkalt und schon spät am Abend, aber die Männer wollten wohl den Blick über die Stadt genießen), drehte sich Tosha zu mir um und sagte: »Ach, Joan, wir ertragen diese Männer schon ein ganzes Leben lang.«

»War es für dich so schlimm?«, fragte ich.

Sie schwieg, kurz aus der Fassung gebracht. »Nicht die ganze Zeit«, sagte sie dann rasch. »Und für dich?«

»Nein«, sagte ich. »Es gab Höhen und Tiefen.« Ich blickte über die Gebäude, die vereinzelten Rauchfahnen und den dahinterliegenden Hudson, der in nördlicher Richtung zu unserem Haus führte, das wartend dastand, still und dunkel. Ich hatte immer gern dort gelebt, hatte es gemocht, beim Aufwachen das Knarren des arbeitenden Holzes zu hören, ja selbst Joe zu sehen, den Arm über den Kopf gelegt, die Augen noch fest geschlossen im Versuch, so viel Schlaf wie möglich zu bekommen. Ich hatte Tosha nicht unbedingt angelogen. Ich war wirklich nicht immer unglücklich gewesen. Joe und ich hatten unsere guten Tage gehabt, besonders zu Beginn. Wir waren gemeinsam durchs Wohnzimmer getanzt. Wir hatten uns im Stehen geliebt, gegen eine Wand gelehnt. Wir hatten zusammen einen riesigen Kuchen für eine Party gebacken. Wir waren überall zu Fuß hingelaufen, eng aneinandergekuschelt. Und später hatte es eine Zeit der Geborgenheit gegeben, kleine Luftströme der Erleichterung. In jeder Ehe gibt es gute Tage. Selbst in Toshas und Levs. Selbst in unserer.

Aber jetzt waren sie und ich traurig und müde, während wir auf diesem Dach standen, und obgleich sie in jenem Moment versucht hatte, mir das Maß ihres Leidens zu schildern, hatte ich es eigentlich nicht hören wollen. Ich wollte nicht wissen, dass dieses Leben für sie tatsächlich unerträglich war, all das, was sie durchgemacht hatte und was ihr geblieben war, die Gefolgschaft eines berühmten, tiefernsten, ehrgeizigen Mannes, dem sie mitten in der Nacht auf Eisenleitern hinterherstieg, um mit ihm auf einem Hausdach zu stehen.

Das war in den frühen Achtzigern, später kann es nicht gewesen sein, denn 1985 nahm Tosha Bresner sich das Leben. Noch heute schockiert mich diese Tatsache. Sie war zu verängstigt, zu labil, und die Bilder ihrer ermordeten Schwester und Eltern schienen sie immer häufiger heimzusuchen, woraufhin sie sich aus Räumen stahl und Partys verließ, um verschiedene Pillen gegen Depressionen und Angststörungen zu nehmen, die sich doch nicht bezwingen ließen, bis sie eines Nachts, während Lev seine Carl-Sandburg-Vorlesung an der University of Chicago hielt (Chicago war, wie ich gehört hatte, der Wohnort einer Frau, für die Lev schwärmte – eine Junggeschiedene, die einen eleganten kleinen Buchladen in der Clark Street mit ledernen Clubsesseln und kostenlosem Wein betrieb), den Inhalt einer Großpackung Xanax schluckte, und als er am nächsten Tag nach Hause kam, von all den Lorbeeren und dem dynamischen Sex in glänzende Stimmung versetzt, fand er seine Frau tot in ihrem Ehebett, die Hände ausgebreitet, so als wollte sie sagen: *Was hätte ich denn sonst tun sollen?* Er rief uns an, schluchzend und aufgelöst, und wir fuhren zu ihm.

Ich trauerte jahrelang um sie, und ich gab Lev die Schuld an ihrem Tod, auch wenn das im Rückblick nicht ganz fair war. Als Joe und ich nach Toshas Beerdigung Rücken an Rücken auf unserem Bett saßen und uns auszogen, sagte ich zu ihm: »Er hätte es besser wissen müssen.«

»Was hätte er wissen müssen? Dass er nicht nach Chicago hätte fahren dürfen? Er konnte doch nicht wissen, dass sie so etwas tun würde. Wie hätte er das wissen können? Mein Gott, er ist völlig am Ende.«

»Ich meine alles, die ganze Sache«, sagte ich. »Sie war so bedürftig, so viele Jahre lang. Was ihr als Kind zugestoßen ist – die ganze Familie *ermordet*. Ihre Schwester, ihre Eltern, auch ihre Großeltern. Und später dann Levs Frauengeschichten. Wie viele Frauen waren es?«

»Ich habe keine Ahnung«, sagte Joe kühl.

»Das hat das Fass zum Überlaufen gebracht«, sagte ich.

»Du kannst nicht wissen, was jemanden letztlich zusammenbrechen lässt. Und du weißt auch nicht, was sie miteinander besprochen haben«, sagte Joe. »Worauf sie sich geeinigt haben.«

Als hätten er und ich jemals eine solche Vereinbarung getroffen, hätten jemals offen anerkannt, dass das Bedürfnis eines Mannes, seiner Frau untreu zu sein, etwas war, das um jeden Preis geschützt und unterstützt werden musste.

In Bones Biografie werden mit Sicherheit einige von Joes Frauengeschichten vorkommen. Er wird in dem Buch erwähnen müssen, wie Joe die Nähe der Frauen suchte und wie sie ihrerseits die seine suchten.

Die meisten von Joes Frauen würden niemals mit einem Biografen sprechen, und sie sind nie von jemandem identifiziert worden; sie ziehen es vor, die Tage, in denen sie jung waren und Joe Castleman ihre Aufmerksamkeit auf sich zog, in ihren Poesiealben festzuhalten.

Frauen wie Merry Cheslin, die Joe im Sommer 1987 während eines traditionsreichen Schreibseminars namens Butternut Peak auf der Veranda eines Landhauses traf.

Es kommt mir nicht sehr plausibel vor, dass Joe nie gemerkt haben soll, dass ich von ihr wusste, wo sie doch quasi mit einem Riesenschild herumlief, auf dem stand: »ICH SCHLAFE MIT DEM GROSSEN JOE CASTLEMAN. SCHAUEN SIE DOCH GEGEN MITTERNACHT MAL DURCH DAS FENSTER

AUF DER RÜCKSEITE VON HAUS BIRKENRINDE, WENN SIE SEHEN WOLLEN, WIE WIR ES WIE DIE TIERE TREIBEN.«

Die meiste Zeit störte es mich, aber dann störte es mich auch wieder nicht, weil ich sie erbärmlich fand, diese Merry Cheslin, die wie eine dunkelhaarige Rapunzel aussah. Sie war jung, Mitte zwanzig zu der Zeit, eine aufstrebende Schriftstellerin wie die Hälfte der Butternut-Peak-Teilnehmer. Aber sie sah auffallend gut aus, und das war es wahrscheinlich, was sie immer ausgezeichnet hatte. Von ihrer Einschulung an musste Merry Cheslins Aussehen ihre hervorstechende Eigenschaft gewesen sein, die eine und einzige Tatsache, auf die Jahr für Jahr Verlass war. (»Oh, guck mal, da ist Merry Cheslin an ihrem Spind, kaum zu glauben, aber sie ist über den Sommer wirklich noch schöner geworden.«) Natürlich träumte sie davon, Schriftstellerin zu werden. Wie so viele Frauen brannte sie dafür, wollte nichts anderes, als veröffentlicht zu werden, und ihr gesamtes Leben führte auf den Punkt hin, an dem sie einen Agenten und einen Verlag finden und ihr erstes Buch erscheinen würde.

Und es hätte auch geschehen können, wenn sie nur das kleinste bisschen Talent besessen hätte. Es hätte geschehen können, wenn sie einen Weg gefunden hätte, es geschehen zu machen. Sie war so zielstrebig, dass der Ehrgeiz aus ihr hervorquoll wie Daunen aus einem Kissen, und irgendwann gab sie sich gar keine Mühe mehr, es zu verbergen, sondern ließ einfach jedermann wissen: Merry Cheslin würde eine berühmte Schriftstellerin werden. Sie würde eine jener Autorinnen sein, von denen man hörte, eine jener eleganten, dunkeläugigen Frauen, deren Romane auf Hawaii oder in der Toskana spielen und für die »die ganze Stadt die Hauptfigur« ist, oder zumindest sagen sie das in Interviews.

»Ich schreibe Tagebuch«, hatte sie Joe einen Tag nach seinem Workshop anvertraut und dann rasch den Blick abgewandt, so als hätte sie ihm eine entscheidende und geheime Tatsache über sich mitgeteilt, etwas wie *Als Kind wurde ich von meinem Onkel vergewaltigt.*

Diesen Teil denke ich mir aus. Es gab kein Tagebuch, jedenfalls nicht dass ich wüsste. (Aber *wenn* es eines gegeben hätte, wäre es in einen quiltartigen Stoff eingeschlagen gewesen, und zwischen den Seiten hätten getrocknete Blätter gelegen.) Ich weiß nicht, was sie wirklich zu ihm gesagt hat; Merry Cheslin zählt zu den Menschen, mit denen ich nie gesprochen habe. Ich weiß nicht, worüber sie sich unterhielten, wenn ihre Körper einmal nicht im mitternächtlichen Haus Birkenrinde gegeneinanderklatschten, aber ich kann es mir vorstellen.

»Ich schreibe Tagebuch«, sagte sie, und Joe, der Tagebücher immer gehasst hatte, der das Konzept des »Für-sich-selbst-Schreibens« im Gegensatz zum Schreiben für andere verabscheute (selbst Virginia Woolf, die wahllos Tagebücher vollschrieb, musste sich darüber im Klaren gewesen sein, dass diese Seiten irgendwann einmal von anderen gelesen werden würden), hatte sie angesehen und gesagt: »Prima, das ist eine gute Sache. Wenn du wirklich Schriftstellerin werden willst, musst du schreiben und immer weiter schreiben. Ein Tagebuch ist ein guter Anfang.«

Merry Cheslins Geschichten waren miserabel. Das weiß ich tatsächlich, denn auch wenn ich nur die Ehefrau war, bekam ich die Manuskripte zu lesen, die er in seinem Workshop analysieren würde, bei dem die Teilnehmer auf Adirondack-Stühlen inmitten eines Feldes saßen, von dem aus man den Butternut Peak überblicken konnte. Die wohlriechenden, vervielfältigten Seiten der Manuskripte lagen auf der abgenutzten alten Kommode in dem Haus, das man uns in jenem Sommer zugewiesen hatte; es hieß Haus Pfirsichbaum.

Eines Abends war Joe mit den anderen Autoren auf irgendeiner Veranda zum Trinken verabredet. Es waren Männer und Frauen darunter; die Frauen neigten grundsätzlich dazu, den Studenten gegenüber sanft und freundlich aufzutreten, während die Männer ganz unterschiedlich waren – manche machtvoll, andere hündisch und dankbar, dass sie überhaupt dort sein durften, da ihre Romane von der Lesergemeinde weitgehend ignoriert wurden. Nur hier konnten sie sich einen Sommer lang groß fühlen.

Während Joe auf der Veranda saß, nahm ich den Stapel mit den Manuskripten seiner Kursteilnehmer mit ins Bett und begann zu lesen. Es waren einige Joe-Imitatoren darunter, alles Männer, größtenteils junge, und eine Frau, wahrscheinlich alt, die mit zittriger Handschrift und minimalem Zeilenabstand schrieb und unter den Titel ihrer zu einhundert Prozent unpublizierbaren Erzählung die Worte »Copyright Gloria Bismarck. Exklusive Vorabdruckrechte für den nordamerikanischen Markt. Etwa 4213 Wörter« gesetzt hatte. Was einen eher Mitleid als Verachtung empfinden ließ. Ich stellte mir Gloria Bismarck als eine Witwe vor, die in irgendeinem Vorort lebte und deren Lebenshöhepunkt ihre zwei Wochen Butternut Peak waren. In den Augen der meisten Kursleiter existierte sie kaum, weil sie alt und traurig und lächerlich war und ihre Beine mit knolligen Venen überzogen waren und für den Rest ihres Lebens vielleicht niemand mehr ihren Körper berühren oder irgendetwas lesen würde, was sie geschrieben hatte, es sei denn, sie bezahlte dafür.

Merry Cheslin dagegen zog umgehend die Aufmerksamkeit der männlichen Kursleiter auf sich. Die meisten von ihnen schauten von ihren Manuskripten oder Bloody Marys auf oder unterbrachen ihre Gespräche, als sie auf die Veranda trat; ihre Nasenlöcher bebten, ihre Münder klappten leicht auf, alle wollten sie augenblicklich irgendetwas von dieser Frau, einfach aufgrund des Walls aus Schönheit, der sie umgab und der das Einzige von Bedeutung an ihr war. Ihre literarischen Arbeiten waren unrettbar misslungen. Sie wollte zugleich lyrisch flüsternd und düster klingen, zugleich verführerisch und gemartert wirken. Die Kurzgeschichte, die sie bei Joe eingereicht hatte, war eine rührselige Kindheitserinnerung mit dem Titel »Sommer der Glühwürmchen«.

Sie hatte keinerlei Talent, doch das hinderte sie nicht daran, große Stücke auf sich zu halten, und es hinderte meinen Mann nicht daran, sie in dem Einzelzimmer, das sie in Haus Birkenrinde gebucht hatte, aufs Bett zu legen und ihr enges kleines Trägerkleid nach oben zu schieben. Und was tat ich zu der Zeit? Ich saß in unserem eigenen Zimmer in Haus Pfirsichbaum, bearbeitete mein Zahnfleisch mit einer Kürette und rechnete nach, wann Joe und ich Vermont verlassen könnten.

Die Ehefrauen sind die Dorftrottel jedes Schreibseminars. Wo immer ich in jenen zwölf Tagen hinging – wenn ich aus dem Haus Pfirsichbaum auf den Kiesweg trat, erklangen fröhliche Stimmen, die riefen: »Morgen, Joan!«, oder: »He, Joan, kommt ihr beiden zu dem Picknick im Wäldchen?«

Man mochte mich, denn ich war nicht einfach irgendeine Ehefrau, ich war die Alpha-Ehefrau, die Frau des Alpha-Männchens. Des Alpha-Männchens, das mich, wie alle wussten, ungeniert betrog, das in Haus Birkenrinde bis zum Umfallen vögelte, von Haus Pfirsichbaum nur getrennt durch Haus Wildwald, Haus Silbertanne und den großen holzgetäfelten Speisesaal mit dem Sommerzeltlagergeruch und den frisch maschinengespülten Gläsern, die meinen Orangensaft allmorgendlich in etwa auf die Temperatur des Badewassers erwärmten, das ich mir allabendlich einließ.

Im Speisesaal saß ich neben Joe und gegenüber von anderen Ehefrauen und ihren schreibenden Ehemännern. Es gab vereinzelte Männer, die ihre schreibenden Ehefrauen begleiteten, aber die meisten blieben zu Hause, mit der Begründung, sie könnten sich nicht von der Arbeit freimachen. Sogar ein paar Kinder krabbelten auf dem Boden herum; unsere eigenen waren zu der Zeit schon erwachsen und hatten ihr eigenes Leben. Wie wir dort in dem Speisesaal saßen, strahlten wir allesamt eine gewisse Ausgelassenheit aus, die ein notwendiger Bestandteil solcher Schreibseminare ist, denn anderenfalls würde man sich vielleicht umsehen und plötzlich feststellen, worauf man sich da eigentlich eingelassen hat – all der Narzissmus und die ganzen Widerwärtigkeiten, die zwischen den Strauchkiefern entfesselt wurden.

»Hättest du vielleicht Lust, heute Nachmittag in die Stadt zu gehen?«, fragte mich eine der anderen Frauen. Sie hieß Liana Thorne und sah aus wie eine jener Stabheuschrecken, die jederzeit die Farbe wechseln können, um sich völlig unsichtbar zu machen. Ihr Gesicht war voller Hoffnung. Ihr Mann, Randall Thorne, war einmal ein bekannter Schriftsteller gewesen, doch in den letzten Jahren waren seine Romane auf den Ramschtischen gelandet. Aber weil er mit dem Veranstalter des Seminars befreundet war, wurde er jeden Sommer wieder eingeladen.

Später, als unsere Männer ihre Workshops gaben – als Merry Cheslin neben Joe saß, ihre Augen auf seine gerichtet, während sie alles mitschrieb, was er über die »Erzählstimme« und die »willentliche Aussetzung der Ungläubigkeit« sagte –, stieg ich mit Liana und zwei anderen Frauen, Dusty Berkowitz und Janice Leidner, in Lianas ramponierten Yugo, und wir machten uns auf den Weg in die Stadt.

»Endlich frei, endlich frei«, sagte Dusty Berkowitz, als der Wagen durch die steinernen Tore von Butternut Peak fuhr. »Dem lieben Herrgott sei's gedankt, ich bin endlich frei.«

Wir lachten alle ein wenig, und dann sagte Janice: »Nicht mal Martin Luther King musste erdulden, was wir durchmachen.«

»Nein, aber seine Frau schon, habe ich gehört«, sagte ich.

»Ach, die haben es auch nicht leicht«, sagte Liana schließlich.

»Die *Schwarzen*?«, fragte Dusty.

»Nein, die Männer«, sagte Liana. »Schriftsteller, denen die ganze Welt zuhören will. Die Art von Männern, denen andere zuschreiben, dass sie den Schlüssel zu allem in der Hand halten.

Randall sagt immer zu mir, dass er sich solche Mühe gibt, es allen recht zu machen, aber er schafft es einfach nicht.«

Träum weiter, Randall, dachte ich und überlegte, dass Lianas Mann Joe sicherlich um seine Stellung in der Welt beneiden musste.

Wir erreichten die Stadt und streckten uns, nachdem wir ausgestiegen waren; dies, dachte ich, war die Art von Auto, die sich die meisten Autoren gerade so leisten konnten: flach, hässlich und wahrscheinlich gefährlich, mit einem Aufkleber des Uni-Parkplatzes, der auf der Windschutzscheibe pappte. Auch wenn man allen vier Männern Untreue nachsagte, glaubte ich, dass keiner von ihnen seinen Affären mit solchem Eifer nachging wie Joe. Wir vier Ehefrauen betrachteten selbstgestrickte Schals im Schaufenster eines der örtlichen Handarbeitsläden, bewunderten Webart, Textur und Farbe und trösteten uns dann im Inneren des Geschäftes, indem wir Stoffe befühlten und uns selbst so viel sinnliches Vergnügen verschafften, wie wir konnten. Ein auberginefarbener Schal hatte lange, seidige Fransen, die ich durch meine Hände gleiten ließ wie Haare.

Merry Cheslins Haare waren dunkler. Ich drückte mein Gesicht in den Schal, schnupperte daran.

»Ist der nicht wunderschön?«, sagte die junge Verkäuferin hilfsbereit. »Den hat eine Handarbeiterin aus der Gegend gemacht. Sie ist blind, was ich ziemlich beachtlich finde.«

Was hatte Merry Cheslin zu bieten, außer langem, regelmäßig gewaschenem Haar, schlechter Prosa und einem Körper, den man auf einem Bett drapieren konnte wie diesen Schal, wie eine Daunendecke, wie eine Opfergabe? Joe brauchte das, es war für ihn wie Blutplasma. *Die haben es auch nicht leicht,* hatte Liana Thorne gesagt, und ich hatte eigentlich nie darüber nachgedacht, was genau es war, das so schwierig war, was es war, das diesen Männern fehlte, was sie brauchten, was wir ihnen nicht geben konnten.

Wir gaben ihnen alles, was wir hatten. All unsere Besitztümer gehörten ihnen. Unsere Kinder gehörten ihnen. Unsere Leben gehörten ihnen. Unsere müden, durch die Mangel gedrehten Körper gehörten ihnen, auch wenn sie sie meist gar nicht mehr wollten. Mein Körper war nicht schlecht, er ist selbst heute noch in Ordnung, und doch blickte Joe, während ich in einem Handarbeitsladen meinen Kopf auf einen auberginefarbenen Stoff legte, in die Augen der Frau, mit der er später in Haus Birkenrinde ins Bett gehen würde.

Und dann brach ich mitten in dem Vermonter Handarbeitsladen in Tränen aus. Die anderen Frauen bugsierten mich besorgt aus dem Geschäft in ein kleines vegetarisches Café nebenan, wo sie sich solidarisch um mich scharten.

»Ganz ehrlich, ich bewundere dich«, sagte Janice, als ich ihnen den Grund für meine Tränen gestanden hatte. »Wir sehen doch alle, was Joe treibt, Sommer für Sommer, und du wirkst immer, als wäre es dir völlig egal.«

»Wir hatten ja keine Ahnung, dass es dir so zu schaffen macht«, murmelte Dusty Berkowitz. »Wir dachten, dass es dir irgendwie … egal ist. Dass du alles durchschaust, aber komplett drauf scheißt. Dass du einfach drüberstehst.«

Ich schnäuzte mich in eine Serviette aus grobem braunem Papier und ließ die anderen Frauen sich um mich kümmern. Warum ging mir die Sache mit Merry Cheslin so nah, fragte ich mich, während mir diese Holly Irgendwas von letztem Sommer nicht das Geringste ausgemacht hatte? Warum brachte mich die Autorin von »Sommer der Glühwürmchen« dazu, in aller Öffentlichkeit, vor diesen Frauen, die ich kaum kannte, in Tränen auszubrechen?

Ich hatte nie viele Tränen über eine von Joes Affären vergossen, zumindest nicht in der Gegenwart von irgendjemandem außer Joe. Ich hatte immer für mich in Anspruch genommen, mich nicht wirklich angegriffen fühlen zu müssen, denn soweit ich wusste, hatten die meisten der Frauen, mit denen er schlief, kein Talent, und das traf natürlich auch auf Merry Cheslin zu.

Was aber, wenn Talent, zumindest was Joes Frauen anging, gar keine Rolle spielte? Was, wenn Talent nicht nur bedeutungslos war, sondern gar hinderlich? Mochte er sie vielleicht sogar lieber, weil sie eine schlechte Autorin war? Gab es ihm ein Gefühl von Sicherheit, über den Körper einer Frau zu gleiten, die niemals eine echte Herausforderung für ihn darstellen würde?

Ja, das tat es.

Ich glaube, seine Affäre mit Merry Cheslin zog sich über die gesamten zwölf Tage in Butternut Peak hin. Er wirkte in dieser Zeit glücklich, machte gutmütig bei den kleinen Nummern mit, die die jungen Kellner manchmal beim Abendessen aufführten. »Es ist Zeit für das große Butternut-Peak-Quiz!«, rief der Oberkellner, ein rundlicher dreiundzwanzigjähriger Literaturstudent, eines Abends, während die übrigen Bedienungen die Erkennungsmelodie einer bekannten Quizsendung summten.

Es folgte eine Reihe von Fragen, die an drei »Kandidaten« gerichtet wurden: eine Kurzgeschichtenautorin namens Lucy Bloodworth, Harry Jacklin und Joe, der genötigt wurde, seinen Platz am Tisch zu verlassen, wo er sich gerade über einen Teller mit Serviettenklößen gebeugt hatte.

Die »Quizshow« nahm sich auf humorvolle Weise literarischer Themen an, und die erste Frage ging an Joe. Ein Absatz aus einem seiner jüngsten Romane wurde vorgelesen, und er sollte den Schluss hinzufügen.

»Das Zitat lautet wie folgt«, sagte der Oberkellner. »›Shirley Breen war keine begehrliche Frau. Niemand hatte je über sie gesagt: *Da kommt Shirley Breen, die Frau, die alles haben will, was sie nicht haben kann.* Es gab in ihrem Leben nur eine einzige Sache, die sie wollte, aber nicht bekommen konnte.‹« Der Oberkellner machte ein dramatische Pause.

Das war einfach. Die Antwort lautete: »›Ein Schnapsglas, aus dem Mae West getrunken hatte.‹« Ein gutes Viertel des Speisesaals hätte diese Worte unisono rufen können. Aber Joe saß nur da, kratzte sich am Kopf und schaute verlegen drein.

»O Gott«, sagte er schließlich. »Jetzt bin ich wirklich geliefert. Mein schreckliches Geheimnis ist gelüftet.«

»Und was wäre das für ein Geheimnis?«, fragte der Oberkellner.

Ich beobachtete Joe neugierig. »Dass ich unter starkem Gedächtnisschwund leide«, sagte er. »Ich vergesse meine eigenen Sätze, eine Minute nachdem ich sie zu Papier gebracht habe. Kann mich jetzt jemand erschießen, bitte?«

Während ich mit den drei anderen Frauen in diesem vegetarischen Café saß, schluchzte und schluchzte ich, und sie waren eine einzige Masse aus Köpfen und Ellbogen, die mich tröstete oder es zumindest versuchte. »Ich fühle mich nur so erniedrigt«, sagte ich. »Jeden Morgen stehe ich auf und gehe aus dem Haus und weiß, dass es alle wissen. Findet ihr mich alle lächerlich? Bin ich eine tragische Figur?«

»Nein! Nein!«, riefen sie. »Überhaupt nicht! Alle bewundern dich!« Aber wer *waren* diese Frauen? Situationsbedingt waren sie meine Freundinnen, meine Gefährtinnen, diese erschöpften Frauen, die ihre eigenen Karrieren hatten, für die die meisten Leute kein echtes Interesse aufbringen konnten, auch wenn sie es versuchten.

»Was macht die Sozialarbeit, Liana?«, fragte ein Seminarteilnehmer eines Nachmittags beim Picknicken, aber keine Antwort der Welt hätte seine Augen daran hindern können, von ihr auf fesselndere Ziele überzuspringen: renommierte Autoren, die Wassermelonenkerne in das kleine Wäldchen spuckten.

»Was macht die Flüchtlingsarbeit, Joan?«, wurde ich ein anderes Mal von einer älteren, schüchternen Lyrikerin namens Jeannie gefragt, die von meiner freiwilligen Tätigkeit für die Hilfsorganisation erfahren hatte. Ich erzählte gerade genug, um das Gespräch aufrechtzuerhalten, obwohl sie etwas enttäuscht zu sein schien und offenbar gern mehr darüber gehört hätte. Joe hatte mein Wohltätigkeitsengagement im Laufe der Jahre aufgebauscht, hatte es dargestellt, als wäre ich in etwas involviert, das stillen Respekt verlangte.

»Ich habe *nichts*«, sagte ich zu den Frauen, und sie sagten, das stimme nicht, ich hätte so viel, ich leistete einen wertvollen Beitrag, ich übte einen positiven Einfluss aus, sie hätten mich immer »stilvoll und intelligent« gefunden, wie Janice Leidner es ausdrückte.

»Es ist, als hättest du noch ein ganzes zweites Leben in dir drin«, sagte Dusty Berkowitz.

»Das haben wir alle«, sagte ich.

»Ich nicht«, sagte sie und lachte ihr rollendes, befangenes Lachen. »Drin ist, was draufsteht.«

Dusty Berkowitz, fünfundfünfzig, die Brust sommersprossig vom Sonnenbaden, die Haare rot wie die eines Kobolds, existierte für ihren Mann nicht mehr.

Janice Leidner existierte für ihren eigenen Mann noch, wenn auch nur in Form eines Entwurfs: Das Konzept war interessanter als die tatsächlichen Einzelheiten.

Liana Thorne, melancholisch und farblos, hatte einen Mann, der danach lechzte, Teil des Herrenclubs zu sein, und laufend versuchte, sich hineinzudrängen, was keinen Raum für andere Aktivitäten oder Interessen ließ.

Und ich: blond, dünn, alternd, aber im Säurebad dieser Ehe gut erhalten geblieben. Die ehelichen Säfte hielten mich am Leben, ließen mich weitermachen. Joe und ich schwammen gemeinsam in einem Glas; ich schwamm allein, wenn er sich davonmachte, um die zarteren Stellen an Merry Cheslins Körper zu küssen. Wenn er müde war, kam er stets zu mir zurückgeschwommen.

Da kam er nun, um drei Uhr morgens, öffnete langsam die Tür unseres Zimmers in Haus Pfirsichbaum und erschien im Licht des Korridors, das ihn von hinten anstrahlte.

»Joan?«, sagte er. »Schläfst du schon?« Er kam ins Zimmer, eine Wolke Zigarettenrauch hinter sich herziehend, die er schon zu großen Teilen in seinen Haaren, seinem Pullover, den Poren seiner Haut aufgenommen hatte.

Ich erhob meinen Kopf aus dem tiefen Schlaf, in den ich gefallen war. »Nein«, sagte ich jedes Mal, auch wenn es nicht stimmte. »Ich bin noch wach.«

Er warf sich neben mir ins Bett, dieser zugequalmte, bewölkte Mann, der selbst zu jener Zeit schon zu alt für Jeans war und sie trotzdem trug, die Augen entzündet vom Rauch, der den Raum erfüllt hatte, in dem er sich aufgehalten hatte. Er kam von der Party, die gottgleiche Autoren und niedere Seminarteilnehmer zusammenbrachte, und der Privatparty im Anschluss, in Haus Birkenrinde, wo er in ein Bett gestiegen war, das mit diesem hier identisch war, mit einer Frau, die keinerlei Ähnlichkeit mit mir hatte.

Um drei Uhr morgens waren wir zusammen, in jenem Sommer wie in den Sommern davor und danach, Ehemann und Ehefrau, vereint in der nebligen Tiefe der Vermonter Nacht. Fledermäuse umkreisten die Kiefern, die unser Häuschen umstanden, und hingen manchmal wie Geldbeutel vom Dach unserer Veranda herab, und die Nacht strotzte vor waldhellen Tieraugen und dem arhythmischen Klickern seltsamer Insekten, die ich hoffentlich niemals zu Gesicht bekommen würde, zwischen denen ich aber zu meiner eigenen Überraschung zwölf Tage lang aus freien Stücken lebte. Er war bei mir; wir schliefen zusammen und wachten Tag für Tag zusammen auf, was mehr war, als Merry Cheslin von sich sagen konnte, von der man nach jenem Sommer nie wieder etwas hörte und die sich im Alumni-Newsletter des Butternut Peak kürzlich folgendermaßen beschrieb:

»Ich bin geschieden«, schreibt MERRY CHESLIN, »kinderlos, unpubliziert (seufz …), aber ich habe das

Glück, in einer kleinen Firma in Providence, Rhode Island, arbeiten zu dürfen, die Lernsoftware entwickelt, und kann dabei tatsächlich einige der kreativen Fähigkeiten einbringen, die ich mir vor so vielen Sommern in Vermont angeeignet habe …«

Merry Cheslin wird in der Biografie vorkommen, die Bone schreibt, und sei es nur in Form einer vagen Andeutung. Auch andere Frauen werden darin vorkommen, Frauen, die Joe während Gastprofessuren an verschiedenen Universitäten kennengelernt hatte, ebenso wie gelegentliche Groupies und New Yorker Publizistinnen. Es waren schöne junge Frauen in hauchdünnen Blusen und Cowboystiefeln dabei und modische College-Absolventinnen auf der Suche nach Jobs im Verlagswesen.

Neben den Frauen wird es auch Joes »versuchte Strangulation« in die Biografie schaffen. Und Joes Herzinfarkt und die anschließende Herzklappenimplantation; dieser Teil ist entschieden unsexy, denn statt als Waffen eingesetzter Springseile, Preisen oder Paarungsvorgängen gibt es da nur eine jämmerliche Szene, die sich im Winter 1991 in einem Restaurant namens »Cracked Crab« abgespielt hat. Sechs Autoren und ein paar Ehefrauen saßen dort zusammen; die Männer hatten in ihrem Schriftstellerleben allesamt gewisse Erfolge erzielt, hatten ihre Kletterhaken fest in eine Felswand eingeschlagen, während ihr Haaransatz zurückwich oder ganz verschwand oder die Haare widerborstig und drahtig wurden und ihnen ein einsteinhaftes, clowneskes Aussehen verliehen.

Innerhalb dieser Gruppe vertrat Joe noch immer die Mitte. Er war weder der Lauteste (das dürfte der brüllende, Speichel versprühende Martin Benneker gewesen sein) noch der Reichste (eindeutig Ken Wooten, dessen weltläufige, gedrechselte Spionage-Romane alle verfilmt worden waren) noch ansatzweise der Intelligenteste (dieses Amt hatte Lev inne; er hatte sich darauf gestürzt). Joe nahm innerhalb dieser Männer eine besondere, schwer zu definierende Position ein, eine Art stillen Altersvorsitz. Joe redete gern, und hin und wieder kochte er gern dicke, homogene Eintopfgerichte, über die er sich stundenlang beugte, um Rotwein in den Topf zu schütten und Fleisch, Knochen, gelegentlich eine Handvoll Petersilie hineinzuwerfen. Er las gern, hörte gern Jazz, aß gern seine Sno-Balls und ging gern in Kneipen, um zu trinken und Billard zu spielen.

An jenem Abend saßen wir an einem großen runden Tisch im Cracked Crab. Die Tischplatte war mit weißem Krepppapier abgedeckt worden, das mit Krabben übersät war, so als wären wir in eine ganze Kolonie von ihnen hineingestolpert. Da lagen sie, ein Gewirr aus Scheren und gegliederten Beinen, großzügig mit Gewürzmischung bestreut. Die während der angeregten Unterhaltung gehobenen und wieder gesenkten Bierflaschen hinterließen Ringe auf dem Papier.

Wie üblich hatten sich die Frauen irgendwie von ihren jeweiligen Plätzen aus zusammengetan, hatten sich weit vorgebeugt, um sich besser unterhalten zu können, vielleicht über einen chinesischsprachigen Film, während die Männer auf ihre typische Weise scherzten und prahlten, alles begleitet von dem fortwährenden, geradezu beruhigenden Klang von Krabbenknorpel, auf dem herumgedrückt oder an dem gezerrt wurde. Da richtete Joe sich plötzlich, den Mund voller Essen, auf seinem Stuhl auf und sagte: »Scheiße.«

Dann kippte sein Stuhl nach vorn und schlug auf dem Boden auf, und sein Gesicht klatschte auf das Krepppapier, und wir sprangen alle auf.

»Steckt … dir … was im Hals?«, rief Maria Jacklin in einem Tonfall, den sie im Erste-Hilfe-Kurs gelernt hatte, und Joe verneinte mit einer winzigen Kopfbewegung. Er hatte die Augen vor Schmerz fest zugekniffen, seine Hände umklammerten seine Brust, er schien nicht mehr zu atmen, und ohne lange zu überlegen, stemmten die Männer seinen Körper auf den Tisch, legten ihn mitten in das Bett aus Schalentieren, wo sie sich auf ihn stürzten, so wie damals, als er mit Lev gekämpft hatte.

Lev Bresner, nun schon seit Jahren Witwer und noch immer sexuell aktiv, aber depressiver als je zuvor, übernahm jetzt; er senkte den Kopf, presste die Lippen auf Joes Mund und begann dann, auf seine Brust zu schlagen, und das Nächste, woran ich mich erinnere, ist, dass sich die Sanitäter durch das holzgetäfelte Hinterzimmer des Cracked Crab hereinschoben und Joe mit einer Sauerstoffmaske über dem Gesicht auf eine Trage hoben. Jemand legte einen Arm um mich; ich hörte Stimmen durcheinandersprechen, und ich streckte die Hand nach Joe aus, aber er wurde schon davongerollt.

Fünf Monate später, nach einer langen, zähen Genesung von einem tatsächlich relativ leichten Herzinfarkt, musste Joe operiert werden, um eine seiner menschlichen Herzklappen durch die eines Schweins zu ersetzen. Er lag in unserem Bett in Weathermill, las Briefe und Romane, telefonierte mit Menschen rund um den Globus. Unsere Töchter besuchten uns beide mehrfach und gaben sich Mühe, mich aufzuheitern und ihrem Vater zu helfen, wo sie konnten. Selbst David rief an, und auch wenn er nicht direkt nach Joe fragte, wusste ich, dass er sich deswegen gemeldet hatte.

Ich klammerte mich in diesem Jahr voller Angst an Joe. Ich vergaß seine Fehler, sie verflogen so schnell wie der Geschmack des Essens an jenem Abend. Ich habe danach nie wieder Krabben gegessen. Ich wachte sorgenvoll an seinem Bett und wünschte mir verzweifelt, dass er wieder gesund werden würde, und ich bekam, was ich mir gewünscht hatte.

In unserer letzten Nacht in Finnland gingen Joe und ich Seite an Seite die breiten Marmorstufen des Opernhauses von Helsinki hinauf; ich hatte mich bei ihm eingehakt, und um uns herum surrten Kameras, die aber nicht nur unseretwegen dort waren. Die gesamte finnische Prominenz war heute Abend zugegen, alle Schriftsteller, Künstler und Regierungsmitglieder, Menschen mit interessanten Namen wie Simo Ratia, Kaarlo Pietila, Hannes Vatanen. Die Namen klangen alle ähnlich verführerisch, und die Gesichter hatten alle dieselbe frische Farbe und feine Knochenstruktur. Sie hatten auch alle starke, gerade Zähne, so als ginge die gesamte Bevölkerung zu ein und demselben Kieferorthopäden. Männer und Frauen marschierten, mit voluminösen nordischen Parkas bekleidet, im Gänsemarsch in das Opernhaus; erst als sie drinnen waren und ihre Abendgarderobe zum Vorschein kam, sah man, dass sie durchaus auf einen Haute-Couture-Abend vorbereitet waren. Dies war etwas Besonderes, ein Höhepunkt, das alljährliche Ausbrechen aus einem gefrorenen, starren Zustand, der winzige Riss im Eis, durch den die Welt hereinkam. Und in diesem Jahr erfolgte der Riss im Namen von Joe Castleman, einem kleinen, übergewichtigen Mann im Smoking, der an meiner Seite flache Treppenstufen hinauf- und dem vergoldeten Licht der Oper von Helsinki entgegenschritt.

Ich saß in einer Loge neben dem finnischen Präsidenten und seiner Frau. Während Joe in den Backstagebereich geführt wurde, machte man mich in aller Form mit dem Präsidenten bekannt, einem Mann in meinem Alter namens Timo Kristian mit einem strengen Gesicht, das an finnische Architektur erinnerte. Er trug eine dieser diagonalen Schärpen aus mehrfarbiger Seide. Seine Frau Karita, etwas jünger als er, in Schwarz gekleidet, eine Amethystkette um den Hals, saß wie versteinert auf dem Platz neben ihm. Sie hatten einander nichts zu sagen, den Eindruck machte es jedenfalls, und sie gaben sich nicht einmal Mühe, die Illusion einer harmonischen Beziehung zu erwecken. Die Amtszeit des finnischen Präsidenten dauerte sechs Jahre; Kristian war jetzt in seinem fünften Jahr, und sowohl er als auch seine Frau sahen sehr müde aus.

Schließlich nahm Karita Kristian es auf sich, mich anzusprechen, von Frau zu Frau. »Mrs Castleman«, sagte sie in sorgfältigem Englisch, »gefällt es Ihnen hier in Helsinki?«

»O ja«, sagte ich.

»Was haben Sie für einen Eindruck von den Finnen?«, wollte sie wissen, und ich sprach ein wenig über ihren stillen Stolz, ihre gute Beobachtungsgabe, ihre schlichte Eleganz, was offenbar alles richtig war, denn sie wirkte erfreut.

»Und was ist mit Ihnen, Mrs Kristian?«, sagte ich. »Wie ist denn Ihr Leben hier in Helsinki?«

Die Frau des Präsidenten war verwirrt. Mir war sofort klar, dass die Frage wahrscheinlich dreist und merkwürdig geklungen hatte. Oder vielleicht war sie ein so direktes Interesse an ihrer Person einfach nicht gewohnt. »Mein Leben«, begann sie zögerlich, und dann blickte sie sich um, um zu sehen, ob uns jemand zuhörte. Niemand tat es. Der Präsident sprach mit einem seiner Kabinettsmitglieder, einem Mann mit einem gigantischen blonden Schnäuzer. »Mein Leben«, fuhr Karita Kristian in leisem, beherrschtem Tonfall fort, »ist ein sehr unglückliches.«

Ich starrte sie an. Hatte ich richtig gehört? Vielleicht hatte sie stattdessen gesagt, ihr Leben sei ein sehr *glückliches;* aber wie konnte ich das herausfinden? Ihr Gesicht verriet nichts, sie schaute so gelassen drein wie zuvor. In diesem Augenblick wurde das Licht gedimmt, und die Gespräche in unserer Loge und im Rest des Opernhauses verstummten. Karita Kristian, die First Lady von Finnland, drehte sich nach vorn, während sich der schwere, gewellte Vorhang vor der Bühne hob und den Blick auf ein kleines Meer von Männern freigab, unter denen sich auch mein Mann befand. Eine oder zwei Frauen saßen zwischen ihnen, ihre Kleider die einzigen Farbtupfer.

Bald wurde Joe von dem amtierenden Präsidenten der Finnischen Literaturakademie, Teuvo Halonen, dem Mann, der uns angerufen hatte, um uns mitzuteilen, dass die Wahl auf Joe gefallen war, eine Medaille verliehen. An einem weißen Seidenband hing eine goldene Scheibe, in die eine miniaturisierte Version des *Kalevala* eingraviert war und dazu ein Paar Hände, die das Buch aufhielten, und selbst von hier oben aus konnte ich das Blinken der Medaille erkennen. Eine Filmschauspielerin, die ihr Haar häufig zurückwarf, während sie mit sonorer Stimme las, rezitierte kurze Auszüge aus Joes Werken. Und dann stand Joe endlich auf.

»Guten Abend«, begann er, »und danke für den herzlichen Empfang.« Er nickte zum Präsidenten der Akademie hinüber. »Mitglieder der Finnischen Literaturakademie, ich möchte Ihnen sagen, dass ich zutiefst dankbar und berührt bin.« Dann hob er langsam den Kopf zur Loge. »Präsident Kristian«, sagte er. »Ich danke Ihnen für diese Ehrung in diesem wunderschönen Land.« *Blablabla* ging es weiter. Nein, damit tue ich ihm unrecht; was er sagte, war vernünftig, wenn auch größtenteils uninteressant. Ich hörte genau hin. Er hatte mich seine Rede vorher nicht lesen lassen, es war ihm wichtig, dass er sie selbst schrieb und niemand sie kommentierte, bevor er nach Finnland kam. »Seit meiner Ankunft«, fuhr er fort, »spüre ich, welch ein Jungbrunnen dieses Land im Gegensatz zu jenem rauen Ort des Reichtums und der Feindseligkeit ist, den man auch die Vereinigten Staaten von Amerika nennt. Seit sich die globale Ausbreitung des Terrorismus beschleunigt hat …«

Ich schämte mich innerlich, dass er über Terrorismus sprach; das war so ein Allerweltsthema, wohlfeil, ordinär. Man musste nur den Geist des Terrorismus beschwören, und schon wurden alle pflichtschuldig ganz ernst. Lippen wurden geschürzt, Köpfe leicht geneigt. Hätte er sich nicht etwas Originelleres überlegen können? Joe machte auf diese Art weiter, er zitierte Rilke, Saul Bellow und Baudelaires *Die Blumen des Bösen*. Seine Rede mäanderte auf vorhersehbare Weise durch den Krieg gegen den Terror – durch die zugigen Höhlen Afghanistans und den Nahen Osten – und legte sich einmal um den Globus, bevor sie wieder nach Hause zurückkehrte. Er war fast fertig. Hier machte Joe eine Pause, und dann wanderte sein Blick kaum merklich zu mir herüber, und er sagte: »Ich möchte ein paar Worte über meine Frau Joan sagen.«

Alle schauten pflichtschuldig nach oben, ihre Gesichter drehten sich zu mir. »Meine Frau Joan«, wiederholte Joe, »ist im wahrsten Sinne des Wortes meine bessere Hälfte.«

Bitte nicht, dachte ich. *Tu mir das nicht an. Ich hatte dich doch gebeten, es nicht zu tun.*

»Sie hat es mir ermöglicht, die Stille – und auch den Lärm – in mir zu finden, die ich brauchte, um meine Romane zu schreiben«, sagte er. »Ich bin mir sicher, dass ich ohne sie heute Abend nicht hier stehen würde. Ich würde stattdessen zu Hause sitzen und wie benommen mit offenem Mund auf ein weißes Stück Papier starren.«

Eilfertiges Gelächter ertönte; natürlich würde er trotzdem dort oben stehen, dachte das Publikum. Doch wie bewundernswert, dass der Gewinner des Helsinki-Preises sich seiner Frau gegenüber so großzügig zeigte, dass er sie auf diese Weise hervorhob, während er auf der Bühne stand, um diesen Preis für seine lange, harte Arbeit in der literarischen Sträflingskolonne entgegenzunehmen. Er hatte Steine gespalten, und ich hatte ihm den Schweiß von der Stirn gewischt und ihm ein kühles Getränk gebracht. Die Hitze und die Anstrengung des Bücherschreibens hätten ihn beinahe in die Knie gezwungen, doch ich war immer da gewesen, hatte ihm das verschmutzte Hemd ausgezogen und ein neues gebracht, hatte ihm hineingeholfen, es für ihn zugeknöpft, ihm gut zugeredet, wenn er Ermutigung brauchte, hatte nachts neben ihm im Bett gelegen, ihm gesagt: *Du schaffst das,* obwohl seine Knöchel aneinandergekettet waren und er erschöpft und den Tränen nah war. Du schaffst das, sagten wir Ehefrauen, du schaffst das, und wenn sie es wirklich schafften, waren wir glücklich wie Mütter, deren Babys einen ersten, wackeligen Schritt gemacht und sich für immer von den haltgebenden Möbeln gelöst hatten.

Diese wohlmeinenden Finnen sahen mich an, diese Menschen, die meinem Mann einen Scheck in Höhe von 525 000 Dollar gegeben hatten. Sie gaben uns ihre *markka,* und sie lächelten zu mir herauf, nickten und priesen den Charme und die subtilen Fähigkeiten der Ehefrau.

Jeder weiß, wie Frauen unermüdlich weitermachen, wie sie Pläne entwickeln, Rezepte, Ideen für eine bessere Welt, die sie dann manchmal auf dem Weg zum Gitterbett mitten in der Nacht, zur Drogerie oder ins Badezimmer verlieren. Sie verlieren sie, während sie ihren Ehemännern und ihren Kindern den Weg ebnen, auf dem diese glücklich durchs Leben gehen.

Aber sie wollen es doch nicht anders, würde Bone vielleicht sagen. Sie wollen doch diese Frau sein, diese Mutter. Es zwingt sie doch niemand mehr, das ist vorbei. Wir hatten eine Frauenbewegung in Amerika, wir hatten Betty Friedan und Gloria Steinem mit ihrer Fliegerbrille und ihrer betonierten Klammer-auf-Klammer-zu-Frisur. Wir leben jetzt in einer völlig neuen Welt. Frauen haben Macht. In ein paar Jahren wird wahrscheinlich Valerian Qaanaaq in einem traditionellen Inuit-Gewand auf genau dieser Bühne stehen und über ihre Kindheit in dem berüchtigten Sode-und-Schnee-Iglu sprechen.

Manche Frauen entscheiden sich anders, das stimmt. Sie leben ein ganz anderes Leben: Lee, die Journalistin, die ich in Vietnam getroffen hatte; Brenda, die Prostituierte. Oder sie entwickeln zumindest ein Modell, das auf Kinderbetreuung fußt oder auf einem Mann, dem es nichts ausmacht, den ganzen Tag über mit einem Säugling zu Hause zu bleiben. Einem Mann, der vielleicht auch Milcheinschuss hat. Oder vielleicht wollen manche Frauen diese Babys auch gar nicht erst, und das Leben öffnet sich ihnen als grenzenloses Tätigkeitsfeld. Und ab und zu reagiert die Welt, indem sie sie hereinlässt, ihnen einen Schlüssel gibt, eine Krone. Ja, das passiert. Aber meistens passiert es nicht.

Sie klingen verbittert, würde Bone sagen.

Weil ich es bin, würde ich antworten.

Jeder brauchte eine Ehefrau; eigentlich brauchen selbst *Frauen* eine Ehefrau. Ehefrauen kümmern sich, sie schweben um einen herum. Ihre Ohren sind hochempfindliche Zwillingsinstrumente, Satelliten, die die leiseste Spur von Unzufriedenheit erfassen. Ehefrauen bringen Brühe, wir bringen Heftklammern, wir bringen uns selbst und unsere schmiegsamen, warmen Körper. Wir wissen genau, was wir zu den Männern sagen müssen, denen es aus irgendeinem Grund so schwerfällt, sich dauerhaft um sich selbst oder andere zu kümmern.

»Glaub mir«, sagen wir, »alles wird gut.«

Und dann sorgen wir dafür, dass es das auch tut, so als würde unser Leben davon abhängen.

Sechs

Betrunken: Joe und ich waren auf eine Art und Weise betrunken, die nach triumphalen Momenten zulässig ist, ja erwartet wird. Hätte uns ein Fremder bei diesem Bankett im Opernhaus gesehen, hätte gesehen, wie Joe sich vorbeugte, wenn er mit jemandem sprach, wie er den Kopf zur Seite legte und sich aufs Knie schlug, er hätte uns für Finnen gehalten. Betrunkene Finnen, die das halbe Jahr sie umzingelnder Dunkelheit zu vergessen suchten; glückliche Finnen, sorglose Finnen – *Huckleberry Finnen*. Joe hatte seinen Preis bekommen und seine Rede gehalten, und wir hatten den Abend an der Festtafel verbracht, hatten die anderen umkreist, waren umkreist worden, hatten die Lichtgestalten nicht nur der skandinavischen Länder getroffen, sondern auch die Romanciers, Journalisten und Publizisten, die aus London, Paris, Rom eingeflogen worden waren. Das Atrium des Opernhauses, wo extrem lange Tische aufgestellt und mit Leinen bedeckt worden waren, hatte hohe Decken, und die Raumakustik verstärkte das aufgeregte, multilinguale Geplapper. Toasts wurden in vielen verschiedenen Sprachen und ohne Übersetzer ausgebracht, und Joe und ich lächelten und hoben unsere Gläser zusammen mit allen anderen, ohne zu wissen, worauf wir anstießen, was wir unterschrieben, worüber wir so wacker lachten.

Der Präsident und seine Frau gingen früh; jemand erwähnte beiläufig, dass Kristian abends gern noch etwas Sky TV schaute und dann schlafen ging und dass er nie von dieser Routine abwich, auch nicht ein Mal im Jahr zu Ehren des Helsinki-Preisträgers. Ich wollte zu seiner Frau sagen: »Oh, könnten Sie nicht noch ohne ihn bleiben?«, aber es war zu spät, sie waren davongeführt worden, die marmornen Stufen hinunter und vielleicht in eine wartende, von Rentieren gezogene Kutsche.

Stunden später verließen auch Joe und ich endlich die Feier, begleitet von zwei Dutzend liebenswürdigen Publizisten, Autoren und Würdenträgern, die Joe beschwatzten, den Abend noch nicht ausklingen zu lassen, ihn noch ein wenig zu verlängern, diesen besonderen Abend, der so anders als alle anderen finnischen Abende war, so wie das Passahfest. Das Passahfest, ein Feiertag, über den die wenigsten dieser Leute Genaueres wussten. (»Aber ja, das ist doch der Tag, an dem sich die jüdischen Menschen zurückziehen, stimmt's?«) Sie waren charmant und aufgeweckt, wollten mit Joe über amerikanische Literatur und Geopolitik diskutieren, wollten noch weiter über Terrorismus und Zukunftsangst sprechen. In einer Limousinenflotte fuhren wir zu einer sehr alten, traditionellen Brasserie im Stadtzentrum; wir waren angemeldet, und die Betreiber waren auf uns vorbereitet: Die Räume waren mit Blumen und Girlanden geschmückt, und es gab hell angestrahlte Eisberge, auf denen Krebse lagen, aber wir konnten alle nicht viel essen, denn das Festbankett war geradezu beschämend üppig gewesen, mit Ziegeln aus Foie gras, verschiedenen Wildvögeln und geometrisch angeordneten Käsestücken.

Einige Mitglieder der Finnischen Literaturakademie waren damit beschäftigt, Joe die ersten Zeilen des *Kalevala* auf Finnisch und Englisch beizubringen. Sie legten die Arme umeinander und rezitierten lallend. Joe stand in ihrer Mitte, strahlend, lausbubenhaft, seine Stimme lauter als die der anderen. Er hatte heute Abend zu viel gegessen; ich hatte gesehen, wie er Berge von Transfetten, in Jacken aus verbrannter Haut gehülltes Tierfleisch und Käse über Käse verschlungen hatte, gefolgt von den besten Weinen der Welt, die aus den Tiefen irgendeines nordischen Kellers heraufgetragen wurden. Ich hatte gesehen, wie er alles in sich hineinspachtelte und hineinschüttete, den Mund so weit aufgerissen, dass ich seine zahnärztliche Behandlungsgeschichte nachverfolgen, das Silber und Gold sehen konnte, das in die Vertiefungen gedrückt war, und den langen, dunklen Schlund, der zu dem unvollkommenen Herzen mit der Herzklappe aus zweiter Hand hinunterführte.

Unsere Geschäftsbeziehungen waren am Ende, dachte ich, während ich ein weiteres Glas leerte und ihn ansah. Die Transaktion unserer Güter war nahezu abgeschlossen, der endlose Austausch von Flüssigkeiten und wichtigen Informationen, das Zeugen von Kindern. Alles war erledigt: das Kaufen von Autos, das Urlaubmachen, das Gewinnen von Preisen in entlegenen Orten. Das Gewinnen *dieses* Preises. Die Anstrengungen hinter all dem: Gott, wie anstrengend es war. Schluss jetzt, hätte ich zu ihm sagen sollen. Schluss damit. Lass mich jetzt gehen, damit ich nicht noch ein weiteres Jahrzehnt neben deinem zufriedenen Gesicht und deinem gut gefüllten Bauch aufwachen muss, der dich des Blickes auf deinen eigenen, wartend daliegenden Penis beraubt.

»Ich gehe ins Hotel«, flüsterte ich ihm zu. »Mir reicht es für heute Abend.« Er unterhielt gerade den ganzen Tisch mit einer Geschichte aus seiner Jugend in Brooklyn; ich schnappte das Wort *brisket* auf, und dann erklärte ein Übersetzer auf Finnisch, was eine *brisket* war, und ich wusste, dass ich sofort wegmusste. Ich hatte alle von Joes Geschichten viele Male gehört, die ungeschönten genauso wie die ausgeschmückten.

Joe drehte sich zu mir um. »Bist du sicher?«, fragte er, und ich sagte, ja, ich sei müde, der Fahrer würde mich hinbringen, und Joe solle nur bleiben, was er natürlich auch tat. Alle wünschten mir von Herzen eine gute Nacht, all diese neuen Freunde, die ich niemals wiedersehen würde, die eleganten Männer und Frauen dieses entzückenden, tapferen Landes. Tapfer, dachte ich, weil es so weitab vom Rest der Welt lag, dem es teilweise nacheiferte, weitab von Schrecken und billigem Nervenkitzel. Tapfer, weil es wusste, dass es bald für die Dauer eines weiteren Winters in Schlaf versetzt werden würde, nur um gemeinsam mit den Bären wieder geweckt zu werden, wenn die Rotation der Erde es für kurze Zeit ins Sonnenlicht tauchte.

Ich glitt auf die Rückbank der Limousine, und der Fahrer lenkte den Wagen in Richtung des Intercontinental. Es war nach drei Uhr morgens, und wir fuhren langsam am Hafen entlang, wo ein kastenförmiger alter russischer Ozeanriese – die *»Konstantin Simonow«*, wie an seine Seite geschrieben stand – neben einem schnittigeren norwegischen Schiff ankerte. Ich erinnere mich daran, wie ich die gigantischen Schiffe betrachtete und höflich zuhörte, während der Fahrer mir irgendetwas über die Geschichte des Hafenviertels erzählte, aber dann ergab ich mich meiner Trunkenheit. Mein Kopf war eine Bowleschüssel voller finnischer Spirituosen. Ich legte die Füße hoch, streckte mich auf der Sitzbank aus und überlegte, wie schön es war, die Feier allein zu verlassen. In der Ehe ist man wie ein siamesischer Zwilling, was einen häufig dazu zwingt, in Räumen zu warten, denen man lieber den Rücken zudrehen würde, aber heute Nacht war ich allein unterwegs. Er war meine andere Hälfte, und ich wollte, dass wir getrennt wurden.

»Wirst du ihn verlassen?«, fragte eine Stimme.

Es war eine Frau, die aus der Bowleschüssel heraus zu mir sprach. Ich konnte sie sehen, ohne die Augen aufzuschlagen. Es war eine Frau, die ich seit über vierzig Jahren nicht gesehen hatte: Elaine Mozell, die Autorin, die damals im Smith College gelesen hatte. Ihr Aussehen war unverändert, die Haare voll, das Gesicht gerötet. *Sie* war unverändert, ein eingefrorener Geist, und sie war noch immer betrunken, aber ich war betrunkener.

»Ja«, sagte ich. »Das werde ich.«

»Hast du bekommen, was du wolltest?«, fragte sie.

»Ich weiß gar nicht so recht, was sie eigentlich wollte«, sagte eine andere Stimme, die sich rasch als die meiner in der Nähe schwebenden Mutter entpuppte. »Der Mann war *Jude*«, fuhr sie fort. »Das war ihr erster Fehler.«

Selbst achtzehn Jahre nach dem Tod meiner Mutter roch ihr Haare noch immer nach Schönheitssalon. Es gab im Jenseits also Schönheitssalons, in denen aufrechte, verlorene Seelen unter Hauben saßen und ins Nichts starrten, während ihre Gedanken von der heißen Luft aus ihren Köpfen gepustet wurden.

»Sie wollte an seiner Seite sein«, sagte jemand anderes, und ich sah, dass es die arme Tosha Bresner war, die sich das Leben genommen hatte. Eine kleine, dürre Frau, die noch immer eine feuchte Masse aus Kartoffeln, Eiern und Zwiebeln knetete und von einer Hand in die andere wandern ließ.

»Wer hätte das nicht gewollt? Es war ihre Chance, mit einem großen Mann zusammen zu sein. Ihn zu unterstützen«, erklärte Elaine.

»Nein, das ist es nicht. Überhaupt nicht«, sagte ich zu der Reihe von Gesichtern. »Ihr versteht es nicht.«

»Sie hätte es auch anders haben können«, erklang eine neue Stimme, eine gebieterische Stimme, die mit Akzent sprach, und sie gehörte der Schriftstellerin Valerian Qaanaaq, die in ein traditionelles Inuit-Gewand gekleidet war. »Ich habe es schließlich auch geschafft«, sagte sie. »Und ich hatte nicht die geringste Hilfe. Glaubt ihr vielleicht, meine Familie hätte gedacht, dass ich Autorin werde? Von wegen. Aber ich wurde es trotzdem.«

Sie warteten, diese Geister; sie schwebten auf der Stelle, wollten hören, was ich zu sagen hätte.

Ich musste an die Anfänge zurückdenken, ein Bild wie aus dem Archiv, auf dem ich mit neunzehn Jahren an meinem Arbeitsplatz in der Bibliothek des Smith College saß und Geschichten schrieb. Professor J. Castleman, M. A., hatte die Lust dazu in mir geweckt, hatte sie durch die Art, wie er über Bücher sprach, aus mir herausgekitzelt, durch die Weise, auf die er Literatur verehrte, auf die er James Joyce' kurzes, perfektes Meisterwerk »Die Toten« verehrte.

»Na ja, vor langer Zeit habe ich wohl wirklich mal eine Weile darüber nachgedacht, Schriftstellerin zu werden«, gestand ich ihnen.

»Und hast du es geschafft?«, fragte Elaine.

»Ich schon«, trällerte Valerian Qaanaaq, als hätte sie jemand gefragt.

»Ich habe dir gesagt, dass sie dich nicht reinlassen, oder?«, sagte Elaine Mozell.

»Ja, das hast du. Aber vielleicht war ich auch einfach nur zu schwach.«

»O nein, das warst du nicht«, sagte Tosha. »Ich habe dich bewundert. Du warst immer so wagemutig. Ich hätte nicht die Hälfte von dem tun können, was du getan hast, oder sagen, was du gesagt hast. Ich hatte Angst, aber du hattest keine.«

»Ich hatte auch Angst«, sagte ich zu ihr.

»Nein, du warst nur realistisch«, sagte Elaine. »Du wusstest, dass du nicht haben konntest, was sie haben. Du wolltest ihre Muskelkraft. Du wolltest Bedeutung. Du wolltest, dass deine Stimme noch aus dem Grab weiterplappert. Immer weiterplappert, in der Hölle, in die ein gewisser Autorentypus kommt, wenn er diese Welt verlässt. Aber die Sache ist die: Sobald sie die Hölle betreten, gehört sie ihnen auch.«

»Er ist *Jude*«, sagte meine Mutter.

»Ein dicker, fetter Romanschreiber«, sagte Elaine Mozell. »Der Mann, der sich alles genommen hat.«

»Er ist mein *Junge*!«, schrie eine neue Stimme, und ich sah, dass sie Joes Mutter gehörte. Sie kreiste in ihrem geblümten Kleid über den anderen, riesig und leuchtend, ihr Gesicht rosig vor Vergnügen. »Er ist nur ein *Junge*! Warum gehst du so hart mit ihm ins Gericht? Du solltest ihm alles verzeihen. Was bleibt dir auch sonst übrig?«

In der Hotellobby standen zwei Pagen bereit, als wäre es mitten am Tag und nicht mitten in der Nacht. Sie nickten mir zu, als ich in meinem silbergrauen Abendkleid und meinen Absatzschuhen den großzügig dimensionierten Raum durchquerte, und ich versuchte, anmutig, würdevoll und majestätisch zu wirken statt einfach nur betrunken.

»Hatten Sie einen schönen Abend, Mrs Castleman?«, fragte einer von ihnen. »Wir haben die Zeremonie im Fernsehen verfolgt.«

»Danke, es war sehr schön«, sagte ich. »Gute Nacht.«

Ich stand einen Augenblick lang da und durchwühlte meine Handtasche nach dem Schlüssel für den Aufzug. Während ich darin herumkramte, sah ich in Gedanken vor mir, wie ich nach oben fahren, die Fingerspitzen in einen kleinen Tiegel mit Gesichtscreme tauchen und vor einem riesigen Spiegel in einem der überwältigend großen Badezimmer das Make-up entfernen würde, das ich einige Stunden zuvor sorgfältig aufgetragen hatte. Niemand würde da sein, um mir den Reißverschluss zu öffnen; nicht Joe, der mir die Hand in den Nacken legen und sie abwärts bewegen würde, begleitet vom Geräusch des Reißverschlusses, das sich wie der ferne Schrei einer Frau anhörte, überdeckt von den Klängen einer Zither.

Kein Joe. Nachdem wir uns getrennt hätten, würde ich mir selbst den Reißverschluss öffnen müssen, würde wieder lernen müssen, meinen Ellbogen im richtigen Winkel zu beugen, so wie ich es früher getan hatte, und ab der Mitte die Hand zu wechseln und ihn hinunterzuziehen bis zum Steiß, zum Hintern, um aus dem Kleid zu steigen.

Unsere Hotelsuite war für die Nacht hergerichtet worden, offenbar von einer Armee von Zimmermädchen, die mit den Armen über die Tagesdecke auf unserem Bett gefahren waren, sie geglättet hatten, bis sie so flach dalag wie Sand, den der Wind über die Wüste verteilt hat. Nachdem ich mich ausgezogen hatte, zerstörte ich den Effekt, indem ich die Decke zur Seite schlug, und schlief augenblicklich ein.

Um fünf Uhr hörte ich Joes Schlüsselkarte in der Tür, die ihm mit einem leisen Klicken Einlass gewährte. Er stolperte herein, sein Smoking verrutscht, der Kummerbund über seinen Arm gelegt, als wäre er ein Kellner, der eine Stoffserviette trug. Er sah benebelt und glücklich aus, die Medaille hing noch um seinen Hals. Er kam ins Zimmer und legte zuerst die Medaille ab und zog dann Hemd und Unterhemd aus.

»Joan, schläfst du schon?«, fragte er.

»Ich bin wach«, sagte ich und richtete mich am Kopfende des Bettes auf.

»Ich bin betrunken«, sagte er überflüssigerweise. »Und ich habe mich überfressen wie ein Hund. Diese Finnen haben einfach nicht aufgehört, mich zu füttern. Gott, ich liebe die Finnen, sie sind total unterschätzt. Und dieses *Kalevala* ist großartig! Eins der Parlamentsmitglieder – der Typ mit dem spitzen roten Bart – hat es immer weiter rezitiert, bis alle geheult haben wie Babys, mich eingeschlossen. In meinem nächsten Buch wird ein Finne vorkommen. Auf jeden Fall.«

»Hör auf, Joe«, sagte ich. »Du plapperst einfach nur, und es ist mir gerade zu viel.«

»Tut mir leid«, sagte er. »Es ist schwer abzustellen, weißt du, so von hundert auf null.« Er schüttelte den Kopf. »Ich gehe noch in die Sauna.«

Und dann zog er den Rest seiner Kleidung aus und ging zur Sauna am anderen Ende der Suite. Ich hörte die Tür, und er war drinnen. Ich folgte ihm zu dem kleinen Räumchen, linste durch das dunkle Rechteck aus Glas, und sah, wie er, von einem Handtuch bedeckt, auf dem Holz lag, schon halb eingenickt. Ich öffnete die Tür und trat in meinem Nachthemd in die heiße Luft, die sich augenblicklich zu verflüssigen schien.

»Joe.«

Er öffnete ein Auge und sah zu mir herauf. »Was denn, Joan? Was ist los?«

Ich atmete ein, atmete aus und sagte zu ihm: »Ich muss dir etwas sagen. Und es gibt keinen guten Zeitpunkt dafür.«

»Dann sag es einfach«, sagte er und setzte sich auf.

»Also gut. Wenn wir wieder in New York sind, lasse ich mich scheiden. Ich habe es mir gut überlegt.«

»Ah, ich verstehe«, sagte er. »Du wartest, bis mein Körper auf eine Million Grad erhitzt ist, um es mir zu sagen. Du wartest, bis ich nichts mehr tun kann, bis ich *gegrillt* bin.« Er goss noch etwas Wasser auf, und es zischte auf den Kohlen.

»Versuch dich mal in meine Lage zu versetzen. Ich will eine neue Chance im Leben«, sagte ich. »Ich bin vierundsechzig Jahre alt. Ich bin beinahe *Seniorin*. Ich komme überall zum halben Preis rein, und ich will alleine rein. Spiel jetzt bitte nicht den Wütenden oder Todtraurigen oder Schockierten, denn nichts davon kannst du wirklich sein. Sei einmal im Leben vernünftig und hör einfach zu.«

»So gratulierst du mir also zu meinem Preis?«, sagte er. »Dann sag ich dir mal was: Da scheiß ich drauf.«

»Gratulieren? Warum zur Hölle sollte ich dir gratulieren?«, fragte ich. »Hat man dir nicht schon genug gratuliert?«

Er schwieg kurz. »Zufällig war ich es, der dir die Welt der Literatur gezeigt hat, falls du dich erinnerst«, sagte er, aber nein, das stimmte nicht; ich war diejenige, die ihn dorthin gebracht und ihn hineingeführt hatte. Ich hatte dem jungen Verfasser von »Sonntags keine Milch« den Hintern gerettet.

»Die Sache ist die: Ich habe in letzter Zeit festgestellt, dass ich es einfach nicht mehr mit dir aushalte.«

»Darum warst du so zickig«, sagte er.

»Mich wundert nur, dass es überhaupt so lange gehalten hat«, antwortete ich. »Eigentlich hätte ich schon vor Jahren den Schlussstrich ziehen sollen.« Er war knallrot und feucht. Er legte eine

Hand an den Kopf. So lange Zeit hatte ich ihn angesehen und angesehen; es war mir zur Gewohnheit, zur Berufung geworden, und jetzt konnte ich endlich damit aufhören. »Wenn wir nach Hause kommen«, fuhr ich fort, »gehe ich zu Ed Mandelman und treffe alle Vorkehrungen.«

»Du hast dich fast nie beschwert über das, was wir hatten«, sagte er. »Du warst doch immer *zufrieden*.«

»Das ist lange her.«

»Ja, und du fandest es aufregend«, sagte er. »Du hast mir gesagt, wie spannend es für dich wäre. Ein *Teil* von allem zu sein. Dann bist du alt geworden, und auf einmal war dir nichts mehr genug. Du bist wie diese alten Frauen im Restaurant geworden: *Nehmen Sie das wieder mit. Ich mag das nicht.* Weißt du, ich glaube, es ist dieser Preis«, fuhr er fort. »Er ist daran schuld. Er hat das Fass zum Überlaufen gebracht. Die Tatsache, dass sich nach meinem Tod tatsächlich jemand an mich erinnern und länger als zwei Minuten an mich denken könnte, auch wenn mein Sohn mich hasst und meine Töchter meinen, dass ich sie im Stich gelassen hätte, und meine Frau mir sagt, dass sie mit mir fertig ist.«

»Fragst du dich denn nie, warum?«, sagte ich. »Du glaubst, dass dir diese Dinge einfach so passieren, oder? Dass du nur ein unbeteiligter Zuschauer bist.«

»Nein, das habe ich nie gesagt.«

»Du hast die Kinder nie wirklich an dich herangelassen«, sagte ich. »Selbst jetzt nicht. Ihr Vater bekommt den Helsinki-Preis, und du willst sie eigentlich gar nicht bei dir haben.«

»Hast du dir nie Gedanken darüber gemacht, warum ich vielleicht nicht will, dass sie das hier mitkriegen, nicht *sehen* will, wie sie es mitkriegen?«

»Nein«, sagte ich. »Habe ich nicht.«

»Nun, vielleicht solltest du das.«

»Du bist mir ein völliges Rätsel, Joe«, sagte ich. »Ich habe nie verstanden, wie du tun kannst, was du tust.«

»Ich verstehe«, sagte Joe. Er legte sich auf den Rücken und schloss kurz die Augen. »Ich möchte dich daran erinnern, dass dich niemand gezwungen hat, mit mir durchs Leben zu gehen, Joan«, fügte er hinzu.

»Das kommt darauf an, was man unter ›zwingen‹ versteht«, sagte ich. »Du warst, wer du warst; du hast gewisse Dinge eingefordert. Und ich hatte nichts, ich blickte zu dir auf. Ich war im Grunde eine erbärmliche, traurige Gestalt.« Er versuchte nicht, das in Abrede zu stellen, und aus irgendeinem Grund fügte ich hinzu: »Ich bin mit Nathaniel Bone was trinken gegangen.«

Joe starrte mich an, dann nickte er. »Alles klar. Er hat dich bearbeitet, oder? Was hat er gesagt? *Verlassen Sie ihn, Joan. Leben Sie Ihr eigenes Leben. Sie haben etwas Besseres verdient. Ihr Mann ist ein Schwein, er hat mir nicht erlaubt, seine Biografie zu schreiben.*«

»Nichts davon hat er gesagt«, erwiderte ich.

Ich spürte die Hitze der Sauna jetzt am ganzen Körper. Ich glaubte, ich würde ohnmächtig werden, schmelzen oder auseinanderfallen. Schließlich setzte ich mich auf die Holzbank gegenüber von Joe; da saßen wir in diesem kleinen Kämmerchen, rotgesichtig, wütend und unnachgiebig. Ich goss Wasser auf den Steinhaufen und sah zu, wie sich eine Wand aus Dampf zwischen uns erhob.

»Los«, hatte Joe an jenem Nachmittag im Jahr 1956 im Waverly Arms zu mir gesagt. »Lies.«

Er hatte meine Hand zu dem Stapel Seiten geführt, die er beschrieben hatte, während ich in der Wohnung meiner Eltern gewesen war. Ich hatte die angemessenen gurrenden Ausrufe der Begeisterung und Überraschung von mir gegeben und mich dann aufs Bett gesetzt, um die ersten fiebrig heruntergeschriebenen einundzwanzig Seiten von *Die Walnuss* zu lesen. Und er hatte sich mir tatsächlich gegenübergesetzt, um mir beim Lesen zuzusehen.

»Joe, du machst mich nervös«, hatte ich gesagt. »Lass das bitte.« Aber ich spielte nur auf Zeit, denn schon nach den ersten drei Minuten war ich in Panik.

Schließlich warf ich ihn hinaus, und er wanderte allein durchs Village, lief an der Bleecker Street entlang, machte an einem Plattenladen halt, wo er sich in eine Kabine stellte und sich eine Platte von Django Reinhardt anhörte. Irgendwann hielt er es nicht mehr aus – er musste einfach wissen, was ich dachte – und kam ins Hotel zurück.

»Und?«, fragte er fordernd, sobald er das Zimmer betreten hatte.

Ich hatte es schon seit einer Weile ausgelesen. Die Seiten lagen mit der Vorderseite nach unten da, und ich rauchte eine Zigarette. Ich dachte an die Absageschreiben, die er, wie er mir erzählt hatte, von Literaturzeitschriften bekommen hatte, selbst von den kleinsten, unbedeutendsten. »Aber wenden Sie sich in Zukunft gern wieder an uns«, hatten sie in fröhlicher Handschrift angeboten, so als hätte er alle Zeit der Welt, um es immer wieder aufs Neue zu versuchen, als würde ihn jemand finanziell unterstützen, während er es probierte und probierte.

»Hör mir zu«, sagte ich und war den Tränen nah. »Du hast mich gebeten, ehrlich zu sein, und das werde ich«, obwohl ich, als ich später daran zurückdachte, begriff, dass er mich gar nicht explizit gebeten hatte, ehrlich zu sein; ich hatte einfach angenommen, dass es ihm darum ging. Ich schwieg kurz und sagte dann: »Es tut mir wirklich, wirklich leid, aber es funktioniert für mich nicht.« Ich kniff die Augen zu und legte den Kopf in den Nacken, als hätte ich plötzlich Zahnschmerzen bekommen. »Es ist irgendwie nicht lebendig«, setzte ich leise hinzu. »Ich habe mir so gewünscht, dass es funktioniert, mehr als alles auf der Welt, ich meine, Gott im Himmel, es ist die Geschichte des Anfangs unserer Beziehung, also müsste es doch irgendetwas in mir auslösen, oder? Müsste ich beim Lesen nicht fühlen, was ich in

Wirklichkeit gefühlt habe? Wie an der Stelle, wo Susan zur Wohnung von Professor Mukherjee geht, um seine Katze zu füttern, und dort mit Michael Denbold schläft? Ich dachte nur: *Ich habe keine Ahnung, wer diese Leute eigentlich sind.* Denn nimm es mir nicht übel, Joe, aber du hast sie einfach nicht lebendig gemacht.«

Er sackte neben mir zusammen. »Aber was ist mit ›Sonntags keine Milch‹?«, sagte er wütend. »So anders ist die Geschichte auch nicht. Und die mochtest du doch.«

Ich senkte den Blick, zupfte an der mit Knötchen übersäten Decke herum. »Ich habe gelogen«, flüsterte ich. »Es tut mir wirklich leid. Ich wusste nicht, was ich sonst tun sollte.«

»Ach, Scheiße«, sagte Joe. Dann stand er auf und sagte: »Das hat keinen Sinn.«

»*Was* hat keinen Sinn?«

»Das alles hier, diese Beziehung. Dieses Leben. Ich kann das nicht, ich kann es einfach nicht.«

»Joe«, sagte ich, »nur weil ich deinen Roman nicht mag, heißt das doch nicht, dass –«

»Doch, das heißt es!«, schrie er. »Was soll ich denn sein, dein kleiner Hausmann? Soll ich hier herumsitzen, die Wäsche machen und einen Braten kochen, während du zur literarischen Sensation wirst?«

Ich glaube, mich zu erinnern, dass ich an diesem Punkt zu weinen anfing. »In unserer Beziehung geht es nicht ums Schreiben«, sagte ich. »Wir haben andere Dinge, andere Arten, uns –«

»Ach, halt den Mund, Joan«, sagte Joe. »Halt einfach den Mund. Du machst es mit jedem Wort nur schlimmer.«

»Joe, hör mir zu«, sagte ich. »Ich habe für dich das College geschmissen. Ich weiß, dass das hier richtig ist. Denk doch nur daran, wie es sich anfühlt.«

»Ich kann mich nicht erinnern«, sagte er bockig.

Er schnappte sich ein Päckchen Zigaretten und rauchte eine

nach der anderen, um sich zu beruhigen. Er schien zu begreifen, dass er nicht gleich an diesem Abend mit mir Schluss machen musste; er konnte sich Zeit nehmen, Zeit, um nachzudenken, sich über alles klarzuwerden. Wohin sollte er gehen? Zurück nach Northampton zu Carol, seiner wütenden Frau, dem puterroten, schreienden Baby und einem College, das ihn nicht mehr haben wollte?

Nach einer Weile hob er die zum Scheitern verurteilten Seiten auf und sagte: »Also gut. Das war eine Lektion in Demut. Und jetzt zeig mir, wo es hapert. Ich kann es vertragen.«

»Wirklich?«

»Wirklich.«

Wir setzten uns nebeneinander, die Seiten vor uns ausgebreitet, und ich machte ihn auf die offensichtliche Reizlosigkeit mancher Sätze aufmerksam und die vertanen Chancen, die andere Sätze bargen. Ich hatte das Gefühl, alles mit großer Klarheit zu erkennen, so als wären die schwachen Passagen von einer übereifrigen Studentin farbig markiert worden. Ich war einmal diese Studentin gewesen, hatte für meine Literaturkurse Romane gelesen und den roten Faden des Textes erfasst, das Kunstvolle daran, die feinen Nuancen und die cleveren Manipulationen des Autors. *Was ist die Intention des Autors?* Das war die Frage, die wir immer stellten, obwohl es eigentlich sinnlos war, das zu fragen. Niemand konnte es wissen; niemand konnte in die dicht bepackten, verschnörkelten Gehirne jener Romanciers des neunzehnten Jahrhunderts hineinschauen, deren Bücher wir lasen. Und auch wenn wir es hätten wissen können, hätte es keine Rolle gespielt, denn das Buch wurde zum Körper, zum Gehirn, zu den Eingeweiden des Autors. Und der Autor selbst – oder manchmal auch die *Autorin* selbst, die Brontë-Schwestern mit ihren Hauben oder Jane Austen, diese schelmische Beobachterin des Gesellschaftslebens – wurde zur Hülle, zur vertrockneten Schale, die zu nichts mehr gut war.

Die Bücher blieben, wenn sie gut genug waren. Wenn sie deutlich genug zu den Lesern sprachen. Wen interessierte es letztlich, wer sie geschrieben hatte? Ich liebte sie als Gegenstände, als Schmuckschatullen voller Juwelen, als die Juwelen selbst. Ich wollte Joes Manuskript in etwas verwandeln, das ich ebenfalls lieben könnte, und so machte ich behutsam den Anfang.

»Wenn ich du wäre«, sagte ich, »würde ich es so machen. Aber du bist nicht ich, also musst du natürlich nicht auf mich hören«, fuhr ich fort, und dann nahm ich einen Bleistift, strich Wörter aus und ersetzte sie durch andere, die von dem Moment an, in dem sie auf der Seite erschienen, so eindeutig besser waren, so eindeutig das Gegengift zu seiner schlechten Wahl. Ich strich immer weiter, bis die Seite völlig schwarz war. Anschließend tippte ich die neue Version auf Joes Schreibmaschine ab; Gott im Himmel, dachte ich, selbst im Tippen war ich besser als er. Ich saß da und arbeitete wie eine vorwitzige Chefsekretärin, und die Worte erschienen auf dem Papier, als würden sie von einem verborgenen Chef diktiert werden. Ich schrieb sie einfach, als hätte ich sie gelebt; es war nichts anderes, als die Geschichten zu schreiben, die ich in Joes Kurs am Smith College verfasst hatte, und auch wenn die einzelnen Szenen jetzt länger waren, konnte ich die Dialoge so mit Bedeutung aufladen, wie ich wollte, ich konnte die Beschreibungen ausführlich anlegen, ohne dabei unökonomisch zu werden, denn ich wusste, dass weniger mehr war. Das hatte mir Professor Castleman beigebracht. Als ich fertig war, reichte ich ihm schweigend das Manuskript; ich war aufgeregt, aber ich unterdrückte mein eigenes Glücksgefühl, meinen Stolz und meine Eitelkeit, die überzusprudeln drohten, wenn ich nicht aufpasste.

Als wir später am Abend, nachdem wir uns beide etwas beruhigt hatten, durch das Viertel spazierten, machten wir an einer hell erleuchteten kleinen italienischen Konditorei halt, um die rechteckigen Walnusskuchenstücke zu essen, die wir beide so gern mochten. »Ich verstehe mein eigenes Leben nicht mehr«, sagte er. »Wenn ich keinen anständigen Roman schreiben kann, wenn ich keinen Verlag finde, dann bin ich am Arsch, Joanie.«

»Das stimmt nicht.«

»Doch, das stimmt.«

Er erzählte mir, wie sehr er immer hatte Schriftsteller werden wollen, schon damals als vaterloser Junge, der sich vor der Wohnung voller Frauen in die öffentliche Bibliothek von Brooklyn flüchtete, wo er sich zwischen die Bücherregale hockte und Romane las. Er war den Tränen nah, als er darüber sprach. Er wandte den Kopf ab, kniff die Lippen zusammen, bemüht darum, die Fassung zu wahren. »Mein Vater war jeden Tag da, und dann war er es auf einmal nicht mehr. Und das war's.«

Joe wolle jetzt meine Hilfe, sagte er. Würde ich das für ihn tun? Es wäre nur für diesen einen Roman; er könne mir Dinge erzählen, die er beobachtet oder erlebt oder einfach erspürt habe, und ich könne sie aufschreiben; sein Kopf und sein Leben seien mit Erfahrungen angefüllt.

»Und nach diesem Buch«, sagte er, »bist du dran. Du schreibst einen Roman. Und er wird großartig werden.«

Und es hörte sich für mich schlüssig an; ich könnte ihm dieses eine Mal helfen, könnte ihn quasi durch das Buch führen, und das wäre vielleicht gar nicht so schlecht. Er würde im Schnellverfahren lernen, wie man es richtig machte, und würde danach nicht mehr so viel Hilfe brauchen, und dann könnte ich tatsächlich meine eigenen Romane schreiben, wie er es gesagt hatte. Er wäre veröffentlichter Autor, und er wäre mein Mann, und wir könnten aus dem Waverly Arms aus- und in eine schöne Wohnung einziehen.

Joe hatte stapelweise Romane in dem Haus in Northampton zurückgelassen; er konnte sie blind zitieren, jene brillanten Hochkaräter wie James Joyce, dessen Bücher ihn krank vor Liebe machten, wenn er sie las. Aber er würde ohne mich kein Mitglied dieser Bruderschaft werden, dieser Männer, die, fein säuberlich zwischen zwei Buchdeckel gepresst, unter den Armen von Studenten und verträumten Literaturliebhabern durch die Gegend getragen wurden. Alles, was er hatte, waren das Aussehen, die Attitüde, die Ehrfurcht und das Verlangen, ein großer Autor zu werden, aber das war alles bedeutungslos, wenn man nicht »das Material« mitbrachte, wie er es nannte. Wenn er auf sich allein gestellt so weitermachte, würde er sein Leben lang Texte in der *Karyatide* und ähnlichen Zeitschriften veröffentlichen, Blättern mit winzigen Auflagen, die in irgendwelchen Kellern auf billiges Papier gedruckt wurden. *Wenden Sie sich gern wieder an uns! Wenden Sie sich gern wieder an uns!*, riefen die Absageschreiben mit spöttischen Mäusestimmen.

Es wäre nur für ein Buch – *Die Walnuss*. Und ich würde ihm seine Gestalt geben, würde jeden Abend daran arbeiten, wenn ich von Bower & Leeds nach Hause kam. Es war eine noble Tat, und ich würde uns damit retten. Wir wollten beide kein Leben, das aus einschläfernder Routine und verschnarchter Hochschularbeit bestand, kein Leben, in dem man als Ehemann und Ehefrau die Musik aus *South Pacific* hörte, während man sich an einem verschneiten Abend für eine Fachbereichsfeier fertig machte. Das war ein Leben, das er bereits gelebt hatte und das ich aus eigener Anschauung kannte. Ich hätte sogar darüber schreiben können, wenn ich es gewollt hätte. Debütromane waren immer zumindest teilweise autobiografisch, und dieser hier würde keinen Teil von Joes erster Ehe auslassen, von dem Dreieck, das wir gebildet hatten, Joe und ich und die zurückgewiesene Carol.

»Nur dieses eine Mal«, wiederholte er.

Nur dieses eine Mal ist eine Phrase. *Die Walnuss* war ein zu großer Erfolg, und alles lief zu gut, unser Leben lag weit offen vor uns, Joe war so glücklich und zufrieden, und ich hatte die warnenden Worte von Elaine Mozell noch im Ohr. Wer wollte sich damals schon anstrengen, um Autorin zu werden, in einer

Welt, die Frauen wenig Achtung entgegenbrachte, von den *extrem* seltenen Fällen abgesehen, wenn sie brillant und schön waren und Beziehungen zu bedeutenden Männern hatten wie Mary McCarthy, oder den häufigeren Fällen, wenn sie leer und ausdruckslos waren, aber verführerisch rochen und in ihren knappen, gewellten Unterkleidchen vor einem herumstolzierten? Frauen waren schillernde Wesen, die sich in Besitz nehmen ließen, und wenn sie Autorinnen wurden, ließ sich auch ihre Literatur leicht in Besitz nehmen: treffend beobachtete Miniaturen, die sich oft eher auf einen bestimmten Ausschnitt der Welt konzentrierten als auf die Welt als Ganzes. Die Männer waren diejenigen, denen die Welt gehörte; auch Joe könnte dazugehören, wenn er nur wollte, und er würde sich nie bedroht fühlen müssen, würde mich nie verlassen, und auch ich würde eine wunderbare Zeit haben, würde alles mitbekommen, wäre die ganze Zeit über an seiner Seite. Ich war sanft und duldsam, ich hatte keinen Mut, ich war kein Pionier. Ich war schüchtern. Ich wollte Dinge, aber ich schämte mich dafür, sie zu wollen. Ich war ein Mädchen, und das konnte ich nicht abschütteln, auch wenn ich mich selbst dafür verachtete. Es waren die Fünfzigerjahre des zwanzigsten Jahrhunderts, und dann kamen die Sechziger, und bis dahin hatten Joe und ich uns eingeschwungen; wir hatten einen gemeinsamen Rhythmus, einen Lebensstil, eine Art des Zusammenlebens gefunden.

Die Kinder wurden größtenteils mit der Hilfe von Babysittern aufgezogen. Ich musste sie ständig abgeben, so wie alle arbeitenden Mütter, und es setzte mir unwahrscheinlich zu. Sie schrien, während die Babysitterin sie davontrug, sie streckten verzweifelt die Arme nach mir aus, als wollte man sie auf den elektrischen Stuhl setzen. Wir bekamen alle Hilfe, die wir brauchten, und trotzdem mussten Joe und ich uns oft im Zimmer einschließen, während die Kinder an die Tür trommelten, weil sie irgendetwas von uns wollten.

»Konzentration, Joanie«, sagte er dann. »Wir haben hier noch einen weiten Weg vor uns.«

Er fütterte mich mit Plots, mit Anekdoten, und er disziplinierte mich, sorgte dafür, dass ich bei ihm im Zimmer blieb. Er streckte sich auf dem Bett aus, und ich setzte mich an seine Schreibmaschine. Wir warfen Ideen hin und her; er erzählte mir Geschichten aus der Grundausbildung während des Koreakriegs, und er erzählte mir Geschichten über den Haushalt, in dem er aufgewachsen war, über all die Frauen um ihn herum, seine dicke, gerötete Mutter, die Großmutter und die Tanten, und manchmal stieg ich zu ihm ins Bett und legte mich quer über ihn, sagte ihm, dass ich nicht mehr könne, dass es mir zu viel werde, dass ich nicht wisse, wie es sei, ein Mann zu sein, dass ich der Sache nicht gewachsen sei, aber er sagte jedes Mal, dass er mich führen würde.

»Und was tue ich?«

»Na ja, nennen wir es ›übersetzen‹.«

Anfangs schrieb ich langsam, nur eine oder zwei Seiten am Tag, wenn ich von Bower & Leeds nach Hause kam. Das machte Joe nervös. »Ich weiß, dass ich überhaupt kein Recht habe, mich zu beschweren ...«, begann er.

»Das stimmt«, sagte ich.

»Aber kannst du nicht ein bisschen auf die Tube drücken?«, fragte er.

»›Auf die Tube drücken‹? Was für ein schlimmes Sprachklischee. Gut, dass du nicht derjenige bist, der das hier schreibt.«

Er stellte sich hinter mich und massierte mir die Schultern. Sobald ich eine Ahnung hatte, welche Richtung das jeweilige Buch nehmen sollte – nachdem Joe und ich es abends im Bett durchgesprochen hatten und ich mir überlegt hatte, wie irgendein bestimmtes Plotproblem zu lösen wäre –, ging es mir leichter und schneller von der Hand, und ich schrieb mehrere Seiten am Stück. Bei Bower & Leeds hatte ich inzwischen gekündigt; ich schrieb nur noch. Mein Gehirn lief auf Hochtouren, und ich musste nur selten Pausen machen, um mich auszuruhen oder auch nur etwas zu essen. Joe kochte uns Kaffee, besorgte Zigaretten und wartete bereitwillig, bis ich einen Entwurf fertiggestellt hatte. Dann gab ich ihm die Seiten, und die letzte Fassung schrieb er rituell selbst auf der Schreibmaschine, wobei er allenfalls unwesentliche Änderungen vornahm, sich aber mit dem Text vertraut machte, sodass er sich wie sein eigener anfühlte.

Das erste Buch war mir gewidmet. »Für Joan, *muse extraordinaire*«, hatte er selbst getippt, aber als Witz änderte ich es später in »Für Joan, *muse extraordinaire;* in Liebe, Joan«, was er überhaupt nicht komisch fand. Er zerriss die Seite wie jemand, der Beweismittel vernichtet.

Monate später, wenn eines der Bücher in Produktion war, nahm ich mich vollständig aus dem Prozess heraus und ließ Joe allein mit einem roten Stift die Fahnen durchgehen. Es bereitete ihm Freude, die querformatigen Blätter um sich herum zu verteilen, während Mozart auf dem Plattenspieler lief, und es bereitete ihm ebenso viel Freude, wenn Hal Wellman anrief, um mit ihm über die Klappentexte zu sprechen. Klappentexte konnte Joe. Kurze, deskriptive Absätze lagen ihm.

Wenn in den ersten Jahren Rezensionen erschienen, beeilte ich mich immer, sie zuerst zu lesen, und reichte sie dann an Joe weiter. Wir johlten, wir schrien vor Begeisterung. Unsere Freunde freuten sich für Joe, auch wenn Laura Sonnengard etwas verwirrt erschien. »Du hilfst ihm doch dabei, oder?«, fragte sie.

»Ach, auf gewisse Weise tue ich das wahrscheinlich«, sagte ich. »Ich meine, ich unterstütze ihn natürlich, wo ich kann. Warum?«

»Es passt irgendwie so gar nicht zu ihm«, sagte sie. »Er schreibt so *bedacht*. Ich meine es nicht böse, du weißt, dass ich viel von Joe halte.«

Auch unsere Kinder schöpften Verdacht, jedes auf seine eigene Weise. Die Mädchen sprachen selten darüber, auch wenn Alice sich hin und wieder ihre Gedanken machte.

»Gott, Mom, es ist, als würdest du die ganze Arbeit für ihn machen«, hatte sie als Teenager einmal gesagt.

»Ich redigiere nur, Alice«, antwortete ich leichthin.

»Ach, komm schon, verarsch mich nicht, Mom. Du kennst mich doch. Mein Verarschungssensor schlägt sofort an. Piep! Piep! Piep!«

Sie war alt genug, um ein Stück weit aus dem Traum adoleszenter Selbstversunkenheit erwacht zu sein und ein wenig von dem mitzukriegen, was um sie herum geschah, aber auch alt genug, um nur ein flüchtiges Interesse an allem zu haben, was nicht sie selbst und ihre Freunde betraf. »Ich glaube, dass du einen Großteil der Arbeit übernimmst, Mom«, fuhr sie fort, »und er sitzt nur da, schneidet sich die Fußnägel und futtert seine Sno-Balls.«

Mein trillerndes Gelächter klang eine Spur zu laut. »Was für eine lustige Vorstellung«, sagte ich zu ihr. »Ich habe also quasi die Karriere deines Vaters im Alleingang gestemmt. Und weshalb? Wer würde so etwas tun?«

»Du würdest es tun.«

»Und warum sollte ich?«

»Ich habe keine Ahnung.«

»Nun, es stimmt auch einfach nicht, mein Fräulein«, sagte ich. »Dein Vater ist ausgesprochen talentiert.«

Susannah wiederum erweckte den Anschein, als wäre es ihr völlig egal; sie interessierte sich kaum für die Romane ihres Vaters oder dafür, ob sie in Wahrheit von zwölf Affen mit Literaturdiplom geschrieben wurden. Sie hielt sich heraus, gratulierte ihm, wenn seine Bücher erschienen, und bekundete selten Interesse an einem bestimmten Roman. Ich glaube nicht, dass sie sie las, auch wenn sie so tat.

David dagegen versenkte sich in Bücher; so sehr, dass er als Kind manchmal von einem Roman, den er vor dem Schlafengehen gelesen hatte, heftige Albträume bekam und schreiend und verängstigt aufwachte. Er sprach mich nie direkt auf Joes Bücher an, aber eines Abends bekam er es schließlich doch heraus; es war der Abend, an dem sich unser Lesezirkel bei Lois Ackerman traf. Der schreckliche, schreckliche Abend. Ich saß mit den anderen Frauen zusammen und redete über Henry James und Erzählstrategien, während zu Hause David, der wegen der Überschwemmung bei uns wohnte, leise die Treppe zum Wohnzimmer hinunterging, wo Joe saß und Jazz hörte. Plötzlich hatte Joe ein Steakmesser an seinem Hals. Er bäumte sich auf.

»Beweg dich nicht, du fettes Stück Scheiße«, sagte David hinter ihm.

»David«, sagte Joe, seine Stimme ein Flüstern. »Was willst du von mir?«

»Ich will, dass du zugibst, was du getan hast«, sagte David.

Das kam völlig aus dem Nichts. Was hatte ihn darauf gebracht?

»Was soll ich deiner Meinung nach getan haben?«

»Das weißt du genau.«

»Wenn ich dir nicht immer der beste Vater gewesen bin, tut es mir leid.«

»Was du *Mom* angetan hast«, fiel David ihm ins Wort.

»Deiner Mutter geht es gut. Sie ist bei ihrem Lesezirkel.«

»Es geht ihr nicht gut«, beharrte David. »Du hast sie jahrelang als Sklavin gehalten.«

»Ach, jetzt hör aber auf«, sagte Joe. »Ich weiß überhaupt nicht, was du meinst. Deine Mutter ist zufrieden.«

»Sie *glaubt,* dass sie zufrieden ist. Das hast du ihr eingeredet.«

An diesem Punkt begann Joe ein bisschen zu weinen. »Ich liebe dich, David«, sagte er. »Weißt du noch, wie wir immer zusammen wandern gegangen sind? Und wie wir am Mount Cardigan diesen Bach mit den Hunderten von kleinen Fischen entdeckt haben, und du wolltest, dass wir sie alle zählen?« David war unbewegt. »Ich sag dir was«, fuhr Joe fort. »Wir rufen Mom jetzt bei ihrem Lesezirkel an und bitten sie, nach Hause zu kommen, ja?«

»Okay«, sagte David.

Und so riefen sie mich bei Lois Ackerman an, und obwohl ich noch von nichts wusste, war ich beunruhigt und raste sofort los. Als ich kurz darauf zu Hause ankam, gingen Joe und David im Wohnzimmer auf und ab, sich gegenseitig argwöhnisch beäugend. David hatte noch immer eines unserer Steakmesser in der Hand, aber er hielt es wenigstens nicht mehr an Joes Hals. Joe mimte den guten, leicht überforderten Vater – ein weichbäuchiger, unbekümmerter Mann.

»Was ist passiert, Schatz?«, fragte ich David. Er sah kränklich und verschwitzt aus, dieser Junge, den wir einmal in einem Transporter an die Wesleyan University gefahren hatten, der bis obenhin beladen war, mit der Truhe, den extralangen Bettlaken und dem Mini-Kühlschrank, den David mit Coca-Cola, Bier, Erdnussbutter und anderen Dingen bestücken sollte, die College-Studenten mochten, aber der stattdessen leer blieb, die Tür offen stehend wie bei einem geknackten Safe.

»Frag ihn«, sagte David.

»Er will mich umbringen«, stieß Joe hervor. »Er hat mir das Messer an den Hals gehalten.«

»Gib mir das Messer«, sagte ich zu meinem Sohn. »Das ist ein gutes Steakmesser. Es gehört zu den anderen.« Ich improvisierte. Zu meinem eigenen Erstaunen gab er es mir einfach. »Danke«, sagte ich. »Können wir uns jetzt alle hinsetzen?«

Wir setzten uns also alle ins Wohnzimmer, unter die Vögel, die von den aufgereihten Audubon-Drucken ausdruckslos auf uns herabstarrten, und David sagte: »Ich habe immer gewusst, dass Dad ein Monster ist, das seinen dicken Penis durch die Gegend schwingt. Er hat dich zu seiner Magd gemacht.«

»Ich werde nicht hier sitzen und mir diesen Mist anhören«, sagte Joe. »Denn es ist Unsinn, okay? Kompletter Unsinn.« Ich schwieg. »Du darfst auch gern etwas dazu sagen, Joan«, setzte er hinzu.

»Also gut. Es ist Unsinn«, sagte ich, und David sah mich mit zusammengekniffenen Augen an. Er wollte die Wahrheit, und er war sich sicher, dass er sie von mir bekommen würde. Ich nickte ihm leicht zu, und er schien sich ein wenig zu entspannen. »Völliger Unsinn. Ich bin nicht die Magd deines Vaters. Ich bin seine Frau. Seine Partnerin. Wie bei jedem anderen Ehepaar auch.« Diese Worte waren lächerlich; ich schämte mich, während ich sie sprach. Aber was hätte ich tun sollen? Die Wahrheit sagen? Zugeben, dass er recht hatte? Das konnte ich nicht; ich musste seine Mutter sein. Er war ein erwachsener Mann, aber er war noch immer unreif und fragil. Er musste vor seinen eigenen Ängsten geschützt werden. Er wollte, dass sie ihm genommen wurden.

»Du schreibst nicht seine Bücher?«, sagte David.

»Nein«, antwortete ich. »Natürlich nicht.«

»Ich glaube dir nicht«, sagte David, aber er wirkte unsicher. Er sah mich weiter an, wollte an die Hand genommen werden.

»Ich kann dich nicht zwingen, mir zu glauben«, sagte ich sanft. »Es bleibt dir überlassen, was du glaubst.« Er sah aus, als würde er in Tränen ausbrechen. Und dann nahm ich seinen Kopf in meine Hände, diesen mit stilisierten Bildern aus Comics gefüllten Kopf, in denen alles fein säuberlich in Kästchen und Sprechblasen aufgeteilt war, und ich drückte ihn an mich, gegen meine Schulter, den Rand meiner Brust, dieser breiten Schwellung, an der Frauen Männer und Kinder gleichermaßen trösten. »Es geht mir gut, David. Wirklich«, sagte ich. »Niemand kontrolliert mich.«

David wusste nicht, dass das Leben mit Joe in den ersten Jahren mehr als erträglich gewesen war. Es war schön gewesen. Es hatte Spaß gemacht. Die Rezensionen waren aufregend. Ich besaß ein geheimes Talent, und das Geheime daran trug nur zum Vergnügen bei. Joe war herzlich und liebevoll zu mir, und weil wir während der Entstehung eines neuen Romans immer so dicht zusammen waren, hatte er wirklich das Gefühl, dass er in gewisser Weise der tatsächliche, alleinige Autor war. Er musste einen Weg gefunden haben, es zu glauben, denn hätte er es nicht getan, wäre sein Leben unerträglich gewesen. Es gab immer noch Nächte, in denen Joe auf und ab ging, rauchte und sich den Kopf zermarterte, und dann sagte er zu mir: »Ich habe so ein schlechtes Gefühl bei dem, was wir hier machen«, ohne es jemals offen auszusprechen, immer nur in Form von Anspielungen, so als wäre das Haus verwanzt, und am Ende war immer ich es, die *ihn* beruhigen musste, was mich vergessen ließ, dass ich es war, die die Bestärkung brauchte, und nicht er.

Wir rutschten einfach so hinein, es geschah schnell und langsam zugleich, und nach einer Weile fühlte es sich gar nicht mehr so seltsam an, in diesen Zimmern zusammenzuhocken, ich an der Schreibmaschine, er auf dem Bett; später dann ich an dem Macintosh-Computer mit dem lächelnden kleinen Gesicht, er am Bauchwegtrainer, mit dem er verzweifelt versuchte, seinen weicher werdenden Bauch in Form zu bringen.

Aber die Idylle bröckelte. Er fing an, in offensichtlicher Weise fremdzugehen; sein Bauch wurde nicht für mich in Form gebracht, sondern für andere Frauen. Er hatte früh mit dem Fremdgehen begonnen, nicht lange nachdem das erste Buch erschienen war, und ich wusste es und wusste es auch wieder nicht, denn wenn ich daran dachte, was ich für ihn getan hatte, fand ich, dass es eine Form von Gegenleistung hätte geben sollen.

Doch hier ist die unvollständige Liste von Joes Frauen:

Unsere Babysitterin Melinda.
Brenda, die Prostituierte.
Verschiedene Frauen bei Lesungen von Joe im ganzen Land.
Merry Cheslin.
Zwei Publizistinnen, die zufällig beide Jennifer hießen.

Die eine oder andere Briefeschreiberin oder begeisterte Leserin, die zu ihm gepilgert ist.
Die junge Frau, die in dem Gemüseladen in Chinatown gearbeitet hat.
Die Filmproduzentin, die *Überstunden* 1976 in einen Flop mit James Caan und Jacqueline Bisset in den Hauptrollen verwandelt hat.

Ich ignorierte es, so gut ich konnte. Ich wäre nie auf die Idee gekommen zu sagen: Okay, hier ist dein Teil der Vereinbarung: *Reiß dich zusammen.*

Reiß dich zusammen. Aber das können sie nicht, diese Männer, oder? Oder können sie es doch, und wir verlangen es einfach nicht von ihnen? Ich versuchte ihn alle paar Jahre dazu zu zwingen, konfrontierte ihn und stellte Forderungen, und er wich aus oder entschuldigte sich oder verteidigte sich vielleicht, beharrte darauf, dass ich mir alles nur einbildete, und an diesem Punkt entschied ich dann immer, dass es besser wäre, die Sache auf sich beruhen zu lassen. Was, wenn er mich verließ? Ich wusste, dass ich das nicht wollte, warum ihn also drangsalieren, wo er doch offenbar nicht in der Lage war, sich zu ändern?

»Du solltest dir einen Liebhaber zulegen«, schlug meine Freundin Laura vor, die nach ihrer Scheidung mit einer ganzen Reihe von Männern geschlafen und großen Spaß daran gehabt hatte, bis sie sich bei einem Stadtplaner mit Genitalherpes infizierte. Aber ich hatte kein Interesse daran; Joe war schon mehr, als ich ertragen konnte.

Die meisten Männer aus unserer Generation, die ich kenne, haben mit Frauen geschlafen, die nicht ihre eigenen Frauen waren; es gehörte einfach dazu, jedenfalls zu der Zeit, als sie junge Ehemänner waren. Man arbeitete so schwer, wenn man ein Mann war, den Hals in unnatürlicher Haltung über eine Schreibmaschinentastatur gebeugt, da brauchte man die Ablenkung, die Entspannung, die Vorstellung von Frauen als eine Art Tischtennis, als Poker, als Planschbecken. Sorry, Ehefrauen, sagten sie, aber das ist etwas, das ihr nie verstehen werdet, also versuchen wir Männer es gar nicht erst zu erklären. Lasst uns einfach in Frieden. Der langfristige Schaden, den die Ehe nimmt, wird verschwindend gering sein im Vergleich zu dem, was passieren würde, wenn wir uns *wirklich* zusammenreißen würden, uns zwingen würden, unsere nach allen Seiten ausbrechenden Bedürfnisse wegzuschließen.

Für die Romane erzählte er mir Details, ausgesprochen interessante Sexgeschichten, und wir taten so, als wären es die Fantasien eines einfallsreichen und rastlosen Mannes. »Wie wäre es«, sagte er über eine Romanfigur, »wenn der Ehemann eine Affäre mit der jungen Frau aus dem Gemüseladen in Chinatown hätte? Der, bei der er immer Sternanis kauft.«

»Also gut«, sagte ich. »Erzähl's mir.«

Also erzählte er mir, warum und wie und was diese Figur, dieser mit Makeln behaftete Mann, den wir da erfanden, dabei empfinden würde, und dann *übersetzte* ich urteilsfrei für ihn, goss alles in einen Strom aus Wörtern, der von irgendwoher geflossen kam – wer weiß, woher: aus meiner persönlichen Geschichte, meinem angelernten Wissen, meinem zentralen Nervensystem, dem Hirnlappen, der für die Fantasie zuständig war? –, während ich mit versteinertem Gesicht an seinem Schreibtisch saß.

Er saß auf dem Bett, sah mir beim Tippen zu und nickte wie jemand, der Jazz hört, wenn das Geklapper anschwoll. Er liebte mich mit einer solchen Intensität und Beständigkeit. Seine Dankbarkeit war zu jeder Stunde des Tages spürbar, zumindest eine Zeit lang. Ich war seine andere Hälfte, seine bessere Hälfte, und in all den Jahren hat es nicht einen Tag gegeben, an dem ich nicht daran erinnert wurde.

Die Mauern der Präsidentensuite des Intercontinental-Hotels von Helsinki mögen dick sein, aber sie waren nicht dick genug, um den Disput zwischen Joe und mir in diesen weiten Räumen einzuschließen. Die Gäste unter uns müssen uns im Morgengrauen streiten gehört haben, auch wenn die meisten von ihnen wahrscheinlich nicht wussten, was sie da eigentlich hörten, denn die Worte wurden in hastigem, schmerzgeplagtem Englisch gesprochen.

Wir waren jetzt wieder im Schlafzimmer, beide noch immer rosig und überhitzt, er in ein Handtuch gewickelt, ich in meinem durchnässten Nachthemd.

»Wenn es dir so schlecht ging, schlecht genug, um mich zu verlassen«, sagte er, »dann hättest du zu mir sagen sollen: ›Ich kann nicht mehr.‹ Und ich hätte etwas geändert.«

»Was denn?«, sagte ich. »Was hättest du geändert?«

»Ich weiß es nicht«, sagte Joe. »Aber wir sind *verheiratet*. Ist das denn gar nichts wert? Wir haben Kinder und diese süßen Enkelkinder und Grundbesitz und Altersvorsorgepläne und Freunde, die wir seit Ewigkeiten kennen, die bald einer nach dem anderen wegsterben werden, und wo wirst du dann sein? Wo wirst du sein, Joan? Allein in irgendeiner Wohnung? Um dir selbst zu beweisen, wie mutig du bist? Ist es das, was du wirklich willst? Es fällt mir nämlich schwer, das zu glauben.« Er flehte; das war etwas, das ich ihn in all den Jahren selten hatte tun sehen, und ich war überrascht. »Jede Ehe besteht nur aus zwei Menschen, die einen Handel eingegangen sind«, fuhr er in sanfterem Ton fort. »Ich habe etwas eingebracht, du hast etwas eingebracht. Gut, vielleicht war es nicht ganz gerecht.«

»Nein, das war es nicht«, sagte ich. »Es war der schlechteste Handel der Welt, und ich habe mich daraufgestürzt. Ich hätte meine eigenen Bücher schreiben sollen, hätte mir Zeit lassen sollen, ein bisschen abwarten und beobachten, wie sich die Welt verändert. Aber sie hat sich sowieso nicht genug verändert. Es sind immer noch alle vom Innenleben der Männer fasziniert. *Frauen* sind davon fasziniert. Die Männer gewinnen mit großem Abstand. Sie haben die Kontrolle. Sieh dich um. Schalte den Fernseher ein; da sitzen sie im Parlament, mit ihren hässlichen Krawatten und ihren quer über die Glatze gekämmten Haaren, die wie Seetang aussehen –«

»Joan«, sagte Joe. »Ich bin kein schlechter Mensch.«

»Nein, das bist du nicht. Du bist nur ein Riesenbaby, das ist alles.«

Er nickte. »Das stimmt sicherlich.« Dann schüttelte er den Kopf und sagte mit leiser Stimme: »Ich möchte zu diesem Zeitpunkt meines Lebens einfach nicht allein sein. Ich will mir nicht mal vorstellen, wie das wäre.«

Aber ich wusste, dass er in der Lage wäre, für sich selbst zu sorgen, selbst wenn das hieße, dass er bis ans Ende seiner Tage nur noch Dosenfleisch, Tonnen von Weichkäse, mit Spirituosen angereicherte Eintopfgerichte und ab und zu eine ordentliche Mahlzeit zu sich nehmen würde, die ihm sein Lektor, sein Agent oder irgendein Preiskomitee spendierten. Meine physische, körperliche Präsenz brauchte er auch nicht, denn es würden immer noch junge Frauen vorbeigeflattert kommen, die sich seinem dick gepolsterten Körper voller Ehrfurcht näherten. Er brauchte mich am Computer, den Kopf gebeugt, tippend.

»Schluss damit, Joe«, hörte ich mich sagen. »Du wirst dich daran gewöhnen, allein zu leben. Ich habe es auch getan.« Dann fügte ich, weniger verärgert, hinzu: »Du kommst schon zurecht.«

Er setzte sich aufs Bett und lehnte sich gegen das Kissen, so als würde er sich allmählich damit abfinden, dass ich ihn wirklich verlassen würde, wenn wir nach Hause kamen, dass ich ihm nicht nur etwas vorspielte.

»Dann sag mir noch eins«, sagte er schließlich. »Was genau hast du Nathaniel Bone erzählt?«

»Nichts, was dich beunruhigen müsste«, versicherte ich ihm.

»Oh, gut«, sagte er. »Um ehrlich zu sein, ich dachte schon, du hättest etwas gesagt, das sich nicht zurücknehmen ließe.«

Wir schwiegen, und ich fragte mich, was es bringen würde, Joe zu verlassen. Würde er es überhaupt bemerken? Gut, er würde nie wieder ein Buch veröffentlichen; na und? Er hatte schon genug veröffentlicht; die Ehrung in Helsinki hatte im Grunde bedeutet: Du hast gute Arbeit geleistet, jetzt bist du frei und kannst souverän abtreten. Und vielleicht würde er begreifen, dass das die beste Option war. Noch mehr Lorbeeren einheimsen zu wollen, wäre zu gierig. Schon jetzt, wurde mir klar, schämte er sich seiner vielleicht ein bisschen. Vielleicht war es das, was er gemeint hatte, als er sagte, ich solle darüber nachdenken, warum er nicht gewollt habe, dass Alice und Susannah nach Finnland kämen. Der Helsinki-Preis war groß, zu groß, so groß, dass er ihnen nicht hätte in die Augen schauen können. Er hätte sich zu sehr geschämt.

Vielleicht hatte er sich immer ein wenig geschämt. Aber das hatte noch nie etwas geändert, und wahrscheinlich würde es auch jetzt nichts ändern. Er wollte einfach immer weitermachen, mit mir an seiner Seite.

»Weißt du, ich glaube, ich muss es Bone tatsächlich erzählen«, sagte ich nach einem Augenblick.

»Was?«, sagte Joe. »Joan, vergiss nicht, dass ich nur ein alter Mann bin. Ich bin nicht dein Feind. Ich bin's nur, *Joe*.«

Ich dachte an Joe als jungen, schlanken Mann mit dunklen Locken und sich auffächerndem Brusthaar zurück und war einmal mehr erstaunt, wie sehr er sich verändert hatte, wie aufgebläht er jetzt war. Und ich hatte meinen Anteil daran gehabt. Er war weich wie ein Sno-Ball geworden, und ich war es auch, und wir hatten ein weiches, gutes Leben zusammen gehabt, und jetzt war es beinahe vorbei.

»Ja, Bone sollte wahrscheinlich alles erfahren«, sagte ich zu Joe, und ich stand auf und ging zum Ankleideraum mit der wuchtigen Kommode. Ich würde mich anziehen, beschloss ich, und

Nathaniel aufsuchen, würde ihn in seinem eigenen Hotelzimmer wecken und zu erzählen beginnen, bevor er überhaupt begriff, was los war.

Ich nahm gerade einen BH aus einer der Schubladen, als Joes Hand meine Schulter berührte und er mich zu sich drehte.

»Komm schon, das ist doch Wahnsinn«, sagte er. »Tu uns das nicht an. Wir wissen doch beide, dass du mir nur eine Lektion erteilen willst. Und es hat bestens funktioniert.«

Ich schloss den BH. »Bones Zimmer ist im fünften Stock, er hat mir die Zimmernummer gegeben, und ich werde mich hinsetzen und etwas mit ihm trinken, und dann werde ich ihm sagen, dass er seinen Notizblock herausholen soll, und dann erzähle ich ihm alles, weil ich mich dafür hassen würde, es nicht zu tun. Ich bin eine gute Schriftstellerin, Joe, eine wirklich gute. Weißt du was? Ich habe sogar den Helsinki-Preis bekommen!«

Das war zu viel für ihn. Als ich mich an ihm vorbeischieben wollte, stieß er mich gegen die Kommode. Das helle Holz zitterte, gab aber nicht nach; alles in diesem Zimmer war für Monarchen gebaut, für Menschen, deren Möbel so dick wie Bäume sein mussten. Ich schubste zurück, nicht fest, wie ein Mädchen eben, so dachte ich, mit beiden Händen.

Er stieß gegen das Bett, und plötzlich hob er auf eine merkwürdige Weise die Schultern, sein Kiefer verkrampfte sich, und er sagte: »*Scheiße,* Joan.«

Es war genau wie bei dem Herzinfarkt im Cracked Crab, dieselbe gepresste Art zu sprechen. »Joe«, sagte ich jetzt, »ist alles in Ordnung?« Er antwortete nicht. »Hilfe!«, rief ich in den Raum hinein. »Wir brauchen Hilfe!« Aber meine Stimme war dünn, und die Suite kam mir auf einmal wie eine Festung vor.

»Alles gut, alles gut«, sagte ich zu ihm, zu mir selbst; ich war in Panik, als ich die Rezeption anrief und das gurrende europäische Freizeichen hörte. Ich schrie in den Hörer hinein; die Person am anderen Ende strahlte gelassene Zuversicht aus, und ich wusste, dass die Sanitäter jeden Moment hereingerannt kommen und Erste Hilfe leisten, ihren schneekalten Atem in ihn hineinblasen würden. Doch bis es so weit war, würde ich es tun müssen, denn er schien nicht mehr zu atmen, wobei ich mir nicht ganz sicher war, zu aufgewühlt, um klar denken zu können, und ich kniete mich über ihn, wie Lev Bresner es in dem Restaurant getan hatte, drückte mit den Händen fest auf seinen Brustkorb, presste meinen Mund auf seinen und blies hinein, so fest ich konnte.

In Notfällen heben Männer und Frauen sich gegenseitig das Kinn an, sorgen dafür, dass die Luftröhre geöffnet ist, und blasen ihren heißen Atem hinein, während sie sich daran zu erinnern versuchen, was im Leitfaden zur Mund-zu-Mund-Beatmung steht. Ich konnte mich an nichts von dem erinnern, was ich vor so langer Zeit gelernt hatte, also drückte ich nur zu und blies immer weiter in ihn hinein.

Es war, als würden wir uns in einer anderen Sprache unterhalten, ein besonderes Ritual vollziehen, so wie Eskimos, die einander begrüßen, indem sie ihre Nasen aneinanderreiben, zumindest wenn man den Kindergeschichten glaubt. Meine eigenen Töchter hatten das immer getan, hatten sich dicht voreinandergestellt, Nasenspitze an Nasenspitze, und die Köpfe hin und her gedreht, hatten die streifende Berührung gespürt, den Kitzel, den die zarteste Verbindung zwischen zwei Körpern auslöst. Nach all den Jahren hockte ich über Joe Castleman, sein Kopf zurückgeworfen, unsere offenen Münder aufeinander, ein Ehemann und eine Ehefrau, die endlich voneinander Abschied nahmen.

Sieben

In einem fremden Land zu sterben ist so ähnlich, wie geboren zu werden: die Verwirrung, die nichtssagenden Wörter, die hektische Aufregung mit dem flackernden Licht des Betroffenen im Zentrum. Sie bearbeiteten ihn immer weiter, diese unermüdlichen Finnen, und obwohl er überhaupt keine Reaktion zeigte, hielt ich seine Hand und sagte ihm wieder und wieder, dass er leben würde. Jemand presste ihm eine Sauerstoffmaske auf das Gesicht, und seine dunklen Augen stahlen sich davon, und ich versuchte, ihn zu mir zurückzuholen, ihn bei mir zu behalten.

Er wurde nicht dort im Hotel für tot erklärt, sondern später, in einem Triageraum des nahe gelegenen Loviso-Krankenhauses, wo ein junger Arzt, der mir wie eine Nebenfigur in einem Ibsen-Stück vorkam, die Ohrstücke seines Stethoskops herausnahm, das in seiner Hand zitterte wie Farnwedel, und sagte: »Mrs Castleman, ich muss Ihnen mitteilen, dass es vorbei ist.«

Ich war tief getroffen und schockiert, meine Stimme brach, und ich lehnte mich an die schmale Brust dieses Mannes und schluchzte. Er wartete, bis ich mich ausgeweint hatte, und nach einer sehr langen Zeit hörte ich auf. Joe lag auf dem Tisch; sein Körper wurde noch von Kabelschlingen gesäumt. Er war ein Riese, passiv, schlummernd, unpassend, gigantisch, und der Anblick war entsetzlich. Unerträglich. Ein toter Mann ist nichts; es ist alles verschwunden, alles, von dem man glaubte, dass es ihn ausgemacht habe. Irgendwann kamen zwei Schwestern herein und lösten schweigend die Kabel; ich hörte schmatzende Geräusche, als die Saugnäpfe abgezogen wurden. Ich saß auf einem harten Stuhl neben Joe, hatte Angst, ihn zu berühren, denn sein Körper wirkte so wund durch das Mengendiagramm aus rosa Kreisen, die ihn übersäten. Ein paar Minuten lang blieben wir Seite an Seite, allein, hilflos und resigniert, so wie wir es in den letzten Jahren unserer Ehe häufig gewesen waren.

Am nächsten Tag, nachdem der mit dem Tod verbundene Papierkram erledigt war, nachdem ich geweint hatte, bis ich kaum noch aus den Augen schauen konnte, und es mir mithilfe der kleinen blauen Pillen, die der Arzt im Krankenhaus mir gegeben hatte, tatsächlich gelungen war zu schlafen, verließ ich Finnland für immer. Joes Leichnam lag in einem provisorischen, schmucklosen Sarg im Laderaum des Flugzeugs, und ich hielt eine zerknüllte, feuchte Blüte aus Papiertaschentüchern in der Hand. Mehrere fassungslose Mitglieder der Finnischen Literaturakademie hatten mich zum Flughafen Helsinki-Vantaa begleitet, obwohl ich ihnen gesagt hatte, das sei nicht notwendig, denn die Delegation von Joes Verlag und Literaturagentur war ja auch noch da. Alle schienen Angst davor zu haben, sich länger mit mir zu unterhalten. Irwin Clay, Joes Agent, konnte mir kaum in die Augen sehen. Man brachte mich in einen VIP-Raum und sorgte dafür, dass ich vorzeitig an Bord gehen konnte, um mich nicht den Reportern aussetzen zu müssen, die sich still in der Nähe versammelten. Als ich mich von den Mitgliedern der Akademie verabschiedete, brach Teuvo Halonen unvermittelt in Tränen aus und wurde fortgebracht, um mich nicht noch mehr aufzuregen.

Im Flugzeug saß eine pietätvolle, leicht hängebackige Frau von der Akademie namens Kirsti Salonen neben mir, deren Aufgabe es war, mich nach New York zurückzubegleiten, obwohl ich gesagt hatte, ich käme schon zurecht. Hätte ich Gesellschaft gewollt, hätte ich mich zu Irwin setzen können, aber die Akademie bestand darauf, jemanden zu schicken, und aus irgendeinem Grund war ich dankbar dafür. Frau Salonen tätschelte meine Hand und flüsterte mir beflissen elterliche Ratschläge zu. Sie sprach sanft darüber, wie wichtig es sei, dass ich mich gut behandelte und mit fortschreitender Zeit auch zuließe, dass andere mir etwas Gutes täten. Irgendwann sagte sie auch etwas über Gott und dass ich versuchen solle zu schlafen.

»Mrs Salonen, darf ich Sie etwas Persönliches fragen?«, sagte ich unvermittelt, und sie nickte. »Sind Sie verheiratet?«

»O ja«, sagte sie. »Mein Mann und ich haben gerade unseren siebenundzwanzigsten Hochzeitstag gefeiert.« Sie griff in ihre Handtasche und zog ein Foto von einem schlaksigen Mann heraus, der ein kurzärmliges Hemd mit einem Kugelschreiber in der Brusttasche trug. »Erik ist Chemieingenieur«, fuhr Frau Salonen fort. »Ein ruhiger Mann, der es auch um sich herum am liebsten still hat. Wir haben ein Wochenendhaus in Turku, wo wir gern sind.«

Wollen Sie *meine* Frau sein?, hätte ich sie am liebsten gefragt. Wollen Sie sich um mich kümmern, so wie Sie sich um Erik den Chemieingenieur kümmern?

Ich war die meiste Zeit über eine gute Ehefrau gewesen. Joe hatte es gut gehabt, er war sicher und geschützt gewesen, während er irgendwo unterwegs war und redete, gestikulierte, unaussprechliche Dinge mit Frauen tat, üppige Speisen verzehrte, trank, las und Bücher im Haus herumliegen ließ, deren Rücken unter zu viel Liebe gebrochen waren. Spät in der Nacht oder tagsüber erzählte er mir Erlebnisse, die er gehabt hatte, oder Ideen, die ihm gekommen waren, und ich legte sie zu den Akten oder kramte sie hervor, um sie zu verwenden, wenn die Zeit gekommen war, um eine Anekdote zu erhitzen und wieder abkühlen zu lassen und sie damit in etwas zu verwandeln, das neu, aber wiederzuerkennen war. Etwas, das mir gehörte, aber zum Teil auch noch ihm. Natürlich war es nicht fair; es war nie fair gewesen, vom ersten Augenblick an nicht. Fairness war nicht das, was ich wollte.

Schlaf dagegen: Das war etwas, das ich wollte. Der Rückflug dauerte lange, und ich kippte meine Sitzlehne nach hinten und dachte an Joe, der als Junge auf der Beerdigung seines Vaters gewesen war. In dem Moment, als sein Vater starb, war vielleicht etwas in Joe zerbrochen und nie wieder zusammengesetzt worden. Vielleicht war das aber auch nur eine Ausrede, denn viele vaterlose Jungen schreiben später starke, eindringliche Literatur, die häufig von Verlust handelt. Joe war dazu nie in der Lage gewesen; ihm fehlte die naturgegebene Fähigkeit dazu, und niemand hätte sie ihm einsetzen können wie einen Mikrochip, eine Schweineherzklappe, ein Wunder.

Unvermittelt erschien die brünette Stewardess wieder, dieselbe Frau, die Joe und mich auf dem Hinflug bedient hatte, sie, die mit dem blühenden Busen gesegnet war, die sich mit den duftenden Ländereien ihres Fleisches und ihrem Körbchen voller Kekse über ihn gebeugt und kurz seine Aufmerksamkeit geweckt hatte. Wäre sie im Augenblick seines Todes da gewesen, hätte sie ihn dann gerettet? Er war immer so auf Frauen konzentriert gewesen und hatte sich doch so wenig für sie interessiert, eine Diskrepanz, die zu einer Art gelangweilter Erektion geführt hatte, einem sinnlosen Heißluftballon, dem Drang, Frauen zu besitzen, auf den sofort der Drang folgte, an einem anderen Ort zu sein, draußen in der Welt zu sein, herumzulaufen und an simple Dinge zu denken, die Männer wie Joe Castleman lieben: den Geschmack eines blutigen Steaks mit einem Haufen gebratener Zwiebeln darauf, den Moosgeruch eines alten Single Malt Scotch, die sprachliche Perfektion einer Erzählung, die vor beinahe hundert Jahren ein Genie in Dublin geschrieben hatte.

»Mein Beileid, Mrs Castleman«, sagte die Stewardess zu mir, als sie sich jetzt mit einem Tablett voller Canapés zu mir vorbeugte, und ich dankte ihr für ihre Anteilnahme. Kirsti Salonen und ich kauten schweigend den weichen Teig. Dann wurde das Abendessen vor uns hingestellt, und wir aßen auch das und tranken Wein und lehnten uns wieder in unseren Sitzen zurück.

Stunden vergingen, und schließlich kam, wie bei jedem Transatlantikflug, die Zeit, wenn die Passagiere in einen leichten Schlaf fallen; die Augen zucken unter den Lidern, und keine Träume durchdringen die endlos geatmete und wieder geatmete Luft über den gesenkten oder in den Nacken gelegten Köpfen. Frau Salonen war neben mir eingeschlafen, ihr Kopf lag etwas zu nah an meinem, so als wären wir ein Paar, zwei Liebende, die gemeinsam den Atlantik überquerten. Es wäre ihr unangenehm gewesen, wenn sie gesehen hätte, wie nah sie mir gekommen war, sie wäre, Entschuldigungen murmelnd, von mir abgerückt, aber ich hätte gemerkt, dass sich selbst unter einer dicken Schicht von Förmlichkeit oft Zuneigung verbirgt.

Wäre Joe noch am Leben gewesen, hätte er hellwach neben mir gesessen. Gelangweilt und rastlos, die Finger auf der dicken, fleischigen Armlehne bewegend. Ich hätte gedöst, und er wäre der aufmerksame Wachposten gewesen. Ich dachte daran zurück, wie er am ersten Tag seines Kurses am Smith College das Ende von »Die Toten« vorgelesen hatte, ein so denkwürdiges Stück Literatur, dass es jedem, der es las oder dem es vorgelesen wurde, einen Augenblick lang die Sprache verschlug. Wer um alles in der Welt konnte so schreiben? Niemand von uns konnte es; niemand von uns konnte es auch nur versuchen. Wir hatten nur staunend die Köpfe geschüttelt. Dann hatten Joe und ich uns eines Tages unterhalten, und es war etwas zwischen uns entstanden, und wir hatten uns in Professor H. Tanakas Bett getroffen und ein gemeinsames Leben begonnen. Es hatte uns geschwind hierhergeführt, an den höchsten Punkt, den tiefsten Punkt, das Ende.

In den Sitzreihen des Flugzeugs waren nun alle Lampen ausgeschaltet, alle bis auf meine, die ihren gelben Lichtstrahl auf mich und auf Kirsti Salonens Haar warf. Ich war beinahe eingeschlafen, als ich plötzlich merkte, dass jemand von oben auf mich herabblickte und etwas sagte.

»Joan.«

Ich schaute auf und war erstaunt, Nathaniel Bone zu sehen. Auch seine Reise war zu Ende, und er kehrte nach Hause zurück.

»Nathaniel«, sagte ich. »Ich wusste nicht, dass Sie im Flugzeug sind.«

»Ja, ich sitze ganz hinten. In der Holzklasse«, flüsterte er. »Ich hoffe, es stört Sie nicht, dass ich gekommen bin. Sie wollen wahrscheinlich gern allein sein.«

»Ist schon gut«, sagte ich.

»Mein Gott, das mit Joe tut mir so leid. Ich wollte Ihnen von zu Hause aus ein Kondolenzschreiben schicken. Ich habe schon angefangen, es zu formulieren. Ich bin fassungslos, Joan. Fassungslos.«

»Danke«, sagte ich. Neben mir bewegte sich meine Sitznachbarin und öffnete kurz die Augen.

Ich drehte mich wieder zu Nathaniel. »Hier können wir nicht reden. Vielleicht sollten wir zu Ihrem Platz gehen.«

Er nickte eifrig, und ich stand auf und folgte ihm den Gang hinunter, teilte den eisblauen Marimekko-Vorhang, der die Passagiere der ersten Klasse im Bug der Finnair-Maschine von der größeren Gruppe teilte, die in der Business Class schlummerte. Es schienen tatsächlich alles Geschäftsmänner zu sein, die Krawatten gelockert und zur Seite gedreht, die Köpfe ins Profil gekehrt, Computer auf den Klapptischen abgestellt oder zärtlich auf ihre Schöße gebettet wie Fetische. Dann ging es durch den nächsten Vorhang, hinein in die nach schlechtem Atem riechende Luft der Economy Class, die lange, gigantische Kabine mit ihren Nischen aus Licht und Dunkelheit, ganze Familien zu viert nebeneinander, klaffende, knisternde Chipstüten, Körper, die sich wie Brathähnchen unter zu kleinen Decken drehten, hier und da eine überanstrengte Mutter, die ein schreiendes Baby schaukelte und ein finnisches Schlaflied sang. Der Gang selbst war mit Gegenständen übersät, als hätte dort ein Sturm getobt. Ich trat auf eine Zeitung und dann auf einen Frauenschuh.

In der vorletzten Reihe schlief Nathaniels Sitznachbar, halb auf dem anderen Platz liegend, und weil auf der gegenüberliegenden Seite des Mittelgangs nichts frei war, standen wir am hintersten Ende des Flugzeugs zusammen, bei den Toiletten und dem metallenen Getränkewagen.

»Wer holt Sie vom Flughafen ab?«, fragte er.

»Meine Töchter.«

Ich hatte Susannah und Alice aus dem Krankenhaus angerufen, und ihre Stimmen hatten, selbst über die große Entfernung hinweg und begleitet von dem unvermeidlichen Überseerauschen, so verloren geklungen. Todunglücklich. »O nein, Mom«, hatte Susannah schluchzend gesagt. »O mein Gott«, hatte Alice gesagt. *»Dad.«*

David hatte ich auf den Anrufbeantworter sprechen müssen. (Es grenzte an ein Wunder, dass er überhaupt einen Anrufbeantworter hatte.) Es gefiel mir nicht, dass er es auf diese Weise erfahren musste, aber ich wollte, dass er es von mir hörte statt von irgendjemand anderem. Er hatte noch nicht zurückgerufen. Ich wusste nicht, wie er reagieren würde, ob gleichgültig oder oberflächlich oder vielleicht sogar traurig. Es war wirklich nicht vorhersehbar.

»Dann müssen Sie nicht allein nach Weathermill zurückkehren«, sagte Nathaniel jetzt. »Das ist gut.«

»Ich weiß«, sagte ich und sah vor mir, wie Alice hereinkam und das Kommando über das Haus übernahm, wie Susannah mir sofort ein Einmachglas voller Salzzitronen machte, das ich nie öffnen und das hinten in der Vorratskammer verstauben würde. Aber zumindest würden beide Töchter nachts da sein, in den Kinderzimmern schlafend, in denen sie aufgewachsen waren. Als erwachsene Frauen, die zu groß waren für ihre Kinderbetten, würden sie zurückkehren, würden ihre eigenen Familien für kurze Zeit verlassen, um ihrer verwitweten Mutter auf die Beine und sich selbst über die Orientierungslosigkeit und die unbeholfene Trauer hinwegzuhelfen, die der Tod eines Elternteils hinterließ.

Wenn ich nachts nicht würde schlafen können, so wie Joe immer, würde ich durchs Haus wandern und vor ihren Türen stehen bleiben. Ich würde sie atmen hören, und vielleicht würde es mich ein wenig beruhigen. Sie waren noch immer meine Mädchen, meine Kinder, Joes und meine, neben allem anderen, das wir hatten: dem großen Trödelmarkt aus Dingen, die wir angesammelt hatten, der erstaunlichen Masse von Gegenständen, die wir im Laufe der Jahre zusammengetragen hatten, wie es jedes Paar tut.

»Ich bin zu der Akademischen Buchhandlung gekommen wie vereinbart«, sagte Nathaniel leise zu mir. »Ich war überrascht, dass Sie nicht dort waren. Dann hörte ich jemanden über Joe Castleman sprechen, hörte, er sei *tot,* und ich dachte: *Das kann nicht sein,* und rannte zum Hotel zurück, um den Portier zu fragen, ob es stimme, und er sagte, ja, es stimme. Ich konnte es einfach nicht glauben. Ich kann es noch immer nicht.«

Bone war aufrichtig und nicht überzeugend zugleich, dachte ich, und es rief mir in Erinnerung, dass Joe ihn nie gemocht hatte und dass ich es auch nicht tat. Er lauerte uns auf, er war immer da, er war wie eine Katze im Fenster einer Buchhandlung, die ihren Schwanz langsam über die Bücher schleifen lässt, während sie an ihnen entlanggeht. Joe hatte die richtige Intuition gehabt, als er vor so vielen Jahren beschlossen hatte, ihm nichts zu geben.

Jetzt wartete Bone darauf, was ich ihm erzählen würde. Ich wollte ihm gar nichts erzählen. Was Joe und ich zusammen getan hatten, war meine Sache und nicht seine. Ich wollte ihm diese Information nicht zum Geschenk machen; ich wollte nicht, dass er sich damit aus dem Staub machte. Sie gehörte mir, und ich würde damit machen, was ich wollte, aber im Moment noch gar nichts. Joe war gerade gestorben, und ich war jetzt allein; die Ohrfeige brannte noch, der Rest des Lebens wartete.

Talent, das wusste ich, verschwand nicht einfach vom Angesicht der Erde, zerstob nicht in seine einzelnen Bestandteile und verdampfte. Es hatte eine lange Halbwertszeit; vielleicht könnte ich es irgendwann einsetzen. Ich könnte Teile von dem benutzen, was ich zusammen mit ihm gesehen und getan hatte, könnte etwas Bösartiges, etwas Schönes, etwas Liebevolles oder etwas voller Reue daraus machen und vielleicht sogar meinen Namen daraufschreiben.

»Das, worüber Sie im Golden Onion gesprochen haben …«, sagte ich zu Nathaniel. »Über Joe und mich? Über seine Literatur und dass er am Anfang nicht so talentiert erschien?«

Bone nickte, und seine lange Hand zuckte leicht, so als verspürte er wie jeder Journalist den Impuls, nach seinem Notizbuch zu greifen. Aber er bremste sich und fuhr sich stattdessen mit der Hand durchs Haar.

»Ja«, sagte er.

»Nun, ich möchte Ihnen sagen, dass das, was Sie da angedeutet haben, nicht wahr ist.«

»Ist es nicht?« Seine Stimme klang plötzlich flacher, und er sah mich scharf an.

»Nein«, sagte ich. »Ist es nicht. Es wäre toll, wenn es so wäre«, fuhr ich fort. »Wenn ich behaupten könnte, so gut schreiben zu können.« Er sah mich an und schüttelte den Kopf. »Ich glaube, ich habe da neulich ein bisschen mit Ihnen gespielt«, sagte ich. »Das tut mir leid.«

»Oh«, sagte er und sackte in sich zusammen, zog sich in sich selbst zurück. »Ich verstehe.«

Dann zuckte er mit den Schultern, saugte die gesamte Enttäuschung auf einmal in sich auf und machte weiter. Denn auch wenn er nicht bekommen hatte, was er sich erhofft hatte, war er doch immerhin *dabei gewesen,* war in Finnland gewesen, als Castleman starb, und das war eine außerordentliche Errungenschaft, überlegte er. Die finalen Szenen würde er für sein Manuskript ausschmücken, auf Grundlage dessen, was ihm Nebenfiguren der Handlung gesagt hatten: Krankenpflegehelferinnen mit seltsamen Mützen, die Krempen wie Tortenränder hatten, eingeschüchterte Zimmermädchen; vielleicht hatte ihm der junge Arzt, der wie eine Ibsen-Figur gewirkt hatte, sogar eine physische Beschreibung von Joes letzten Momenten geliefert: der schlaffe Mund, die Machtlosigkeit eines alten Mannes mit einem schwachen Herzen.

Nathaniel Bone würde schon zurechtkommen, das sah ich; er würde immer weitermachen, immer obenauf sein, immer von irgendwo ein paar Informationen zusammenkratzen, eine Sonderbehandlung bekommen, Zugang erhalten, durch die Welt stromern können. Er brauchte eigentlich gar nichts weiter von mir, und doch standen wir hier beisammen, und aus irgendeinem Grund hatte ich das Gefühl, noch irgendetwas sagen zu müssen, bevor ich auf meinen Platz zurückkehrte.

»Hören Sie«, sagte ich, »ich helfe Ihnen gern mit dem Archiv, wenn Sie wollen. Vielleicht können Sie ein paar Briefe veröffentlichen.«

»Ja, das wäre toll«, sagte er, aber sein Ton war unverbindlich, und er dachte wahrscheinlich schon wieder an irgendetwas anderes: daran, wie seltsam und schockierend diese Reise gewesen war, oder daran, dass er seine Uhr noch auf New Yorker Zeit umstellen musste, oder an den langen, warmen Rücken einer Frau, die sich an ihn schmiegte.

»Und ich sage Ihnen noch etwas«, sagte ich.

Überall um uns herum wälzten sich Menschen auf ihren Sitzen hin und her wie Hunde in kleinen Körbchen, versuchten immer wieder aufs Neue, eine bequeme Position zu finden. Eine andere Stewardess, blond, undurchschaubar, nichtssagend, schob sich in dem engen Gang an uns vorbei, ein Gewirr aus Kopfhörern in der Hand. Das Flugzeug zitterte, machte einen kleinen Hüpfer und erhob sich noch höher über die Erde.

»Joe war ein wunderbarer Schriftsteller«, sagte ich. »Und ich werde ihn immer vermissen.«